Heinz G. Konsalik
Leila, die Schöne vom Nil

Heinz G. Konsalik

Leila, die Schöne vom Nil

Roman

Heinz G. Konsalik: Leila, die Schöne vom Nil
Lizenzausgabe für die
Naumann & Göbel Verlagsgesellschaft mbH
in der VEMAG Verlags- und Medien Aktiengesellschaft, Köln

Coverfoto: Zefa, Düsseldorf

ISBN 3-625-20929-2

1

Sie hatten beschlossen, das Unternehmen einzustellen.

Seit über einem Jahr - genau vierzehn Monate lang - hatte die Forschungsgruppe des Professors Dr. James Mitchener am Rand des großen Gräberfeldes von Sakkara versucht, ein Geheimnis zu enträtseln, von dem eigentlich nur Mitchener selbst glaubte, daß es das Geheimnis überhaupt gab.

Als er, der anerkannte, internationale Ägyptologe, vor fast zwei Jahren in Kairo erschien und dem Leiter der Forschungsstelle für ägyptische Kultur, Dr. Ibrahim Aschar, seine Theorie erklärte, nach der in der dritten Dynastie des »Alten Reiches«, zwischen dem Pharao Djoser und den Pharaonen Snofru, Cheops und Cephren, noch ein Kind-König auf dem Thron gesessen haben mußte, hatte Dr. Aschar nur höflich, aber mit deutlichem Bedauern mitleidig den Kopf geschüttelt.

»Über die Zeit von 2700 bis 2600 vor Christi Geburt - nach Ihrer Rechnung als Christ - ist unser Wissen lückenhaft, auch wenn wir ausgegraben haben, was nur auszugraben war. Zugegeben! Der Grabbezirk des Pharaonen Djoser mit seiner Pyramide von Sakkara und alle sich darum gruppierenden Gräber und Kultstätten sind, wie Sie selbst ja am besten wissen, bis ins kleinste erforscht und berechnet worden. Da gibt es keine Geheimnisse mehr. Die dritte Dynastie - das ist Djoser!«

»Hundert Jahre lang?« hatte Mitchener gefragt.

»Natürlich nicht! Mein lieber Professor, Sie kennen doch Ägyptens Geschichte wie Ihre Hosentasche! Sie haben jede bekannte Pyramide untersucht. Man hat Bibliotheken gefüllt mit den Forschungsergebnissen von Gizeh bis Luxor. Das Gräberfeld von Sakkara birgt keine Geheimnisse mehr. Der riesige Friedhof der ersten Dynastie ist völlig umgewühlt. Das letzte große Ereignis an dieser Stelle war die Entdeckung des Grabes von Imhotep, des Arztes und Baumeisters von Djoser. Und Sie wissen auch, daß Ihr Kollege, Professor Emery, die Entdeckung des Imhotep-Grabes nicht überlebt hat.«

Dr. Aschar machte eine kleine Pause, in der er noch einmal all die Ereignisse überdachte, die damals in Sakkara für große Aufregung sorgten.

Kurz vor seinem größten Triumph wurde Professor Emery, beim Rasieren im Waschraum, von einer rechtsseitigen Lähmung befallen und verlor die Sprache. Wenige Tage später, am Donnerstag, dem 11. März 1971, starb er im britischen Hospital von Kairo. Die Ärzte standen vor einem Rätsel, sie vermuteten Gehirnschlag, aber Herz, Blutdruck und Hirnfunktionen waren bis zum 10. März völlig normal gewesen. Emery war immer gesund gewesen ...

James Mitchener hatte Dr. Aschars Schweigen richtig gedeutet. Dieser idiotische Aberglaube vom Fluch der Pharaonen! dachte er. Selbst ein ernsthafter Wissenschaftler wie Aschar war nicht dagegen gefeit. Im Unterbewußtsein bedrückte es ihn.

»Es muß irgendwo bei Sakkara noch ein unentdecktes Grab geben!« beharrte der Professor mit britischer Dickköpfigkeit. »Keine Pyramide, so etwas zu behaupten wäre idiotisch, aber ein Erdgrab, unter Jahrtausende altem Geröll verborgen, vielleicht in zehn oder fünfzehn Metern Tiefe! Am Ende eines Labyrinths aus Gängen, Stollen und Blindgräbern ... Wer sagt Ihnen, daß es das nicht gibt?«

»Ich!« Dr. Aschar hatte wieder den Kopf geschüttelt. »Professor Mitchener, wir alle wissen doch, daß die Pharaonen des Alten Reiches über der Erde, in Pyramiden, begraben wurden. Wir wissen es: Die Pyramiden waren eine Art kultischer Denkmäler, und die Pharaonen lagen auch dort unter der Erde - aber ihr irdischer Ruheplatz mußte allen sichtbar sein! Auch einem Kind-König, und wenn er nur einen Tag regiert hätte, würde man eine kleine Pyramide errichtet haben. Ich weiß, woran Sie jetzt denken. An den sagenhaften, nur undeutlich in den Schriftsymbolen von Memphis erwähnten Pharao Menesptah. Nur einmal taucht dieser Name in den Schriften auf, und dabei kann es sich noch um einen Irrtum handeln. Nirgendwo sonst wird dieser Menesptah erwähnt. In keiner Überlieferung hat man Taten von ihm festgehalten. Auch der Arzt und Vertraute aller Pharaonen, der Erfinder einer Schrift und eines Kalenders, das Genie Imhotep, hat nichts von Menesptah berichtet. Und gerade er, der Chronist dieser Zeit, hätte doch diesen Kind-König nicht vergessen, wenn er gelebt hätte! Professor, ich fürchte, Sie jagen einem Hirngespinst nach ...«

Das war vor zwei Jahren gewesen. Aber Professor Mitchener hatte sich nicht beirren lassen.

Vierzehn Monate hatte die Forschungsgruppe unter seiner Leitung auf dem Gräberfeld von Sakkara gesucht und gegraben, auf einem Friedhof von sieben Kilometer Länge und fünfzehnhundert Meter Breite - einem riesigen Gelände, überragt von der fünftausend Jahre alten Stufenpyramide des Pharaonen Djoser. Ein Wunderwerk der Baukunst - eine der ältesten Monumentalarchitekturen der Menschheit.

Gleich neben dieser Pyramide hatte Professor Mitchener sein Hauptquartier aufgeschlagen. Mit Genehmigung der ägyptischen Regierung waren vier Baracken errichtet worden.

Vom Fenster des Kartenzimmers blickte man auf den Kobrafries des Djoser ... eine Mauer aus riesigen Steinblöcken, in die Köpfe und geschuppte Halspartien der Giftschlangen gemeißelt waren. Kobra neben Kobra ... gefährliche stumme Wächter seit fünftausend Jahren: »Rühret das Grab nicht an! Störet nicht den Schlaf des Königs! Ihr werdet es nicht überleben ...«

Es war ein heißer Morgen, gegen den selbst die transportablen Klimaanlagen versagten, als Professor Mitchener seine Mitarbeiter in sein Zimmer rief. Es waren Dr. Frank Herburg, Archäologe und Ägyptologe aus Berlin, der Engländer Dr. Harris Pernam, Dozent für ägyptische Geschichte am Gresham-College, und Dr. Abdullah ihn Hedscha, den Dr. Aschar von seinem Kairoer Institut zur Verfügung gestellt hatte; der Professor pflegte ihn das »staatliche Auge« zu nennen.

Abdullahs Tochter Leila, ein Mädchen von zweiundzwanzig Jahren, von jener faszinierenden mandeläugigen Schönheit, die man früher hinter Schleiern nur ahnen konnte, servierte heißen, mit Honig gesüßten Tee - das beste Mittel gegen die Hitze.

Frank Herburg, vierzig Jahre alt, schlank, hochgewachsen, mit grauschimmernden Schläfen und sonnengebräunter Haut und jener Drahtigkeit, der man ansah, daß Abenteuer in fremden Ländern zu einem Beruf werden können, hatte am Abend zuvor den Ausschlag gegeben. Er hatte gesagt: »Die letzte Grabung ist abgebrochen worden. Wir haben zwar sauber gemauerte Gänge gefunden, die schräg in die Erde führen, eine Reihe von Blindtüren und drei leere Kammern, in denen nie ein Sarg gestanden hat - und damit aus! Es handelt sich dabei um Scheingräber, angelegt, um spätere Grabräuber zu verwirren und zur Aufgabe zu bewegen. Eine Menge mumifizierter Giftschlangen und an die Wände gezeichnete Flüche des Totengottes bestärken das noch. Von Menesptah keine Spur!«

Das war das Ende. Wie Dr. Aschar in Kairo vorhergesagt hatte: Die Totenstadt von Sakkara gab keine Geheimnisse mehr preis.

Noch einmal hatte Professor Mitchener die ganze Nacht hindurch mit seinen beiden Mitarbeitern Berechnungen angestellt. Da jede Pyramide nach streng mathematischen und sonnenkultischen Gesetzen gebaut worden war, wo Schattenlängen und Schattenflächen zu bestimmten Zeiten eine große Rolle spielten, und die Priesterärzte aus der täglichen Wanderung der Schatten den Lauf eines Jahres auf den 0,2419. Teil eines Tages genau ablesen konnten, vermutete der Professor irgendwo unter dieser Grundfläche des Diagramms der Sonnenreflexionen das Grab des jungen Kind-Königs Menesptah.

Es war entmutigend. Alle auf den Karten eingezeichneten Punkte, die nach den bekannten altägyptischen Kultriten für eine Gruft in Frage kommen, hatte man bis zu fünfzehn Meter tief aufgegraben. Nach den oberen Sand- und Geröllschichten war man auf Steinmassive gestoßen, die keinerlei Anzeichen dafür boten, daß hier je eine Menschenhand gearbeitet hatte.

»Ja, liebe Freunde, wir brechen hier ab«, sagte Professor Mitchener jetzt. Für seine sechzig Jahre wirkte er noch recht jugendlich: ein mittelgroßer, eher etwas zart wirkender Mann mit einem gepflegten Oberlippenbart, wie ihn seit Jahrhunderten englische Kolonialoffiziere bevorzugten. Seinen Beruf sah man ihm nicht an, man hätte ihn wohl für einen britischen Parlamentarier halten können, der mit Würde durch die alten Räume an der Themse schreitet.

»Aber ich kapituliere nicht!« fuhr Mitchener fort. »Ich lasse mich nicht davon abbringen, daß es diesen Menesptah gegeben hat! In der Königsfolge der dritten zur vierten Dynastie klafft eine winzige Lücke.

Aber niemand glaubt mir das! Auch Sie nicht, meine Herren, seien Sie ehrlich!«

Herburg, Pernam und Abdullah ibn Hedscha schwiegen. Leila schenkte neuen Tee ein und setzte sich dann neben Herburg auf die Lehne des Korbsessels. Sie legte den Arm um den Rücken des Deutschen und schmiegte ihren Kopf an seine Schulter. Abdullah, ihr Vater, warf ihr einen mißbilligenden Blick zu.

An Menesptah hatte er nie geglaubt - das war nicht sein Problem. Viel mehr beschäftigte ihn die Zukunft seiner Tochter. Als er bemerkt hatte, daß Leila sich in den deutschen Archäologen verliebt hatte, war es schon zu spät gewesen.

»Ich bin entsetzt!« hatte Abdullah gesagt. »Wie benimmst du dich? Allah, habe ich eine läufige Katze als Tochter?«

»Ich bin ein modernes Mädchen«, hatte Leila geantwortet. »Wenn ich einen Mann liebe, dann verstecke ich mich nicht.«

»Er ist ein Christ!« rief Abdullah verzweifelt. »Ein Ungläubiger!«

»Er hat auch einen Gott, der heißt nur anders. Und außerdem liebe ich nicht seinen Gott und seine Religion, sondern ihn, Frank Herburg!«

Abdullah hatte daraufhin mit Herburg gesprochen - unter vier Augen. »Sie ist meine einzige Tochter«, sagte er eindringlich. »Mein Augenlicht, mein Lebensinhalt, mein Paradies. Sie staunen, daß ein Mohammedaner so spricht, nicht wahr? Im allgemeinen sind nur Söhne die Wonne eines Vaters. Heißt es nicht: Wen Allah straft, dem schenkt er eine Reihe Töchter? Es mag bei vielen Vätern so sein, bei mir nicht. Leila ist mein ein und alles, ein Stück meines Herzens. Wie soll das weitergehen, Dr. Herburg?«

»Vielleicht werde ich in Ägypten bleiben, wenn es möglich ist, eine Stellung an der Universität von Kairo zu bekommen. Aber darüber nachzudenken, ist noch zu früh.«

»Leila ist zweiundzwanzig Jahre alt - und Sie sind vierzig! Sie werden verstehen, wenn ich als Vater mit Besorgnis daran denke, daß ...«

»Ich möchte Ihnen jetzt von Mann zu Mann etwas sagen, Dr. ibn Hedscha«, unterbrach ihn Frank Herburg. »Ich verspreche Ihnen, mich Ihrer Tochter gegenüber korrekt zu verhalten, bis ich sagen kann: Bitte geben Sie mir Leila zur Frau, wir lieben uns bis ans Ende unserer Tage.«

»Das können Sie versprechen?«

»Ja.«

»Und durchhalten? Leila ist wie eine Rose im Morgentau ...«

»Wenn ich Sie enttäusche, Dr. ibn Hedscha, können Sie mir den Schädel einschlagen.«

Und Abdullah hatte mit tiefem Ernst geantwortet: »Das ist das mindeste, was Ihnen passiert, Dr. Herburg.«

Was wird daraus werden? dachte Abdullah und schielte zu seiner schönen Tochter hinüber. Bestimmt, sie werden glücklich miteinander werden - aber plötzlich ist doch die Situation eine völlig andere. Mitchener gibt auf!

Das heißt doch, Dr. Herburg fliegt zurück nach Deutschland. In Kairo gibt es bestimmt keine Stellung für ihn, wir haben genug Archäologen im eigenen Land. Wird Leila mit ihm fliegen in den kalten Norden?

Professor Mitcheners Stimme riß Abdullah aus seinen Gedanken. »Ich möchte Ihnen allen heute danken. Wir waren ein vorbildliches Team, ja, wir sind Freunde geworden. Und wir haben gemeinsam das Geld von drei Universitäten durchgebracht!« Mitchener schmunzelte. Ab und zu konnte er sich an seinem unterkühlten britischen Humor delektieren. »Eigentlich wären wir es dem Steuerzahler schuldig gewesen, erfolgreich zu sein, denn letztlich finanziert er alles. Wie gern hätte ich der Welt die Mumie des Menesptah präsentiert! Des geheimnisumwitterten Kind-Königs, an dessen Existenz niemand glauben wollte! Verdammt, meine Herren, ich spüre es trotz allem immer noch tief in mir, daß er irgendwo an der Peripherie von Sakkara begraben liegt. Wir sind Dilettanten, meine Herren! Unsere Berechnungen stimmen nicht. Irgendwo da draußen, im Bereich einer uns unbekannten Sonnenreflexion, liegt das Grab!«

Mitchener hob die schmalen Schultern und strich über seinen weißen Oberlippenbart. »Was soll's? Man kann sich eben nicht alle Lebensträume erfüllen. Morgen bauen wir endgültig ab. Welche Genugtuung für Dr. Aschar! Er hat mich von Anfang an für einen Phantasten gehalten.«

Eine Stunde nach dieser Lagebesprechung - Dr. Herburg reinigte gerade die versandete Zündung seines alten VW, denn er wollte mit Leila einen Ausflug an den Nil machen - brauste in einer gelben Staubwolke ein uralter Jeep in das Barackenlager.

Am Steuer saß, über und über mit Staub bedeckt, ein Mann mit einem breiten, geradezu ansteckenden Grinsen: Toc-Toc. Nach dem Bremsen fuchtelte er mit beiden Armen durch die Luft.

Toc-Toc hieß eigentlich Mahdi ibn Kebir. Aber der klangvolle Name, der an einen Nachfolger des Propheten denken ließ, täuschte. Kebir war ein einfacher Fellache, geboren am Rand der Schwemmfelder des Nils, dort, wo das Land durch den ewigen Fluß noch fruchtbar war, wo Getreide und Mais, Dattelpalmen und Zwiebeln, Gemüse und Süßkartoffeln gedeihen.

Bis zu seinem dreißigsten Lebensjahr hatte Mahdi ibn Kebir in einer weißgetünchten Lehmhütte gehaust, hatte das Land bestellt und gelebt wie alle Fellachen: in einer glücklichen Armut. Allah gab Wasser und Früchte des Bodens - was wollte man noch mehr? Genaugenommen war man sogar reich. Man besaß zehn Ziegen, vier Lastesel und zwei Kamele.

Bei einem Marktgang nach Kairo war es dann geschehen: Ein Taxichauffeur überfuhr Mahdi ibn Kebir, und sein Unterschenkel mußte amputiert werden. Da keine Versicherung für den Unfall aufkam und der Taxifahrer selbst ein armer Hund war, die Polizei außerdem auf dem Standpunkt stand, ibn Kebir sei an dem Unfall selbst schuld gewesen - er sei wie ein Blinder direkt in den Wagen hineingestolpert -, verkaufte Mahdi ein Kamel und ließ sich für den Erlös eine hölzerne Prothese anfertigen. Seitdem machte es immer klack-klack, wenn er umherging, oder toc-toc, bis jemand sagte: »Bei Allah, da kommt ja Toc-Toc!«

Ibn Kebir nahm den neuen Namen an, als sei er eine Auszeichnung. Und weil ein rechtschaffener Mann auch mal Glück haben soll, bekam er durch eine seltsame Fügung des Schicksals auch eine neue Stelle. In dem Taxi, das ihn überfuhr, saß nämlich ein wichtiger Mann aus der Akademie für ägyptische Geschichte, und der sagte zu Toc-Toc: »Wenn du Lust hast, kannst du in unserem Institut arbeiten. Da kannst du mehr Geld verdienen als mit deinem Fleckchen Land.«

Mahdi hatte Lust. Er verpachtete sein Lehmhaus und seine Felder an einen Vetter zweiten Grades, der noch ärmer war als er, weil er für sieben Brüder zu sorgen hatte, und trat seine Stelle in Kairo an.

Seine erste Aufgabe führte ihn gleich in die Gräberstadt Sakkara, wo ein Team des Ägyptischen Museums an einem Bildatlas des fünftausendjährigen Friedhofs arbeitete. Toc-Toc übernahm die Aufsicht über die Arbeiter, die sich unter der Leitung der Archäologen in die Erde wühlten, unterirdische Gänge freilegten und Sand, Staub und Geröll an die Erdoberfläche schleppten.

Nach den drei Jahren war Toc-Toc der anerkannte Fachmann für Grabungen.

Er hatte sogar eine Erfindung gemacht, die heute nicht mehr wegzudenken war: Trug man bisher den Sand und die Steine aus der Tiefe in Körben oder Eimern weg - Bagger kann man ja nicht immer einsetzen, denn bei Ausgrabungen kommt es auf Millimeterschichten des Erdreichs an -, so tauchten eines Tages Toc-Tocs Arbeiter mit großen, gebogenen schwarzen Tragkörben auf. Sie bestanden aus halbierten LKW-Reifen! Eine geniale Idee, und man konnte die dreifache Menge transportieren; außerdem wurden die Rücken der Arbeiter nicht mehr wund, denn der Gummi drückte nicht so stark wie ein Flechtkorb oder ein hölzernes Gefäß.

Als Professor Mitchener mit seinem Team in Sakkara einzog, sagte Dr. Aschar zu ihm: »Ich gebe Ihnen Toc-Toc als Faktotum. Einen Besseren gibt's in ganz Ägypten nicht. Der organisiert Ihnen alles, was Sie brauchen, und wenn er's beim Nachbarn klaut. Auf Toc-Toc können Sie sich verlassen. Manchmal hat er einen sechsten Sinn. Dann steht er auf dem Gräberfeld, blickt über das Land und scheint weit weg zu sein. Und auf einmal sagt er: ›Grabt dort! Da ist noch ein Stollen!‹ Und tatsächlich, bisher hatte er immer recht. Man hat das Gefühl, die Seele des alten Ägypten lebe in ihm fort.«

Das waren geradezu prophetische Worte!

In den vergangenen vierzehn Monaten hatte Toc-Toc allein durch sein »Gefühl« mehr Gräber entdeckt, als alle wissenschaftlichen Berechnungen vermuten ließen. Von Mathematik oder Geometrie verstand Toc-Toc nicht mehr als ein Kamel von der britischen Geschichte, und trotzdem sagte er, wenn er die Schatten der Stufenpyramide des Königs Djoser verfolgte, ganz gezielt: »Dort muß man graben!« Er entdeckte zwar nicht die Gruft des sagenhaften Menesptah, aber immerhin drei recht gut erhaltene Gräber von Priestern in zehn Meter Tiefe.

»Sir!« schrie Toc-Toc jetzt und sprang aus seinem klapprigen Jeep. »Doc! Wir haben etwas gefunden! Vielleicht ist es ja nichts wert, aber sehen Sie sich es doch einmal an!«

Er lief zu Dr. Herburg und schwenkte das Stück einer Steinplatte in der Hand. Frank Herburg warf seinen Putzlappen hin, betrachtete den Fund und wischte dann ganz vorsichtig mit der Handfläche den Staub aus den vielfachen Rissen.

Eine flache Steinplatte, von Menschenhand geschliffen. Darauf, nur noch schemenhaft zu erkennen, Andeutungen von Schriftzeichen.

Toc-Toc beobachtete Dr. Herburg gespannt. »Ist es etwas?« fragte er.

»Wo hast du es gefunden?«

»Zweihundert Meter von der letzten Grabung entfernt.« Toc-Toc wischte sich mit beiden Händen übers Gesicht. »Ich bin spazierengegangen, aber ich wollte gar nicht Spazierengehen. Ich mußte einfach ... Verstehen Sie das, Sir? Und dann stand ich plötzlich vor einer niedrigen Steinmauer und stieß mit dem Fuß gegen diese Steinplatte.«

Dr. Herburg nahm den Fund vorsichtig in beide Hände und lief hinüber zur Arbeitsbaracke. Dort lagen auf langen Holztischen die wertvollen Ausgrabungen, die man gereinigt und katalogisiert hatte: mumifizierte Ibisse, Teilstücke von Köpfen und Schriftplatten, Tonkrüge, Teile von Skeletten und Fragmente von Wandmalereien, vor allem aus den Gräbern hoher Beamter der Pharaonen.

Der Professor, Dr. Pernam und Dr. ibn Hedscha standen an einem der Tische und versuchten, aus Scherben einen Vogelkopf zusammenzusetzen, als Dr. Herburg und Toc-Toc hereinstürmten.

»Ein Wunder!« meinte Pernam sarkastisch. »Er reinigt eine Benzinleitung und findet dabei Menesptah! Frank, sagen Sie bloß nicht, wir fangen von vorne an! Ich spiele nicht mehr mit. Ich sehne mich nach dem echten Londoner Nebel, so verrückt das klingen mag. Und Regen! Regen! Ich werde mich stundenlang in den Regen stellen!«

Dr. Herburg legte Toc-Tocs Fund sehr vorsichtig auf den Tisch und wedelte mit einem weichen Pinsel, den Archäologen zur Reinigung wertvoller Ausgrabungen benutzen, den Staub von der Platte. »Die

Quarzlampe!« rief er, schon heiser vor Erregung. »Wenn es uns gelingt, diese Schrift sichtbar zu machen ...«

Professor Mitchener beugte sich über die kaum erkennbaren Zeichen. Er hatte ein Vergrößerungsglas ergriffen, und plötzlich begann seine recht Hand zu zittern.

»Der ... meinen ... Namen ... trägt ...«, las er mit leiser Stimme.

Es war ganz still in dem großen Raum. Die Männer hielten den Atem an, als könnten Mitcheners Worte ebenso verblassen wie die Zeichen auf der Steinplatte.

»Ich ... Ptah ... Sonne und Nacht ... in meiner Hand ...«

Mitchener hob den Kopf und atmete rasselnd. Er schien kaum noch Luft zu bekommen. »Mein Gott, Frank! Harris! Abdullah! Hören Sie das? ›Der meinen Namen trägt ... Ich, Ptah ...!‹ Die Quarzlampe her! Röntgengerät! Der meinen Namen trägt ... Das ist Menesptah! Frank, wo haben Sie das her?«

»Toc-Toc hat es gefunden. Etwa zweihundert Meter von unserer Endstation, dem Nil zugewandt. Da, wo ein König nie hätte begraben werden können! Außerhalb aller Diagramme!«

»Mein Gott!« sagte Mitchener und mußte sich auf den Tisch stützen. »Wenn das stimmt ... Wenn das eine Spur ist ... Harris, vergessen Sie Ihren Nebel und Regen!«

Dr. Abdullah hatte den fahrbaren Röntgenapparat herangerollt und legte nun die Spezialplatte auf das Steinstück. Durch ein besonderes Verfahren war es möglich, Negativbilder von Dingen zu erstellen, die ein menschliches Auge nur noch andeutungsweise oder überhaupt nicht mehr erkennen konnte. Selbst feinste Einkerbungen, auch wenn sie später wieder glattgeschliffen worden waren, konnte man in einem raffinierten Umkehrverfahren von neuem sichtbar machen. Auch die Infrarotfotografie gehörte dazu ... Technische Zaubertricks, mit denen man Jahrtausende überlistete.

Nach einer halben Stunde wußten alle, daß Toc-Tocs Steinplattenfragment der sensationellste Fund seit der Entdeckung des Tut-ench-Amun war.

Das Eingangsschild zum Grab des Menesptah!

»Es gibt ihn!« sagte Professor Mitchener mit erstickter Stimme, als habe ihm die Wahrheit alle Kraft genommen. »Ich hatte recht! Der Kind-König, die Lücke in der dritten Dynastie ...«

»Gratulation!« Abdullah streckte dem Professor die Hand hin. »Ich gestehe es jetzt ganz offen, ich habe nie daran geglaubt.«

Dr. Herburg und Dr. Pernam hatten gemeinsam den Text der Inschrift entziffert und durch logische Folgerungen ergänzt, was auf der Tafel fehlte oder zu verwittert war. Die Inschrift lautete demnach: »Der meinen Namen trägt, wird die Sonne sehen. Ich, Ptah, der Sonne und Nacht in seiner Hand hält, werde bestrafen den Bösen, der die Ruhe stört, über die meine Hand waltet ...«

»Die erste Warnung!« sagte Mitchener. »Der Erfahrung nach muß die Platte über einer Scheintür gehangen haben, hinter der ein Gang in die Irre führte.Und wo eine Scheintür ist, gibt es auch eine richtige Tür zum Grab! - Sofort den ganzen Bezirk absperren! Die Arbeiten werden wieder aufgenommen!«

Er reichte dem Fellachen die Hand, und Mahdi ibn Kebir schüttelte sie wie wild. Es war die schönste Belohnung für ihn.

»Wenn es das gesuchte Grab ist, schenke ich dir tausend Pfund.«

Toc-Toc wischte sich wieder mit beiden Händen über das Gesicht. »Tausend Pfund, Sir? O Allah, ich werde ein reicher Mann! Sir ... es ist das Grab ...«

Über die Schwebeleitung, die man von den Baracken zu dem ersten Telefonmast bei Sakkara gebaut hatte, rief Professor Mitchener kurz darauf in Kairo an. Dr. Ibrahim Aschar mußte erst gesucht werden, aber dann klang seine Stimme deutlich aus dem Hörer: »Ich habe schon gehört, Professor, Sie bauen ab!« sagte er. »Schade, ich hätte Ihnen mehr Erfolg gegönnt. Aber Sie erinnern sich, ich habe immer behauptet, daß ...«

»Wir bleiben!« unterbrach ihn Professor Mitchener. Er saß vor dem Tisch mit der Steinplatte und strich fast zärtlich darüber hin. »Wir haben das Grab ...»

»Menesptah? Unmöglich!« rief Dr. Aschar.

»Mit großer Wahrscheinlichkeit. Vor mir liegt ein Teil des Eingangsspruches ... ich lese ihn Ihnen vor.«

Feierlich deklamierte Mitchener den kurzen Text. Dr. Aschar konnte plötzlich nachempfinden, wie es dem Kollegen zumute war. Er starrte gegen eine Wand und dachte: Das sind die Augenblicke im menschlichen Leben, in denen Himmel und Hölle zusammenprallen.

»Kann man das der Presse bekanntgeben?« fragte Aschar vorsichtig, nachdem Mitchener seine Deklamation beendet hatte.

»Noch nicht, bitte. Erst wenn ich vor dem Sarg gestanden habe, oder sagen wir, vor dem, was unbekannte Grabräuber vor tausend oder mehr Jahren zurückgelassen haben. Wenn das Grab unberührt wäre, so wäre das ein zweites Wunder!«

»Ich wünsche Ihnen viel Glück, Professor«, sagte Dr. Aschar und dachte dabei: Wir werden eine Kurzmeldung herausgeben. So etwas kann man sich doch nicht entgehen lassen. Es hat also wirklich einen Kind-König Menesptah gegeben. Allein das ist schon eine Sensation allerersten Ranges! Die Augen der Welt werden auf Ägypten ruhen. Das zu veröffentlichen, ist geradezu eine nationale Pflicht ...

Er legte auf und wählte gleich darauf die Nummer der Chefredaktion von Kairos größter Zeitung. Auch den Chef der Fernseh- und Rundfunkanstalten informierte er; dieser versprach, gleich morgen früh ein Aufnahmeteam nach Sakkara zu schicken.

So erfuhr schon mit den ersten Abendnachrichten Ägyptens Volk (und damit die Welt), daß es einen Pharao mehr gehabt habe ... vor knapp fünftausend Jahren! Die meisten interessierte das nicht, die Gegenwart, das tägliche Brot, der Lohn harter Arbeit war wichtiger.

Nur einer runzelte die Stirn, als der Rundfunksprecher geendet hatte, und zog das Telefon näher zu sich: Gemal Mohammed ibn Djelfa.

In der guten Gesellschaft Kairos kannte jeder den dicken, kurzatmigen und zuckerkranken Djelfa. Seine Im- und Exportfirma hatte ihn zum Millionär gemacht, zur Schlüsselfigur der ägyptischen Handelsbilanz. Sein Geld wiederum erlaubte es ihm, sich mehrere Frauen zu halten, eine offizielle und sieben andere als »liebe Gäste und Freundinnen« seiner Frau.

Er hatte sich nach altem Stil einen Harem bauen lassen, den er »Gästehaus« nannte: prunkvoll, mit Innengärten und marmornen Springbrunnen, Laubengängen und geschnitzten Sonnenterrassen. In den einzelnen »Gästezimmern« standen riesige runde Betten, von Spiegelwänden umgeben. In Kairo rätselte man weniger über die Herkunft all dieses Reichtums als vielmehr über das physische Rätsel, wie ein so dicker, herzkranker und vom Zucker befallener Mann wie Djelfa es noch schaffte, acht bildhübsche, junge Ägypterinnen zufriedenzustellen.

Dieser Gemal Mohammed ibn Djelfa also wählte eine Nummer und wartete, bis sich der Teilnehmer dreimal gemeldet hatte.

»Sind Sie's?« fragte eine leise Stimme am anderen Ende. »Gemal?«

»Haben Sie die Funknachrichten gehört, Suliman?« fragte Djelfa. »Eben! Vor fünf Minuten. Ach ja, Sie hören ja keinen Rundfunk mehr. Sie sind aufs Fernsehen eingeschworen. Aber dort kommt es auch bestimmt in einer Stunde.«

»Was denn?«

»Sie sollten sich intensiver um Sakkara kümmern, Suliman.

»Die britische Archäologengruppe baut ab.«

»Einen Dreck tut sie! Man haut Sie übers Ohr, Suliman! Die Burschen haben das Grab entdeckt ...!«

»Unmöglich!« Sulimans Stimme klang erregt. »Der Eingang liegt in fünf Meter Tiefe unter Geröll und Felssteinen. Es gibt drei Scheintüren, der echte Eingang ist mit Granit so natürlich zugemauert, daß niemand auf den Gedanken kommt, dahinter seien die Gänge zu einem Grab.«

»Dieser Professor Mitchener ist darauf gekommen, Suliman. Und vor allem dieser Deutsche! Er hat Schriftzeichen entziffert.«

Djelfa schnaufte hörbar. Die Aufregung steigerte seinen Blutdruck und seinen Insulinspiegel. »Können Sie sofort auslagern?«

»Kaum ...«

»Dann lassen Sie sich etwas einfallen, Suliman. Wie hoch ist gegenwärtig mein Anteil?«

»Zwei Millionen Pfund, Gemal ...«

»Sieh an! Für zwei Millionen Pfund sollte Ihnen aber allerhand und sehr schnell etwas einfallen, Suliman.«

Djelfa legte auf und lehnte sich in seinen brokatbezogenen Sessel zurück. Auf seiner Stirn bildeten sich zwei steile Falten. Der Gedanke, daß diese verfluchten Archäologen das Grab des Menesptah finden könnten, beunruhigte ihn sehr.

Die erste Warnung erhielt Dr. Herburg.

Er war mit Leila an den Nil gefahren. Sie saßen am Ufer, sahen den Flußfischern zu, die mit ihren flachen Booten und breiten Segeln auf dem Strom hin und her fuhren. Dann lagen sie im harten Ufergras und küßten sich. Wenn Leila ihre braunen Arme um ihn schlang und ihn fest an sich zog, kostete es ihn große Kraft, das Versprechen, das er ihrem Vater gegeben hatte, zu halten.

»Ich liebe dich!« sagte sie immer wieder. »Ich liebe, liebe dich! Ich will, daß du mir gehörst, mir ganz allein! Warum kommst du nicht? Mein Vater? Mein Vater ist weit weg. Auf einem anderen Stern! Aber ich bin hier, ich! Warum bist du so kühl?«

Sie streifte das Oberteil ihres Bikinis ab und trommelte mit ihren langen schlanken Beinen in das Ufergras des Nils.

Es war eine Leistung, da stark zu bleiben.

Dann kam die Warnung.

Ein schmutziger, verschmitzt lachender Fellachenjunge tauchte plötzlich auf und warf ihnen etwas zu. Es war ein Stein, um den ein Zettel gerollt war. Ehe Frank Herburg reagieren konnte, rannte der Junge davon.

Leila wickelte das Papier von dem Stein und gab es Herburg. Ein paar Zeilen, sogar in deutscher Sprache, mit einer großen flotten Schrift geschrieben, bedeckten den Zettel: »Befolgen Sie die Warnung Menesptahs! Denken Sie daran, daß bisher vier Forscher, die die Ruhe der Pharaonen störten, auf geheimnisvolle Weise starben! Denken Sie daran, was geschrieben steht: ›Der Tod wird den mit seinen Schwingen erschlagen, der die Nähe des Pharao stört.‹ Die Schwingen des Todes rauschen schon über Ihnen ...«

Frank Herburg ließ den Zettel in seinen Schoß fallen. »Die Worte des Tut-ench-Amun«, sagte er ganz ruhig. »Allein sechsundzwanzig Menschen, die mit diesem Pharaonengrab zu tun hatten, starben innerhalb kurzer Zeit.«

»Ich weiß es.« Leila schmiegte sich an ihn. »Laß uns nach Berlin, laß uns in deine Heimat fliegen.«

»Wegen dieses Zettels? Nein!« Frank Herburg faltete das Papier zusammen und steckte es in die Tasche. »Wer auch immer diesen Wisch geschrieben hat und aus welchen Motiven auch immer - er wird genau das Gegenteil erreichen. Jetzt werden wir Tag und Nacht graben, bis wir den Kind-König gefunden haben! Eins hat der anonyme Schreiber erreicht: Ich weiß jetzt, daß es einen Menesptah gegeben hat und daß wir vor der Lösung des Rätsels um diesen Pharaonen stehen. Die Polizei wird uns beschützen.«

»Was kann die Polizei gegen den Fluch der Pharaonen tun?« fragte Leila und umfaßte Herburg. Er spürte, wie sie vor Angst zitterte.

»Du glaubst daran?«

»Ja. Du nicht?«

»Nein!«

»Und die vierundvierzig Toten unter den Forschern?«

»Man kann ihren Tod in den meisten Fällen medizinisch exakt erklären. Herzversagen, Unfälle, Infektionen, ein Selbstmord ...«

»So?«

»Wenn man will, kann man aus allem etwas Geheimnisvolles herauslesen«, antwortete Frank Herburg und lächelte; aber es war doch ein etwas gequältes Lächeln. »Mich beeindruckt das alles nicht. Ich bin kein Phantast, der eine Blinddarmentzündung als Fluch der Pharaonen ansieht!« Er sprang auf und zog Leila aus dem Gras hoch. »Wollen wir schwimmen?«

»Nein«, sagte sie leise und umarmte ihn, als wollte sie ihn aufhalten.

»Auf einmal ...?«

»Ich habe Angst, daß du ertrinkst!«

»Du weißt, ich bin ein fabelhafter Schwimmer.«

»Trotzdem ...«

»Ach so!« Herburg lachte laut auf. »Du glaubst, Menesptah zöge mich in die Tiefe des Nils?«

Er löste sich aus ihren Armen, lachte wieder und lief dann hinunter an das Flußufer. Während des Laufens zog er sich schon aus und warf die einzelnen Kleidungsstücke hinter sich. Dabei hüpfte er wie ein kleiner Junge und sprang in die Luft, als er nur noch seine Badehose anhatte.

»Bleib stehen!« rief Leila hinter ihm her. Sie hetzte ihm nach, die Arme weit ausgestreckt, als seien sie ein Magnet, mit dem sie ihn zurückziehen konnte. »Frank! Ich flehe dich an, bleib stehen! Nicht in den Nil! Hör auf mich! Ich habe Angst ... Angst ...«

Herburg blieb am Ufer stehen, die Füße schon im seichten Wasser, und wartete, bis Leila bei ihm war.

Am ganzen Körper zitternd warf sie sich in seine Arme mit einer Verzweiflung, die er noch nie an ihr erlebt hatte. Sie klammerte sich an ihm fest und versuchte, ihn aus dem Wasser zu ziehen. Es war, als fürchte sie, der Nil könne seine Füße abbrennen.

»Leila ... was ist los? Wie kann man nur so abergläubisch sein!« Er küßte sie.

Folgsam kam er wieder ans Ufer zurück und zog seine Kleider an. Dabei fiel der zusammengeknüllte Zettel aus seiner Hosentasche. Er hob ihn auf, strich ihn glatt und las die Warnung noch einmal durch.

»Das ist doch alles Unsinn, Leila. So etwas sollte man nicht ernst nehmen.«

»Und wer hat den Zettel geschrieben?« rief sie. In ihrem wunderschönen Gesicht zuckte die Angst, ihre schwarzen mandelförmigen Augen waren geweitet.

»Irgendein Fanatiker, der nicht will, daß wir Christen uns um eure Pharaonen kümmern. Es gibt doch solche Eiferer überall ...«

»Und weil sie Fanatiker sind, können sie auch töten!«

Frank Herburg schüttelte den Kopf und küßte Leila wieder auf die zitternden Lippen. Seine zur Schau getragene Unbekümmertheit war gespielt. Im Innern dachte er wie Leila: Diese Warnung muß ernst genommen werden. Aber er ließ sich nicht in Panik versetzen, denn genau das sollte diese Nachricht bewirken.

Ganz zu Anfang der Mitchener-Ausgrabungen in Sakkara hatte es einen ähnlichen Vorfall gegeben: Eines Morgens, als sie in die Arbeitsbaracke kamen, lag auf dem Tisch bei den ersten Funden ein Stück Papier. Nur ein einziger Satz stand darauf: »Geht, oder es trifft Euch der Fluch!« Eine Warnung, aus den ausgeschnittenen Buchstaben einer Zeitung zusammengesetzt.

Damals hatte Professor Mitchener nicht lange überlegt. Er hatte Kairo informiert, daraufhin wurden drei Monate lang vier Polizisten in Sakkara stationiert, die bei allen Ausgrabungen zugegen waren - die schußbereiten Maschinenpistolen vor der Brust.

Es geschah nichts, und nach drei Monaten zog man die Polizisten zurück, überließ aber dem Forscherteam die Waffen. Vorher hatten sie alle damit geübt. Dr. Herburg und Abdullah ibn Hedscha erwiesen sich dabei als Kunstschützen, die aus fünfzig Meter Entfernung einen kleinen Stein von einem Mauerrest schießen konnten.

Der Briefschreiber verhielt sich still und blieb im Dunkel der Anonymität. Er hatte auch keinen Grund mehr, in das Geschehen einzugreifen, denn Mitchener und seine Archäologen gruben an Orten, die für ihn völlig uninteressant waren.

Von all dem wußte Leila nichts.

Die neue Warnung aber bewies, so dachte Herburg, daß der Steintafelrest mit dem Hinweis auf Menesptah nicht zufällig mit anderem Geröll im Lauf der Jahrhunderte an diese Stelle geraten war, sondern daß man tatsächlich in der Nähe des unbekannten Kind-Königs-Grabes war. Und diesmal würde es der Ungenannte nicht nur bei einer Warnung belassen ...

Herburg und Leila brachen ihren Ausflug ab und fuhren in dem alten VW zurück zu der Gräberstadt Sakkara.

Dort hatte Mitchener bereits mit Dr. Pernam das Quadrat abgesteckt, in dem man graben wollte. Toc-Toc war dabei, die bereits entlöhnten Arbeiter mit heftigen Gesten und lautem Gebrüll dazu zu bewegen, sich noch einmal in den Dienst der Weißen zu stellen und mit ihren halbierten LKW-Reifen wieder Meter um Meter Sand, Geröll und Steine wegzutragen. Jede Traglast wurde unter einem weit aufgespannten Segeltuch von Dr. Abdullah und zwei Helfern untersucht, ob die Bruchstücke von Steintafeln und Tongefäßen, von Skulpturen oder Werkzeugen Aufschluß über das Leben zur Pharaonenzeit gaben.

Eine harte staubige Arbeit unter glühender Sonne. Der mehlfeine Staub verklebte die Nase, kratzte im Hals, behinderte das Atmen, schien in der Lunge förmliche Klumpen zu bilden. In kürzester Zeit war jeder Mensch graugelb gefärbt - in der flimmernden heißen Luft sah es aus, als seien Steine lebendig geworden ...

Der Professor las Herburgs Zettel langsam und mit gerunzelter Stirn aufmerksam durch. Dann gab er ihn an Dr. Pernam und Dr. ibn Hedscha weiter.

Dr. Harris Pernam, breitschultrig, einen Meter achtzig groß, mit rotblondem Lockenkopf, der seine irische Abstammung verriet, faltete die Warnung zusammen, gab sie an Herburg zurück und zuckte mit den Schultern.

»Also arbeiten wir wieder mit der MP um den Hals«, sagte er nüchtern. »Oder wollen wir noch einmal die Polizisten holen? Gentlemen, ich erinnere daran, wie die gejammert haben, fern von ihren Frauen zu sein! Wie es Schlägereien mit den Arbeitern gegeben hat, weil die Kerle sich an deren Weiber heranmachten, während die Betrogenen fleißig Steine schleppten. Das hat uns mehr gehindert als genützt. Es genügt, wenn Toc-Toc einige Arbeiter als Nachtwachen bestimmt und unser Lager ständig kontrolliert wird. Am Tage kann doch eigentlich nichts passieren - wie denn?«

Es sollte sich zeigen, daß Dr. Pernam den Einfallsreichtum seiner Gegner unterschätzt hatte.

2

Nach drei Tagen, in fünf Meter Tiefe, stießen Mitchener und Herburg auf eine Mauer und eine Nische mit einer vermauerten Tür.

Man hatte einen Berg losen Gerölls weggeräumt, das sie schon von anderen Gräbern her kannten. Um Plattformen für neue Bauten zu gewinnen, hatten damals die Ptolemäer die riesige oberirdische Totenstadt von Sakkara mit Geröll aufgefüllt, sie hatten die Totendenkmäler verschüttet und auf der neu geschaffenen Ebene ihre eigenen Häuser errichtet. Das war verhältnismäßig einfach gewesen, denn Sakkara lag in einem weiten Talkessel, überragt von der gewaltigen Stufenpyramide des Djoser, die ab und zu sogar als Steinbruch diente. Grub man drei Meter in die Tiefe, so kamen die Grabbauten der ägyptischen Frühdynastien überall zum Vorschein. Das Rad der Geschichte war plötzlich um fünftausend Jahre zurückgedreht.

Bevor er nach Sakkara kam, hatte Professor Mitchener alle Dokumente und Berichte studiert, die sich mit der Totenstadt befaßten. Es war vor allem ein Schriftstück, das ihn in seiner Ansicht bestärkte, daß das Gebiet um Sakkara noch manches Geheimnis berge. Dies war der Grabungsbericht von Professor Walter Bryan Emery, datiert vom 6. März 1965, veröffentlicht in den »Illustrated London News«: »Ich interessierte mich schon seit einigen Jahren für den Talbezirk am westlichen Rand des archaischen Friedhofs von Nord-Sakkara. Das ganze Gelände dort ist bedeckt mit Tonscherben aus der Zeit der Ptolemäer und Römer. Diese erinnern an Funde in Umm el Quab bei Abydos. Noch vor Abschluß der Grabungen der ›Egypt Exploration Society‹ des Jahres 1956 hatte ich zwei Testgräben in diesem Gebiet gezogen, die Mauern aus der 3. Dynastie zum Vorschein brachten. Ich fand zwei Gräber von heiligen Stieren und die Reste von Ibismumien in verschlossenen Tongefäßen. Zwar wußten einige Forscher schon in den fünfziger Jahren, daß in den unterirdischen Gängen Ibisgräber zu finden waren, aber bisher hatte man aus irgendeinem Grund nicht erkannt, daß diese zu den Gräbern der 3. Dynastie gehörten ...«

Professor Emery starb am 11. März 1971 - am Fluch der Pharaonen.

Nun stand auch Professor Mitchener vor einer jener archaischen Mauern, vor einer Scheintür, über der er den anderen Teil der Steintafel mit der Warnung des Menesptah fand. Eine Skulptur des Wächters, der in der Türnische gestanden hatte, war sicherlich von den Ptolemäern entfernt worden.

Es paßte alles zusammen: die Mauer, die Tür, die Schrifttafel, die Tiefe unter dem Geröll. Nur den Eingang mußte man noch finden, um dann weiter hinabzusteigen, durch Gänge und Schächte, Kammern und Rampen, bis man die irgendwo in einem Labyrinth versteckte Königsgruft erreichen würde.

Oben, unter dem Sonnendach, hatten Dr. Abdullah und Dr. Pernam die Steintafel zusammengesetzt. Der vollständige Text lag jetzt vor ... Er stimmte mit der Rekonstruktion überein. Es hatte also einen Menesptah gegeben! Als Dr. Pernam diese endgültige Feststellung mit bewegter Stimme traf, umarmten sich Professor Mitchener und seine Mitarbeiter.

Um sie herum trugen die graugepuderten Arbeiter, die meisten mit nacktem Oberkörper, in ihren Reifen die Erde über eine schräge Rampe aus Holzbohlen nach oben.

Frank Herburg klopfte mit einem Stahlhammer die Mauer ab und forderte dann den neukonstruierten Ultraschallapparat an. Mit ihm tastete er die Mauer ab und erkannte aus den Aufzeichnungen des Geräts, daß diese Mauer massiv war und nirgendwo der unsichtbar vermauerte Eingang lag. Nur hinter der Scheintür führte ein Gang in die Tiefe, aber es war sinnlos, diese Tür aufzubrechen. Der Weg führte doch in die Irre ...

Am Nachmittag dieses Tages - die Grabkolonnen, nun von einem kleinen Bagger unterstützt, legten die alte Mauer Stück um Stück frei - fuhr ein langer schwarzer Cadillac über die staubige Straße von Sakkara und hielt vor dem Sonnensegel.

Dr. Abdullah trat hinaus in die Hitze und zog die Wagentür auf. Ein eleganter Mann in einem weißen Maßanzug, trotz der Hitze mit einem geschlossenen Hemdkragen und einer Krawatte, stieg aus und streckte ibn Hedscha wie einem alten Freund beide Hände entgegen.

Auch Dr. Pernam winkte dem Besucher zu. Er tauchte seine schmutzigen Arme in einen Eimer mit Wasser und trat dann, sich mit einem bunten Handtuch abtrocknend, auch an den Luxuswagen heran. Natürlich hat er eine Klimaanlage, dachte er dabei, im Inneren des Autos ist es kühl und angenehm. Bei dieser mörderischen Hitze wäre dieser schwarze Blechkasten ja sonst ein Bratofen.

»Wie geht es Ihnen, Suliman?« fragte Pernam. »Kommen Sie in den Schatten. Ich kann es mir gerade jetzt nicht leisten, das Hirn austrocknen zu lassen. Wie groß muß Ihre Langeweile sein, daß Sie zu uns in dieses Todestal kommen!«

Sie gingen unter das große Sonnensegel und setzten sich auf Klappstühle, die um einen langen Tisch gruppiert waren. Ein Boy brachte aus einer Kühlbox kaltes Bier - der einzige Luxus, den sich Professor Mitchener leistete. Er war ein begeisterter Biertrinker.

Suliman schüttelte den Kopf und winkte lächelnd ab. »Wenn Sie etwas Tee oder Limonade haben ...«

»Pardon!« Dr. Pernam nahm die Bierflasche zurück. »Verzeihen Sie. Ich vergesse immer, daß einem Moslem der Alkohol verboten ist. Wir haben auch kalten Tee mit Zitrone hier.«

»Bitte ...«

Suliman ibn Hussein war der Prototyp eines Playboys. Ob er seine englischen Maßanzüge trug, seine Freizeitgarderobe aus Italien oder seine heimatliche arabische Tracht - er stammte aus dem Jemen, im Süden der arabischen Halbinsel -, immer wirkte er so, als habe er sich nur angekleidet, um die Frauen reihenweise aufzusammeln. Sein braunes Gesicht war schmal, von einer orientalischen Aristokratie, geziert durch einen dünnen Oberlippenbart, den man nach dem französischen Schauspieler, der ihn kreiert hatte, »Menjou-Bärtchen« nennt. Sulimans braune Augen waren ständig in Bewegung, sie sahen alles, sie glänzten, wie mit Speck eingerieben, und täuschten jeden darüber hinweg, daß hinter der Fassade eines fröhlichen Playboys Ende Dreißig ein aalglatter Gauner stak.

Suliman verdiente ein Vermögen mit dem Export von ägyptischen Früchten und Zwiebeln. Ein durchaus legales Geschäft, wenn man davon absah, daß er beim Einkauf die Preise drückte und im Ausland zu erhöhten Preisen abgab. Die Gewinnspanne erlaubte es ihm, am Nil, auf einem blühenden riesigen Parkgrundstück, eine Villa im Stil orientalischer Märchenfürsten zu bewohnen, mit zwanzig weißgekleideten Dienern, von denen nur wenige Eingeweihte wußten, daß sie eine Art von Privatarmee darstellten. Unter den blütenweißen Gewändern trug jeder eine automatische Waffe.

Ab und zu gab Suliman ein Fest. Man konnte diese Veranstaltung nicht Party nennen, es wäre eine Beleidigung gewesen.

In den kühlen Räumen der Villa standen dann Tafeln, die von kulinarischen Köstlichkeiten überquollen. Eine kleine Kapelle spielte zum Tanz. Aus Kairo hatte man die schönsten Mädchen herangeschafft, um auch diejenigen männlichen Gäste zu betreuen, die ohne Ehefrauen kommen mußten, wie etwa das Forscherteam von Professor Mitchener. Ganz guten Freunden drückte der Haushofmeister bereits am Eingang, bei der Begrüßung, einen zierlichen goldenen Schlüssel in die Hand: Einlaß in ein kleines, eigenes verschwiegenes Paradies, in dem man mit einem schönen Mädchen aus Kairo unbeschwert Adam und Eva spielen konnte. Sieben Zimmer hatte Suliman für diese Zwecke stets reserviert - wen wundert es da, daß seine Feste so beliebt waren und es nie Absagen gab.

Nebenbei gesagt verdiente Suliman an solchen Festen das Vielfache dessen, was sie kosteten. An solchen Abenden wurden Verträge ausgehandelt, zwischen Seidenkissen und nackten Frauenkörpern, und bis auf einen besonders sturen britischen Importeur, der zwei Mädchen liebte und doch keinen Vertrag unterschrieb, hatte Suliman immer Erfolg. Seine Séparées waren für die Ausländer ein Stück aus Tausendundeiner Nacht - ein Wirklichkeit gewordenes orientalisches Märchen.

»Ich bin gekommen«, sagte Suliman jetzt und trank einen Schluck von dem Tee, »um einen fröhlichen Tanzabend anzukündigen ...«

»Sofort akzeptiert!« rief Harris Pernam dazwischen. »Kommt Aischa aus Kairo auch wieder?«

»Wenn Sie es wünschen, Dr. Pernam ... selbstverständlich.« Suliman lächelte süffisant. »Aber ich bringe noch etwas mit.«

Er griff in seine Rocktasche und zog ein Blatt Papier heraus. Dr. Pernam winkte ab.

»O nein, nein!« sagte er mit gespielter Verzweiflung. »Nun sagen Sie nur noch, man hätte Ihnen auch eine Warnung geschickt!«

»So ist es, Doktor.«

Suliman legte den Zettel auf den Tisch. Dr. Abdullah las, ohne das Papier anzufassen. Es war der gleiche Text wie auf dem Zettel, den Dr. Herburg von dem Fellachenjungen bekommen hatte.

»Und warum Sie?« fragte Dr. Pernam. »Was haben Sie mit den Ausgrabungen zu tun? Oder handeln Sie auch mit Mumien?«

»Man betrachtet Sie als meine Freunde - vielleicht deshalb. Ich soll anscheinend veranlassen, daß Sie nicht weitergraben.«

»Das erklären Sie mal Professor Mitchener. Wir haben die Grundmauern eines feudalen Grabbezirkes entdeckt, den Professor kann jetzt nichts mehr von seinem Vorhaben abbringen. Notfalls wird er um militärischen Schutz nachsuchen ...«

»Hat Militär jemals etwas gegen den Fluch der Pharaonen ausrichten können?«

»Jetzt fangen Sie auch noch damit an!« Dr. Pernam deutete auf eine Kiste. Auf dem Deckel lag, schußbereit und gut geölt, eine Maschinenpistole. »So etwas kannte die dritte Dynastie noch nicht, Suliman.«

»Und Sie ahnen nicht, was Imhotep an tödlichen Fallen in die Gräber einbauen ließ.«

»Der gute, bis heute noch nicht entdeckte Imhotep! Das große Genie der Pharaonen! Vielleicht graben wir den eines Tages auch noch aus! Emery ist an ihm gescheitert ... Mitchener und seine Crew wird es nicht, wenn wir seine Spuren wittern. Das können Sie uns glauben! Wir haben alles bei uns: Gasmasken, Atemgeräte, Gegengifte, Plastikanzüge.«

»Bevor die zum Einsatz kommen, haben Sie den Tod schon in sich«, antwortete Suliman ernst. »Dr. Pernam, ich möchte das dem Professor selbst erklären. Wo kann ich ihn sprechen?«

»In einer großen Grube, fünf Meter unter der Erde, vor der Mauer des Menesptah-Grabes.«

Dr. Abdullah zeigte es auf einem Lageplan, den man gestern angefertigt hatte. Er erklärte im Detail, wie man die Totenanlage freilegen wollte. »Im Augenblick gräbt man einen Schacht an der Mauer entlang ...«

»Und Dr. Herburg ist mit einem Ultraschallgerät unterwegs. Keine Chancen mehr für das Geheimnis um den zwölfjährigen König.«

Suliman ibn Hussein war sehr ernst geworden. Er hatte sein Teeglas mit beiden Händen umfaßt und starrte hinaus in die gnadenlose Hitze. Die riesige Totenstadt mit den freigelegten Ruinen und der Stufenpyramide des Djoser schwamm hinter einem Vorhang aus glühender Luft. Die Arbeiterkolonnen trabten hin und her und trugen Sand und Geröll auf einen großen Haufen, der wiederum systematisch von Mitcheners ägyptischen Assistenten durchgesiebt wurde.

»Hören Sie auf!« sagte Suliman sehr betont. »Sie können mich einen Idioten nennen - aber ich habe Angst um Sie alle. Wissen die Arbeiter von den Warnungen?«

»Nein.«

»Was, glauben Sie, passiert, wenn man es ihnen sagt?«

»Wollen Sie das etwa?« fragte Dr. Pernam plötzlich sehr laut zurück.

»Professor Mitchener trägt die Verantwortung für alles, was hier geschieht.« Suliman stand auf. »Kann ich nun mit ihm sprechen?«

»Wenn Sie keinen Staub scheuen und sich Ihren schönen Anzug schmutzig machen wollen, dann kommen Sie mit.«

Pernam ging voraus, Suliman und Dr. Abdullah folgten ihm.

An den unermüdlichen, von dickem Staub überzogenen Arbeitern vorbei kamen sie bis zu der hölzernen Rampe, die hinunter zu der gefundenen Mauer führte. Links und rechts von der Scheintür hatte man jetzt Gänge gegraben und war dabei, die Mauer nach beiden Seiten freizulegen.

Mitchener und Herburg saßen auf kleinen Klappstühlen vor der Scheintür und diskutierten, wie die Grabanlage aussehen mochte. Nach den bisherigen Erfahrungen mit den Totenstätten der 3. Dynastie mußte der eigentliche Grabeingang entweder in der Nähe einer Scheintür, hinter einer Wandmalerei oder dicken Granitblöcken liegen oder auf der anderen Seite der Anlage, im Osten, der aufgehenden Sonne zugewandt. Ra, der alte Sonnengott, der Beherrscher der Erde und der Firmamente, der Urvater aller Könige, hatte auch Menesptah, den Kind-König, zu sich genommen ...

Dr. Abdullah stutzte, als sie in die Grube blickten. Neben Herburg saß Leila, in einem schmutzigen Männeranzug; die Haare unter einem Kopftuch versteckt. Alle drei sahen aus wie die Arbeiter, die gruben und hackten, Steine wegtrugen und schaufelten - grau-weiß von Staub, als habe man sie aus der Tiefe der Jahrtausende geholt.

Der Lärm des Baggers und der Arbeiterkolonnen war so stark, daß Mitchener, Herburg und Leila nicht hörten, was Abdullah rief.

»Komm sofort herauf, Leila! Sofort! Bei Allah, ich habe dir verboten, daß du ...« Er brach ab, weil er einsah, daß er gegen den Krach nicht anschreien konnte.

Außerdem zupfte ihn Dr. Pernam am Hemdsärmel. »Was ist mit Ihnen los, Abdullah?«

»Meine Tochter sitzt da unten!« schrie Dr. ibn Hedscha. Sein Gesicht war verzerrt. »Das sehen Sie doch!«

»Na und? Mitchener und Herburg sitzen doch auch da.« Plötzlich aber begriff Pernam, warum Abdullah so außer sich war. Er hielt den Ägypter am Ärmel fest, als dieser die Rampe hinunterlaufen wollte. »Abdullah, zum Teufel, drehen Sie nicht auch noch durch! Ist Ihnen etwa die Warnung so unter die Haut gegangen?«

»Ich bin Ägypter, Harris«, sagte Dr. Abdullah heiser. »Ich habe von 1949 bis heute zwölf Forscher plötzlich sterben sehen. Bisher habe ich nicht darüber gesprochen ... aber jetzt muß es sein! Zwölf gesunde Männer siechten plötzlich dahin. Zehn von ihnen wurden schwermütig und ließen deutliche Anzeichen von Schizophrenie erkennen. Zwei begingen aus ungeklärten Gründen Selbstmord. Alles nur Zufall?«

»Und Sie wollen ein Wissenschaftler sein? Abdullah, warum sind Sie überhaupt Archäologe geworden, wenn der Aberglaube so stark in Ihnen ist?«

»Auch das kann ich Ihnen erklären, aber nicht jetzt.« Damit rannte Abdullah davon. »Ich muß Leila heraufholen! Allah sei mein Zeuge, ich bringe sie nach Kairo zurück und sperre sie dort bei Verwandten ein.«

Er lief die hölzerne Rampe hinunter und überholte Suliman, der vorsichtig, Schritt für Schritt, die schräge Ebene hinabbalancierte. Unten angekommen, machte Abdullah seinem Zorn in lautstarken Worten Luft.

Niemand unterbrach ihn, auch Leila nicht, aber als er endlich schwieg, sagte Professor Mitchener ruhig: »In drei Wochen hoffe ich, an das Mauerstück zu kommen, hinter dem sich der Eingang befindet. Dann, mein lieber Abdullah, wenn wir den Stollen aufbrechen, dürfen Sie sich mit Leila in Sicherheit bringen.«

»Nicht mich«, sagte Leila laut. »Ich bleibe bei Frank.«

»Man sollte es zu keiner Tragödie kommen lassen, wenn man sie verhindern kann.« Suliman betrachtete die Nische der Scheintür. Was er dabei dachte oder empfand, spiegelte sich in seinem Gesicht nicht wider. Es war glatt und ausdruckslos - eine schöne Maske.

Professor Mitchener klopfte gegen die Mauer aus dicken Quadern. »Dahinter liegt Menesptah, Suliman ibn Hussein ...«

»Oder der Tod! Lesen Sie!« Suliman reichte Mitchener den Brief, den er erhalten haben wollte. Der Professor warf einen Blick darauf und gab ihn weiter an Herburg. »Ich nehme die Warnung ernst«, sagte Suliman noch.

»Ich auch!« sagte Dr. Frank Herburg. Er zerknüllte den Brief und steckte ihn in eine Mauerritze. »Diese Warnungen wären verständlich, wenn sie im Grab gefunden worden wären. Aber es ist ja wohl kaum anzunehmen, daß ein Pharao aus dem ewigen Leben zurückkehrt, einen Kugelschreiber, eine Schreibmaschine oder Zeitung, Schere und Leim benutzt, um uns in heutigen Sprachen zu warnen, seine Ruhe nicht zu stören. Das zu glauben, ist ein wenig zuviel verlangt. Nein, es muß etwas ganz anderes dahinterstecken, ein ganz aktueller Grund. Irgend jemandem paßt es nicht, daß wir hier graben! Nicht an dieser Stelle! Aber warum?«

»Das frage ich mich auch!« Professor Mitchener lehnte sich gegen die Grabenmauer. »Wir werden in ein paar Wochen die Antwort haben.«

Es dauerte genau siebzehn Tage, bis der kleine Bagger und zwölf Arbeiter jenen Teil der Mauer freigelegt hatten, an dem Dr. Herburgs hochempfindliches Ultraschallgerät einen großen Hohlraum hinter den Quadern deutlich registrierte. Sie hatten dazu bis zur Basis der Mauer vordringen müssen, zehn Meter tief, und das war etwas, was Professor Mitchener nicht verstand, weil es ungewöhnlich war und allen Erfahrungen von den Gräbern der dritten Dynastie widersprach.

Eine gespenstische Szene war dem vorausgegangen.

Toc-Toc, der überall zu finden war, wo seine Arbeiter schufteten, hatte am neunten Tag eine Unterhaltung zwischen dem Professor, Dr. Pernam und Dr. Herburg belauscht.

Es war am späten Abend, man saß müde in der Wohnbaracke, hatte mit wenig Appetit gegessen und trank jetzt Bier. Die Tage saugten alle Kräfte aus den Körpern. Die glühende Sonne, das Einatmen des Staubes, die dauernde nervliche Belastung – alles zusammen begann die Forscher zu zermürben. Sie hatten vierzehn Monate lang die Totenstadt von Sakkara durchwühlt, aber jetzt, nach lächerlichen neun Tagen, waren sie erschöpft wie noch nie.

»Der Kind-König Menesptah wird uns wieder zum Narren halten«, sagte Mitchener nach der dritten Flasche Bier. »Starrt mich nicht so fassungslos an! Ich weiß, ich war der einzige von euch, der an seine Existenz glaubte. Und er muß ja auch da sein! Wir haben ja sein Warnschild

... Wir stehen jetzt an der Mauer seines Grabes, aber ob wir jemals den Eingang finden? Denkt an Emery: Er hat acht Jahre lang nach dem Grab des Imhotep gesucht, er ist durch unzählige Gänge und Labyrinthe gekrochen ... immer mit dem Wissen, daß Imhotep hier, in Sakkara, sein Grab gebaut hat, dessen Entdeckung zur größten archäologischen Sensation wird, wenn man es findet ... Emery hat es nicht geschafft! Nicht in acht Jahren! Was da unter der ägyptischen Erde geschehen ist, was man da gebaut hat, ist das Ungeheuerlichste, was Menschenhände je geschaffen haben! Aber man hat es in fünftausend Jahren nicht voll entschleiern können, und man wird es in den nächsten fünftausend Jahren auch nicht schaffen. Trotz aller Technik nicht!«

Dann hatte sich Professor Mitchener umgesehen und jeden am Tisch prüfend angeschaut. »Ich frage mich, ob ihr auch bereit seid, mit mir acht weitere Jahre nach Menesptah zu suchen ...«

Dieses belauschte Gespräch hatte Toc-Toc angeregt, tätig zu werden. Noch acht Jahre in dieser Totenstadt zu leben, war auch für ihn ein fürchterlicher Gedanke. Er holte neue Bierflaschen, verteilte sie am Tisch und verließ dann die Baracke.

Draußen wickelte er sich in eine dicke wollene Djellabah, denn die Nächte waren auch in Sakkara kalt. Von der libyschen Wüste her zog die Kälte über das schutzlose weite Land.

So eingehüllt humpelte Toc-Toc allein durch die Finsternis zum Grab des Kind-Königs und hockte sich vor der ausgegrabenen Mauer auf den Boden. Er schloß die Augen und wiegte seinen Oberkörper langsam hin und her, wie eine Kobra, die nach den Klängen einer Flöte zu tanzen beginnt. Plötzlich wurde Toc-Toc ganz steif.

Sein zu einer Maske erstarrtes Gesicht glich jetzt den Wandzeichnungen in den Grabkammern. Ganz langsam öffneten sich seine Lider und gaben die Augen wieder frei: Augen, die Unfaßbares, Ungeahntes zu sehen schienen.

Fast eine halbe Stunde lang saß Toc-Toc wie versteinert auf dem Erdboden vor dem Grab des Königs Menesptah. Plötzlich kippte er mit einem ächzenden Laut zur linken Seite um und blieb besinnungslos liegen. Seine Nerven schienen zu glühen, sein Körper zuckte wild und bäumte sich hoch, alle Muskeln spannten sich an ... und erschlafften wieder. Toc-Toc glich einem Fisch, der, an Land geworfen, sich verzweifelt in die Luft schnellt und dann ersticken muß.

Am nächsten Morgen, als Professor Mitchener und sein Team an die Grabungsstelle kamen, empfing sie tiefes Schweigen. Der Bagger arbeitete nicht, die ägyptischen Arbeiter mit ihren halbierten Autoreifen um den Hals standen abwartend herum.

»Ein Streik«, sagte Dr. Pernam leise. »Das hat uns noch gefehlt! Suliman, dieser Kerl, hat gequatscht! Verdammt, ich bin dafür, daß wir das ganze Mistgrab mit Dynamit aufsprengen. Dann haben wir den Eingang.«

»Und bekommen in Kairo zehn Jahre Zuchthaus wegen Grabfrevels und Zerstörung historischer Stätten!« Mitchener schüttelte den Kopf. »Ich biete ihnen pro Tag ein Pfund mehr. Damit sind sie die bestbezahlten Arbeiter von ganz Ägypten. Das wird ziehen!«

»Nicht, wenn einen die lieben kleinen Pharaonen holen!« warf Pernam spöttisch ein. »Sogar Toc-Toc macht mit.«

Sie näherten sich den Arbeitern, und Dr. Herburg und Dr. Pernam schoben die MPs schußbereit nach vorn, falls sich der Streik zu Tätlichkeiten ausweiten sollte.

»Was soll das?« rief Mitchener, als er vor der Mauer angekommen war. »Ich weiß, die Arbeit ist schwer, aber dafür bekommt ihr auch das beste Geld. Für alle ein Pfund mehr am Tag!«

Dann wandte er sich an Mahdi ibn Kebir, der mit gesenktem Haupt ganz nahe an der Mauer stand und keine Regung zeigte. »Was ist, Toc-Toc? Warum sagst du nichts? Mit mir kann man reden, das weißt du doch ...«

Toc-Toc hob langsam den Kopf. Er blickte an Professor Mitchener vorbei, hinüber zur Steinpyramide des Djoser, von der die Schatten, die eine heiße Morgensonne warf, über das Gräberfeld krochen.

»Sir ... Hören Sie hier auf«, sagte Toc-Toc mit einer ganz fremden, seltsam singenden Stimme. »Hier finden Sie nichts. Graben Sie weiter nach Osten, dort, wo ich den Pfahl in die Erde gesteckt habe. Dort müssen Sie suchen ...«

Professor Mitchener und seine Männer drehten sich um.

In einer Entfernung von etwa sechzig Metern ragte tatsächlich ein hölzerner Pfahl aus dem Boden.

Um ihn herum Geröll wie überall, aufgeschüttet, eingeebnet, trostlos, verwittert, sonnenverbrannt. Eine Wüste aus Steinen ...

Dr. Pernam starrte Toc-Toc entgeistert an. »Junge, du spinnst«, sagte er dann laut. »Hier ist die Mauer! Und da hinten soll der Eingang sein? Das sind ja gut fünfzig Meter entfernt ...«

»Genau dreiundsechzig, Sir ...«, antwortete Toc-Toc wie ein Schlafwandler. »Graben Sie dort ...«

»Das hieße, daß der ganze Grabbezirk mindestens ein Quadrat mit über sechzig Metern Seitenlänge ist. Das wäre eine Grundfläche von ...« Dr. Pernam rechnete mit geschlossenen Augen.

»Bei dreiundsechzig Seitenlänge von etwa dreitausendneunhundertneunundsechzig Quadratmetern«, sagte Dr. Herburg laut.

»Verrückt! Für ein Grab ...?«

»Ein Königsgrab.«

»Trotzdem ...«

»Und eine magische Zahl. Jede Ziffer ist durch drei teilbar - eine Harmonie von Zahlen: Dreitausendneunhundertneunundsechzig ...« Dr. Herburg wandte sich um und rüttelte Toc-Toc an den Schultern. »Mahdi, wie bist du auf diese Stelle gekommen? Wer hat dir das gesagt?«

»Ich weiß es nicht, Sir ...«, antwortete Toc-Toc leise. Er schien plötzlich ohne Knochen zu sein, er hing wie eine Puppe in Herburgs Händen. »Ich weiß nur, daß es dort sein muß ...«

»Also gut! Fangen wir dort neu an!« Professor Mitchener starrte unentwegt auf den einsamen Holzpfahl in dem Geröllfeld. Was hatte Dr. Aschar damals in Kairo gesagt? Dieser Toc-Toc scheint die Gräber zu riechen. Es ist, als ob er von damals übriggeblieben wäre ...

»Rechnen wir also mit weiteren Jahren«, rief Dr. Pernam sarkastisch. »Dann sind wir alte Männer, wenn wir zufrieden feststellen können: Es war wieder nichts!«

Aber es dauerte keine Jahre, es dauerte ganze sieben Tage, als der Bagger, diesmal rücksichtsloser eingesetzt, in der Tiefe tatsächlich wieder auf eine Quadermauer traf. Die linke Seite des großen Quadrates ...

»Tiefer!« rief Toc-Toc, als Professor Mitchener sein Suchgerät ansetzen wollte. »Viel tiefer ...«

»Das ist doch Unsinn, Toc-Toc. Wir haben da drüben die Mauersohle bei fünf Metern erreicht.«

»Drüben ist nicht hier ...«

»Hat man denn schon erlebt, daß man eine Scheintür ein paar Meter höher anbringt? Das ist doch unlogisch!«

»Graben Sie! Bitte, Sir ...«

Der Bagger fraß sich tiefer, und immer noch hörte die Mauer nicht auf. Dr. Abdullah hatte begonnen, topographische Berechnungen anzustellen, und kam am zwölften Tag aufgeregt an die Grabungsstelle.

»Es muß stimmen, was Toc-Toc sagt!« rief er schon von weitem. »Vor Jahrtausenden fiel dort das Tal etwas ab, um später wieder anzusteigen. Eine Senke im Tal! Mit ihrer Gründlichkeit haben die Ptolemäer auch diese Senke aufgefüllt und dadurch ebenes Bauland gewonnen! Allah sei gelobt, daß er uns erkennen läßt: Das Grab des Menesptah ist eine Hangbebauung, wie man heute sagen würde. Und an der tiefsten Stelle, also an der hohen Mauer, die den Hang abstützte, muß der Eingang liegen! Darum auch die Scheintüren auf dem Hang. Damit jeder glauben sollte, man habe von dort aus den König in die Erde gelassen.«

Er breitete den heutigen Plan aus, und dann eine Skizze, wie das Gebiet vor fünftausend Jahren ausgesehen haben mochte.

Professor Mitchener, Dr. Herburg und Dr. Pernam sahen sich schwer atmend an. Das war es ... ein Hang! Und so, wie es Dr. Abdullah rekonstruiert hatte, war es sogar logisch - wie alles im alten Ägypten nach mathematischen Gesetzen und logischen Erkenntnissen verlief: die hohe Mauer, der Hang darüber, als Krönung die andere Mauer ... Auch Menesptah hatte seine kleine Pyramide gehabt. Die Natur selbst hatte sie geliefert, und die Menschen hatten sie nur ausgebaut und verfeinert.

Ein Grab - würdig eines Königs! Wenn er auch nur ein Kind gewesen war ...

Und noch etwas zeigte diese Rekonstruktion: die phantasievolle geniale Hand Imhoteps, des geistigen Mittelpunkts der dritten Dynastie.

»Wenn das Emery noch erlebt hätte«, sagte Mitchener leise und ergriffen. »Mein Gott, wenn wir den Gedanken weiterspinnen: Imhotep hat sein eigenes Grab auch so ähnlich angelegt ...«

Am vierzehnten Tag meldete das Ultraschallgerät, daß hinter dem freigelegten Mauerstück der Eingang zu einem Stollen liegen müsse.

An diesem Abend trank Professor Mitchener viele Flaschen Bier leer, und nach der vierten sang er alte Soldatenlieder.

Drei Tage später hatte man endlich ein Loch, armdick, in die Quader gebohrt und leuchtete mit einem Handscheinwerfer hinein. Ein schräg nach unten abfallender, ausgemauerter leerer Gang wurde sichtbar.

Professor Mitchener stand auf einem Stuhl und blickte auf den Pfad, der ihn zu einem der größten Geheimnisse des alten Ägyptens führen sollte. In diesen Minuten hatte er das Gefühl, daß die sechzig Jahre seines Lebens nicht umsonst gewesen waren. Kein Warten, keine Enttäuschung, kein Zweifel, keine Anfeindung waren ohne Sinn gewesen - sie mußten erlebt worden sein, um heute an dieser Stelle stehen und in Menesptahs Grab blicken zu dürfen.

Stumm stieg er von seinem Stuhl herunter, umarmte wortlos Dr. Herburg, Dr. Pernum und Dr. Abdullah, umarmte auch Toc-Toc und ging dann still zu seiner Baracke. Niemand arbeitete in diesen Minuten.

Spät am Abend - die anderen schliefen schon - klopfte es an Dr. Herburgs Barackentür. Bevor er etwas sagen konnte, wurde sie aufgerissen, und Professor Mitchener schwankte herein. Er hielt sich an der Wand fest, krümmte sich und atmete röchelnd.

Mit Mühe erreichte er einen Stuhl und fiel auf ihn nieder.

Dr. Herburg war aus dem Bett gesprungen und hatte den Professor festgehalten, der stöhnend zur Seite kippte.

»Ich bekomme keine Luft mehr, Frank!« keuchte Mitchener und riß sich das Hemd über der Brust auf. »Luft! Luft! Ich bin wie gelähmt ... Ich bin so kalt, ganz kalt ... Ich kann kaum noch atmen ...«

Frank Herburg schleppte den Kranken auf sein Bett und rannte hinaus. Er alarmierte Dr. Pernam und Dr. Abdullah. Während sich diese um den Kranken kümmerten und Abdullah dem Professor eine Entkrampfungsinjektion aus der mitgeführten Apotheke gab, rief Dr. Herburg in Kairo an. Es dauerte lange, ehe er Dr. Aschar an den Apparat bekam.

»Einen Arzt!« sagte Herburg mit fliegendem Atem. »Es hat Mitchener erwischt. Genau die gleichen Symptome wie bei vielen Kollegen! Atemnot, Lähmungen ... Begreifen Sie das, Dr. Aschar?«

»Der Fluch ...«, sagte Dr. Aschar tonlos. Man hörte es seiner Stimme an, wie erschrocken er war. »Verdammt! Ich schicke Ihnen per Hubschrauber den besten Spezialisten, noch in dieser Nacht. Lassen Sie mit Scheinwerfern einen Landeplatz erleuchten. Glauben Sie, daß der Professor noch zu retten ist?«

»Ich weiß es nicht«, antwortete Dr. Herburg heiser. »Ich weiß es wirklich nicht.«

»In drei Stunden ist Dr. Alius bei Ihnen.«

Nach fast vier Stunden senkte sich aus dem sternübersäten Himmel ein Hubschrauber des ägyptischen Militärs auf die Totenstadt Sakkara hinab und setzte auf dem durch Autoscheinwerfer markierten Platz zwischen den Ausgrabungen auf.

Die Tür des Hubschraubers flog auf, und eine schmale Gestalt sprang heraus. Dr. Herburg rannte auf sie zu. Plötzlich blieb er wie angewurzelt stehen, als die Person die Kappe vom Kopf zog und sich mit beiden Händen durch lange, blonde Haare fuhr.

Ein Soldat stieg nach ihr aus, einen großen Koffer in der Hand.

»Sie sind Dr. Alius?« fragte Herburg wie ein dummer Junge die zierliche Person. »Ich dachte ...«

»Sie dachten, ein Schrank von Mannsbild kommt als Retter, nicht wahr? Halten Sie auch die Männer für die Krone der Schöpfung? Ich heiße Luisa Alius ...«

»Ich bin Frank Herburg.«

»Ach, der sind Sie? Der Anrufer? Lebt Professor Mitchener noch?«

»Dr. Pernam und Dr. Abdullah sind bei ihm. Vor zehn Minuten atmete er noch, aber wie ... Grauenhaft!«

»Sie können noch etwas grauenhaft finden, der Sie nur mit Mumien umgehen?« fragte Luisa Alius und winkte dem Soldaten mit dem Koffer, zur Baracke mit den erleuchteten Fenstern zu laufen. »Kommen Sie! Sie stehen herum, als hätten Sie Ihren Hausschlüssel verloren. Ist das so merkwürdig, daß eine Frau Toxikologin ist?«

»Sie sind eigentlich zu hübsch dazu«, meinte Herburg. »Das ist es. Aber kommen Sie, wir müssen uns beeilen.«

Er faßte sie an der Hand und zog sie mit sich fort. Ihre blonden Haare flatterten über Herburgs Gesicht, und er roch ihr dezentes Parfüm, das an Maiglöckchen erinnerte. Mein Gott, Maiglöckchen, dachte Herburg. Wann habe ich die zuletzt gesehen oder gerochen?

Er stieß die Tür auf und faßte Luisa Alius um die Schulter, als er sie in die Baracke schob.

Er konnte nicht ahnen, daß Leila am geöffneten Fenster ihres Zimmers stand, ihn beobachtete und sich dabei in die geballte Faust biß...

Professor Mitchener lebte tatsächlich noch, wenn man einen Zustand völliger Apathie noch Leben nennen kann.

Der Atem war so flach geworden, daß Dr. Abdullah ibn Hedscha entsetzt den kleinen Spiegel anblickte, den er Mitchener an die Lippen hielt: Der Spiegel trübte sich kaum noch.

Dr. Pernam saß auf der anderen Seite des Feldbetts. Er hatte in der Expeditionsapotheke gerade noch ein Herzstärkungsmittel gefunden, das er dem Professor injiziert hatte. Man war wohl auf allerlei Unfälle eingerichtet, auf Darmerkrankungen, Typhus und Malaria, sogar Mittel gegen die Schlafkrankheit hatte man bei sich ... aber Mitcheners völliger Zusammenbruch war eben ganz anderer Natur. Er glich fast haargenau den geheimnisvollen Krankheiten, denen auch andere Ausgräber altägyptischer Gräber zum Opfer gefallen waren. Und dagegen hatte es nie ein Mittel gegeben.

Mitchener hatte außerdem zu Beginn der Expedition in die Totenstadt von Sakkara gesagt: »Da ich an den ganzen Quatsch vom Fluch der Pharaonen nicht glaube, ignoriere ich auch ganz bewußt jede Gegenmaßnahme. Ich fordere nichts heraus, was es für mich nicht gibt! Ihr könnt euch ja heimlich gegen die bösen Geister Amulette umhängen!«

Auch Mahdi ibn Kebir war entsetzt über die plötzliche Lähmung des Professors. Er zeigte seine Bestürzung nicht, aber er machte noch in der Nacht, bevor Dr. Alius mit dem Hubschrauber landete, ein Experiment. Toc-Toc schlich zu dem Loch, das man in den vermauerten Eingang zum Grab geschlagen hatte, steckte den Kopf in das Totenhaus und atmete tief die dumpfe, faulig riechende, modrige Luft ein. Dann hockte er sich an die Mauer und wartete.

Er starrte in die Sterne, hinüber zu der Stufenpyramide des Djoser, die das riesige Gräberfeld beherrschte. Es war in der Nacht ein überwältigender Anblick: Gewaltige Treppen, die in den Himmel zu führen schienen ...

Aber nichts geschah. Keine Atembeschwerden, keine Übelkeit, keine aufflammende Todesangst, kein Fieber, nicht das Gefühl, Erde und Weltall veränderten sich plötzlich und nähmen andere Farben und Formen an, wie es Mitchener noch stammeln konnte, bevor er das Bewußtsein verloren hatte. »Die Wüste ist aus Glas!« hatte er geröchelt. »Die Felsen sind durchsichtig! Kristall! Überall Kristall! In einem Sarg aus Bergkristall liegt der junge König ...«

Toc-Toc wartete am Loch zu dem Grablabyrinth, in dem der unbekannte Kind-Pharao Menesptah ruhen sollte, bis er den Hubschrauber über dem Gräberfeld kreisen sah.

Da stand er auf und ging in einem Bogen zu den Baracken zurück, stellte sich wie Leila in den Schatten und beobachtete die Ankunft der jungen Ärztin.

Als Frank Herburg mit ihr in Mitcheners Baracke verschwand, trat Toc-Toc in das fahle Mondlicht hinaus und verneigte sich tief gen Osten, zu Allah, der mächtiger war als die alten ägyptischen Götter: Allah hatte Toc-Toc beschützt. Der modrige Geruch aus dem Grab hatte ihn nicht vergiftet.

Leila schlich an der Wand der Baracke entlang, um an das Fenster zu gelangen, hinter dem Professor Mitchener lag. Aber sie konnte weder etwas sehen noch hören ... Die Vorhänge waren dicht verschlossen. Auch spricht man in der Nähe eines Sterbenden nicht so laut, obgleich ihn das nicht mehr stören würde.

»Hab keine Angst«, sagte Toc-Toc. Leila wirbelte herum. Ihr langes schwarzes Haar flatterte um sie wie eine zerfetzte Piratenflagge. Sie lehnte gegen die Barackenwand und blickte Toc-Toc haßerfüllt an.

»Mußt du überall sein?« zischte sie. »Was schleichst du hier herum, und was geht es dich an, wenn ich in den Himmel blicken will?«

»Ich habe sie auch gesehen«, murmelte Toc-Toc unterwürfig, wie es einem Diener von niedriger Herkunft zukommt. »Die Scheinwerfer leuchteten sie an ...«

»Sie ist schön! Sie ist so schön! Blondes Haar hat sie und den Gang einer Gazelle. Hast du das auch gesehen?«

»Du bist schöner, Leila ...«

»Frank hat ihre Hand genommen. Er hat seinen Arm um ihre Hüften gelegt. Hast du das auch gesehen, Toc-Toc?«

»Der Doc liebt nur dich, Leila ...«

»Aber sie stammt aus seinem Land, Toc-Toc! Oh, ich habe es genau beobachtet, wie es ihn durchfuhr, als sie aus dem Hubschrauber sprang!« Leila schloß die Augen und lehnte den Kopf gegen die Barackenwand. »Wird der Professor sterben, Toc-Toc?«

»Das weiß ich nicht.«

»Du weißt so vieles, was wir nicht wissen. Warum das nicht?«

»Ich habe es versucht - aber Allah schweigt.«

»Sie wird so lange im Lager bleiben, bis der Professor gesund ist.«

»Bestimmt, dazu ist sie ja gekommen.«

»Aber sie wird abreisen, wenn er tot ist.« Leila ballte die Fäuste und preßte sie an ihr Gesicht. »Allah, vergib mir, aber dann soll er sterben!«

»Ganz falsch!« Toc-Toc kam näher und lehnte sich neben Leila an die Barackenwand. Von innen drang nur Gemurmel nach draußen. Über die Stufenpyramide des Djoser zischte hell, mit einem feurigen Schweif, eine Sternschnuppe und verglühte in der Unendlichkeit.

Leila hob die Hände und streckte die Handflächen dem Himmel entgegen: »Allah, ich wünsche mir Franks Liebe bis an mein Lebensende. Sonst will ich verlöschen wie dieser Stern ...«

Es klang wie ein Gebet. Es enthielt alles, was ein liebender Mensch zu geben vermag ...

»Die Ärztin wird schneller gehen, wenn der Professor geheilt wird«, sagte Toc-Toc nach einer Weile, in der sich Leila beruhigte. »Eine Frau wie sie bleibt nicht länger als nötig in dieser Totenstadt. Das hier ist ein Ort für Männer! Vielleicht auch nimmt sie den Professor mit nach Kairo ins Hospital ...« Sein Blick wanderte hinüber zu den Riesentreppen des

Djoser und über die lange Sphinxallee, die das Tal der Gräber durchschnitt bis zur Pyramide des Pharaos Teti. »Du wirst um dein Glück kämpfen müssen, Leila«, sagte er bedächtig.

»Um Frank Herburg ...?«

»Um alles, was dein Glück war, ist und sein soll.«

»Toc-Toc! Du weißt mehr, als du sagst!« Leila fuhr herum und packte den Fellachen bei den Schultern. Ganz nah zog sie ihn zu sich heran. »Du hast also auch von den Warnungen gehört?«

»Wir alle kennen sie.« Toc-Tocs Augen suchten den Himmel ab. Sein Blick war weit weg, jenseits alles Irdischen. »Allah schweigt auf alle Fragen -«, sagte er leise. »Aber ich fühle etwas tief in mir. Geh mit dem Doc weg von hier, Leila.«

»Du weißt, daß er das nie tun würde! Gerade jetzt nicht, wo er glaubt, das Grab entdeckt zu haben.«

»Wir müssen wachsam sein.« Toc-Tocs Blick kehrte zur Erde zurück. »Sehr wachsam, Leila. Laß den Doc nicht allein ... Warum? Ich kann es einfach nicht erklären ...«

In dem Krankenraum war genau das Gleiche geschehen, was Frank Herburg schon an dem Hubschrauber erlebt hatte: Das Erscheinen der Ärztin rief eine deutliche Verwirrung bei den Männern hervor.

Man hatte einen Spezialisten erwartet, und mit dieser Erwartung verband sich die Vorstellung eines würdigen älteren Herrn mit jahrzehntelanger medizinischer Erfahrung. Daß eine junge bildschöne Ärztin aus Kairo in diese Totenstadt einschwebte, mußte man erst verkraften.

Dr. Harris Pernam verstieg sich sogar dazu, ihr bei der Begrüßung die Hand zu küssen, als sei man sich eben in der Halle des Kensington-Hotels in London vorgestellt worden. Auch Dr. Abdullah zeigte männliche Begeisterung. Er sagte blumig: »Das ist eines von Ägyptens Wundern, daß in der Wüste Rosen blühen können ...«

Luisa Alius ignorierte alle Ovationen. Sie stellte ihren Ärztekoffer neben das Bett, zog die Decke von Professor Mitcheners Körper und beugte sich über den Kranken. Sie schob die geschlossenen Augenlider des Bewußtlosen zurück, legte das Ohr auf seine Brust und winkte, noch mit dem Kopf auf Mitcheners Herz, nach hinten Dr. Herburg zu. »Machen Sie die Tasche auf«, sagte sie.

Ihre helle Stimme klang nüchtern, befehlsgewohnt und stand im krassen Gegensatz zu ihrer zweifellos starken erotischen Ausstrahlung. Sie schob zwei Finger zwischen Mitcheners Lippen und drückte die Zähne auseinander. Sie schnupperte, dann richtete sie sich auf und setzte sich auf die Bettkante.

Herburg hatte den Ärztekoffer aufgeklappt. Es schien ein wahrer Wunderkoffer zu sein - mit einem ganzen Arsenal von Spritzen, Ampullen und Medikamenten, mit einem Beatmungsgerät einschließlich Sauerstoffflasche, zwei Infusionsgefäßen und einem chirurgischen Besteck.

»Alkohol!« sagte sie knapp. »Hier ist gesoffen worden.«

Sie sagte wahrhaftig gesoffen und nicht etwa getrunken oder ein anderes gesellschaftsfähigeres Wort.

Dr. Pernam starrte sie entgeistert an, als könnte er nicht begreifen, daß so ein Ausdruck überhaupt von diesen schönen, diskret geschminkten Lippen kommen könne. Denn das war die andere Überraschung, die Frank Herburg im Scheinwerferlicht bei der Landung und in der Eile nicht gesehen hatte: Dr. Luisa Alius hatte ein Make-up aufgelegt und sah eigentlich so aus, als gehe sie zu einer Party. Nur ihre Kleidung paßte nicht dazu: die Khakijacke, die angeschmutzte Hose, die hohen Schnürstiefel.

»Bier!« erklärte Dr. Herburg zögernd. »Wir haben alle Bier getrunken. Es gab ja etwas zu feiern! Wir haben anscheinend das Grab des Kind-Königs Menesptah ...« Er hüstelte verlegen.

Auch Dr. Pernam spielte verlegen mit seinen Fingern und ließ sie knacken.

Der Mohammedaner Dr. Abdullah klopfte an seine Brust. »Ich nur Coca-Cola, Mrs. Alius ...«

»Wo sind die Flaschen?«

»In der Küche.«

»Wäre einer der Herren wohl in der Lage, sie herbeizuschaffen?«

Pernam übernahm das. Er rannte hinaus und kam nach unwahrscheinlich kurzer Zeit mit einigen Bierflaschen in einem Flechtkorb zurück.

Dr. Alius war auf der Bettkante sitzen geblieben, hatte die Ampulle begutachtet, die Dr. Pernam in seiner Verzweiflung injiziert hatte, und war damit einverstanden.

Professor Mitchener atmete noch immer, aber sein Herz stockte nach vier Schlägen und setzte für zwei Schläge aus, als müsse es sich immer erst für die nächsten vier Pumpleistungen erholen.

Luisa Alius roch an den leeren Flaschen, goß einen Rest Bier in eine Teetasse und setzte sie dann an den Mund.

Mit einem Ruck riß Herburg sie ihr aus der Hand.

»Sind Sie verrückt?« fragte Dr. Alius böse und funkelte Dr. Herburg an. »Was fällt Ihnen ein?«

»Wenn Gift in dem Bier war ...«

»Das will ich gerade feststellen!«

»Auf diese Art?«

»Ich habe leider kein fliegendes Labor bei mir.«

»Und wenn Sie auch umfallen wie der Professor?«

»Dann wissen wir es!«

»Himmel noch mal, das ist doch heller Wahnsinn!«

»Haben Sie Angst?«

»Ja!« sagte Frank Herburg laut.

»Angst um mich?«

»Auch ...«

»Was heißt ›auch‹?«

»Wenn Sie sich auch vergiften, hat der Professor überhaupt keine Chance mehr. Ehe ein zweiter Arzt aus Kairo kommt ... das heißt ›auch‹!«

Luisa Alius sah Herburg mit zur Seite geneigtem Kopf an, so wie man einen interessanten Gegenstand betrachtet. In ihren kühlen grau-grünen Augen funkelte Kampfbereitschaft. »Sie sind ein Herzchen!« sagte sie grob. »Aber wer sein ganzes Leben mit Mumien verbringt...«

»Sie sind doch hierhergekommen, um Professor Mitchener zu retten, aber nicht, um sich experimentell zu vergiften!« brachte Dr. Pernam, heiser vor Erregung, heraus.

»Männer!« Sie riß die Teetasse mit dem Bierrest so schnell aus Herburgs Hand, daß er sie nicht festhalten konnte, und schluckte das warme schale Bier. Dann hob sie das Handgelenk und blickte auf ihre Armbanduhr. Der große Sekundenzeiger tickte über das schimmernde Zifferblatt.

»Wenn ich in fünf Minuten sage: ›Dr. Herburg, Sie haben einen Kopf wie eine reife Tomate‹, dann zwingen Sie mich, eine Tablette aus der Schachtel Nr. 17 zu schlucken ...«

»Luisa! Ich flehe Sie an ...«

»Ich kann mich nicht erinnern, Sie jemals Frank genannt zu haben«, antwortete die Ärztin kühl.

»Ich weiß, woran Sie denken, Dr. Alius.« Dr. Herburg nahm mit zitternden Händen die Tablettenschachtel Nr. 17 aus dem Ärztekoffer. »Ein Haluzinogen! LSD im Bier ...«

»Ach!« Ihre blau-grünen Augen musterten Herburg. Jetzt blieb der Blick auf ihm haften, vorhin hatte er ihn nur gestreift. »Was verstehen Sie davon?«

»Sie können voraussetzen, daß ich als Ägyptologe alle neuen Theorien kenne, mit denen man dem angeblichen ›Fluch der Pharaonen‹ auf die Spur kommen will. Auch LSD und verwandte Drogen gehören dazu. Man spricht von Nervengiften aus Mohndestillaten, von Mutterkorn-Toxinämien ...«

»Bravo!« Luisa Alius strich sich die blonden Haare aus der Stirn. »Übrigens, die Zeit ist um. Ich rede noch normal. Das Bier war einwandfrei.«

»Es wäre auch erstaunlich gewesen«, meinte Herburg sarkastisch, »die dritte ägyptische Dynastie und Dortmunder Pilsener - wie paßt das zusammen? Aus Flaschen mit Kronenkorken ...«

»Ein kluges Herrchen!«

Luisa Alius hatte sich wieder über den Professor gebeugt. Dann sagte sie nichts mehr, baute ihren Beatmungsapparat auf und gab dem Kranken reinen Sauerstoff. Dann injizierte sie vier Ampullen eines Mittels, das sie nicht näher erklärte, und maß laufend Blutdruck, Herzfrequenz und hörte mit dem Stethoskop den Brustkorb ab. »Es ist doch eine Vergiftung«, sagte sie dann.

»Aber woher? Wir waren alle um Professor Mitchener herum. Wir haben das Gleiche gegessen und getrunken«, sagte Herburg.

»Auch das Gleiche geatmet?«

»Ich nehme an, daß alle am Eßtisch die gleiche Luft geatmet haben. Allerdings hat Mitchener mehr Zwiebeln gegessen als wir ...«

Luise Alius lächelte säuerlich und sagte: »Wäre es möglich, daß die Herren einmal etwas weiter denken als daran, wie meine Beine unter den Stiefelhosen aussehen? Professor Mitchener wurde das Opfer eines Atemgiftes. Wir kennen im Toxikologischen Institut von Kairo ein Reihe gasförmiger Gifte, deren Analyse uns erst in den letzten Jahren oder gar Monaten gelungen ist. Gase, die man in altägyptischen Gräbern gefunden hat und die aus chemischen Wandlungsprozessen entstanden sind. Die ägyptischen Ärzte und Priester waren Genies - das dürfen wir nie vergessen! Sie lebten eng mit der Natur, und was die Natur an Giften bereithält, ist bis heute noch nicht ausreichend bekannt.« Sie blickte Dr. Pernam an - bewußt an Dr. Herburg vorbei.

Harris Pernam betrachtete das sofort als einen deutlichen Sympathiebeweis und lächelte breit und etwas dümmlich zurück.

»Sie haben also ein Grab aus der dritten Dynastie geöffnet?«

»Wir hoffen es! Wir sind auf einen Gang gestoßen, der in die Tiefe führt. Die Berechnung dieser Grabstätte läßt den Schluß zu, daß bei diesen Ausmaßen nur ein hoher Beamter oder eben unser sagenhafter Kind-König dort begraben liegt.«

»Und Sie waren alle in dem Gang?«

»Nein! Wir haben nur ein erstes Loch in die Wand gestoßen und ... Mein Gott!« Dr. Pernams Gesicht verzog sich. Plötzlich schien ihm ein Licht aufzugehen. »Ja, das stimmt!

Mitchener hat als erster den Kopf durch das Loch gesteckt und in den Gang geblickt.«

»Ich möchte diesen Grabeingang sehen«, sagte Dr. Alius ruhig.

»Aber ich bitte Sie, Dr. Alius ...«, stotterte Pernam.

»Der erste Hauch der Rache - sagen wir es mit ägyptischer Lyrik - ist vorbei. Den hat Professor Mitchener inhaliert. Aber Sie werden in den nächsten Tagen weitergraben, nicht wahr?«

»Auf jeden Fall!« antwortete Dr. Herburg. »Es kann die Entdeckung des Jahrhunderts werden!«

»Und je tiefer Sie vordringen werden, je näher dem Geheimnis, je mehr in den Bannkreis der Grabkammer des Pharaonen ... um so gründlicher werden die damaligen Ärzte und Priester einen Schutzwall um den königlichen Körper gezogen haben. Das ist Ihnen doch klar?«

»Wenn man an so etwas glaubt ...«

»Ich gehe mit!« Luisa Alius hörte von neuem des Professors Herzschlag ab. Er war etwas kräftiger geworden, auch der Atem zog etwas deutlicher durch die Lungen. Die Lähmungen ließen spürbar nach. »Ob es Ihnen nun paßt oder nicht: Ich bin ab sofort bei jeder Grabung an Ihrer Seite!«

»Nein!«

»Doch! Wir haben endlich die Möglichkeit, an Ort und Stelle zu beweisen, daß die Vorfahren der Ägypter mit Nervengasen arbeiteten. Was man immer als Phantasterei zurückwies, können wir dann belegen: Es gab vor fünftausend Jahren eine toxikologische Wissenschaft, vor der wir heute den Hut ziehen müßten.« Sie sah Dr. Herburg herausfordernd an. »Ich werde diesen Beweis erbringen«, fuhr sie fort, »und wenn Sie mich daran hindern wollen, dann nur, weil Sie mich noch nicht kennen, Dr. Herburg.«

Es wurde nur äußerlich eine ziemlich stille Nacht.

Auf katzenhaft leisen Sohlen hatte Leila den Krankenraum betreten. Dr. Abdullah stellte seine Tochter der Ärztin vor, verschwieg aber, daß sie mit Frank Herburg so gut wie verlobt war. Leila sorgte selbst dafür, daß die Besitzansprüche sofort geklärt wurden.

Sie rief leise: »Der arme Professor! Wird er überleben?« und fiel dann Herburg ungeniert um den Hals, umklammerte seinen Nacken und küßte ihn mit einer so ungestümen Leidenschaft, als sei außer ihnen niemand im Raum und als könne sie damit den Professor retten.

Abdullah war die Demonstration seiner Tochter - in seinen Augen eine Schamlosigkeit - sichtlich peinlich, Pernam grinste verhalten. Frank Herburg stand steif wie ein Stock und ließ die Küsse über sich ergehen. Als Leila ihn gar nicht mehr loslassen wollte, löste er ihre Arme von seinem Nacken und schob sie etwas von sich weg.

Luisa Alius hatte sich nach einem kurzen Blick auf diese Szene erneut dem Kranken zugewandt und gab ihm noch ein wenig reinen

Sauerstoff mit dem Atemtrichter aus Plexiglas. Der Professor erholte sich immer mehr, er atmete schon kräftig durch und wechselte aus seiner Bewußtlosigkeit in den Schlaf über.

Man erkannte deutlich: Die erste Gefahr war gebannt, die unmittelbare Lebensgefahr abgewehrt. Das Rätsel allerdings blieb: Womit wurde Professor Mitchener vergiftet? Und dann - konnte sich eine solche Katastrophe bei jedem anderen Mitglied der Expedition wiederholen?

Gegen Morgen saßen alle erschöpft in einem Nebenraum und tranken heißen Tee mit viel Rum, den der Küchenboy gekocht hatte - unter der Aufsicht von Toc-Toc, der auch servierte. Dr. Pernam hatte die Wache bei Mitchener übernommen. Er hatte Dr. Abdullah abgelöst, der nun in einem Korbsessel saß und ebenfalls Tee trank. »Medizin hat Allah nicht verboten«, sagte er entschuldigend mit einem müden Lächeln. »Das ist Medizin!«

Leila wich nicht von Herburgs Seite. Ihre Demonstration: Dieser Mann gehört mir! dauerte an. Mit Luisa Alius hatte sie nur ein paar Worte gesprochen, belanglose Floskeln der Höflichkeit, aber auch diese mit einem deutlichen Unterton von Feindseligkeit.

Bisher hatte man sich in englischer Sprache unterhalten. Jetzt schlug Dr. Alius zurück: Sie redete Herburg in Deutsch an. Dr. Pernam und der Professor, die es kannten, waren nicht zugegen. Dr. Abdullah und seine Tochter verstanden die Sprache nicht.

»Können Sie Ihrer glutäugigen eifersüchtigen Wildkatze nicht klarmachen, daß ich eines Kranken wegen hier bin und nicht, um Ihnen schöne Augen zu machen?« fragte die Ärzte in ihrer unverblümten Art. »Du lieber Himmel, sie benimmt sich ja, als sei ich ein männermordendes Ungeheuer. Sind Sie tatsächlich mit ihr verlobt?«

»So gut wie.« Herburg zündete sich eine Zigarette an. »Aber ich glaube, das ist jetzt kein Thema.«

»Warum nicht? Ich bin nun einmal kein Mensch, der stillhält, wenn man auf ihn einschlägt. Ich schlage dreimal zurück!«

»Das habe ich bereits bemerkt.«

»Und hier werde ich von Ihrer Wildkatze attackiert! Es ist merkwürdig: Wo ich auftauche, umringt mich eine Schar feindseliger Frauen!«

»Und das wundert Sie?«

»Ich bin für die Kranken da, nicht für Überpotente!«

»Eine typische Alius-Antwort.« Dr. Herburg lachte. Leila, die nichts verstand, blitzte ihn wütend an. »Jedesmal, wenn Sie in einen Spiegel blicken, müssen Sie doch sehen, wie hübsch Sie sind ...«

»Blödsinn! Ersparen Sie mir bitte die Süßholzraspelei. Ich bin weder hübsch ...« Luisa warf Herburg einen vernichtenden Blick zu und schwieg.

»Sie sind sehr verführerisch, Luisa.« Herburg probierte aus, ob sie sich gegen die persönliche Anrede wehren würde. »Sie wollen es nur nicht wahrhaben, weil Sie Angst vor sich selbst haben.«

»Ich wußte gar nicht, daß das Ausgraben von Mumien auch psychologische Kenntnisse voraussetzt«, entgegnete sie kühl. »Aber hier liegen Sie falsch. Ich habe nie Angst gehabt.«

»Nicht vor Abenteuern, nur vor dem Abenteuer mit sich selbst!«

»Sie haben mit Leila geschlafen?«

»Welche Frage! Dr. Alius ...«

»Ich hätte es mir denken können. So ein glutvolles Mädchen ...«

»Irrtum! Ich habe nicht ...«

»Aus Angst?«

»Nein ... Verantwortung!«

»Oha! Ein Mann mit Grundsätzen, die bis unter die Gürtellinie gehen.«

»Ich sehe, Sie wollen die offene Feldschlacht. Warum, ist mir schleierhaft, aber Sie können sie haben. Mit wie vielen Männern haben Sie denn geschlafen?«

»Mit drei!« erwiderte Luisa Alius ohne Zögern. »Einmal als Studentin der Medizin in Heidelberg, mit einem Oberarzt aus der Anatomie. Ist das nicht lustig? Tagsüber Leichen aufschneiden, nachts sich an Frauenkörpern berauschen! Wir waren damals alle in ihn verliebt. Ein Baum von Mann, weiße Schläfen trotz seiner vierunddreißig Jahre, ein echter Kavalier, auch im Bett.«

»Sie brauchen mir nicht alles ...«, warf Herburg ein.

»Warum nicht? Sie sollen mich richtig kennenlernen, schon, um solchen Blödsinn wie die Schönheit vor dem Spiegel für immer abzutun.« Sie nahm die Zigarette aus Herburgs Finger und rauchte sie weiter.

Sofort steckte Leila eine neue an, machte zwei Züge und schob sie dann Herburg zwischen die Lippen. Dabei küßte sie ihn auf die Wange.

»Da sehen Sie's«, sagte Luisa fast fröhlich. »Der Schlagabtausch beginnt. Nummer zwei war ein Klempner. Er kam in meine Wohnung - ich hatte damals ein Appartement in Hamburg - und sollte nur den Abfluß meiner Badewanne reparieren. Starren Sie mich nicht so an, Dr. Frank Herburg. Ich weiß, das ist wie eine Witzzeichnung aus dem ›Playboy‹. Handwerker kommt, und Madame steht nackt hinter der Tür und fragt: ›Haben Sie auch alles mitgebracht?‹ Nein, so war es nicht. Der Mann gefiel mir wirklich. Ich war Assistenzärztin im Tropeninstitut, und mich interessierte schon immer die Exotik. Mein Klempner war weder groß noch männlich, weder klug noch umwerfend charmant - er war nur ein exotisch aussehender Handwerker, der meine Badewanne in Ordnung brachte, dafür fünfundvierzig Mark kassierte einschließlich Wegegebühr. Ich hatte eben Lust! Verstehen Sie das! Ich wollte einfach! Eine biologische Explosion, wenn Sie so wollen. Neun Wochen lang hinterher rief er noch jeden zweiten Tag an und wollte wiederkommen. Es hat viel Mühe gekostet, ihm klarzumachen, daß er nur so etwas wie ein Schluck Medizin gewesen war ...« Sie blickte Herburg nachdenklich an. Der rauchte mit hastigen Zügen. »Ich sehe, Sie sind entsetzt.«

»Das müssen Sie mir schon erlauben, Luisa. Das alles - und aus Ihrem Mund!«

»Der dritte Fall liegt komplexer. Da hätte ich mich fast richtiggehend verliebt. Das war schon hier in Kairo. Ein französischer Kollege - Missionsarzt. Kein Priester - denken Sie nur nicht, jetzt hat sie auch noch einen Priester verführt -, nein, er arbeitete für die Mission als freier Arzt und zog impfend durch die Lande, um die Amöbenruhr zu bekämpfen. Ich habe ihn sechs Wochen lang begleitet, im Jeep, im Landrover, auf Kamelrücken, auf einer Nilbarke. Vier Wochen habe ich durchgehalten, die letzten zwei Wochen allerdings, das gebe ich zu, hat er seine ärztlichen Pflichten stark vernachlässigt. Er war Südfranzose ... ein verrückter Kerl. Also - nach sechs Wochen konnte ich ihn nicht mehr ertragen. Ich bin nachts allein heimlich losgeritten, auf einem Kamel, durch die Wüste, zu einem Fellachenstamm. Das war's! Entsetzt? Weil ich das alles erzähle? Dr. Herburg - bedenken Sie - drei Männer in dreißig Jahren! Für jedes Lebensjahrzehnt einen - ist das zuviel? Fragen Sie mal andere Frauen ...«

»Warum eigentlich kasteien Sie sich so vor mir?« fragte Herburg, von ihrer Offenheit peinlich berührt. »Ich will das doch gar nicht wissen. Was geht mich das alles an?«

»Sie? Nichts! Aber mich.« Sie stand auf und zerdrückte den Rest der Zigarette in dem hölzernen Aschenbecher. Mit einem Ruck warf sie die blonden Haare in den Nacken. Sie sah wirklich begehrenswert aus ...

»Ich bin eben das, was man eine emanzipierte Frau nennt«, sagte sie dann. »Ich lebe, wie es mir gefällt, und pfeife auf alle Konventionen. Darum sage ich Ihnen das alles! Ich bin nämlich auf dem besten Weg, mich in Sie zu verlieben! Und das müssen Sie jetzt verhindern! Wie und ob Ihnen das gelingt ...«

Sie brach mitten im Satz ab und verließ, ohne Herburg noch einmal anzusehen, das Zimmer. Er hörte, wie nebenan die Tür zu Mitcheners Krankenraum klappte.

Dann kam Dr. Pernam zurück und warf sich in den Sessel, aus dem Dr. Alius gerade aufgestanden war. »Was ist los?« fragte er. »Frank, rücken Sie noch einen Whisky heraus! Mitchener geht's immer besser. Er hat's geschafft.«

»Was hat sie gesagt?« Leila klammerte sich an Herburgs Arm fest. »Harris, sie hat die ganze Zeit mit Frank deutsch gesprochen. Sie muß weg!«

»Weil sie deutsch spricht? Leila, sie hat schließlich Professor Mitchener gerettet!«

»Sie will mir Frank wegnehmen - ich spüre es!«

»Will sie das?« Pernam blickte zu Herburg hinüber. »Sie sind versorgt, mein Lieber! Wenn sich einer um Dr. Luisa kümmert, dann werde ich das sein! Oder haben Sie etwas dagegen?«

»Natürlich nicht ...«

»Das klingt, als ob ich Ihnen saure Kamelmilch angeboten hätte.« Dr. Pernam streckte die Beine weit von sich und leckte sich die Lippen. »Wo steht der Whisky? Ich brauche drei volle Gläser, dann gehe ich wieder nach nebenan und kümmere mich um die Dame!«

Frank Herburg stand auf, holte die Flasche aus dem Wandschrank und stellte sie ohne Glas vor Pernam auf den Tisch. Dieser trank einen langen Schluck aus der Flasche und schnalzte dann genußvoll.

»Außerdem sucht sie sich die Männer aus!« warf Herburg ein.

»Hat sie das gesagt?«

»Ja.«

»Ein tolles Weib! Haben Sie es Leila schon erklärt?«

»Ich werde mich hüten.«

»Warum? Ich nehme sie Ihnen doch ab!« Dr. Pernam nahm wieder einen tiefen Zug aus der Flasche. »Ich glaube, das dürfte ein Leben werden, wie es sich jeder Archäologe erträumt: das Eindringen in vergangene Jahrtausende und eine Erholung in der sich immer erneuernden Gegenwart.«

»Und wenn Sie nicht Luisas Typ sind, Harris?« »Oh, ich werde mich ihr schmackhaft zu machen wissen.« Pernam lachte etwas ordinär. »Das ist alles eine Sache der Präsentation! Emanzipierte Frauen sind nie auf einen bestimmten Typ Mann festgelegt.«

3

Im Morgengrauen des nächsten Tages zog Toc-Toc mit seinem Grabungstrupp hinaus zu dem neu entdeckten Grab, um weiter die untere Mauer und den Eingang freizulegen. Eine andere Gruppe arbeitete oben auf dem Plateau bei den Scheintüren. Der Professor und auch Herburg glaubten, daß irgendwo ein zweiter Eingang sein müsse.

Nicht umsonst war der Gräberkomplex so groß: Im Innern des Grabes mußte es ein Labyrinth von Gängen, Scheinkammern, toten Gewölben, Tiermumienhallen und Schächten geben, die jeden Eindringling verwirrten.

»Eines ist sicher«, hatte Professor Mitchener noch vor seiner Krankheit gesagt, »wenn dieses Grab nach Entwürfen von Imhotep gebaut worden ist, dann erleben wir nicht nur eine Menge Überraschungen, sondern dringen tiefer in die Geheimnisse seiner genialen Baukunst vor. Das kann sogar heißen, daß wir zwar das Grab haben, aber trotzdem nie an den Sarkophag des Menesptah herankommen. Jedenfalls steht fest: Wir werden nicht vor dem großen Imhotep kapitulieren!«

Übrigens: Dr. Luisa Alius hielt Wort. Sie erschien in einem alten kleinen VW an der Grabungsstätte und hatte einen glänzenden Metallkoffer mitgebracht.

Dr. Frank Herburg, der an diesem Morgen die Ausgrabungen leitete, während Dr. Pernam in dem großen Zelt saß und die Tongefäße und Steinfigürchen mit feinen Pinseln abstaubte und registrierte, denn mit jedem Schaufelwurf kamen neue Scherben aus verschiedenen Jahrhunderten zum Vorschein, sah Luisa Alius sehr kritisch entgegen.

Neben Herburg, in Männerkleidung und wie einer der staubigen Arbeiter aussehend, arbeitete Leila und trug die Funde auf einer Decke zusammen. Es waren vor allem Bruchstücke von ehemals buntbemalten Steintafeln mit Darstellungen aus dem Leben der Menschen der dritten Dynastie. Es war jetzt schon klar: Dieses Grab gehörte zu den ältesten Kulturzeugnissen Ägyptens - eine ungeheure Kostbarkeit.

»Was will sie hier?« zischte Leila und lehnte sich gegen Dr. Herburg. »Schick sie weg! Sie ist Ärztin, sie soll sich um den Professor kümmern!«

»Sie will feststellen, ob Giftgase in den Gängen sind.«

»Allah soll sie an diesen Gasen ersticken lassen!«

»Leila!«

»Ich hasse sie! Wie sie dich anblickt! Merkst du das denn nicht?« Leila war den Tränen nahe.

»Wie soll sie mich denn anblicken?«

»Wenn du das nicht merkst ... Ich sehe es! Sie tut so, als habe sie dauernd Streit mit dir ...«

»Das hat sie ja auch.«

»Aber mit ihren Augen frißt sie dich auf! Sie ist die Sonne, und du bist der Wassertropfen, der unter ihr verdunstet.«

»Du phantasierst, Leila ...«

Luisa Alius hatte mit Hilfe von Toc-Toc die Metallkiste ausgeladen und ließ sie jetzt hinuntertragen zu dem Loch in der Eingangstür. Vier erfahrene Facharbeiter aus Toc-Tocs Kolonne, die sich darin auskannten, millimeterweise die kostbaren Steine abzutragen, waren seit drei Stunden dabei, das Loch zu dem langen Abwärtsgang zu erweitern.

Herburgs Vermutungen bestätigten sich: Auf der Rückseite der Vermauerung waren Wandgemälde und Spruchbänder angebracht worden. Es kam also auf jeden Stein an, wenn man später die Wand wieder zusammensetzen wollte, um die Malereien und Inschriften zu deuten.

Es bewies aber gleichzeitig, daß noch ein anderer Ausgang vorhanden sein mußte, denn wer von innen eine zugemauerte Tür bemalte, mußte ja später auf einem anderen Weg das Grab verlassen haben. Es sei denn, die Künstler hätten mit vollem Bewußtsein, lebendig eingemauert zu werden und für ewig bei ihrem König zu bleiben, ihre Werke ausgeführt. Sie würden sich dann wohl in eine andere Grabkammer zurückgezogen haben, um dort zu sterben.

Eine grauenhafte Vorstellung! Früher oder später würde man die volle Wahrheit erfahren ...

»Was wollen Sie hier, Dr. Alius?« fragte Herburg betont steif und unwillig, als Luisa und die vier Männer mit dem großen Metallkoffer vor der Tür ankamen. »Ich habe es Ihnen doch deutlich genug gesagt: Sie gehen da nicht hinunter!«

»Sogar als erste!« Luisa setzte sich auf den abgestellten Koffer und klopfte mit der rechten Faust gegen das Metall. »Hier sind Gasmasken und Spezialfilter, Sprühflaschen mit Gegengiften, sogar ein kleiner Flammenwerfer. Was sagen Sie nun?«

»Wir graben die Mumie eines Pharaonen aus, aber wir erobern keine Panzerfestung!«

»Sehr witzig!«

Luisa Alius nickte Leila zu, die diese Begrüßung mit einem verächtlichen Blick quittierte. Die Ärztin sagte: »Ich nehme an, die schöne Leila will mit Ihnen ins Innere des Grabes vordringen. Sozusagen als Schutzengelchen! Aber aller Liebesglaube nutzt nichts, wenn die Pharaonenärzte die Wände mit einem uns noch unbekannten Gift besprüht haben, das sich - auch nach Jahrtausenden - bei Luftzufuhr zu Gas verflüchtigen kann. Soll Leila in Ihren Armen den Liebestod sterben, Dr. Herburg?«

»Das sind doch alles Theorien«, meinte Herburg geringschätzig.

»Professor Mitchener hätte diese ›Theorie‹ beinahe das Leben gekostet. Was wollen Sie eigentlich? Warum eigentlich lassen Sie mich nicht zuerst ins Grab? Ich tue es doch freiwillig, zu Ihrer aller Schutz will ich das Risiko auf mich nehmen. Oder können Sie es nicht ertragen, mich in Gefahr zu wissen, Dr. Herburg?«

»Ja«, sagte Herburg dumpf. »Verflucht ja. Sie wissen es genau. Sie sind hier, um die Schlacht zu eröffnen!« Er trat wütend gegen die glänzende Metallkiste, auf der Luisa saß.

An der Tür hatte man den Einstieg jetzt ganz vorsichtig so weit abgetragen, daß ein Mensch bequem hineinkriechen konnte.

»Machen wir es umgekehrt: Sie geben mir Ihre Spezialmasken und diese Sprühdosen, und ich gehe zuerst hinein!« schlug Dr. Herburg vor.

»Nein!« entgegnete Luisa hart.

»Und warum nicht?«

»Ich komme gerade von Professor Mitchener. Er sitzt im Bett und frühstückt: Tee und Ei mit Toast. Das befreit mich von meiner ärztlichen Aufgabe, zumal Dr. Abdullah ihm Gesellschaft leistet. So kann ich mich wieder um mich kümmern. Ich lasse Sie nicht in dieses Gräberlabyrinth, Frank ... weil ich Sie liebe.«

In diesem Augenblick begriff Leila, daß es möglich war, einen Menschen ohne Reue zu ermorden.

Es war nur ein Satz, nur ein kleiner Satz - aber er hatte eingeschlagen wie ein Funke ins Pulverfaß. Kein Pathos war in diesem Satz gewesen, keine Leidenschaft oder Gefühlserregung. »Weil ich Sie liebe« war gesagt worden wie eine ärztliche Diagnose. Es war, als habe Luisa festgestellt: Ich habe Durst, es ist schon verdammt heiß.

Diese nüchterne Feststellung paßte zu ihren emanzipierten Ansichten. Auch einem Mann gegenüber darf man frei sagen, was man denkt. Und wenn es aus der Tiefe des Herzens oder der Gefühle kommt. Liebe gehört dazu. Liebe ist kein Geheimnis mehr. Man ißt, man trinkt, man schläft, man läuft herum, man faßt etwas an - und so liebt man auch. Der Mensch und seine Funktionen ... Funktionen bestimmter Körperteile, besonderer Hormone. Natürliche Vorgänge! Warum sie verschweigen, wenn sie zum Menschen untrennbar gehören?

Frank Herburg war angenehm überrascht und geschmeichelt. Nur wußte er nicht recht, wie er reagieren sollte. Neben ihm stand Leila mit einem Gesichtsausdruck, der keinen Zweifel daran ließ, daß sie in diesem Augenblick wünschte, Dr. Luisa Alius möge tot umfallen.

Herburg mußte das Bekenntnis hinnehmen oder so tun, als habe er Luisas Worte in dem allgemeinen Lärm des Baggers, der Gräberkolonnen und der vielen Zurufe, die von Mann zu Mann flogen, einfach nicht verstanden.

Beides widerstrebte ihm, denn wer kann ruhig bleiben, wenn eine schöne begehrenswerte Frau so ganz einfach zu ihm sagt: Weil ich Sie liebe ...

Dr. Alius schien allerdings auch keine Antwort erwartet zu haben. Sie erhob sich von ihrem Metallkoffer, winkte den beiden Trägern und ging hinüber zu dem erweiterten Grabeingang. Dr. Herburg wollte ihr folgen, aber Leila hielt ihn am Arm fest.

»Laß sie!« sagte sie leise. »Laß sie zuerst ins Grab, Frank.« Sie sprach mit einer so harten Stimme, wie sie Frank Herburg noch nie gehört hatte.

»Ich bin, solange der Professor krank ist, verantwortlich für alles, was hier passiert. Ich kann es nicht zulassen, daß ...«

»Wenn sie es doch nicht anders will ...«

»Wenn alle tun würden, was sie wollen ... dann würdest du sie jetzt töten!«

»Ja! Das würde ich tun«, antwortete Leila leise und sehr fest. »Laß sie zuerst in das Grab steigen, Frank ...«

»Das wäre - in deinen Augen - die legalste Methode des Mordes. Leila ...« Er packte sie an den Schultern und rüttelte sie. »Nur du und ich wissen, wie sehr wir uns lieben. Und plötzlich kommt in einem Hubschrauber eine junge Frau herabgeschwebt - und schon beginnst du, an allem zu zweifeln! Hast du so wenig Vertrauen zu mir? Wäre Mitchener nicht krank geworden, hätte ich Luisa Alius nie kennengelernt.«

»Schick sie weg!« verlangte Leila eigensinnig. »Sie kann doch zurück nach Kairo fliegen.«

»Das wird sie auch bestimmt tun, wenn der Professor außer Gefahr ist.«

»Das glaubst du?«

»Ja, was soll sie dann noch hier?«

»Bei dir sein ...«

»Leila!«

»Ich habe in ihre Augen gesehen. Diese Augen ...«

»Du wiederholst dich ...»

»Sie läuft herum, als sei sie aus Eis. Aber aus ihren Augen sprühen die Funken! Wie ein Vulkan! Frank, ich bitte dich, laß sie allein in das Grab, wenn sie es so will.«

»Nein!«

Er ließ Leila los und lief hinter Luisa her zu dem immer größer werdenden Eingang in das unterirdische Labyrinth. Die Arbeiter unter Toc-Tocs Leitung und unter Aufsicht eines jungen britischen Geologen, der einen unaussprechlichen Namen von seinem polnischen Vater geerbt hatte - er war vor Jahren nach Schottland eingewandert -, hatten die Steinplatten säuberlich auf Wolldecken gelegt.

Das Bild wurde klar: Die Wand war von innen mit Jagdszenen und bäuerlichen Motiven bemalt worden. Man erkannte schon jetzt eine Krokodiljagd und eine Papyrusernte am Nilufer. Flache Kähne lagen im Schilf... die Farben waren noch recht gut erhalten: alle pastellzart - erdbraun, wüstengelb, hennarot, holzkohlenschwarz und ein merkwürdig grünliches Blau, das noch jetzt, nach fünftausend Jahren, zu leuchten schien.

Dieser Fund würde Professor Mitchener schnell wieder gesund werden lassen, das schien sicher. Sobald er die Kraft hatte, auf den Beinen zu stehen, würde er am Grab auftauchen. Und wenn er sich in einer Decke herumtragen lassen würde ... Wie alle Ägyptologen war er ein Besessener.

Luisa Alius hatte ihren Metallkoffer schon aufgeklappt und eine Sauerstoffflasche ins Geröll gestellt. Sie drehte sich nicht um, als sie hinter sich das Keuchen Herburgs hörte, der vom Laufen in der heißen Luft außer Atem war.

»Ich verbiete es Ihnen!« rief er aufgeregt.

»Sie können mir gar nichts verbieten«, erwiderte Luisa ruhig und schraubte ein Ventil auf die Flasche. Dann schloß sie die Schläuche an eine Atemmaske an, die einer zweiten Haut aus Gummi glich. Wer sie über den Kopf zog, war von jeglicher Außenluft hermetisch abgeschlossen.

Die altägyptischen Giftpriester – wenn es sie jemals gegeben hatte – würden hier ihre Schlacht um das Grab des Pharaonen verlieren ...

»Ohne meine Zustimmung läßt Sie keiner in den Gang!« rief Herburg. »Das ist Ihnen doch hoffentlich klar.«

»Nein.«

»Was bilden Sie sich eigentlich ein? Schweben in der Nacht mit einem Hubschrauber in Sakkara ein, als Arzt für Professor Mitchener ...«

»Bin ich kein Arzt?«

»Bitte, argumentieren Sie hier nicht mit angeblich weiblicher Logik ...«

»Was haben Sie gegen Logik? Ich bin Arzt, ich habe Mitchener aus dem Gröbsten heraus, ich habe meine Pflicht getan ...«

»Und jetzt wartet ganz Kairo auf Ihre Rückkunft.«

»Irrtum! Die Erkrankung Ihres Professors war ein willkommener Anlaß für das Toxikologische Institut, mich mit der Erforschung der geheimnisvollen ägyptischen Grabkrankheiten zu betrauen. Ich habe eine Sondergenehmigung! Greifen Sie in meine Jackentasche.«

»Was soll ich?«

»In meine Jackentasche greifen. Links unten. Sie berühren bei dieser Gelegenheit keinen Körperteil, bei dessen Anblick Ihre Leila wild werden könnte.« Sie schraubte weiter an ihrer Sauerstoffflasche herum und drehte Herburg den Rücken zu.

Frank zögerte. Er schielte zu Leila hinüber. Sie lehnte an der freigelegten Grabmauer aus Brandziegeln und Sandsteinen und beobachtete ihn mit gesenktem Kopf wie ein Raubtier, das sein Opfer nicht aus den Augen läßt.

Diese glühende Sonne raubt uns allen fast den Verstand, dachte Frank, harmlose Dinge werden plötzlich zu einem erschreckenden Problem.

Er griff also in Luisas linke Jackentasche und holte ein zusammengefaltetes Schreiben hervor. Es stammte vom Gesundheitsministerium und dem Ordinarius für Toxikologie der Universität Kairo und erteilte der Ärztin Dr. Luisa Alius alle Vollmachten für ihre Forschungen nach noch unbekannten altägyptischen Giften. Alle Behörden, einschließlich

Polizei und Militär, wurden aufgefordert, ihr jede Unterstützung zu gewähren. Die Regierung erteilte gewissermaßen eine Generalerlaubnis. Dazu eine Menge Stempel und Unterschriften, die allein schon auf jeden Menschen, besonders auf jeden Beamten, imponierend wirkten.

Frank Herburg faltete das Schreiben zusammen und steckte es in die Tasche der Khakijacke zurück. Sie hatte mittlerweile alle Schläuche verbunden. Jetzt schraubte sie das Gestell der Rückentrage an. »Zufrieden?« fragte sie über die Schulter.

»Wo haben Sie das so rasch her? Ich rief an ...«

»Gut vorgearbeitet, nicht wahr? Ich wäre sowieso gekommen.« »Ach ...«

»Fehlt noch etwas? Ein Daumenabdruck von Sadat?«

»Es fehlt gar nichts, nein. Etwas ist zuviel! Sie!«

»Ihr Charme ist erdrückend, Frank! Ich habe noch nie einen Mann kennengelernt, der soviel Herzlichkeit ausstrahlt wie Sie.«

»Ich kann Sie auf Grund Ihrer Vollmachten nicht daran hindern, hier zu arbeiten«, sagte Herburg heiser vor Erregung. Nicht ihre arrogante, emanzipierte Art erregte ihn, sondern vielmehr die Vorstellung, daß Luisa vielleicht wochenlang mit ihnen zusammen im Camp wohnen würde.

Natürlich war da noch Dr. Harris Pernam, der sich vorgenommen hatte, den Eisberg Luisa zum Schmelzen zu bringen. Seit der vergangenen Nacht trainierte er eifrig, seine britische Unterkühltheit abzubauen.

Wenn eine Frau zu einem Mann völlig unbefangen sagt: »Weil ich Sie liebe ...«, dann ist damit wenigstens auf einer Seite völlige Klarheit erreicht.

Der Fluch der Pharaonen schien sich im Grab Menesptahs zu wandeln: Nicht chemische oder bakterielle Gifte allein bedrohten die Archäologen; das ganze Unternehmen war jetzt auch noch durch den erbitterten Kampf zweier Frauen um einen Mann gefährdet. Die Eifersucht konnte verheerendere Folgen haben als alle Tricks des geheimnisvollen Imhotep, des größten Arztes, Baumeisters und Intriganten der dritten Dynastie. Die Glanzzeit Alt-Ägyptens – eine Wiege menschlicher Frühkultur... Zwei sich hassende Frauen lassen alles verblassen.

»Es ist erfreulich, daß Sie das einsehen!« antwortete Luisa Alius. »Ich will hier nämlich wirklich arbeiten. Ich habe außerdem vom Institut für Mikrobiologie in Kairo, mit dem wir eng zusammenarbeiten, eine ganze Liste mitbekommen, darüber, was man noch alles in den Gräbern vermutet. Bei den meisten Ausgrabungen blieben ja nur Hypothesen übrig, weil Jahrhunderte vorher Grabräuber durch Luftzufuhr manche Wirkungen aufhoben. Es ist wohl anzunehmen, daß eine ganze Menge dieser Grabschänder gestorben ist, elend umgekommen an schrecklichen Lähmungen oder Nervenschäden - aber darüber hat selbstverständlich niemand berichtet! Was wir wirklich kennen, das ist die lange Liste der Erkrankungen und Todesfälle der Ausgräber unserer Zeit - eben, seit darüber Protokolle geführt wurden oder Tagebücher vorliegen.«

»Ich kenne das alles. Daß Sie an so etwas glauben, finde ich verwunderlich.«

»Wenn wir mehr Zeit haben, erzähle ich Ihnen einige Fälle aus der jüngsten Zeit, die weithin unbekannt geblieben sind, weil es persönliche Tragödien waren oder keiner die Zusammenhänge erkannt hat. Aber eines taucht immer wieder auf: Forscher fallen ohne jeden erkennbaren Grund um, werden gelähmt oder sterben an Lungenversagen; oder sie werden in derartig starke Depressionen und geistige Verwirrungen gestürzt, daß es in den meisten Fällen zu Selbstmorden oder Unglücksfällen kommt, die sie selbst verschuldet haben. Wie ist es zu erklären, daß einige Ägyptenforscher ohne sichtbaren Grund aus Fenstern in den Tod sprangen? Oder daß sie auf einer kerzengeraden Straße ihr Auto plötzlich scharf nach links wenden und einen entgegenkommenden Wagen rammen? Nur ein einziger, der diesen Unfall zwei Stunden überlebte, konnte noch aussagen: ›Ich mußte es! Ein innerer Befehl zwang mich: nach links! Ich konnte einfach nicht anders ...‹ - Das soll man einfach überhören? Als Arzt, als Forscher, als Toxikologe? Könnten Sie das, Frank?«

»Luisa, ich möchte aber nicht, daß Sie ...«

»Sie würden bei den vielen Argumenten, daß es einen Pharaonenfluch - sagen wir, auf chemischer Basis - gibt, nicht aufgeben! Und ich tue es auch nicht.«

Sie hob die fertigmontierte Atemausrüstung etwas hoch und nickte. »Schwer, aber sicher. Helfen Sie mir, das Ding auf den Rücken zu heben und festzuschnallen, Dr. Herburg?«

»Nein.«

»Dann rufe ich Ihren Toc-Toc.«

»Ich werde es ihm verbieten. Er gehorcht nur mir«, protestierte Frank Herburg.

»Auch gut. Ich schaffe es allein.«

»Ich gehe mit Ihnen, Luisa! Sie haben doch noch ein zweites Gerät bei sich, wie ich sehe.«

»Ja, und noch drei! Sie liegen in dem VW. Und der Hubschrauber bringt heute abend ein vollkommenes Labor mit Laborzelt, eigener Strommaschine und dem ganzen Pipapo. Später kommen vielleicht auch noch einige Laborantinnen. Hübsche Mädchen - wie aus dem Bilderbuch von Tausendundeiner Nacht! Ihre Leila wird Amok laufen müssen, und Ihren Arbeitern werden Sie Beruhigungsmittel ins Essen geben müssen!«

»Warum müssen Sie immer diese Ausdrücke ...«

»Ich bin so, Frank!«

»Nein! Damit panzern Sie sich! Und dann sagen Sie wieder ...«

»Daß ich Sie liebe?« Luisa lachte hell. »Sie mißverstehen das wieder einmal gründlich. Typisch Mann! Himmel, wie mich das wieder aufregt! Liebe - da denken alle nur ans Bett! Zugegeben, auch das muß sein, sonst hätten wir im Körper einige Drüsen zuviel. Aber wenn ich Ihnen sage, daß ich Sie als Mensch liebe, als Individuum, als geistige Kapazität, als ein Wesen, das zu schade ist, im Gifthauch eines Pharaonengrabes zugrunde zu gehen. Als Mann, vom Nabel abwärts, sind Sie mir recht gleichgültig, Frank!«

»Das war klar. Danke.«

»Endlich zufrieden?«

»Ja.« Dr. Herburg lächelte jungenhaft. Es gab seinem Gesicht etwas Sympathisches, das an die in jeder Frau verborgenen Mutterinstinkte appellierte. »Ich bin sehr zufrieden. Ich weiß jetzt, daß Sie nicht nur eine ausgezeichnete Ärztin und eine sehr begehrenswerte schöne Frau sind, sondern auch eine perfekte Lügnerin. Ihre Worte sind wohl meist von der Rückseite zu betrachten ...«

Dr. Luisa Alius riß das Sauerstoffgerät mit einem Ruck hoch. Herburg half ihr, das Tragegestell aus dicken Leinengurten überzustreifen. Als er die Gurte über ihre Schultern zog, berührte er zufällig ihre Brust. Es fuhr wie ein Stromstoß durch seine Hände. Sie bemerkte es nicht. »Ich will mich nie wieder verlieben!« sagte sie und schob die Gummimaske unter ihr Kinn.

»Nach drei Liebschaften in dreißig Jahren? Beeinflußt Ihr täglicher Umgang mit Giften vielleicht Ihr Gefühlsleben nach der negativen Seite hin? Lassen Sie doch mal einen Test über Cholin und Acetylcholin machen ...«

Sie fuhr herum und starrte ihn an. Ihre blau-grünen Augen waren plötzlich von einem tiefen dunklen Blau, so, als habe er mit seinen provozierenden Äußerungen ein Fenster zu ihrem Inneren aufgestoßen. »Was verstehen Sie denn davon? Kümmern Sie sich um Ihre Mumien und nicht um mein Gefühlsleben!«

Frank lächelte, um Verzeihung bittend. »Auch wenn ich fünftausend Jahre alte Mumien ausbuddele, mein Interesse gilt auch den Lebenden.«

Das Gespräch brach ab. In einem Jeep war Dr. Pernam herangekommen, um zu sehen, was am Grab geschah. Er traf zuerst auf Leila, die auf einem eckigen Säulentorso hockte und einen langen seidenen Schal in dünne Streifen zerriß.

»Auch wenn Sie ein Kind dieses Landes sind«, sagte Pernam und fächerte sich mit einem breiten Strohhut Luft zu, »können Sie einen Sonnenstich bekommen, Leila. Warum sitzen Sie in der prallen Hitze? Was ist denn los? Und was mißfällt Ihnen an dem Schal? Wo ist Frank?«

»Na, wo wohl?« schrie sie unbeherrscht. »Dort!«

Pernams Blick folgte Leilas ausgestreckter Hand, in der die Schalfetzen flatterten. Vor Schreck setzte er seinen Hut wieder auf. »Was ist denn das?« rief er. »Haben Sie Wasser in dem Grab entdeckt? Will Luisa tauchen? Tropfsteinhöhlen in der ägyptischen Wüste! Na, so ein Blödsinn dürfte selbst einem Romanschriftsteller nicht einfallen, selbst bei völliger Unzurechnungsfähigkeit ...«

»Sie wird mir Frank wegnehmen –«, jammerte Leila. »Ich spüre es! Sie wird ihn mir wegnehmen.«

»Mit einer Sauerstoffflasche auf dem Rücken? Nie!« Dr. Pernam lachte laut. »Aber reißen Sie nur weiter Ihren Schal in Streifen. Vielleicht wollen Sie damit Luisa erdrosseln?«

»Vielleicht!«

Harris Pernam hatte kein Ohr für den Ernst dieses Ausrufs. Er lief weiter zu dem Grabeingang und kam gerade bei der Kiste an, als Herburg das zweite Gerät zusammenschraubte.

»Wenn Ihr Korallen oder schöne kleine Phosphorbarben findet, bringt sie mir mit!« rief Pernam fröhlich. »Oder gar einen Kugelfisch? Hütet euch vor Kraken ... Die altägyptischen Ärzte sollen Saugnäpfe mit Gift präpariert haben!«

»Sie haben Humor, Harris«, sagte Herburg und blickte zu Luisa hinüber, die langsam auf den Höhleneingang zuging. »Schnallen Sie mir das Ding auf den Rücken, knoten Sie die Nylonleine an meinen Gürtel und bleiben Sie bitte draußen stehen, wenn wir in den Gang vordringen. Es kann sein, daß wir nicht weit kommen. Das mit den Masken ist Luisas Erfindung. Sie glaubt an Nervengifte und Bakterien, die sich in verschlossenen Grabkammern über Jahrtausende halten. Viren, die noch nach fünftausend Jahren leben.«

»Wovon denn?«

»Von den Mumien, den Geweben, in denen diese eingewickelt sind. Von Papyrusrollen, ja, sogar von den Farben der Wandmalereien. Wir wissen es nicht – aber sie will es wissen! Zum erstenmal wird ein unberührtes Königsgrab toxikologisch und biochemisch durchforscht. Heute abend wird ein ganzes Labor eingeflogen ...«

»Sie bleibt also wirklich hier?« fragte Pernam interessiert. »Wochenlang?«

»Es sieht so aus, Harris. Sammeln Sie all Ihren verfügbaren Inselcharme ...«

»Sie haben also nichts dagegen?«

»Nichts.«

»Ich darf mich um Luisa bemühen?«

»Bitte sehr!«

»Soll ich vielleicht jetzt gleich mit ihr in das Grab wandern?«

»Nein! Passen Sie hier draußen auf, daß wir im Labyrinth - falls es hier eins geben sollte - nicht verlorengehen.«

Wie die Kollegen aus früheren Zeiten, die ins Innere der Pyramiden und Gräber vordrangen und fassungslos vor einem Gewirr von Gängen, Nebengängen, Kammern und Stollen standen, so bereiteten sich jetzt auch Dr. Luisa Alius und Dr. Frank Herburg darauf vor, das Innere des unbekannten Grabes zu betreten: Mit einer dicken weißen Nylonschnur um den Leib, die Pernam draußen fest in den Händen hielt, würden sie den Kontakt zur Außenwelt aufrechterhalten. Zusätzlich hatte Herburg ein kleines Funksprechgerät um den Hals hängen; aber was nützte es, wenn er melden mußte: »Wir sitzen hier in einer Kammer zwischen sieben winkeligen Gängen fest und finden den Ausgang nicht mehr!«

Wenn der große Imhotep auch dieses Grab angelegt hatte, würde es mehr Fallen, als man einkalkuliert hatte, enthalten. Da ist eine primitive, aber reißfeste Nylonschnur immer noch die beste Sicherung, Eine Nabelschnur des Überlebens ...

Sie standen nebeneinander vor dem Eingang des langen, abwärts führenden Ganges, als Leila zu ihnen trat. Sie würdigte Luisa keines Blickes, stellte sich auf die Zehenspitzen, küßte Herburg auf beide Augen und auf den Mund. Dann wickelte sie ihm die Streifen des zerrissenen Schals um den Kopf - wie einen Verband. Ratlos hielt Herburg still und ließ es geschehen.

Nur Harris Pernam, der an sich eine witzige Seite entdeckte, die bisher im Verborgenen gewuchert haben mußte, meinte: »Das erinnert mich an die Kamikaze-Flieger der Japaner. Die wickeln sich auch das Sonnenbanner um die Stirn und stürzen sich dann als lebende Bomben auf die Gegner. Ein Glück, daß ich Frank am Strick halte! Immerhin ist es rührend von Ihnen, Leila ...«

Der Einstieg war jetzt groß genug. Dr. Pernam kontrollierte sein Gegensprechgerät, Toc-Toc hängte Dr. Herburg einen starken Batteriescheinwerfer um den Hals.

Dr. Luisa Alius hatte an ihrem Gürtel eine Menge Plastikbeutel und Flaschen mit merkwürdigen Verschlüssen hängen. Während normale Sprühflaschen etwas herausspritzen, saugen diese Verschlüsse Außenluft an und schließen sich dann luftdicht ab. Erst im Labor sollten sie später unter größten Sicherungsmaßnahmen in Vakuumbehälter entleert werden. Gab es vergiftete Luft in den Gängen und Kammern der Grabanlage, dann würde man sie einfangen. Imhotep würde nach fünftausend Jahren besiegt werden können ...

»Wie fühlen Sie sich?« fragte Herburg und trat an den freigelegten Eingang heran.

Luisa sah ihn kalt an. »Dumme Frage! Bei Pockenkranken pflege ich Plastikanzüge zu tragen.«

»Heute aber betreten Sie ein Grab der dritten Pharaonen-Dynastie ...«

»Soll ich deswegen Herzklopfen haben?« erwiderte Luisa unbeeindruckt.

»Ich bewundere Sie, Luisa!« mischte sich Pernam ein und versandte sein charmantestes Lächeln.

»Ich Sie nicht, Dr. Pernam.« Ihre Stimme war eisig. »Ich mag nämlich Männer nicht, die mit ihren Blicken Löcher in meinen Körper brennen ...«

»Bei Ihnen müßte man Laserstrahlen haben«, schlug Pernam zurück.

Luisa gab keine Antwort mehr. Als sie sich abwandte, war das ein deutliches Zeichen ihrer Verachtung für Dr. Pernam.

Dieser beugte sich zu Herburgs Ohr. »Sehen Sie das?« flüsterte er, heiser vor Aufregung. »Sie weiß keine Antwort mehr. Sie kann nicht mehr parieren! Sie flüchtet vor ihren Gefühlen.«

»Schauen Sie in den nächsten Spiegel«, antwortete Herburg grob. »Da können Sie den größten Idioten Ägyptens sehen!«

Er sah sich noch einmal nach Leila um.

Da stand sie und erwiderte seinen Blick – und es war der Blick eines verwundeten Tieres. Frank nickte ihr lächelnd zu und spitzte die Lippen zu einem Kuß.

Da lächelte sie auch, und ihr ebenmäßiges, schmales, von den langen schwarzen Haaren umrahmtes Gesicht erstrahlte in einem überirdischen Glanz.

Mein Gott, wie liebe ich sie, dachte Frank Herburg. Wo gibt es wieder solch eine Frau? Wo paart sich noch einmal Schönheit mit Zärtlichkeit, Wildheit mit Hingabe in so vollkommener Harmonie? Luisa ... das ist eine Herausforderung für einen Mann - und das weiß sie genau. Mit ihr zusammenleben, wäre schon ein Ereignis, als stünde man jeden Tag vor der Bezwingung eines unerforschten Berggipfels ... In Leilas Armen träumt man von Rosengärten ... Da liegt der Unterschied!

Er blickte zu Dr. Alius zurück. Sie verstand seine stumme Frage. »Ja! Setzen Sie die Maske gleich auf. Kein Risiko, Frank. Wir wissen nicht, wo die nächste Giftsperre ist. Professor Mitchener ist genau in die erste hineingetappt, als er nur den Kopf in das Eingangsloch steckte.«

Sie stülpten beide die Gummimasken mit den Atmungsschläuchen über den Kopf und sahen plötzlich aus wie Wesen von einem anderen Stern - wie Rieseninsekten. Die Technik der neuen Zeit wollte die Geheimnisse der alten Zeit erobern ...

Dr. Frank Herburg stieg als erster in den Gang. Dr. Alius folgte ihm direkt. Durch Dr. Pernams Hände lief die weiße Nylonschnur ab.

Über ein anderes Funkgerät meldete der junge Assistent mit dem unaussprechlichen polnischen Namen, von dem man nur wußte, daß er mit Sczczy ... begann, in das Hauptlager: »Dr. Herburg und Dr. Alius betreten die Grabanlage.«

Professor Mitchener saß aufrecht in seinem Bett und seufzte tief. »Und ich liege flach!« sagte er zu Dr. ibn Hedscha, der ihm Gesellschaft leistete. »Ein halbes Leben lang, mehr noch - fünfunddreißig Jahre - habe ich auf diesen Augenblick gewartet und dafür gearbeitet: das Grab des Menesptah zu betreten, des Kind-Königs, der mit zehn Jahren gestorben sein muß ... Und nun liege ich hier wie ein Säugling im Bett! Abdullah, sagen Sie selbst, ist das nicht ein Scheißschicksal?«

»Es wird immer Ihr Werk bleiben«, erwiderte Dr. Abdullah ibn Hedscha. »Sie waren es ganz allein, der immer an den Kind-König geglaubt hat. Und Sie haben ja auch als erster in sein Grab geblickt.«

»Und bin dabei prompt aufs Kreuz gefallen!« Mitchener holte tief Atem. »Aber ich mache es meinen Kollegen nicht nach, weder Carter noch White, weder Westbury noch Bethell, und auch Ghoneim oder Emery können mich nicht schrecken mit ihrem plötzlichen Tod: Ich hole diesen Menesptah aus seinem Sarkophag und schließe eine Lücke in der Geschichte!«

»Wir wären alle verrückt vor Freude, Sir!«

»Kann man mit Frank Herburg sprechen?«

»Ich will es versuchen.«

Dr. Abdullah fragte bei dem Kollegen mit dem unaussprechlichen Namen zurück. Der Mann, den alle der Einfachheit halber schlicht Mr. Polski nannten, sagte ja und brachte es tatsächlich fertig, über Pernams Gerät eine Konferenzschaltung herzustellen.

Frank Herburg meldete sich.

»Hier Mitchener -«, sagte der Professor mit vor innerer Erregung zitternder Stimme. »Meinen Segen für alles, Frank! Was sehen Sie schon? Wo stecken Sie?«

»Wir sehen erst wenig, Professor. Der Gang geht mäßig abwärts. Links und rechts sind Nischen in die Felsen geschlagen und zum Teil ausgefüllt mit mumifizierten Pavianen. Jede Affenmumie ruht in einem eigenen kleinen Gipssarkophag. Vor den Nischen stehen Tongefäße aller Art: Schalen, Teller, Näpfe, Krüge und Vasen. In meinem Scheinwerferschein sehe ich, daß der Gang sich erweitert, daß die Decke höher wird. Wir gehen langsam weiter - und jetzt ist der Gang mit Granitplatten belegt. Halt! Dr. Alius hat eine Vase entdeckt ... Ein herrliches Gefäß aus grünem Schiefer ... Augenscheinlich aus dem Wadi Hammamat ...«

»Hören Sie auf, Frank!« stöhnte Professor Mitchener. »Wie gern wäre ich bei Ihnen. Ich könnte mich vor Wut in den Hintern beißen!«

»Ich höre, daß es Ihnen wieder gut geht, Professor!«

Man hörte Frank Herburgs Lachen aus dem Grabgewölbe. Die Verständigung über die Funkgeräte war ausgezeichnet.

»Sollte ich Menesptah finden, so sage ich ihm: Junge, du hast fünftausend Jahre ruhig geschlafen, jetzt kannst du auch noch eine Woche warten, bis Professor Mitchener dich rausholt.«

»Danke, Frank! Wissen Sie, daß Sie heute unsterblich geworden sind? Ihr Name wird in die archäologische Geschichte eingehen.«

»Wenn wir den kleinen König finden, Professor.«

»Sie werden es, Frank.«

»Ich habe immerhin Imhotep als Gegner. Dieser Grabkomplex wird sich als ein Meisterwerk an Scheintüren, falschen Gängen, ablenkenden Räumen erweisen. Eines scheint jedenfalls jetzt schon festzustehen: Diese Grabanlage ist noch niemals geplündert worden!«

»Dafür allein sollten wir schon Gott danken, Frank! Das ist ein ganz großes Glück ...«

»Oder auch nicht«, erklang die Stimme von Dr. Alius dumpf durch die Gummimaske und den Filter. »Es gibt keine altägyptischen Gräber, die im Laufe der Jahrhunderte nicht wenigstens einmal geplündert worden wären. Nur scheint es hier so zu sein, daß keiner der Eingedrungenen jemals wieder herausgekommen ist.«

Es knackte, das Gespräch war unterbrochen. Professor Mitchener starrte Dr. Abdullah an. Ein Glas mit in Rotwein verquirltem Ei, das ihm zur Stärkung gebracht worden war, zitterte in Mitcheners Hand.

»Haben Sie das gehört?« fragte er leise. »Abdullah, da taucht die alte Frage wieder auf: Was kann man tun, um diese Riesengrabanlagen zu entgiften?«

»Nichts, Professor.« Dr. Abdullah ibn Hedscha schüttelte seinen Kopf. »Das einzige wäre, alles in die Luft zu sprengen ... und selbst dann wüßten wir nicht, wieviel Mikroben und Viren - und von welcher Art - unser Land vergiften könnten. Vielleicht gelingt es unserer tüchtigen Toxikologin Dr. Alius, einen Zipfel vom Schleier dieses Geheimnisses zu lüften! Aber ... es wird eben nur ein Zipfel sein. Die ägyptischen Wissenschaftler vor fünftausend Jahren hatten ein Wissen, das wir heute noch nicht begreifen ...«

Um die gleiche Zeit fand ein kurzes Telefongespräch zwischen einer weißen, schloßähnlichen Villa am Nilufer und einem Hochhausbüro in Kairo statt.

Suliman ibn Hussein, der schöne Mann mit den unbegrenzten Geldmitteln, zwischen Kairo und Assuan ebenso bekannt wie in Nizza oder St. Tropez, Monte Carlo oder Marbella, wo seine weiße Motorjacht mit dem auf den Bug gemalten üppigen nackten Mädchen ein bekannteres Markenzeichen war als die ägyptische Flagge, die er führte ... Suliman unterhielt sich mit dem dicken Gemal Mohammed ibn Djelfa, dem man nachsagte, von allem, was Ägypten im- oder exportierte, bliebe ein Stäubchen an seinen fetten Fingern hängen und werde dort zu Gold.

»Sie haben begonnen, in das Grab einzudringen«, meldete Suliman. »Durch den Haupteingang.«

Gemal Mohammed blähte die Nasenflügel und blickte durch das große Fenster mit dem bräunlich getönten Glas über die Neustadt von Kairo. Im Zimmer war es angenehm kühl. Die Klimaanlage arbeitete lautlos.

Über der Riesenstadt lag eine gelblich flimmernde Glocke von Abgasen, die sich in der Hitze stauten. Die klare Luft aus der Wüste und vom Nil hatte sich zu dieser Glocke gewandelt, unter der die Stadt mühsam atmete. Der Tribut der Technik und des Fortschritts ...

»Und nun?« fragte Gemal zurück. »Ich habe Ihnen gesagt, Suliman ...«

»Sie haben eine Reihe von Warnungen erhalten, aber sie reagieren nicht darauf. Professor Mitchener wurde eine Lektion erteilt, mit dem Erfolg, daß jetzt diese Kairoer Ärztin Dr. Alius zusammen mit Dr. Herburg mit den modernsten Geräten in die Grabanlage vordringt.«

»Lassen Sie sich endlich etwas einfallen, Suliman! Werden Sie massiver! Bei Allah, Sie werden doch nicht vor ein paar lächerlichen Gelehrten aus Deutschland und England kapitulieren? Räumen Sie alles weg!«

»Das ist jetzt unmöglich geworden. Man hat den ganzen Grabkomplex bereits vermessen.«

»Und Sie beteuerten, es gäbe nichts Sichereres auf der Welt als diesen Komplex!«

»Es war ja auch völlig unwahrscheinlich, daß jemand dieses Grab entdecken würde.«

»Aber nun ist es entdeckt! Suliman, ich verlasse mich auf Ihre Intelligenz und - wenn es nun einmal sein muß - auf Ihre Skrupellosigkeit! Können Sie Gänge einstürzen lassen?«

»Nichts einfacher als das. Aber dann graben sie das einfach wieder aus. Sie kennen diese Leute nicht, vor allem diesen Frank Herburg, Gemal Mohammed! Er lebt nach der bekannten europäischen Devise: Schwierigkeiten sind dazu da, beseitigt zu werden.«

»Ein Satz - wie für Sie geschaffen, Suliman!« Gemal Mohammed blätterte in einem Heft auf seinem sonst fast leeren Schreibtisch. Es war ein riesiges Möbelstück mit blanker Mahagoniplatte und eingelegtem grünem Saffianleder. Englischer Stil. »Also dieser Herburg bereitet Ihnen Schwierigkeiten? Na? Und was soll man nach der erwähnten Devise mit Schwierigkeiten machen? Sie wegräumen! Bei Allah! Muß man Ihnen alles vorbeten, Suliman?«

»Aber es soll doch alles so aussehen, als sei es Schicksal!«

»Suliman, es ist Ihnen nicht möglich, einen einzelnen Menschen zu beseitigen? Meinetwegen unter schicksalhaften Umständen? Wir haben doch immer Phantasie gehabt. Wer hat die besten Märchenerzähler der Welt?«

»Frank Herburg und die Ärztin sind mit Atemmasken und Gegengiften ausgerüstet, da helfen keine Märchen mehr.«

»Dann werden Sie endlich konkret, bei Allah!« schrie Gemal Mohammed. Er blätterte weiter in seinem Heft ...

Es handelte sich um einen Import aus Holland: Fotos nackter Mädchen in außerordentlichen Stellungen. Gemal hatte auf einmal Lust, das Büro zu verlassen, nach Hause in seine Villa zu fahren und sich mit Fawzia zu vergnügen, seiner neuen Geliebten, die seit einer Woche seinen Harem bevölkerte. Dieses Gespräch mit dem eitlen, feigen Suliman ärgerte ihn.

»Ich selbst habe noch nie einen Menschen getötet«, brachte Suliman zögernd hervor.

Gemal verzog ungeduldig das feiste Gesicht, als ekele ihn die Stimme an. »Dann kaufen Sie jemanden, Suliman. Sie verstehen zwar etwas von bestimmten Handelsbeziehungen und noch mehr von Weibern - was Ihnen fehlt, ist das Gebiß eines Löwen, der auch zubeißen kann. Wenn jetzt irgend etwas schiefgeht, ich sagte es schon, können Sie sich im Nil ertränken.«

»Ich habe der Forschungsgruppe eine fröhliche Party in Aussicht gestellt«, berichtete Suliman heiser.

»Bei Allah, ja, machen Sie das! Aber hoffen Sie nicht, bei Luisa Alius landen zu können und damit alle Probleme zu lösen! Da muß Ihnen etwas Besseres einfallen!« Gemal betrachtete ein Foto in dem Heft aus

Holland, das seine Kopfhaut kribbeln ließ. »Hören Sie, Suliman, wenn es schon schicksalhaft aussehen soll ... Denken Sie an Kleopatra und ihre Giftschlangen! In jedem Bett eine ... das genügt!«

»Ich werde eine ganz tolle Party geben!« antwortete Suliman ausweichend. »Eine Party, von der man sprechen wird. Und auf dieser Party wird einiges passieren, was das Bild in Sakkara grundlegend verändern wird. Ich habe da bestimmte Vorstellungen ...«

»Da bin ich aber wirklich gespannt!« rief Gemal ironisch.

»Das dürfen Sie auch!« Suliman legte den Hörer auf. Dieser feiste alte Bock, dachte er wütend. Ich habe das Risiko, und er kommandiert mich herum. Aber das ändert nichts daran, daß Dr. Herburg und Luisa Alius im Begriff sind, nicht nur Menesptah zu entdecken, sondern nebenbei und ungewollt auch Gemal und mich um ein Millionengeschäft zu bringen. Das ist schon eine Party ganz besonderen Stils wert ...

Am Abend schickte Suliman ibn Hussein einen Boten im Kostüm eines altägyptischen Hofmeisters mit den Einladungen in das Barackenlager von Sakkara.

4

Das »Unternehmen Menesptah«, wie man die Erforschung der unbekannten Grabanlage ab jetzt nannte, war ins Stocken geraten.

Nach genau siebenundvierzig Metern, in deren Verlauf der Gang einige Bögen machte und insgesamt elf Stollen von ihm abzweigten, standen Dr. Herburg und Dr. Alius in einer über drei Meter hohen, rundum mit Wandgemälden geschmückten Kammer, die keine weiteren Türen, keinen weiteren Ausgang hatte.

Eine Endkammer? Oder verbarg sich hinter den herrlichen Bilddarstellungen altägyptischen dörflichen Lebens eine andere, zugemauerte Tür, die weiter in ein Gewirr von Gängen und Stollen führte? Imhoteps unterirdisches Zauberreich der Toten!

Es konnte aber auch sein, daß einer der elf Querstollen zu den Hauptkammern führte oder von jedem der elf Seitenwege wiederum Abzweigungen wegführten zu neuen Gewölben oder Kammern ...

Eines jedenfalls wußte man mit Gewißheit: Hier war man in ein echtes Labyrinth geraten, dessen genaue Erforschung Monate dauern würde. Ob man jemals Menesptahs Sarkophag finden würde, war nicht nur eine Sache der Berechnungen, sondern auch des Glücks.

Der direkte Weg jedenfalls - und eigentlich hatte man auch nichts anderes erwartet - endete in der Steinkammer. Herburg ließ den Handscheinwerfer kreisen und bewunderte die Wandgemälde, die fünftausend Jahre überdauert hatten. Sie waren frisch, als seien sie erst vor kurzem gemalt worden. Den Farben mußte ein Konservierungsmittel beigemischt worden sein, und das war es, was wiederum Luisa Alius interessierte. Sie kratzte, die Hände durch Gummihandschuhe geschützt, etwas von der Farbe ab und verschloß die Proben in luftdichte Plastikbeutel.

Überall in den Nischen lagen die Pavianmumien. Als Herburg in einen der elf Quergänge hineinleuchtete, sahen sie die hohen Tongefäße mit den Ibismumien - Stück an Stück - ein Heer von heiligen Vögeln, das den Kind-König zu den Göttern begleiten sollte.

Dr. Herburg lehnte sich an die rauhe Felsenwand und drückte das Funksprechgerät eng an seinen Atemfilter.

Draußen, bei über sechzig Grad Hitze, unter einem aufgespannten Sonnenschirm, das weiße Nylonseil fest in den Händen, wartete Dr. Harris Pernam.

»Wir kommen zurück«, meldete Herburg.

»Fehlanzeige, Frank?«

»Im Gegenteil. Das ist die umfangreichste Grabanlage nach Djoser, Horus und Teti. Nur eben, daß sie unterirdisch ist. Solche Ausmaße in der Erde kannte man zur Zeit der dritten Dynastie bisher noch nicht. Wir kommen rauf, um nach einigen chemischen Untersuchungen einen genauen Plan aufzustellen.«

»Und was macht Luisas Giftlabor am Gürtel?«

»Noch ziemlich dünn! Wir erwarten, daß der Rummel erst in den vielen Seitengängen richtig losgeht und sich noch steigert, je näher wir dem inneren Heiligtum kommen. Auf jeden Fall haben wir wochenlang zu tun.«

Dr. Pernam war sehr zufrieden. Die bevorstehenden Wochen mit Luisa versprachen interessant zu werden. Auch wenn sie eine Kratzbürste war... selbst die härtesten Borsten werden weich, wenn man sie immer wieder einseift.

Er holte die weiße Nylonleine, an der Herburg hing, ein und ging dann Luisa entgegen, die als erste aus dem Grabeingang auftauchte. Sie riß sich die Gummimaske mit den Atemschläuchen und dem Filter vom Gesicht und schüttelte ihre blonde Mähne.

Leila, die neben Pernam unter dem großen Sonnenschutz gesessen hatte, wollte Frank Herburg entgegenlaufen, aber Luisa griff rasch zu und hielt sie am Arm fest. Leila wollte sich mit einem energischen Ruck losreißen, aber der Griff der Ärztin war fester, als man ihr zugetraut hätte.

»Fassen Sie Ihren Liebling jetzt nur nicht an!« sagte sie hart. »Er könnte Sie vergiften.«

»Und Sie nicht?« schrie Leila und versuchte, sich aus Luisas Griff zu befreien.

»Ich habe mich schon abgesprüht. Mein Gott, Sie werden doch wohl noch fünf Minuten warten können, ehe Sie sich ihm an den Hals werfen!«

»Ich hasse Sie!« zischte Leila. Ihre schwarzen Augen funkelten vor Wut.

»Das weiß ich. Wenn man Ihnen doch klarmachen könnte, wie unsinnig das ist! Ihr Frank ist nur ein Kumpel für mich, weiter nichts. Aber wie kann man Ihnen den Begriff ›Kumpel‹ erklären?«

Am Grabeingang erschien jetzt Dr. Herburg. Luisa ging zu ihm zurück, und er blieb, wie abgesprochen, stehen. Luisa sprühte ihn aus einer Desinfektionsflasche mit einem Mittel ein, das die Bakterien vernichten sollte. Es gewährleistete nach den bisherigen Erkenntnissen eine sichere Sterilität. Erst danach löste auch Herburg seine Gummimaske.

Toc-Toc und drei Arbeiter nahmen ihm die Geräte ab, den Scheinwerfer, die Plastikbeutel mit den Gesteinsproben und Bruchstücken aus den Gipssarkophagen der Pavianmumien und mit den kleinen Holztafeln. Sie waren mit Schnitzereien bedeckt, die Jagdszenen zeigten – Herburg hatte sie im Gang nahe der Endkammer gefunden. Man erkannte deutlich einen großgewachsenen schlanken Mann mit langen, schulterbedeckenden Haaren, Pfeil und Bogen in der Hand und über dem Rücken den Köcher aus Schilfrohrgeflecht. Im Gürtel, der den Lendenschurz hielt, stak ein Messer. Die darüberstehenden Hieroglyphen berichteten in sechs Zeilen, daß der große Lehrer der Jäger auf dem Wege zum Schilfufer des Heiligen Flusses - des Nils - war, um seinen Schüler die Kunst des Bogenschießens zu lehren.

Als Frank Herburg diese Tafel fand, mit einem Loch über der Schrift, das darauf hindeutete, daß dieses Holzschnitzbild einmal als Wandschmuck gedient hatte, war er nahe daran gewesen, aufzujubeln.

Der große Jäger, der Lehrer, hatte also einen Schüler, über dessen Leben man Wandtafeln schnitzte ... Wer konnte dieser Schüler anderes sein als Menesptah?

Dr. Herburg ließ sich von Toc-Toc aus seinem Kunststoffoverall helfen und wandte sich dann Leila zu. Sie fiel über ihn her, als habe die Hölle ihn wieder freigegeben. Sie küßte ihn immer wieder leidenschaftlich, ohne auf die vielen Männer zu achten, die zusahen.

Dr. Pernam stieß Luisa kameradschaftlich in die Seite. Er hatte sich schnell umgestellt, denn mit Charme war bei Dr. Alius wenig zu erreichen. Burschikosität schien ihr mehr zu gefallen.

Trotzdem sah sie ihn verwundert an. »Nanu?«

»Ist Liebe nicht schön?« fragte Dr. Pernam und grinste. Er hatte ein weißes, sehr starkes Gebiß, und wenn er breit lachte, sah er aus, als habe er einen Kaugummi aus Elfenbein quer im Mund. Er war sehr stolz darauf, daß er keine Zahnärzte brauchte.

»Das weiß ich nicht«, gab Luisa abweisend zur Antwort. »Man kann jemanden lieben, ohne daraus eine Schau zu machen. Das da ist doch eine Demonstration!«

»Natürlich! Eine Frau wie Leila kann die Staumauer von Assuan zum Einsturz bringen, wenn sie zärtlich darüber streicht«, versetzte Dr. Pernam.

»Das würde aber eine Katastrophe geben«, meinte Luisa.

»Die große Liebe ist immer eine Katastrophe! Aber wir sehnen sie trotzdem immer wieder herbei.«

»Du lieber Himmel, philosophisch sind Sie auch noch?« Luisa lachte.

»Ich kann sogar ein Lyriker sein, Luisa. Über Sie werde ich ein Sonett dichten - im Shakespeare'schen Stil ...«

»Ich habe es immer gesagt: Wer Mumien ausgräbt, muß meschugge sein.« Sie lachte. Tatsächlich, Dr. Luisa Alius lachte laut.

Pernams Brust schwoll an, als sauge er Atem ein, um eine halbe Stunde lang zu tauchen.

Selbst Frank Herburg drehte sich um und starrte Luisa entgeistert an, während Pernam mit stolzgeschwellter Brust dastand. Immerhin hatte er die Kratzbürste zum Lachen gebracht.

Es dauerte eine halbe Stunde, bis Dr. Alius alle Instrumente desinfiziert hatte ... angefangen von den Hämmerchen und Pickelchen, mit denen Geologen ganz vorsichtig dem morschen Gestein zu Leibe gehen, bis zur automatischen Kamera, die Herburgs Weg zur ersten Kammer verfolgt hatte.

Erst dann konnte man sich in die Autos setzen und zum Barackenlager zurückfahren. Toc-Toc hatte die Abfahrt bereits über Funk gemeldet.

Professor Mitchener hatte es nicht im Bett gehalten. Er saß auf der kleinen Holzveranda unter einem Sonnenschirm und wartete. Dr. Abdullah hatte gebeten und schließlich geschimpft, gedroht und schließlich gebrüllt ... aber an dem Professor war alles wie Wasser an Wachstuch heruntergelaufen. »Und wenn Sie auf den Händen bis Kairo laufen, Abdullah«, hatte er gesagt, »diese Stunde des Triumphes erlebe ich nicht im Bett!«

»Sie haben einen Gang und eine leere Kammer entdeckt - das ist alles!«

»Und elf Quergänge, eine Holztafel, die deutlich beweist, daß der Schüler des Jägers nur Menesptah sein kann! Zum Satan, und wenn das Labyrinth unseres großen Gegners Imhotep kilometerlang ist und bis zur Hölle führt ... wir durchschreiten es und entzaubern den Irrgarten! Es gibt drei Dinge, die einen Mann wie mich um den Verstand bringen, Abdullah: einen Kronenhirsch, wenn er zum Abschuß freigegeben ist, eine schöne Frau mit schlanken Beinen und vollen Brüsten und ... ein noch unbekanntes Pharaonengrab!«

Diesem Argument konnte Dr. Abdullah nicht widerstehen.

Die Ausbeute, so mager sie heute auch erscheinen mochte, gab dennoch Aufschluß über die Gefährlichkeit des Unternehmens.

Luisa Alius führte ein Experiment vor.

Toc-Toc mußte am Nilufer eine kleine streunende Katze fangen, eines jener bedauernswerten Wesen, um die sich keiner kümmert, die sich mühsam ernähren und bis auf die Knochen abgemagert umherziehen, um eines Tages vom Nil weggespült zu werden.

Dr. Alius setzte die Katze in einen Glasbehälter, schob durch einen mit Gummi abgedichteten Schlitz ein Stück von der abgekratzten Wandmalerei und stellte das Gefäß in einem abgedunkelten Raum der Baracke vor den Schein von Kienholzfackeln.

Die Ärztin, Professor Mitchener, Abdullah, Pernam, Herburg, Toc-Toc, Leila und der Assistent mit dem unaussprechlichen Namen, den man Mr. Polski nannte, saßen in der fahlen Dämmerung und schielten sehr skeptisch auf den Glaskasten.

»Lassen Sie uns alles so rekonstruieren«, erklärte Dr. Alius, »wie es in den vergangenen Jahrhunderten möglich gewesen sein könnte und wie es Imhotep verhindern wollte. Eine Fackel, wenig Licht, ein eingedrungener Grabräuber, der die Wände ableuchtet und plötzlich erkennt, daß man ihn in die Irre geführt hat. Nun will er zurück, gerät weiter in das Labyrinth hinein, wo irgendwo das mit Gold gefüllte Grab des Pharao liegen muß. Und jetzt ...«

Die kleine Katze, die bisher auf dem Glasboden geduckt gesessen hatte, benahm sich plötzlich merkwürdig. Sie sprang auf, stieß mit dem Kopf gegen die Glaswand, kratzte wie irr mit den Pfoten, sprang auf der Stelle hoch, drehte sich in der Luft, ließ sich dann auf den Rücken fallen und blieb gelähmt liegen, bis sie endlich starb. Der ganze Vorgang dauerte zwanzig Minuten ... zwanzig Minuten, in denen in dem abgedunkelten Raum kein Wort gesprochen wurde. Es war, als sei jeder an dem schrecklichen Geschehen in dem Glaskasten unmittelbar beteiligt.

Langsam breitete Leila ein Tuch über den gläsernen Sarg der kleinen Katze.

»Ein Stückchen bemalte Felswand«, sagte die Ärztin langsam. »Das wollte ich Ihnen nur zeigen. Wer hat noch Fragen?«

»Genug!« Professor Mitchener atmete schwer. »So war das also auch bei mir, Dr. Alius?«

»Ich nehme es an! Ich weiß es wirklich nicht. Sie haben eine kräftige Konstitution, Professor. Ihre Widerstandskraft ist groß ...«

»Kronenhirsch, vollbusige Frauen und Mumien ...«, murmelte Dr. Abdullah, um mit einem Scherz über seine Betroffenheit besser hinwegzukommen.

»Wie bitte?« fragte Luisa Alius.

»Nichts weiter, nichts. Es war nur ein alter Fellachenspruch ...«

»Zur Erklärung dieses Vorganges ...«, Dr. Alius ging zum Fenster und riß die davorgespannte Decke herunter. Gleißende Sonne flutete in das Zimmer. »Die Laborversuche werden es noch erbringen, aber ich vermute, daß die alten Ägypter hier mit einem Nervengas gearbeitet haben, das aus Alkaloiden des Mutterkornpräparates stammt. Im Altertum war Ägypten die Kornkammer der Welt! Der hochgiftige Getreidepilz war allenthalben bekannt, vor allem den Ärzten und Priestern. Ebenso das Quecksilber und das Arsen. Das erstere nannten die alten Ägypter ehrfurchtsvoll ›flüssiges Silber‹. Es kommt im Quecksilbersulfid und im rotbraunen Zinnobergestein vor - an beides konnten die Ägypter gelangen, denn sie verfügten über geheimgehaltene Abbaugruben. Das weiß man aus Papyrusrollen, die aus dem 15. Jahrhundert vor Christi Geburt stammen. Quecksilber verdunstet sogar bei Kälte, seine Dämpfe - sie sind völlig geruchlos, was sie so gefährlich macht - zerstören das Nervensystem. Setzen wir nun voraus, daß die Pharaonengräber mit Farben ausgemalt sind, denen man Quecksilber beigemischt hat, und daß an den Wänden und Geräten sowie an der Mumie selbst ganze Kulturen von Viren und Bakterien haften, so müssen wir damit rechnen, daß sich auch heute noch, nach Jahrtausenden, jeder Eindringling schwere Vergiftungen zuzieht.«

Dr. Alius sah die ungläubigen Blicke ihrer Zuhörer und nickte mehrmals. »Ich weiß, was Sie jetzt denken: Fünftausend Jahre überdauert keine Bakterie! Irrtum! Man weiß, daß die meisten Giftsubstanzen ihre Wirksamkeit durch Lichteinfall, durch Luft oder Sonnenbestrahlung einbüßen. Aber man weiß auch, daß es schwere Gifte gibt, die über Jahrtausende wirksam bleiben, wenn sie luft- und lichtdicht abgeschlossen werden. Ein Beispiel, von dem Sie sicherlich noch nicht gehört haben: das Leichengift! Die alten Ägypter nannten es das ›Gift der Toten‹ und experimentierten mit einer Reihe von Gegengiften, um zu verhindern, daß diejenigen, die mit den Toten in Berührung kamen, an dem Leichengift, das sie poetisch ›Schlaffheit des Herzens‹ nannten, ebenfalls starben. Es gelang nur mühsam, denn man wußte damals noch nicht, daß im Leichengift zwei tödliche Gifte - Kadaverin und Putreszin - arbeiten, die sich durch Eiweißfäulnis ernähren. Sie sind absolut tödlich.«

Luisa atmete auf. Jetzt kam die Frage, die alles klären würde: »Meine Herren Archäologen, wenn Sie Mumien auswickelten, wie war dann die Beschaffenheit der Haut?«

»Schwarz ...«, meinte Professor Mitchener, sehr beeindruckt. »Wir sprechen von ›verkohlten Leichen‹. Noch heute wissen wir keine Erklärung dafür. Man hat die Toten konserviert, aber sie sind äußerlich wie verbrannt!«

»Da haben Sie es! Die meisten Bakterien haben ihren Nährboden auf tierischen oder pflanzlichen Substanzen, auf Eiweiß, Fetten und Kohlehydraten. Die Mumien im alten Ägypten wurden zur Konservierung mit Ölen, Harzen und Fetten eingerieben. Welch ein unerschöpfliches Schlaraffenland für Bakterien! Sie hatten alles zum Leben, was sie brauchten! Und sie ernährten sich wonnevoll Tausende von Jahren lang! Jede Ernährung, jeder Abbau von organischen Substanzen, jeder Entwicklungsprozeß bakterieller Natur aber ist ein Verbrennungsvorgang - wie auch unsere menschliche Ernährung. Indem sich die Bakterien von den Konservierungsmitteln der Mumien ernährten, verbrannten sie die eingeriebene Haut. Die schwarzen Pharaonen also sind nichts anderes als Nährböden der Bakterien. Und die wiederum schützen ihre königlichen Gastgeber durch die Produktion von Gift! Ein jedes Pharaonengrab ist nichts anderes als ein mit chemischen Kampfstoffen gefüllter Bunker - um im gräßlichen Jargon der modernen Kriegsindustrie zu reden ...«

»Phantastisch!« Dr. Pernam beendete mit diesem Ausruf die lähmende Stille. »Bisher haben wir immer geglaubt, die Haut der Mumien sei durch das Harz verbrannt worden, mit dem man sie einbalsamiert hat. Eine natürliche Reaktion, so, als wenn man Ichthyolsalbe auf die Haut schmiert - oder einfach Teer. Das erzeugt den Teerkrebs - aber die Pharaonen waren ja tot - die Zellen also ohne Sauerstoff! Aber daß alles von den Bakterien kommt, die sich davon ernähren ... einfach phantastisch!«

»Und woran starb unsere Katze?« fragte Dr. Herburg.

»Quecksilber oder Mutterkornalkaloide - das werden wir heute abend analysieren, wenn unser Labor angekommen ist.«

Der Anschauungsunterricht war damit beendet. Toc-Toc trug den abgedeckten Glaskasten hinaus und vergrub ihn tief in der Wüstenerde. Damit nichts passieren konnte, schichtete er einen Berg auf das Grab - dicke Steine aus den Gräberfeldern.

»Jetzt habe ich Hunger«, rief Luisa Alius, als sie wieder in dem großen Wohnraum der Baracke in den Korbsesseln saßen. »Und wenn einer einen Cognac hat ... Ich glaube, ich habe ihn verdient.«

»Einen Waggon voll!« rief Harris Pernam enthusiastisch.

»Danke! Nur ein Glas! Gift haben wir schon genug um uns ...«

Professor Mitchener weigerte sich, wieder ins Bett zu gehen. Auch der Ärztin gelang es nicht, ihn davon zu überzeugen, daß er noch zu schwach sei, um seine Arbeit wiederaufzunehmen.

»Nachdem Sie uns das mit den Bakterien und ihrem Schlaraffenland, den Mumien, erzählt haben, verlangen Sie noch, daß ich die zwei Tage alte ›Times‹ lese? Luisa, das einzige, was Sie mir abringen können, ist ein Mittagsschläfchen im Sessel ... am Nachmittag muß ich einfach zur Grabungsstelle hinaus. Nein, nein, ich will nicht hinein ... ich will nur dabeisein, wenn Frank oder Harris ins Labyrinth steigen.«

»Keiner wird das tun, bis ich die Analysen fertig habe.«

»Haben Sie das Pernam schon gesagt?«

»Ja. Er sieht es ein.«

»Und Frank?«

»Mit diesem Dickkopf rede ich nachher.« Luisa blickte aus dem Fenster auf in die in der Sonne flimmernde Stufenpyramide des Djoser. Alte klapprige Lastwagen brachten von dem neuen Grab Ausgrabungsschutt ins Lager - zur peinlich genauen Durchsiebung. Gelb-weiße Staubwolken hüllten die Autos ein. Es waberte eine mörderische Hitze über der Totenstadt Sakkara.

»Frank ist ein guter Kamerad!« sagte Luisa plötzlich. »Und er hat Mut.«

»Und ein Wissen, um das ihn viele beneiden; aber er würde nie damit prahlen.« Mitchener hüstelte verlegen. »Sie wissen, daß er Leila Hedscha heiraten will?«

»Sie demonstriert es ja bei jeder Gelegenheit! Sie haßt mich, hat sie gesagt.«

»Ihnen ins Gesicht?«

»Ich hatte ihr gerade mein Hinterteil nicht zugedreht.«

»Sie sind ein rauhes Frauenzimmer, Luisa, das muß ich Ihnen einmal sägen. Von Toc-Toc weiß ich, daß Sie fluchen können wie ein Eselstreiber.«

Der Professor zog die buschigen Augenbrauen zusammen und sehnte sich nach einem Whisky und seiner Pfeife. Beides hatte Luisa natürlich verboten. Selbst ein Bier war nicht erlaubt ... Daß er am Morgen - unter Protest von Dr. Abdullah - heimlich ein Glas getrunken hatte, wußte sie ja nicht. Rotwein mit rohem Ei war das einzige, was sie zugelassen hatte. Davor hatte sich Mitchener zwar geschüttelt - es aber doch brav geschluckt.

»Wenn Leila Sie haßt«, sagte Mitchener, »dann würde ich das nicht auf die leichte Schulter nehmen. Leila ist nicht irgendein zänkisches Frauenzimmer. Sie ist hochintelligent, ist in erstklassigen Pensionaten erzogen worden und hat auf einem englischen College ihr Abitur gemacht - mit durchweg ›sehr gut‹. Frank Herburg zuliebe interessiert sie sich nun für Archäologie, die sie im Grunde genommen langweilt. Aber als vollendete Lady zeigt sie das nicht. Sie möchte viel lieber mit Frank in einer Villa am Nil wohnen, Kinder haben, kochen, im Garten arbeiten, die Welt bereisen und zu jeder Stunde - ach was, zu jeder Sekunde für ihren Mann da sein, der Ägyptologie nur als Hobby betreibt. Ich erzähle Ihnen das alles, damit Sie wissen, daß eine Lady, die Ihnen ins Gesicht sagt: ›Ich hasse Sie!‹, ziemlich gefährlich werden kann.«

»Sehr interessant. Ich werde aufpassen.« Luisa trat vom Fenster zurück.

Aus der Baracke, in der man die Fundstücke zusammensetzte, trat Dr. Herburg, setzte sich in einen Jeep und fuhr davon. Aber er wandte sich nicht der staubigen Straße zu, die durch die Totenstadt zu der neuen

Grabanlage führte, sondern bog auf eine Asphaltstraße ein, von der es eine Abzweigung zum Nilufer gab.

»Aufpassen auf mich ... und auf ihn!« fügte sie hinzu. »Kann ich den alten VW noch einmal haben, Professor?«

»Immer, wenn er nicht im Lager gebraucht wird.«

»Danke.«

»Wollen Sie wieder zu Ihrem Giftbunker?«

»Nein, ich möchte im Nil baden. Wenn mich also jemand sucht ... Bis das Labor eingeflogen wird, werde ich zurück sein.« Sie stülpte ihren zerknitterten Khakihut über die blonden Haare und zog den Gürtel um ein Loch enger um ihre Taille. Mitchener beobachtete sie.

»Ich bin ein alter Mann, Luisa«, sagte er, als sie mit forschen Schritten zur Tür ging, »wäre ich dreißig Jahre jünger, müßten Sie vor mir flüchten ...«

»Das bin ich gewöhnt, Professor!« Luisas seltenes Lachen ertönte. »In solchen Fällen pflege ich einen Karateschlag anzuwenden. Darin habe ich Übung. Es gibt mehr als eine Möglichkeit, eine Lady zu sein ...«

Frank Herburg war im Nil geschwommen, und da er sich eine einsame Stelle ausgesucht hatte, wo die Wüste fast bis ans Ufer stieß, wo nur ein paar Palmen im Sand standen und kein Fellache oder Fischer Interesse daran hatte, hier seine kostbare Zeit zu verbringen, war er nackt ins Wasser gegangen und lag nun auf einem großen Badetuch zwischen zwei Palmen im Sand. Die breiten Blätter gaben Schatten genug. Das Wasser perlte von seinem muskulösen gebräunten Körper und verdunstete langsam in der Hitze.

Er hatte ein Bein angezogen, die Arme im Nacken gekreuzt und hielt die Augen geschlossen.

Irgendwann mußte er eingeschlafen sein, denn als er erwachte und sich wohlig dehnte, stieß er gegen einen menschlichen Körper. Nackte, glatte, warme Haut; festes Fleisch. Er warf sich sofort herum auf den Bauch und starrte Luisa Alius an, die in einem modernen einteiligen Badeanzug sittsam neben ihm auf dem Badetuch saß und gerade ihre vom Nilwasser nassen Haare kämmte.

»Ich habe Sie nicht kommen hören«, sagte Herburg, etwas verlegen.

»Sie haben selig und fest geschlafen, wie ein satter Säugling.«

»Wie lange sind Sie denn schon hier?«

»Ich war zweimal im Nil ... das letztemal vor fünf Minuten. Sie sehen es, mein Haar ist noch ganz naß.«

Er nickte, sah zu ihr hinüber und stellte fest, daß sie eine herrliche Figur hatte: feste runde Brüste, einen schmalen Leib, leicht gerundete Hüften, einen kraftvollen Oberschenkelansatz und dann schlanke Beine bis zu den außergewöhnlich zarten Fesseln und den kleinen Füßen. Was er nie von ihr erwartet hätte: Luisa hatte ihre Zehennägel rot lackiert. Schöne, ebenmäßige Zehen; nicht durch zu enge Schuhe verunstaltet.

»Zufrieden?« fragte sie spöttisch, als er nichts sagte.

Er erschrak. »Mein Vormittag war wirklich sehr erfolgreich, ja, das stimmt«, sagte er versonnen.

»Werden Sie nicht sarkastisch, Frank. Das steht Ihnen nicht. Sie haben mich doch eben gemustert ...?«

»Was liegt Ihnen daran, ob ich Sie schön finde?«

Er schlug sich mit dem Problem herum, wie er seine Nacktheit verdecken könne. Aber es war ihm auch zu blöd, nach seiner Hose oder seinem Hemd zu angeln und beides über sich zu breiten. Sie hatte ihn ja schon lange genug angesehen, wie er nackt, auf dem Rücken schlafend, unter den Palmen gelegen hatte. »Ich frage Sie ja auch nicht ...«

»Nun, für Ihre vierzig Jahre haben Sie noch einen jungen Körper.«

»Danke.« Er verfluchte sich, daß er bei diesen Worten sogar errötete. Er drehte das Gesicht zur anderen Seite, blieb platt auf dem Bauch liegen und blickte über den Nil. Ein einsamer Segelkahn durchfurchte die grün-blau schimmernde Wasserfläche.

»Was hätte wohl Leila angestellt, wenn sie Sie so angetroffen hätte wie ich Sie?« fragte Luisa plötzlich. Dabei kämmte sie sich immer noch, als sei diese Frage völlig ohne Hintergedanken.

Herburg blieb in seiner alten Lage auf dem Badetuch. »Luisa, wenn Sie darauf eine ehrliche Antwort haben wollen ...«

»Nicht nötig! Es war eine rein rhetorische Frage. Ich weiß ja, was sie getan hätte. So, wie Sie dalagen, gab es nur paradiesische Erweckungen ...«

»Jetzt irren Sie sich!«

»Ich weiß! Sie haben mir's ja gesagt. Der große Vulkan erst in der Hochzeitsnacht! Die Lady Leila und der Gentleman Herburg!«

Sie hätte ihr Haar endlich zu Ende gekämmt und streifte jetzt ein paar blonde, in den Zinken hängengebliebene Haare ab und ließ sie im warmen Wind, der vom Nil herwehte, davonfliegen. Goldene Seidenfaden, wie von der Sonne gesponnen ...

Frank Herburg war jetzt alles gleichgültig. Er drehte sich von neuem auf den Rücken und verzichtete darauf, den Unterkörper mit seinen Händen zu bedecken. Er fand das zu kindisch.

Nun legte sie den Kamm zwischen sich und seinen nackten Leib - ein lächerlich kleiner Zaun. »Als ich Sie so daliegen sah, Frank«, sagte sie mit ganz normaler, beinahe erzählender Stimme, »so voll ungehemmter männlicher Kraft - Adam allein im Paradies -, habe ich mit mir gerungen, Sie nicht zu überfallen. Ich kniete schon über Ihnen und hatte keinen Badeanzug an ...«

»Luisa, reden Sie nicht weiter ...»

»Warum nicht? Sie wissen doch, wie brutal ehrlich ich bin!«

»Und ich kann ebenso brutal ein Mann sein! Unser Abenteuer wäre aber Wahnsinn ...«

»Wahnsinn mit Methode nennen andere Leute Genialität.«

»Was soll bei uns genial sein? Daß wir aufeinanderfallen und nachher außer Atem sind? Hormonabladungen waren noch nie genial - um in Ihrem Jargon zu sprechen. Wir - Luisa? Am Nilufer?«

»Ich habe es ja auch nicht getan! Zufrieden?« Sie zog die Beine an und schlang die Arme um ihre Knie. »Ich habe nur gesagt, daß ich mit mir gerungen habe. Aber dann bin ich schnell in den Nil gelaufen und bin eine halbe Stunde lang kräftig geschwommen. Dann war alles vorbei. Darum kann ich jetzt auch darüber reden, und Ihre sonnenbeschienene Männlichkeit interessiert mich gar nicht! Wollen Sie noch hier bleiben?«

»Ja ...«, antwortete er kurz. Himmel, welch ein schönes Aas ist sie doch, dachte er. Sie würde sich nie einem Mann hingeben, sie könnte ihn nur für sich erobern. Sie will und muß immer die Stärkere sein. In ihrem Innern muß es einen Komplex geben, eine Art von Trauma, von dem sie nicht loskommt. Sie muß Männer beherrschen, auch wenn sie weiß, daß sie unter ihren Händen zerschmelzen wird ...

Luisa stand auf, streifte Hose und Bluse über, schnürte sich die Stiefel zu und verbarg ihre wundervolle Figur wieder unter dem verschwitzten schmutzigen Khakizeug. Sie wurde wieder Dr. Luisa Alius.

»Bis heute abend«, sagte sie und stand mit gespreizten Beinen über ihm, ein seltsamer Kontrast zu seiner völligen Nacktheit. »Sie kommen doch in mein Laborzelt, wenn wir es aufgebaut haben?«

»Natürlich. Ich will doch sehen, was wir von den Wänden gekratzt haben. Hat Ihnen Pernam übrigens gesagt, was er auf der hölzernen Bildtafel mit den Jagdszenen noch entziffert hat?«

»Nein.« Sie blieb herausfordernd über ihm stehen. Ihre Stiefel preßten sich gegen seine Hüften. Aas, dachte er wieder. »Was hat er denn entziffert?«

»Das Lieblingstier des kleinen Pharao war ein goldener Frosch. Kein Ibis, kein Adler, keine Schlange, kein Kranich und nicht einmal ein Falke ... nein, ein Frosch! Ein goldener. Also wohl ein Spielzeug, von einem Goldschmied hergestellt. Daraus kann man folgern: Wo wir den goldenen Frosch finden, ist auch der Kind-König Menesptah.«

»Toll!« sagte sie ein wenig gepreßt.

»Ja, das ist wirklich toll. Harris Pernam ist ein einmaliger Entdecker ...«

»Und Sie sind ein einmaliges Rindvieh!« Mit diesem lapidaren Satz stieg sie über seinen nackten Körper hinweg und stülpte sich die schrecklich zerknüllte Khakimütze über ihr goldschimmerndes Haar. »Ich habe bis heute geglaubt, Männer wie Sie seien ausgestorben.«

»Das können Sie mit Ihrer ungeheuren Erfahrung von drei Liebeserlebnissen in dreißig Jahren sagen?«

»Ich habe Sie belogen. Es waren vier ...«

»Ach!«

»Ich wurde mit elf Jahren vergewaltigt. Im Fahrradkeller. Unser Hausmeister hatte mir das Rad aufgepumpt. Ich lag drei Monate im Krankenhaus - er saß sieben Jahre im Zuchthaus. Als er entlassen wurde, war ich achtzehn, Abiturientin. Ich hatte damals ein Moped, und als ich ihn zufallig auf der Straße sah, fuhr ich ihn so gezielt an, daß er danach kastriert werden mußte. Es hat mir nie leid getan!« Sie legte die rechte Hand an den zerbeulten Hut und sah ihn spöttisch an. »Lassen Sie sich weiter trocknen, Dr. Herburg, und denken Sie dabei intensiv an den goldenen Frosch. Bye, bye, Sir ...« Sie ging schnell davon.

Frank wälzte sich von neuem auf den Bauch und blickte ihr nach. Sie rannte das flache Nilufer hinauf, wo der alte VW stand, sprang hinein und fuhr ratternd davon.

5

Man sagt immer, ein Unglück komme selten allein.

Ein negatives Wort. Warum gibt es keinen Spruch: Einem Glück folgt das andere? Ist das so selten?

Frank Herburg war sich nicht klar darüber, ob es ein Unglück war oder ein Glück, als sich am Nil das Schilfdickicht einer kleinen Halbinsel teilte und Leila hervorkam.

Im Gegensatz zu Luisa trug sie keinen Badeanzug. Ihr brauner, glänzender schlanker Körper mit den langen Beinen und den spitzen Brüsten, den schmalen Hüften und den aufgelösten schwarzen Haaren, die bis zur Taille reichten, schwebte schwerelos durch den weißen Ufersand, wie getragen vom Glanz der Sonne, den der Nil wie ein Spiegel zurückwarf.

Frank krallte die Finger in das Badetuch unter sich und ahnte, daß das Leben nicht nur aus goldenen Fröschen besteht, die man in Jahrtausende alten Gräbern suchen muß. Er schlug die Zipfel seines Badetuches um sich, und sie reichten gerade aus, ihn zu bedecken.

Wie Luisa blieb Leila über ihm stehen, mit gespreizten Beinen über seinem Unterleib. Luisa war schon angekleidet gewesen - jetzt, bei Leila, bei dieser unwirklichen Schönheit eines Frauenkörpers, von dem Nilwasser abtropfte und Frank benäßte, war es unmöglich, unbeteiligt zu bleiben. Er blickte zu ihr hoch, zu den wasserglänzenden Brüsten, dem flachen Leib, dem gelockten Dreieck, auf dem die Wassertropfen schimmerten wie matte Perlen.

»Ich habe nichts gehört«, sagte Leila. »Aber ich habe alles gesehen.«

»Du lieber Himmel, wie lange hockst du denn schon in dem Schilf?«

»Ich bin ihr mit Toc-Tocs Motorrad nachgefahren ...«

»Mit dem alten Ding?«

»Warum nicht?«

»Das ist doch lebensgefährlich! Damit kann doch überhaupt nur Toc-Toc umgehen!«

»Du siehst, ich bin hier und lebe.«

»Und du hast die ganze Zeit über im Wasser gesessen?«

»Ja. Unbeweglich. Wir können das. Wir haben es gelernt, uns zu beherrschen.« Leila streifte mit beiden Händen das Wasser von ihrem glänzenden Körper und bespritzte ihn damit. »Ich danke dir, Liebling ...«

»Wofür?« Frank richtete sich auf und streckte ihr die Arme entgegen. »Komm, setze dich. Über eine Stunde im Wasser! Du bist doch verrückt. Du mußt doch ganz aufgeweicht sein! Wickele dich sofort in das Badetuch, Leila.« Er schlug das Tuch zurück.

Sie sah ihn an und lächelte glücklich. »Du liebst mich«, sagte sie leise. »Du liebst nur mich allein, nicht wahr?«

»Das weißt du doch!« Er sprang auf, legte das große Badetuch um sie und frottierte sie. Sein körperlicher Zustand war ihm jetzt völlig gleichgültig. Er hatte wirklich Angst, daß sie unterkühlt war.

Sie ließ ihn reiben, hielt die Augen geschlossen und schlang plötzlich die Arme um ihn. Das Badetuch fiel in den Sand, ihre nackten Körper klebten aneinander, und ihr Leib drängte sich ihm entgegen.

»Diese Ärztin ist schöner, als man vermutet«, sagte Leila mit fliegendem Atem und biß Frank zärtlich ins Ohr. »O Liebling, ich hätte sie mit einem Bambusstock erschlagen, wenn sie sich dir genähert hätte! Aber dann ist sie in den Nil gelaufen ... Und du warst später so tapfer – wirklich tapfer!«

Es stimmte also, was Luisa ihm erzählt hatte. Aber tapfer war er nicht gewesen – im Gegenteil! Ihn hatte wohl nur Feigheit zurückgehalten; Flucht vor den Konsequenzen war es gewesen ... »Und wenn es doch passiert wäre?« fragte er.

»Ich hätte euch beide erschlagen!« Ihr Leib preßte sich noch stärker an ihn, sein Herzschlag wurde zu Hammerschlägen. »Wie sie wütend war, als sie wegrannte und abfuhr ... O Frank, ich liebe dich ...«

Er spürte, wie sie ihn drängte. Ihr ganzer Körper vibrierte, ihre Schenkel massierten ihn ... »Ich halte es nicht aus, Frank«, flüsterte sie. »Dieses Versprechen, das du meinem Vater gegeben hast ... O Allah, das ist unmenschlich! Das kann keiner verlangen! Wer kann ein solches Versprechen halten ...? Als sie über dir kniete, dieses blonde Luder, die Hände und die Beine gespreizt, und überlegte, ob sie dich mit ihrem Körper wecken sollte ... da habe ich vor Sehnsucht nach dir geweint ... Warum kommst du nicht, Liebling?«

Frank Herburg löste sich aus ihren Armen, bückte sich und schüttelte den Sand aus dem großen Badetuch. Diese Tätigkeit ernüchterte ihn zusehends. Auch als er sich nun aufrichtete und ihr nackter braunglänzender Körper mit angespannten Muskeln nur auf seinen Griff wartete, war die Vernunft größter als sein Verlangen.

Jeder würde mich einen Vollidioten nennen, dachte er. Jede Vernunft hat ihre Grenzen ... und die hört dort auf, wo ein Körper wie der Leilas sich zum Paradies öffnet ... »Wir müssen vernünftig sein«, sagte er heiser.

»Vernünftig? Jetzt?« rief Leila verzweifelt.

»Wenn dein Vater erfährt, daß das Ehrenwort gebrochen ist, dann ist auch seine Ehre beschmutzt. Wie aber reagiert ein echter Araber darauf?«

»Vater würde dich nie deswegen töten.«

»Bist du so sicher?« Er legte ihr das Badetuch um den Körper und sah sich um. »Wo sind deine Kleider und das Motorrad?«

»Jenseits der Insel.«

»Komm. Gehen wir hin.«

»Ich will dich! Dich! Dich!« schrie Leila und stemmte sich in den Sand, als er sie mit sich ziehen wollte.

»Ich liebe dich doch, Leila. Du hast mich für immer ...«

»Zum Ansehen! Wie ein Bild. Ich will dich aber ganz! Jetzt! Hier! In diesem Sand! Am Ufer des Nils! Wie unsere Mädchen es in all den Tausenden von Jahren getan haben ... Unter der Sonne ... Im Spiegel des Flusses ... Eine göttliche Hochzeit ...«

Er hob sie hoch und trug sie auf seinen Armen fort.

Sie strampelte, schrie, beschimpfte ihn wie ein Marktweib und biß ihn in die Schulter.

Er ging weiter, das Nilufer entlang, umkreiste die Schilfhalbinsel und fand dahinter ihre Kleider und Toc-Tocs lebensgefährliches Motorrad.

Erst dort setzte er sie ab und sagte ruhig: »Ich liebe dich mehr, als ich sagen kann. Sei vernünftig, Leila, wir können nur für immer zusammenbleiben, wenn wir unser Versprechen halten. Zieh dich an und komm jetzt.«

Am Nachmittag gegen achtzehn Uhr brachten drei Hubschrauber der ägyptischen Luftwaffe aus Kairo das Labor in die Totenstadt von Sakkara. Sie landeten in einer riesigen Staubwolke neben der Stufenpyramide des Djoser.

Das »fliegende Labor«, wie es sofort von Dr. Pernam getauft wurde, erwies sich als blendend organisiert. Nicht nur alle Geräte für chemische Analysen - bruchsicher in stabilen Aluminiumkisten verpackt - wurden ausgeladen, auch ein langes festes Zelt mit einem hitzeabweisenden Doppeldach und ein kleiner, benzingetriebener Transformator waren dabei.

Professor Mitchener, der seinen Dickkopf durchgesetzt hatte und auf einen Stock gestützt umherhumpelte - noch sehr weich in den Knien -, beobachtete von der Tür der »Chefbaracke« aus die Ausladeaktion der drei Hubschrauber.

Aber das Labor war noch nicht alles. Mit den Hubschraubern waren auch zehn ägyptische Soldaten und ein Offizier nach Sakkara gekommen und begannen, neben dem Laborzelt ihr eigenes Zelt aufzubauen.

Harris Pernam, der Luisa Alius nicht von der Seite wich und mehr im Wege stand, als daß er half, zeigte mit dem Daumen auf das kriegerische Aufgebot. »Was soll denn das?« fragte er. »Ist das Ihre Privatarmee, schöne Giftforscherin?«

»So ist es!« antwortete Luisa gelassen. Es klang nicht nur nach der Wahrheit, es war tatsächlich so. Dr. Pernam staunte. »Das ist doch ein Witz! Haben Sie im Grabgewölbe eine noch kämpfende Truppe entdeckt?«

»Ihr britischer Humor ist reichlich albern«, entgegnete Luisa grob.

Pernam war weit davon entfernt, das als Beleidigung aufzufassen. An Dr. Alius' Freundlichkeiten konnte man sich rasch gewöhnen. Gerade der Gegensatz zu ihren sonstigen fraulichen Reizen erzeugte eine besondere Art der Faszination. »Aber das wäre wirklich eine Sensation!« beharrte er.

Luisa Alius antwortete diesmal ernst. »Ich erwarte Störungen«, sagte sie.

»Und wollen dagegen Militär einsetzen? Du lieber Himmel, lauert hier etwa auch der Russe im Hintergrund? Überall das böse Moskau! Aber ich kann Sie beruhigen, Luisa, Menesptah war bestimmt noch kein Militarist, er spielte lieber mit einem großen goldenen Frosch! So steht es wenigstens auf der gefundenen Holztafel ...«

»Lassen Sie uns mit dem Unsinn aufhören«, sagte Luisa und stemmte die Hände in die Hüften. Die Haltung sah einer Marktfrau nicht unähnlich. »Sie unterlassen sofort Ihre dämlichen Bemerkungen - und ich bin meinerseits bereit, enger mit Ihnen zusammenzuarbeiten.«

»Versprochen!« rief Harris Pernam und warf die Arme hoch. »Hurra! Enger - sagen Sie? Was verstehen Sie darunter ...?«

»Harris ...«

»Ich mäßige mich bereits, Luisa.« Er trug gehorsam einen der Laborkoffer hinter ihr her, als sie sich abwandte und zum Laborzelt ging, das im Rohbau fertig war.

Pernam hatte Mühe, Luisa einzuholen und sich an ihrer Seite zu halten. Sie hatte einen weit ausholenden, kräftigen Schritt. »Ich dachte immer, daß Frank und Sie hier das tonangebende Team seien ...«

»Nun, Frank Herburg wird sich durch das unbekannte Grabgewölbe fressen, durch Wände, Scheintüren, Labyrinthe - und was dergleichen mehr ist ...«

»An Ihrer Seite?«

»Ja. Aber Sie, Harris, und ich werden dann die Ergebnisse wissenschaftlich auswerten. Ich von der biologischchemischen Seite, Sie von der archäologischen!«

»Danke!« sagte Pernam und ließ den Koffer vorsichtig von der Schulter gleiten.

»Wofür?«

»Nun, daß Sie mich nicht für einen völligen Idioten halten.«

»Liegt Ihnen soviel daran?«

»Ja.«

»Komisch. Bei allen Männern, mit denen ich zu tun habe, entdecke ich starke Komplexe. Wieso eigentlich?«

»Stellen Sie sich mal fünf Minuten vor den Spiegel, Luisa, und betrachten Sie sich ausführlich. Dann haben Sie die Antwort ...«

»Ja? Das habe ich auch schon mal gehört ...«

»Und auch getan?«

»Natürlich! Wäre ich sonst eine Frau? Ich finde mich übrigens schrecklich.«

Sie beobachtete den Weiterbau des langen Laborzeltes und tat so, als überblicke sie die ganze Anlage: die drei Hubschrauber, die noch immer Material ausspuckten, die Soldaten mit dem Offizier, die ihr Zelt bald fertig aufgebaut hatten, die Arbeiter unter Toc-Tocs Leitung, die wie die Ameisen immer mehr heranschleppten ... Und über allem dieser seidige blaue Himmel, durch den sich jetzt die ersten schmalen, goldroten Streifen des beginnenden Abends zogen.

In Wirklichkeit aber vermißte Dr. Alius einen Menschen.

Professor Mitchener saß an der Tür seiner Baracke; der Assistent, jener Mr. Polski, sortierte noch mit Dr. Abdullah ibn Hedscha die Bruchstücke von Steintafeln, die man im ersten Gang der Grabanlagen gefunden hatte. Dr. Pernam stand neben Luisa und blickte aus den Augenwinkeln auf ihre Brust - sie bemerkte es wohl.

Einer fehlte. Am Nil konnte er doch nicht mehr sein ...

»Wo ist Dr. Herburg?« fragte Luisa plötzlich. Sie war doch nicht stark genug, diese Frage zu unterdrücken.

Dr. Pernam lächelte breit. »Er ist schon vor einer Stunde vom Nil zurückgekommen.« Ihm tat es gut, seine Beobachtung an Luisa weiterzugeben.

»Aha!« Vor einer Stunde erst, dachte sie. Hat er doch so lange gebraucht, um seine Hormone abzukühlen?

»Was heißt aha?« Pernam grinste unverschämt. »Wenn man mit Leila schwimmen geht, schaut man nicht mehr auf die Uhr.«

»Mit Leila?«

Luisa Alius starrte auf einen Arbeiter, der eine Zeltstange aus Leichtmetall in den Geröllboden stampfte.

»Die beiden gelten als verlobt ... Das wissen Sie doch. Und seitdem Sie da sind, klebt Leila an Frank wie ein Kaugummi zwischen den Zähnen.«

»Harris!«

»Pardon! Immer wieder rutsche ich aus, verflucht! Aber es ist wahr - ich nehme an, daß Frank jetzt in Leilas Zimmer liegt, Händchen hält, Küßchen gibt und zum ungezählten Mal versichert, daß die vom Himmel herabgeschwebte schöne Ärztin keine Konkurrenz für eine Schöne vom Nil ist.«

»Ich brauche ihn!« sagte Dr. Alius grob. Ihre Augenbrauen zogen sich zusammen, und ihr Gesicht bekam dadurch etwas sehr Herbes, was zu den streng zurückgebundenen Haaren bestens paßte.

»Wen denn?« fragte Pernam verblüfft.

»Dr. Herburg! Und zwar sofort! Ich bin hier, um die Grabgifte zu entdecken, aber nicht um auf Männer zu warten, die ihre Verlobten beruhigen müssen!« Sie blickte sich in dem kleinen Barackenlager um und kniff die Augen zusammen, als blende sie die Sonne besonders grell. »Wo wohnt diese ägyptische Schönheit?«

»Neben Professor Mitcheners Baracke. In dem Holzhaus mit der grünen Tür wohnt sie mit ihrem Vater.« Dr. Pernam hielt Luisas Arm fest. »Sie wollen doch das Idyll nicht etwa stören?«

»Ein mit Giften verseuchtes Pharaonengrab ist keine Idylle!« Sie machte sich mit einem Ruck frei und ging mit weitausgreifenden Schritten auf die Baracke Dr. ibn Hedschas zu.

Diesmal folgte ihr Pernam nicht. Er schob seinen zerknitterten, von Mörtelstaub bepuderten Hut in den Nacken und rieb sich die Nase. »Wer ist hier wohl das gefährlichste Gift?« sagte er ziemlich laut zu sich selbst. »Mein lieber Frank, da haben Sie noch was zu verdauen!«

Der Zufall wollte es, daß Frank Herburg tatsächlich aus dem Haus Dr. ibn Hedschas kam, als Luisa Alius nur noch drei Meter von der grünlackierten Eingangstür entfernt war.

Sie blieb sofort ruckartig stehen und drückte das Kinn an. Mit einem Schwung warf sie ihren zerbeulten Khakihut auf die blonden, zusammengebundenen Haare. Sie sah in ihrer Wut bezaubernd aus, das stellte auch Frank Herburg fest. Ihre grau-grünen Augen konnten sogar aufflammen ... das hatte er nicht geglaubt. Eine so spürbare Glut, daß man sie förmlich auf der Haut brennen spürte, hatte er bisher nur in Leilas schwarzen Augen erlebt. Sie waren wie Kohlen, die plötzlich, wie von innen angefacht, zur feurigen Glut werden konnten.

»Gratuliere!« sagte Herburg, bevor sie die richtigen Worte gefunden hatte. Daß sie danach suchen mußte, war ein Beweis dafür, wie chaotisch es in ihrem Innern aussah.

»Wozu?« fauchte sie wie eine gereizte Katze.

»Zu Ihrem Labor! Das nenne ich vollkommene Organisation - besonders die Leibwache.«

»Was Sie alles beobachten ...«

»Wieso? Ich saß dort am Fenster und sah Ihnen schon seit einer Stunde zu ...«

»Wie nett! Sie sahen zu! Ich kann mich irren, aber irgendwo habe ich schon mal das Wort ›Hilfsbereitschaft‹ gelesen ...«

»Harris Pernam war doch bei Ihnen! Ein netter Kerl, übrigens. Superklug, fast ein Computergehirn, siebenunddreißig Jahre alt? Dozent in London, ein Mann mit Zukunft! Und verliebt! So heillos verliebt in Sie, daß er Ihre Spuren im Geröll küssen möchte!«

»Sind Sie mit Ihrem Geröll fertig?« fragte sie anzüglich. Als sie aber seinen erschrockenen Blick sah, begriff sie erst, was sie eigentlich gesagt hatte. Sie wurde rot ... Mein Gott, dachte sie verzweifelt, muß das sein? Warum muß ich noch rot werden, abgebrüht, wie ich bin? Leiser sagte sie: »Verzeihung, Frank. Aber ich bin nervös ... und eine nervöse Frau hat immer eine gewisse Narrenfreiheit; stimmt's?«

»Bis zu einer gewissen Grenze, Luisa.«

Er kam ihr entgegen. Als sie dicht voreinanderstanden, dachten sie beide gleichzeitig an die Nil-Begegnung und an die Intimitäten, die sie sich dort an den Kopf geworfen hatten. Sie hatten sich voreinander schützen wollen - und das Gegenteil war eingetreten. Es gab schon ein Band zwischen ihnen, das fester war als alle stichelnden Worte ... Sie spürten es beide und wollten davor flüchten. Aber kann ein Gelähmter noch laufen?

»Wollen Sie mir helfen, die Einrichtung des Labors aufzubauen?« fragte Luisa gepreßt.

»Das kann Pernam viel besser. Harris hat zartere Finger für Gläser, Kolben und derartige Dinge als ich.«

»Mag sein, aber ich möchte Sie darum bitten. Vor allem aber möchte ich, daß Sie vergessen, was heute am Nil geschehen ist.«

»Am Nil? Da ist doch nichts geschehen, Luisa. Was soll ich denn vergessen?«

»Vor allem viele meiner Worte. Über die Hälfte war gelogen. Ich liebte niemals nur drei Männer - ich kann sie gar nicht zählen!«

»Das glaube ich Ihnen aufs Wort. Zum Frühstück einen, zum Mittagessen einen, zum Dessert und abends ... War es so?«

»Ich könnte Sie ohrfeigen, Frank. Mir zuckt es direkt in den Händen! Sie sind ein sarkastisches Scheusal!«

»Leila dagegen nennt mich ›Sonne, die die Morgenröte zaubert‹.«

»Himmlisch! Dann müßte ich Sie das Gift nennen, ›Gift, das alle Vernunft auffrißt‹! Poesie, was? Jede aus ihrer Welt ...« Sie schob den verbeulten Hut aus der Stirn.

Die obersten vier Knöpfe von Luisas Khakibluse standen offen, und Frank sah ihre Brustansätze und den Beginn der Wölbungen. Sonnengebräuntes festes Fleisch ... Eine Haut wie poliert - er hatte sie schon am Nil in dem Badeanzug bewundert. Aber da waren die Brüste vom engen Stoff umschlossen gewesen, jetzt lagen sie bloß unter dem Khakihemd, nicht eingeengt ... eine Gesundheit, deren Ausstrahlung er spürte und die ihn erregte.

Sie sagte: »Kommen Sie mit?«

»Natürlich.«

»Ohne sich von Leila die Erlaubnis zu holen?«

Er antwortete nicht darauf, ging an ihr vorbei und ließ sie einfach stehen. Er ging auf Pernam zu, der aus der Entfernung jede Bewegung Luisas beobachtet hatte.

»Was haben Sie eigentlich an sich«, sagte Pernam, als Frank bei ihm angekommen war, »daß alle Frauen sich gleich auf den Rücken legen, wenn Sie sie scharf ansehen? Riechen Sie irgendwie anders? Es gibt doch zum Beispiel die spezifische Ausdünstung der Moschusochsen, die kilometerweit die Kühe anlockt ... Oder bei den Mammuts war es so, daß ...«

»Halten Sie die Schnauze!« sagte Herburg grob, aber ernst. »Ich liebe Leila, genügt das nicht?«

»Wenn Sie das nur nicht vergessen ...« Dr. Harris Pernam grinste breit. »Diese Frau haut mich einfach um«, fuhr er dann ernster fort, »warum sollte es bei Ihnen anders sein? Leila? Gut und schön! Erfüllter Männertraum von anschmiegsamer Exotik! Leila ist die Inkarnation von fünftausend Jahren ägyptischer Schönheit - aber diese Luisa ist das Heute! Verstehen Sie, was ich damit meine?«

»Sehr gut, Harris. Ich bin der erste, der Sie umarmt, wenn es Ihnen bei Luisa gelingt.«

Damit ließ er auch Pernam stehen und ging weiter zu dem fast fertigen Laborzelt. Toc-Toc und seine Arbeiter waren fleißig gewesen. Jetzt trug man die zusammenklappbare Einrichtung - lange Tische, drehbare Stühle, Glasschränke und Kästen mit den Geräten - aus den Hubschraubern heraus.

Das Militärzelt stand schon fertig da; der junge Leutnant saß vor einem Funkgerät und schien seiner vorgesetzten Dienststelle durchzugeben, daß der erste Teil des Auftrags erfüllt sei.

Wenn es Ihnen bei Luisa gelingt ... Herburgs Gedanken kamen nicht davon los. Er blieb vor dem Laborzelt stehen. Ich glaube, ich schlage dir den Schädel ein, Harris, so sinnlos das auch wäre. Wir müssen jetzt alle wie aus Stahl sein in unserem Camp, das sage ich dir, wir alle! Selbst der alte Mitchener träumt wieder von Gymnastik im Bett, man sieht es doch seinen Augen an, wenn er Luisa betrachtet.

Vierzehn Monate haben wir in dieser Höllenglut von Sakkara ausgehalten; Freunde, die sich für den anderen hätten zerreißen lassen. Und plötzlich tauchte diese Frau auf - und alles soll auseinanderbrechen? Harris, wir wollen doch den Kind-König Menesptah aus seinem fünftausendjährigen Schlaf erwecken, aber nicht mit einer Ärztin ins Bett gehen! Nur daran sollten wir denken - nur daran!

Zum Teufel, warum schickt man uns auch so ein Weib in diese Totenstadt? So etwas kann man Anstiftung zum Mord nennen ...

Er verjagte seine Gedanken und nickte Toc-Toc zu, der auf ein Lob wartete. Dann half er den Soldaten, die langen Laborklapptische aufzustellen.

Nach zehn Minuten zog er die Schultern hoch. Er hörte sie nicht, er sah sie nicht ... aber er spürte Luisa. Sie stand hinter Frank und starrte ihm in den Nacken.

Seitlich tauchte Dr. Pernam auf und schleppte einen der schweren Aluminiumkoffer ins fertige Zelt. Plötzlich tauchte auch der Professor auf, an seinem Stock leicht wankend, und blickte zu der Gruppe hinüber.

»Ein Bote ist gekommen!« sagte sie.

Sie mußte ganz dicht hinter ihm stehen, denn ihr Atem umwehte Franks Nacken. Sie hatte auf dem Weg zu dem Zelt wieder etwas von dem Maiglöckchenparfüm auf ihre Haut getupft. Seine Nase weitete sich, als er den Duft einatmete.

»Ein Reiter in einer phantastischen altägyptischen Uniform. Er brachte Mitchener einen Brief.«

»Der kommt von Suliman ibn Hussein«, antwortete Herburg und verhakte die Querstreben des Klapptisches.

»Und wer ist das?«

»Ein ägyptischer Playboy bester Schule! Nilabwärts, ungefähr drei Meilen von hier, lebt er in einer Prachtvilla wie ein Nachfolger der sagenhaften Kalifen. So etwas von Prunk sieht man sonst nur aus Holz und bemalter Leinwand in amerikanischen Monsterfilmen. Aber bei Suliman ist alles echt: der Marmor, das Gold, die Teppiche und die alten Mosaiken.«

»Modernes gesellschaftliches Leben am Rande der Gräber ...«

»So ähnlich, ja. Wir waren bisher dreimal bei ihm eingeladen. Er hat übrigens eine Geliebte - Salimah heißt sie - mit einer Figur, wie ich sie noch nie gesehen habe ...«

»Ach! So etwas bemerken Sie auch?« Luisa setzte sich auf die große Aluminiumkiste, die Pernam gerade abgestellt hatte, und riß sich den Hut vom Kopf. Dann löste sie auch das Band, und ihre langen blonden

Haare wehten über Schulter und Stirn. »Gehen wir hin? Haben Sie schon gehört, Harris? Wir sind bei einem Playboy eingeladen.«

Dr. Pernam schüttelte den Kopf und blickte Herburg fragend an. »Keine Ahnung. Wer sagt das, Frank?«

»Ich hörte gerade, ein reitender Bote in einer Phantasieuniform hat Professor Mitchener eine Einladung überbracht.«

»Suliman ... Er war erst vor kurzem hier und sprach schon von der Party. Luisa, den müssen Sie kennenlernen - der gehört zu den Wundern des Orients! Hier die armen Fellachen, die ihre Felder noch mit der Hacke bearbeiten wie vor tausend Jahren und jedes Jahr beten, daß der Nilschlamm neue Fruchtbarkeit bringt ... und direkt daneben ein Palast, wie man ihn nur ...«

»Aus amerikanischen Filmen kennt. Ich weiß!« Luisa Alius knöpfte ihre Bluse zu, weil beide Männer ihr weniger ins Gesicht als auf den Oberkörper blickten. »Und Salimah ...?«

»Das ist ein Weib! Pardon, Luisa!« Dr. Pernam grinste, was soviel war wie eine Bitte um Verzeihung. »So etwas kann sich eben nur ein Mann wie Suliman ibn Hussein leisten. Oder vielleicht noch Frank ...«

»Idiot!« rief Herburg grob.

»Wieso Frank?« fragte Luisa rasch. Die Reaktion war verräterisch. »Harris, erzählen Sie! Sagen Sie nur noch, dieses Wunderweib Salimah habe Frank auch nur mit einem Blick bedacht ...«

»Salimah könnte eine Schwester von Leila sein ... das wollte ich damit sagen.« Harris Pernam kam ins Plaudern. »Nur ihr Leben ist verschieden. Leila steht mit Frank, ihrem Verlobten, im Staub der Totenstädte und hilft, mumifizierte Leichen auszubuddeln ... Salimah dagegen schreitet durch Sulimans Marmorpalast wie eine wiederauferstandene Nofretete. Wenn man sie beide vergleichen wollte ... ich glaube, Salimah würde nur an zweiter Stelle liegen. Aber wer will das? Wenn Sie Salimah sehen, werden Sie mir recht geben, Luisa: Sie ist ein Teil einer Wunderwelt, und nur dorthin gehört sie.«

»Ich werde sie nicht bewundern können, denn ich gehe nicht hin«, sagte Luisa kurz.

»Natürlich gehen Sie mit! Wir alle ...«

Frank Herburg blickte zu Professor Mitchener hin, der auf sie zugewankt kam. Daß er gegen alle Warnungen schon wieder überall dabeisein wollte, war reiner Blödsinn. Aber das war diesem Dickkopf nicht klarzumachen.

»Eine gute Nachricht!« rief Mitchener schon aus einer Entfernung von zehn Schritten. »Der Märchenlandbote hat ...«

»Hat sich bereits herumgesprochen, Professor! Suliman lädt zu einer seiner berühmt-berüchtigten Partys ein, bei der man frisches Obst von den herrlichsten nackten Mädchenkörpern pflücken kann.«

Frank sah Luisa an. Ihre grau-grünen Augen waren wieder ganz dunkel geworden und starrten ihn an, als er von der Party erzählte.

Und er fuhr begeistert fort: »Das ist eine Spezialität von ihm, Luisa. Sie werden es erleben. Zum Dessert werden auf kleinen silbernen Rollwagen nackte, wundervoll gebaute Mädchen hereingefahren, die mit Früchten aller Art behangen oder bedeckt sind. Lebende Obstkörbe, originell, nicht?«

»Was soll das? Ich bin nicht lesbisch.«

»Da hat sie recht!« Harris lachte laut. »Suliman denkt dabei an die anwesenden Herren - aber wie serviert er einer eingeladenen Dame das Obst? Ich hätte da einige Vorschläge. Wenn man zum Beispiel eine Weintraube ...«

»Harris, ersparen Sie uns Ihre Ferkeleien!« Frank Herburg hielt Luisas wilden Blick ruhig und gelassen aus. »Er tönt immer nur so, Luisa. In Wirklichkeit ist Harris ein total schüchterner Mensch. Auf jeden Fall gehen wir zu der Party ...«

»Das meine ich auch!« bestätigte der Professor.

»Ohne mich!« Luisa Alius schüttelte den Kopf. »Ich bin nach Sakkara gekommen, um endlich auf die Spur der altägyptischen Nervengifte zu stoßen, aber nicht, um Weintrauben von nackten Mädchen zu pflücken. Ich habe auch gar kein Kleid für solche Feste bei mir.«

»Sie sind in die Totenstadt gekommen, in erster Linie doch wohl, um mir das Leben zu retten!« sagte Professor Mitchener mit dem unterkühlten Humor der Briten. »Sie haben es geschafft, ich laufe wieder herum - und nun müssen Sie mich auch im Auge behalten - auch bei dieser Party.«

»Sie laufen herum - aber wie!«

»Morgen hüpfe ich wieder auf der Stelle und übermorgen spiele ich Golf von Grab vier zu Grab sieben! Ein schwer spielbarer Golfplatz voller Tücken - und ohne Gras! Sie werden es erleben, Dr. Luisa, daß allein Ihre Gegenwart für mich eine wahre Aufbaumedizin darstellt!«

Er ließ die Einladung herumgehen ... in goldener Schrift auf schwerem Bütten gedruckt. Die Ränder waren mit orientalischem Rankenwerk bemalt. Nur wer genau hinsah, erkannte, daß es in sich verschlungene stilisierte Frauen- und Männerkörper waren.

Pernam grinste, als Luisa die Einladung Sulimans kurz betrachtete. »Erkennen Sie's?« fragte er, als Luisa schwieg.

»Was?«

»Die Malerei!«

»Blumenranken ...«

»Frank, klären Sie die junge Dame doch einmal auf ...«

Mitchener nahm Luisa den Brief aus der Hand, ehe sie sich näher mit dieser Rankendekoration beschäftigen konnte. Er steckte die Einladung in die Tasche und winkte ab.

»Luisa, meine jungen Herren sind geile Böcke! Die Archäologie hat sie völlig verdorben. Erweisen Sie uns die Ehre, mit uns zu Abend zu speisen? Unser Koch hat einen köstlichen Lammrücken zubereitet ...«

»Erst möchte ich die Inneneinrichtung des Labors fertig aufgebaut haben, Professor.«

»Wenn wir alle mithelfen und weniger quatschen, ist das in zwei Stunden geschehen. Genau die richtige Zeit für ein knuspriges Lamm mit Rotwein! Meine Herren, an die Arbeit ...«

Irgendwann beim Aufstellen der Destilliergeräte trafen Frank und Luisa wieder allein zusammen.

»Sie haben kein Kleid für die Party?« fragte er. »Vielleicht kann Ihnen Leila eines leihen.«

Zunächst verschlug es ihr die Stimme, aber dann fauchte sie ihn an: »So etwas können auch nur Sie vorschlagen! Nur Sie! Eher gehe ich nackt!«

»Das wäre allerdings der Höhepunkt der Party! Suliman würde verrückt spielen. Ein naturblondes Mädchen ...«

»Woher wissen Sie, daß ich naturblond bin?«

»Ihr Haaransatz verrät, daß Sie sich die Haare nicht färben. Außerdem ist Ihre Haut mit einem Flaum weißblonder Härchen überzogen. Vor allem an den Unterarmen und ...«, er zögerte, sagte es dann aber doch: »Und an den Beinen und Schenkeln ...«

»Was Sie so alles wahrnehmen!«

»Sie standen ja in Ihrem Badeanzug lange genug über mir!«

»Das sollten Sie doch vergessen ...«

»Ich bemühe mich auch angestrengt, aber es gelingt mir noch nicht. Es ist eben sehr anstregend ...« Er ließ sie neben ihrem Gerüst mit Glasschlangen, Kolben und Trichtern stehen und verließ das Laborzelt.

Draußen, in der Nacht, stand Toc-Toc, nicht, um die Sterne zu bewundern, sondern um die Soldaten zu beobachten. Sie hatten auf dem mitgebrachten Propangasofen einen großen Kessel voll Couscous gekocht, dazu Hammelstücke und eine Pfeffertunke. Wie in alten Zeiten saßen sie jetzt um den Kessel herum und griffen mit den Händen in den Couscous, rollten die Körner zu einem Bällchen, tauchten diese in die Tunke und legten die Klößchen dann auf Hammelstücke. Dazu tranken sie dampfenden, mit Minzblättern gewürzten Tee. Die drei Hubschrauber waren bei Einbruch der Dunkelheit nach Kairo zurückgeflogen.

»Warum sind diese Leute hier?« fragte Toc-Toc leise, als sich Herburg neben ihn stellte.

»Ich weiß es nicht recht. Vielleicht glaubt man in Kairo, daß das Grab des Menesptah ein ähnlich bedeutender Schatz ist wie seinerzeit Tut-ench-Amun?« Dr. Herburg blickte Toc-Toc nachdenklich an. »Du hast damals gesagt, Toc-Toc, du hättest ›gesehen‹, wo die Grabanlage ist. Wir haben uns nie ernsthaft darüber unterhalten, wir waren alle so verrückt vor Freude, daß wir das ganz vergessen haben. Toc-Toc - was heißt das: Ich habe gesehen ...«

»Warum darüber sprechen, Dr. Herburg?« antwortete der Fellache ausweichend.

»Dann eine andere Frage: Wir haben vierzehn Monate lang vergeblich versucht, die Anlage zu finden. Und plötzlich sagst du: Da liegt sie ... und sie liegt wirklich da! Warum erst jetzt und nicht schon vor vierzehn Monaten?«

»Ich weiß es doch nicht, Dr. Herburg. Es war eben plötzlich da ...«

»Was war da?«

»Das andere.«

Toc-Toc blickte hinüber zu dem gewaltigen Klotz der Stufenpyramide. Der Mondschein lag wie eine Haube auf der oberen Plattform.

Hatten dort, vor über fünftausend Jahren, einmal Priester gestanden und die Götter der Nacht angebetet? Was wußte man, trotz aller gelehrten Werke und Forschungen, wirklich von jenen Tagen, in denen Könige über Ägypten herrschten, die »Söhne der Götter« genannt wurden? Als man in Europa noch mit Steinbeilen in den Urwäldern auf die Jagd ging, nahmen hier die Priesterärzte schon Schädelbohrungen vor, machten Blasensteinschnitte, operierten Tumore aus dem Bauchraum und amputierten Gliedmaßen mit einer wahren Kunstfertigkeit.

»Was ist das andere?« fragte Herburg von neuem. »Ich lache dich nicht aus, Toc-Toc, das weißt du. Ich nehme das alles sehr ernst. Es gibt Menschen, die in andere Welten zurückkehren können, ich kann dir da eine ganze Menge von Beispielen nennen. Du bist nicht der einzige, Toc-Toc ...«

»Aber ich habe Angst davor, Dr. Herburg ...« Der Fellache blickte wieder auf die oberste Plattform der Djoser-Pyramide. Der Mondschein umfloß wie Silber die gewaltigen Quadersteine.

»Es ist so: Ich sitze da, schließe die Augen, es ist ganz still um mich, ich höre nichts mehr, ich kann meine Augen nicht mehr öffnen ... Und dann ... Dann stehe ich plötzlich vor mir! Ich sehe mich da sitzen, aber ich sitze nicht mehr auf einem Stein dieses Geländes von Sakkara, sondern an der Mauer eines Palastes, ein müder Händler, der sich zu einem kurzen Schlaf in den Schatten gesetzt hat. Um mich herum sind Tausende von Menschen, die mich grüßen. Sie kennen mich alle, und sie fragen mich, was man gegen Magendrücken tun kann oder gegen ein eitriges Geschwür im Nacken ... Ich bin plötzlich ein Arzt, Sir, verstehen Sie das? Arzt in einer Welt, die es nicht mehr gibt, aber in der ich jetzt – außerhalb meines anderen Körpers – plötzlich lebe! Und da wußte ich genau, wo man die Grabanlage des Menesptah gebaut hatte ... dann heulte ein Schakal, ich wachte auf und saß wieder auf einem Stein in

Sakkara.« Toc-Toc legte seine Hände flach gegen seinen Brustkorb. »Sir, ich habe Angst, daß alles immer wiederkommt ...«

»Wie oft warst du schon ›außer dir‹, wie du es nennst?«

»Vielleicht neunmal - bisher, Sir.«

»Warst du immer in derselben Zeit, in derselben Stadt? Immer bei den gleichen Leuten ...?«

»Nein. Immer woanders. Einmal war ich in einem seltsamen Land. Riesige Wälder gab es da, Sümpfe, aus denen das Wasser vor Hitze dampfte. Als ich aufwachte, hatte ich nur noch einen Namen behalten. Ich habe ihn aufgeschrieben ...« Toc-Toc griff in seine Hosentasche und zog einen unglaublich schmutzigen Zettel hervor. Ungelenk las er vor: »Tolteken ...«

»Das gibt es doch«, sagte Herburg mit belegter Stimme. »Die Tolteken waren die Ureinwohner von Mexiko ...«

»Was ist Mexiko, Sir?«

»Ich erzähle dir später einmal davon, Toc-Toc. Und wenn du wieder ›außer dir‹ gewesen bist - erzählst du es mir dann?«

»Nur Ihnen, Sir. Und ich brauche keine Angst zu haben?«

»Gar keine.« Herburg klopfte dem Fellachen freundlich auf die Schulter. »Du wirst immer wieder nach Sakkara, zu uns, zurückkommen.«

Frank Herburg ging in die Chefbaracke, legte sich dort auf sein Feldbett und starrte gegen die Holzbretterdecke.

Der Hitze wegen hatte man die Baracken mit doppelten Dächern gebaut, mit einer dazwischenliegenden Luftschicht, die wie eine Sperre wirkte. Nebenan hörte Herburg den Assistenten Mr. Polski rumoren.

Der junge Mann mit dem unaussprechlichen Namen war ein Wissenschaftler mit großer Zukunft, aber er war verstrickt in ein namenloses Heimweh nach dem Land seiner Väter. So oft er konnte und es die Verhältnisse im Äther zuließen, holte er über Kurzwelle seines Transistorgerätes die Sender Warszawa oder Krakow in sein heißes Barackenzimmer in der Totenstadt. Dann saß er vor seinem Radio und hatte nasse Augen. Wenn er besonderes Glück hatte, empfing er sonntags eine Messe aus irgendeiner polnischen Kirche ...

Dann weinte er, sang die Choräle mit und küßte eine silberne Nachbildung der Schwarzen Madonna von Czestochowa, die er stets an einer massiven Silberkette um den Hals trug. Jetzt schien er endlich einen der gesuchten Sender bekommen zu haben. Musik klang durch die dünne Holzwand: ein Walzer von Chopin.

Es klopfte an Herburgs Tür. Bevor er noch antworten konnte, trat Dr. Abdullah ibn Hedscha in den Raum. Er lächelte und setzte sich in einen der wackeligen Korbsessel. Er trug eine schneeweiße Djellabah und ein Kopftuch. Obwohl er Ägypter war, zeigte er immer, daß er arabischer Abstammung und seine Heimat das Land des Propheten war. »Wir warten mit dem Essen auf Sie!« sagte er. »Der Lammrücken duftet wirklich verführerisch. Alle sitzen schon am Tisch, bis auf Mr. Polski und Sie ...«

»Der hört Chopin! Das kann ihm kein Lammrücken ersetzen.«

»Was ist los zwischen Ihnen und Leila? Ich habe sie gefragt - da hat sie die Fäuste geballt und gegen die Wand geschlagen! Ich hielt es für klüger, nicht weiterzufragen ...«

»Wir waren heute am Nil, Abdullah. Ich versichere, ich habe unsere Abmachung nicht verletzt. Das macht Ihre Tochter so wütend.«

»Sie weiß, was Ehre ist, Frank.«

»Sie weiß aber auch, wie ihr nackter Körper auf einen Mann wirkt! Abdullah, Sie sind nicht nur Leilas Vater, Sie sind auch mein Freund. Wie soll ich nun mit Ihnen reden? Zum Vater oder zum Freund?«

»Zu beiden.«

»Das geht in diesem Fall sehr schlecht ...«

»Zum Freund also ...«

»Akzeptiert! - Also: Ich muß Ihnen sagen, mein Freund, daß es mir bald nicht mehr möglich ist, das Versprechen Leilas Vater gegenüber zu halten. Leila und ich lieben uns, und es wird mir bald unmöglich, diese Liebe nur auf Küßchen hier, Küßchen da zu beschränken. Jetzt schon gar nicht mehr ...«

»Seit die deutsche Ärztin im Camp ist.«

»Ja.«

»Sie kommen in Konflikte ...?«

»Verdammt - ja!«

»Echte Liebe kennt keine Konflikte. Wenn Sie Leila lieben ...«

»Lieben? Als Sofapüppchen, das man nur anfassen und mit dem man nur spielen darf! Abdullah, wie viele Frauen haben Sie in Ihrem Leben ...«

»Hier handelt es sich um meine Tochter ...«

»Wir sprechen von Freund zu Freund - das war abgemacht.«

»Wollen Sie zum islamischen Glauben übertreten, Frank?«

»Nein.«

»Muß dann Leila Christin werden?«

»Warum? Was hat Liebe mit Religion zu tun?«

»Und wenn Kinder kommen?«

»Wenn die gesund sind, haben sie für ihr Leben genug mitbekommen!«

Dr. ibn Hedscha erhob sich und ordnete sein Gewand. »Komm zum Essen«, sagte er und seine Stimme schwankte etwas. Dann machte er einen gewaltigen Sprung über alles, was ihm heilig war: Religion, Tradition, Vaterehre, Tochterliebe und Moral. Er sagte: »Ich will von dir, Frank, und Leila keine Erklärungen mehr. Es ist euer Leben.« Er blieb an der Tür stehen und blickte Herburg an, der immer noch auf dem Bett lag. »Aber jede Träne, die Leila später deinetwegen vergießt, kostet dich einen Blutstropfen ...«

Frank wartete noch, bis nebenan das Chopinkonzert beendet war und auch Mr. Polski zum Abendessen ging. Dann zog er sich rasch um, wählte seinen weißen Leinenanzug und schlüpfte in ein schwarzes Seidenhemd. Nun sah er wieder so aus, wie Harris Pernam ihn einmal mit »Der Schöling aus der Gräberstadt« apostrophiert hatte.

Als er im Speisezimmer mit einer Entschuldigung erschien, löffelte man gerade die Vorsuppe, eine Tomatencreme.

Alle blickten kurz auf, nur Leila erhob sich, lief ihm entgegen und küßte ihn noch an der Tür. An ihren schwarzen Haaren vorbei schielte Herburg zu Luisa Alius.

Sie war die einzige, die ihre Tomatensuppe ohne Regung weiteraß.

6

Am Abend des nächsten Tages fuhren sie in vier Wagen die Nilstraße hinunter zu der Villa des Suliman ibn Hussein.

Die Herren trugen weiße Smokingjacken und dunkle Hosen, Leila glänzte in einem Abendkleid aus reichbestickter Seide, feuerrot und so eng auf den Körper zugeschnitten, daß jeder sehen konnte, daß sie unter dem Stoff nackt war. So bot sie das Bild vollkommener Schönheit und Verführung – sehr zum Kummer ihres Vaters, der das Kleid eine Sünde nannte, die Allah verfluchen würde ...

Eine Überraschung bereitete allen Dr. Luisa Alius.

Sie hatte doch nicht nur, wie sie gesagt hatte, Arbeitskleidung mitgebracht. Sie trug einen Hosenanzug, nichts Umwerfendes, aus dunkelblauem Stoff mit goldenen Lurexfäden durchwirkt. Aber wie sie diesen Hosenanzug trug und wie ihre goldblonden Haare darüber flössen, das war im Gegensatz zu Leilas fast schon überirdischer Schönheit eine wahre Demonstration von greifbarer Lebensfülle und animalischer Gesundheit.

Dr. Harris Pernam belegte Luisa mit Beschlag, besonders nachdem er sah, daß sich Herburg bewußt nur um Leila kümmerte. Professor Mitchener redete zwar galant und machte Komplimente, aber er überließ doch das Feld neidlos seinem Dozenten. Das unerforschte Gift in seinem Körper war noch nicht endgültig besiegt, er mußte noch immer am Stock gehen und ermüdete sehr rasch.

An der Grenze von Sulimans riesigem Besitz empfing eine Gruppe malerisch herausstaffierter Lanzenreiter die kleine Wagenkolonne und geleitete sie bis zu dem weißen, hellerleuchteten Palast. Sie saßen auf edelsten Araberpferden und ritten in stolzer Haltung neben den Autos her, als beschützten sie einen hohen Staatsbesuch.

Schon von weitem, von einer kleinen Anhöhe aus, über die die Straße führte, konnte man Sulimans Märchenreich überblicken ... den Hauptpalast und die Nebenhäuser, die Gärten und Springbrunnen, die Rosenrabatten, die künstlichen Seen und Bäche, die über Steinkaskaden plätscherten, die Säulenpavillons und eine riesige Terrasse, auf der unter der vorgezogenen Markise das kalte Büfett aufgebaut war. Die Gartenanlagen waren an Schönheit nicht zu überbieten, von in den Büschen versteckten Lampen beleuchtet.

»Das ist Suliman ibn Hussein«, sagte Professor Mitchener zu Luisa, die neben ihm saß.

»Ich habe einen Garten von solcher Pracht bisher nur einmal gesehen – in Spanien, bei Granada.« Luisa lehnte sich zurück und zog die Beine etwas an. »Und so etwas direkt neben der Totenstadt Sakkara! Womit verdient dieser Suliman eigentlich sein vieles Geld?«

»Er ist Exporteur.«

»Und was exportiert er?«

»Alles!« Es war Harris Pernam, der diese Antwort gab. »Wenn's sein muß, auch sich selbst. Die Schönen von St. Tropez oder St. Moritz stöhnen schon im voraus, wenn es heißt: Suliman ibn Hussein kommt zu Besuch ...«

»Harris, mäßigen Sie sich«, sagte Mitchener steif. »Sulimans Geschäfte gehen uns nichts an. Wir sind seine Gäste, und er ist ein Gentleman.«

Leider befand sich der Professor in einem verzeihlichen Irrtum.

Als die Autokolonne auf der Erhebung kurz anhielt, um die gesamte Anlage zu bewundern, und die Lanzenreiter gegen den Nachthimmel wie Statuen aus Ägyptens Geschichte wirkten, telefonierte Suliman mit seinem Partner Gemal Mohammed ibn Djelfa in Kairo. »Sie kommen«, sagte er. »Alle, ohne Ausnahme.«

»Suliman, machen Sie nur keinen Blödsinn!« Der dicke Djelfa lag auf einem seidenbezogenen Rundbett und ließ sich gerade massieren. Sein ungeheuer fetter Körper schwabbelte unter den Fingern des Masseurs, eines riesigen nubischen Negers. »Kein Aufsehen, sage ich Ihnen!«

»Leider geht es ohne das nicht mehr, Gemal.«

»Bei Allah, was haben Sie vor? Wollen Sie alle umbringen?«

»Lassen Sie sich diesmal von meiner Idee überraschen!« Suliman lächelte zufrieden. »Ich werde diese Crew jedenfalls zwingen, das Unternehmen Menesptah abzubrechen - und das ist das Wichtigste. Außerdem ziehen wir noch einen politischen Nutzen daraus ...«

»Politisch? Schon faul! Oberfaul, Suliman. Sie haben jetzt zwei nicht zu unterschätzende Gegner, das wissen Sie: Dr. Herburg und Dr. Alius! Warum müssen es immer Deutsche sein, wo ich doch Deutschland so liebe? Verraten Sie mir, was Sie vorhaben, Suliman.«

»Nein, lassen Sie sich überraschen, Gemal. Es ist ein genialer Streich ...«

»Gegen diese beiden Deutschen?«

»Gegen einen von ihnen. Vor genügend Zeugen ... Ich habe dreiundsiebzig Gäste geladen ... das sind dreiundsiebzig Alibis! Außerdem sind aus Kairo zwanzig der schönsten Tänzerinnen gekommen. Wollen Sie noch mehr Zeugen?«

»Ich bin ehrlich gespannt«, sagte Gemal. Die Hände des riesigen Nubiers klatschten auf sein wabbeliges Fleisch. »Wann erfahre ich mehr?«

»Morgen früh! In den ersten Rundfunknachrichten ...«

»Suliman, Sie sind ein Verrückter! O Allah, kann ich noch etwas verhindern?«

»Nicht mehr. Es läuft alles planmäßig ab. Ende, Gemal. Ich muß auflegen. Die ersten Gäste rollen in den Innenhof.«

»Suliman!« brüllte Gemal Mohammed. »Wenn es schiefgeht, gibt es keinen Winkel auf der Erde, wo Sie sich verstecken können und wo ich Sie nicht finden werde ...«

»Es geht nichts schief. Ende.«

Suliman hatte aufgelegt. »Ende ...«, sagte Gemal dumpf und warf den Hörer auf das runde Seidenbett. »Hoffentlich ein gutes Ende ...«

Am Nil rollte die Autokolonne langsam in den hellerleuchteten Innenhof des weißen Palastes. Diener in schneeweißen Livreen erwarteten die Gäste.

Im säulengetragenen Eingang stand ein Mädchen, nur bekleidet mit ihren bis zu den Kniekehlen reichenden, langen, schwarzen Haaren und je einer Blume an den - frei nach Suliman - »entscheidenden Stellen«. Im Arm hielt sie einen riesigen Strauß weißer Rosen.

Jeder Gast bekam eine herrlich duftende Rose.

Wenn Suliman ein Fest gab, dann war schon der Empfang etwas Besonderes. Alles, was man sich über Suliman ibn Hussein erzählte - und es waren die tollsten und unglaubwürdigsten Geschichten -, wurde von der Wirklichkeit noch übertroffen.

Der Reichtum des Mannes schien unmeßbar zu sein. Vom reichsten Mann der Welt, dem jüngst verstorbenen Paul Getty, behauptete man, er wisse nicht, um wieviel hunderttausend Dollar sein Vermögen sich täglich vermehre.

Nun, Suliman war sicherlich kein ägyptischer Getty. Anders als der einsame alte Mann in England zeigte er sein Vermögen mit all dem Glanz, den nur Orientalen verbreiten können.

Allah hatte seinem Volk aber dazu auch die notwendige Phantasie verliehen.

Ob es die geschnitzten zarten Alabastersäulen waren, die die mit vergoldeten und abwechselnd kobaltfarbenen Kacheln verzierte Decke stützten oder ob es der geschliffene Mosaikfußboden war, der alter Kunst nachgebildet war, die Springbrunnen aus Marmor, die Wandfresken, die mit kostbarsten Seiden bezogenen Sessel und Stühle, die aus vergoldetem Kupfer getriebenen riesigen Deckenleuchten - es war einfach ein Märchenschloß, hineingebaut in eine schmale Grünzone, die der Nilschlamm den Menschen schenkte.

Wenige hundert Meter weiter begann die endlose, hitzeflimmernde gelb-weiße Wüste, durchsetzt mit armseligen Oasen, wo ein Brunnen zu finden war, und mit Geröllfeldern und Tempelresten ... Zeugen einer vergangenen Kultur, Rückständen der Völker, die im Lauf der Jahrtausende Ägypten durchzogen hatten.

So zeigte Suliman mit besonderem Stolz sogar eine von Napoleon I. vergessene Kanone samt Munition. Sie stand unter einem Dach im Innenhof des Haupthauses, und ein britischer Artillerieoberst hatte einmal behauptet, sie sei sogar noch funktionsfähig, nachdem er sie besichtigt und fachmännisch untersucht hatte

Die Gäste aus Sakkara empfing Suliman in der großen Alabasterhalle. Er trug einen weißen Smoking, der so eng auf seine Figur gearbeitet worden war, daß jeder seinen sportgestählten Körper bemerken und bewundern mußte. Er war maßlos eitel und achtete sehr darauf, daß man seinen Körper bewunderte.

»Er ist wie ein Pfau, der sich an seinem Radschlagen aufgeilt«, bemerkte Harris Pernam leise zu Luisa Alius, nachdem sie von dem fast nackten Mädchen ihre weiße Rose erhalten hatten. »Was er wirklich bedauert, ist, daß er - im Gegensatz zum Pfau - keine aufspreizbaren Federn besitzt ...«

»Harris ...«, sagte Luisa warnend.

»Ich weiß, ich habe wenig Geschick, mit Ladies umzugehen. Ich bin zu deutlich ...«

»Überdeutlich!« Sie stieß Harris an, als Suliman - wie ein Bild aus einer Herrenmodezeitung - durch die geschnitzten Alabastersäulen auf sie zukam. »Ist er das?« flüsterte sie.

»Das ist er!« antwortete Pernam. »Zerspringt Ihr Herz? Was fühlen Sie ...? Schnell, sagen Sie es ehrlich ...«

»Nichts, Harris. Gar nichts. Da kommt ein Mann im weißen Smoking - sonst nichts.«

»In St. Tropez würden jetzt alle Frauen verrückt ...«

»Harris!«

»Mein Gott, hauen Sie mir doch eine runter, wenn ich das nicht sein lassen kann.«

»Ich kann Sie doch nicht dauernd verprügeln ...« Sie lachte leise.

Professor Mitchener war Suliman entgegengegangen. Der Ägypter streckte mit einem sonnigen Lächeln beide Arme nach ihm aus.

Vom großen Innenhof her, wo unter der Markise das riesige kalte Büfett aufgebaut worden war, ertönte leise orientalische Musik.

»Sind wir die ersten?« fragte Mitchener während der Begrüßung. Die Halle war noch leer, und die livrierten Diener standen müßig herum.

»Die letzten! Aber die liebsten, das wissen Sie! Ich freue mich, Professor, Sie wiederhergestellt zu sehen. Die Kunst Ihrer hervorragenden Ärztin ...«

Suliman blickte zu Luisa Alius hinüber, mit dem gleichen Blick streifte er auch Dr. Herburg und Leila. Das wäre ein Dreiergespann, dachte Suliman und lächelte noch breiter. Seine weißen Zähne kamen dabei voll zur Geltung. Meine Salimah, Leila und diese blonde Deutsche ...

Das ist sie also! dachte er. Die Giftmischerin aus Kairo, die die erste Schlacht bereits gewonnen hatte, als sie Mitchener rettete. Daß sie später in der Grabanlage altägyptische Todesfallen von den Wänden gekratzt hatte, mochte sowohl wissenschaftlich als auch für Suliman interessant sein ... Sein Nachrichtendienst klappte vorzüglich.

Unter Toc-Tocs Arbeitern waren mindestens zwei, die jeden Abend genau berichteten, was am und im Grab des Kind-Königs geschah und entdeckt worden war. Noch war die Gefahr nicht akut - aber dieser Dr. Herburg tastete sich heran, das wußte Suliman. Wer hätte jemals damit gerechnet, daß ein von dem großen Imhotep so geschickt angelegtes Grab nach fünftausend Jahren doch noch entdeckt würde?

Gemal und er waren sich darin einig gewesen, daß es keinen besseren Platz als diese unbekannte Grabanlage geben konnte. Diese Grabanlage, an der Generationen von Ägyptologen und Archäologen vorbeigegangen waren, weil nach der Logik der damaligen Grabbaumeister an dieser Stelle gar kein Grab sein konnte ...

Suliman begrüßte jetzt Leila höflich mit einem Handkuß, machte ihr ein Kompliment über ihr Aussehen und drückte dann Harris Pernam und Frank Herburg die Hände. Danach blieb er vor Luisa Alius stehen. Er war einen Kopf größer als sie. Seine schwarzen Augen leuchteten, das gelockte Haar fiel modisch bis zum Smokingkragen.

»Die Welt ist immer wieder voller Wunder ...«, sagte Suliman und beugte sich tief über Luisa Alius' Hand. »Auch wenn man immer behauptet, Wunder seien nur Einbildung! Es gibt welche - Sie sind der beste Beweis dafür.«

»Sie kennen sicherlich viele Wunder, Mr. Suliman ibn Hussein?« entgegnete Luisa kühl. Als er ihre Hand nicht losließ, entzog sie sie ihm mit einem deutlichen Ruck.

Das gefiel ihm. Diese Frau beherrscht sich, dachte er. Natürlich mache ich einen unheimlichen Eindruck auf sie, sagte ihm seine Eitelkeit. Natürlich ist sie - wie alle Frauen - von mir fasziniert, aber sie unterdrückt es meisterhaft! Sie kann sich selbst befehlen, sie kann ihre Gefühle reglementieren. Ihre Augen sind kühl, aber innerlich brennt sie! Welch eine Aufgabe, diese Frau zu erobern und ihren Panzer aufzubrechen ...

»Da gibt es nun einen Beruf, der sich nur mit den scheußlichsten Giften beschäftigt ... und wer tut das? Ein Engel! Ist das etwa kein Wunder?«

»Bedenken Sie, Mr. Suliman, daß die meisten Giftmischerinnen wie Engel aussahen! Denken Sie nur an Lukrezia Borgia oder an eine Dame namens Messalina ...«

»Von Ihnen Gift zu bekommen, muß wie ein Liebestrank sein ...«

»Das können Sie haben! Begleiten Sie mich morgen in das Grab des Menesptah, aber ohne Gasmaske ...«

»Das erste Opfer sehen Sie in mir!« warf Professor Mitchener ein. Er ging noch am Stock, war aber schon wesentlich elastischer. Die Muskellähmung hatte spürbar nachgelassen, doch ganz ohne einen Halt wagte er noch nicht zu gehen. »Ohne unsere verehrte Frau Dr. Alius läge ich jetzt - steif wie ein Brett - in der ominösen Kiste. Es muß ein verdammtes Gift sein! Es paralysiert das Gehirn und läßt Muskeln zu Beton werden. Aber sie hat es rausgekriegt, unsere verehrte Doktorin! Vor soviel Charme kapitulierten Mikroben, Viren und Bakterien!«

»Wir sind alle schon sehr gespannt, was Sie von Ihrer sensationellen Ausgrabung berichten werden ...«

»Wer sind ›alle‹?«

»Wir sind eine Gesellschaft von dreiundsiebzig Personen ...«

»Nichts!« sagte Dr. Herburg plötzlich hart.

Suliman drehte den Kopf zu ihm. »Aber Doktor ...«

»Über die Grabungen wird nichts berichtet«, sagte Herburg unbeirrt »Man weiß schon, notgedrungen eben durch den Unfall des Professors, viel zuviel davon. Animieren Sie uns bitte nicht vor den anderen Gästen, Suliman, davon zu erzählen. Ich möchte Ihnen die Peinlichkeit einer Ablehnung ersparen!«

Die Warnungen! dachte Suliman zufrieden. Sie haben sie doch ernst genommen ...

Aber sie graben weiter! Mitchener allein, und vielleicht auch dieser Engländer Pernam ... sie wären bestimmt nach dem Gifthauch aus der Grabanlage vorsichtiger geworden, aber dieser Dr. Herburg und nun noch die blonde Ärztin. Diese beiden reizt die Gefahr, Warnungen wirken auf sie wie ein Antriebsmittel ...

Bis heute!

In einer Stunde wird alles anders sein. Dann wird sogar die Regierung in Kairo verbieten müssen, daß in Sakkara weitergegraben wird ...

»Also schweigen wir selbstverständlich!« erwiderte Suliman mit jener Glätte, die Herburg besonders haßte. »Es soll ja ein harmonischer Abend werden!« Und jetzt haue ich ihm eine runter, dachte Suliman voller Schadenfreude und sagte scheinheilig: »Salimah freut sich schon auf Sie, Dr. Herburg ...«

Herburg preßte die Lippen aufeinander. Er sah nicht zu Leila hin, sondern zu Luisa. Ihr spöttischer Blick, das mokante Lächeln in ihren Mundwinkeln erzeugten in ihm Rachegelüste gegen Suliman. »Wieso Salimah?« fragte er unwirsch.

»Sie schätzt Ihre Plaudereien über Deutschland doch so! Sie ist nach Ihren Erzählungen doch ganz versessen darauf, einmal in Ihre Heimat zu kommen. Sie müssen ja Salimah ein geradezu überwältigendes Deutschlandbild gemalt haben. Ich kenne Ihr schönes Land, Doktor, ich komme jährlich fast dreimal nach Frankfurt, Berlin, München, Köln und Hamburg - meine Exporte, wissen Sie! Ihr Deutschland hat zweifellos viele Reize, es hat nur einen großen Nachteil: Man ist dort zu fleißig! Man lebt dort ja nur, um zu arbeiten ... für mich eine entsetzliche Vorstellung! Aber Salimah ist begeistert, vor allem, wenn Sie ihr von schneebedeckten Bergen und Gletschern in dreitausend Meter Höhe berichten.«

»Dr. Herburg spricht also wirklich nicht nur ausschließlich von Mumien?« fragte Luisa spöttisch, ehe Herburg eine giftige Antwort abschießen konnte.

»Aber nein!« sagte Suliman rasch. »Dr. Herburg ist ein äußerst charmanter Plauderer ... Er hat es sogar einmal geschafft, daß ich Komplexe bekam. Und das will etwas heißen!«

»Allerdings!« warf Harris Pernam trocken ein. »Meine Lieben, ich weiß, daß ich wieder einmal die Regeln der internationalen Höflichkeit verletze und mich meiner weißen Smokingjacke nicht würdig erweise ...«

»Das war aber ein schöner britischer Satz, Harris!« unterbrach Professor Mitchener ironisch seinen Assistenten. »Weiter im Text ...«

»Weiter nichts!« Dr. Pernam horchte auf die entfernte Musik. »Ich habe schlicht und einfach Hunger! Mich drängt's züm Büfett! Sie auch, Luisa?«

»Ja!« Dr. Alius lachte fröhlich und hakte sich impulsiv bei Harris Pernam ein. »Mr. Suliman, ich habe soviel von Ihren Festen gehört, ich platze also vor Neugier! Neugier ist übrigens auch ein Gift ... ein unheilbares dazu!«

»Dann haben Sie sich aber bei dem Falschen eingehakt.« Suliman ibn Hussein hielt der Ärztin seinen Arm hin. »Entscheiden Sie sich lieber für meine Begleitung, schöner Giftengel.«

»Harris, Sie sind und bleiben eine tragische Figur!« sagte Luisa, machte sich von Pernams Arm los und nahm Sulimans Arm an. »Weil man nur einmal dieses Märchen aus Tausendundeiner Nacht erlebt, bin ich so verdorben, das auch wahrzunehmen! Verzeihen Sie mir?«

»Nie!« Harris Pernam grinste breit. Er hatte - wie alle Briten - einen tief innen verborgenen Humor. Laut lachen, pflegte er zu sagen, kann jeder - nach innen lachen zu können ist eine Kunst mit britischer Tradition ...

»Aber machen Sie mir nachher keine Vorwürfe, Luisa, wenn ich von den lebenden Obstschalen die schönsten Früchte von den begehrenswertesten Stellen pflücke. Sie haben doch wieder Ihre berühmten ›Paradiesbäumchen‹, Suliman?«

»Die schönsten Mädchen aus Kairo warten ...«

Suliman ihn Hussein wandte sich ab und ging mit Dr. Alius am Arm den anderen voraus durch die Alabasterhalle. Durch ein riesiges Speisezimmer gelangten sie auf die große Terrasse.

Die Musik schlug ihnen entgegen, das Stimmengewirr der anderen Gäste mischte sich unter die Klänge. Jetzt liefen die weißen livrierten Diener herum und servierten Getränke.

Der illuminierte Garten glich wirklich einem Zauberreich ... Die Springbrunnen und die künstlichen Wasserläufe, Teiche und Blütengebilde leuchteten im Licht versteckter Scheinwerfer. Erstarrte Träume in blauer Nacht ...

Ein aus der Kolonialzeit übriggebliebener, uralter britischer Oberst, mit weißem, sich sträubendem Backenbart, war schon so betrunken, daß er an einem der Teiche stand, den er wohl mit einer Tränke verwechselte, und in die Gegend brüllte: »Wo bleiben die Pferde, zum Teufel? Bis zum Paß gibt's keine Wasserstelle mehr! Alles absitzen!«

Indien! Die große Zeit der britischen Offiziere! Der alte Oberst kam nicht darüber hinweg, daß er jetzt in Kairo in Pension leben mußte, als Berater einer englischen Fabrik, die ägyptische Zwiebeln raspelte und dann röstete. Ein Ehrenposten, um den alten Herrn überhaupt zu beschäftigen ...

Das Erscheinen der Gruppe Mitchener ließ viele Gespräche ersterben.

Zuerst war es Leilas Anblick, bei dem die Herren erst einmal tief Luft holen mußten, und zweitens fiel Dr. Luisa Alius auf, nicht nur wegen ihrer goldblonden Haare, sondern weil Suliman vorher geschickt Informationen verbreiten ließ, diese deutsche Ärztin und hervorragende Toxikologin sei den geheimnisvollen Giften der Pharaonen auf die Spur gekommen.

Eine bemerkenswert interessante, kluge und mutige Frau, die zu allem Überfluß auch noch von einer faszinierenden nordischen Schönheit war. Bei Kairos einschlägigen Kennern von Frauenschönheit war sie völlig unbekannt ... Dr. Alius besuchte niemals Partys. Sie lebte zurückgezogen in ihrer Giftküche, dem Toxikologischen Institut der Universität Kairo.

Nun war sie da, wurde bestaunt, als habe sie sämtliche Gifte an sich ausprobiert und habe alle überlebt, eine kleine Kompanie gutaussehender und sicherlich auch wohlhabender Herren kam auf Luisa zu und umringte sie.

Man hörte bei der Vorstellung klangvolle Namen - eine Flut von mehr oder weniger gekonnten Komplimenten rieselte auf Luisa nieder.

Leila begrüßte man mehr wie eine alte Freundin ... Sie war ja auch in festen Händen, wich nicht von Dr. Herburgs Seite und demonstrierte ganz offensichtlich bräutliches Glück.

»Bleib in meiner Nähe«, hatte sie Frank zugeflüstert, als die Begrüßungszeremonie beendet war. Der Professor, Pernam und Abdullah wandten sich dem als wahres Kunstwerk aufgebauten kalten Büfett zu und füllten sich, bedachtsam wählend, ihre Teller.

Diener in der Tracht pharaonischer Köche - man hatte auf Wandgemälden in den Gräbern von Theben Darstellungen der damaligen Köche gefunden - standen hinter der langen Tafel und halfen den Gästen mit vergoldeten Vorlegegabeln.

»Laß dich nicht weglocken ...«, flüsterte Leila von neuem.

»Aber - wieso denn, Leila?«

Frank Herburg blickte sich um. Es war das übliche Bild einer Suliman-Party: Allein erschienene Herren, meistens im gesetzten mittleren Alter, hatten vom Gastgeber bereits ihre weibliche Abendbegleitung bekommen. Es waren dies Mädchen in gewagten Abendkleidern, die verhinderten, daß man sie als Damen betrachtete.

Die jüngeren Herren, die jetzt noch Luisa Alius umlagerten, würden später versorgt werden: mit den Balletteusen und den lebenden Obstschalen.

Die wenigen wirklichen Damen bildeten mit ihren durch ihre Gegenwart gefesselten Herren eine Gruppe für sich. Sie ertrugen diese Party äußerst zurückhaltend nur deshalb, weil es nun einmal wichtig war, mit Suliman ibn Hussein bekannt zu sein und von ihm eingeladen zu werden. Geschäfte erfordern nun eben Opfer; und die großen Geschäfte - das ist durchaus international - werden vornehmlich auf diese Arten gemacht: auf Partys und sogenannten »Arbeitsessen«, im Bett oder ... durch Erpressung.

Geschäfte außerhalb dieser drei Kategorien sind so geringfügig, daß es sich nicht darüber zu sprechen lohnt. Es soll Konzerne geben, erzählte man sich, die eine eigene Mädchengarde unterhalten, die sogenannten »Eisbrecher«, um hartnäckige Verhandlungspartner über Nacht butterweich zu machen. Es gibt keine Unwilligen mehr, wenn erst einmal zwei Frühstücke an einem Bett serviert worden sind ...

»Wer sollte mich hier weglocken?« fragte Herburg. »Und wozu? Du kennst doch diese Partys ...«

»Ich habe aber Angst. Angst um dich ...«

»Was ist denn eigentlich los?«

Herburg zog Leila aus dem Gedränge um das kalte Büfett weg und ging mit ihr an den Rand eines der kleinen, künstlichen Seen. Handgroße violette Wasserrosen, von unten angestrahlt, schwammen auf dem Wasser.

»Gleich wird Suliman seine altbekannte witzige Rede - wie immer - halten, und dann geht die Tanzerei los - wie immer -, und dann wartet man darauf, wer sich diesmal auszieht und in das große Becken springt - wie immer. Einige der Herren und Mädchen sind inzwischen ver schwunden - dafür brennen in verschiedenen Räumen der oberen Etagen diskrete rötliche Lampen - wie immer! Das ganze Problem ist doch, daß dieser Suliman zuviel Geld hat und nicht weiß, wie er es auf andere Weise loskriegen kann.«

»Diese Party wird nicht so sein wie die anderen«, sagte Leila leise. »Laß uns heimlich wegfahren, Frank ...«

»Aber das ist doch ganz unmöglich! Heimlich schon gar nicht ...« Er legte den Arm um ihre Hüften und spürte erst jetzt, wie Leila von innen heraus bebte. »Mein Gott«, sagte er, »du zitterst ja! Denkst du etwa noch immer an die verrückten Warnungen? Wir haben doch jetzt die Soldaten im Camp ...«

»Aber nicht hier, Frank.«

»Bei Suliman sind wir so sicher wie auf dem Mond.«

»Toc-Toc ...«

Herburg wurde plötzlich ernst und aufmerksam. »Was ist mit Toc-Toc?«

»Er hat zu mir gesagt: ›Geht nicht zu Suliman, oder verlaßt die Party, bevor die Tänzerinnen kommen!‹ Es geschieht etwas, Frank ...«

»Das hat Toc-Toc gesagt?« Frank Herburg drehte sich um.

Salimah war erschienen. Sie war in ein fließend langes, weißes, mit Gold durchwirktes, aber sonst ganz schlichtes Gewand gekleidet. Es ließ die Schultern frei. In der Umgebung machten die Damen gehässige Bemerkungen, und die Herren bekamen gerötete Ohren.

Salimah war plötzlich im Hause Sulimans aufgetaucht - vor drei Jahren. Woher sie kam, wo sie geboren wurde, wo Suliman so etwas Vollendetes an Schönheit aufgelesen hatte, was Salimah bisher getan und wer ihre Eltern waren ... keiner wußte etwas davon.

Salimah war plötzlich da, war Herrin des Hauses, war Mittelpunkt aller Feste, freundete sich auch mit Leila an und hörte tatsächlich andächtig zu, wenn Dr. Herburg von seiner Heimat erzählte.

Sie mußte irgendwoher aus der tiefsten Wüste stammen, sie hatte noch nie Schnee gesehen und wußte auch nicht, was das ist. Als Herburg ihr einmal erklärte, es sei gefrorenes Wasser, das vom Himmel falle, lachte sie hell, als erzählte er ein fröhliches Märchen. Erst als er ihr Fotografien aus den Alpen zeigte, glaubte sie ihm. »Eine Welt aus weißem, gefrorenem Wasser - das muß schön sein ...«, hatte sie einmal gesagt. »Ich möchte sie kennenlernen.«

Sie lernte diese Welt nie kennen, denn Suliman nahm sie auf seine Europareisen nicht mit. Dafür erkannte er aber an, daß sie sein Haus repräsentierte, als sei sie seine Frau. Wenn er aus Marbella oder St. Tropez zurückkam, umarmte er Salimah und meinte ehrlich: »Es gibt keine Schönere als dich! Ich habe keine gefunden, meine Rose.«

»Und wenn du einmal eine findest?« fragte sie dann und spielte mit dem goldenen Medaillon auf seiner behaarten Brust.

»Dann sage ich es dir.«

»Und dann?«

»Du wirst nie Hunger haben, bis du einen anderen Mann gefunden haben wirst.«

»Und wenn ... wenn ich jetzt schon einen habe?«

»Ich brächte dich um, mein Stern ...«

»Du könntest mich wirklich töten?«

»Ja, das könnte ich.« Es klang so ehrlich und echt, daß man nicht mehr darüber debattieren konnte. »Mit aller Grausamkeit, die in mir steckt!« Er hatte sie mit seinen schwarzen Augen angesehen - mit einem Blick, der ihr Herz spaltete und den sie nie mehr vergaß. »Niemand ahnt, wie grausam ich sein kann.«

»Ich glaube, ich spüre es«, hatte Salimah damals leise geantwortet. Aber später, in seinen Armen, war ihr seine trunkene, ihren Körper fast zerbrechende Grausamkeit nicht grausam genug - da übertraf sie ihn noch ...

Am Morgen danach sah Suliman aus, als sei er in einen Teich mit Raubfischen gefallen. Zerbissen, zerkratzt, zerschunden ...

Von dieser Nacht an war Salimah die alleinige Herrin des Hauses.

»Jetzt können wir unmöglich verschwinden«, wiederholte Herburg und ergriff Leilas zitternde Hand. »Salimah hat uns schon erspäht. Aber ich werde aufpassen. Toc-Toc beginnt, mir unheimlich zu werden ...«

Es nutzte Herburg nicht viel, daß er sich mit Leila immer in Salimahs Nähe aufhielt. In dem Gewühl der Gäste war eine Übersicht kaum mehr möglich. Aber - was sollte passieren? Von wem?

Wer hier bei Suliman ibn Hussein feierte, hatte doch kein Interesse an der Mumie eines Kind-Königs aus der dritten Dynastie ...

Es geschah so plötzlich, wie es Toc-Toc vorhergesehen hatte.

Eine hübsche Sängerin hatte Lieder und Chansons aus amerikanischen Musicals gesungen, Diener reichten immer wieder auf großen silbernen Tabletts Cocktails und Champagner herum, Harris Pernam schlich umher und erzählte allen, er habe einen Blick in das Haus getan – es seien Tänzerinnen da, von deren Schönheit man begeistert sein würde.

Dr. Luisa Alius saß in einem großen Kreis von vorwiegend jüngeren Männern und erzählte von seltsamen Ereignissen, die mit Gift zusammenhingen; Suliman und seine Salimah hatten sich den Ochsen angesehen, der außerhalb der Terrasse an einem riesigen Spieß über einem offenen Feuer gedreht wurde und schon einen köstlichen Bratengeruch verbreitete. Man wußte, daß dieser Ochse später gestürmt werden würde ...

Auch das kannte man: Jeder männliche Gast bekam ein scharfes, Messer in die Hand und eine Plastikschürze vor den weißen Smoking gebunden ... nach einem Fanfarenstoß stürzten sich alle brüllend auf den gebratenen Ochsen und stießen ihre Messer hinein wie die Kannibalen. Man zerfleischte und zerriß das Tier, man hieb immer wieder die Messer in den braungebratenen Ochsen ... Es war eine Entladung von Aggressionen, die die Menschen entlarvte ...

Nach dieser Orgie wurde es dann meistens stiller, als habe sich jeder voller Entsetzen selbst erkannt. Die ersten fuhren danach schon nach Hause.

Aber soweit war es noch lange nicht.

Suliman stellte gerade fest, daß der Ochse in frühestens einer Stunde sturmreif war.

Vorher also noch das Ballett ...

Aber die Tänzerinnen kamen nicht zu ihrem Auftritt.

Durch den Garten fegten plötzlich, aus dem Dunkel auftauchend, vermummte Reiter.

Sie sprengten mitten durch die Blumenrabatten, übersprangen mit ihren schnellen Pferden die Wassergräben, durchrasten die künstlichen Teiche, zerstampften die herrlichsten Anlagen und ritten brüllend und in die Luft schießend auf die Terrasse zu.

»Attacke!« brüllte der alte britische Oberst begeistert. Er lehnte betrunken an der Hauswand, zwirbelte seine Backenbärte und war mit einemmal hellwach, »Die ganze Schwadron - Lanzen gefällt!« schrie er den Reitern entgegen.

Auch die anderen Gäste auf der Terrasse, am kalten Büfett und auf der Tanzfläche waren begeistert. Sie klatschten Beifall. Eine arabische Fantasia, quer durch die herrlichen Anlagen - eine tolle, eine grandiose Idee, wie sie sich nur ein Suliman ibn Hussein leisten konnte. Die Neuanlage oder Reparatur des Parks mußte einiges kosten ...

Wie diese wilden vermummten Reiter jetzt im Licht der Gartenscheinwerfer herangaloppierten, war es für alle ein unvergeßliches Bild. Es war eine Erinnerung an die Reiterscharen des Mahdi, an die großen Schlachten Mohammeds vor Medina ... ein Erschauern vor urweltlichen Gewalten.

Kurz vor der Terrasse zog sich die Reiterschar zu einer breiten Front auseinander. Und jetzt erkannte auch jeder der Gäste, daß die vermummten Reiter die Läufe ihrer modernen Schnellfeuergewehre nicht mehr in den sternenübersäten Nachthimmel hielten, sondern direkt auf die weißen Smokingjacken und Abendkleider ...

»Lanzen fällt!« schrie der betrunkene Oberst und schwankte auf die Truppe zu. »Gaaaaalopp!«

Nur eine Sekunde lang lag eine lähmende Stille zwischen Reitern und Gästen. Dann fiel der erste Schuß ... vom Haus her, wo Sulimans Diener plötzlich herausstürzten, ebenfalls schon bewaffnet. Sie gingen hinter jedem sich eignenden Gegenstand oder Möbelstück in Deckung.

Was nun folgte, war ein kurzes, aber gründliches Chaos.

Die Damen schrien auf und rannten ins Haus, die Männer in den Abendanzügen hoben die Hände hoch - das Klügste, was sie in einer solchen Situation tun konnten.

Die Reiter schossen aus den Sätteln auf die Dienerschaft, ein Teil sprang ab und stürmte die Terrasse. Zwei junge Herren, Gäste aus Kairo, sanken zusammen, und ihre Hemdbrüste färbten sich rot.

Suliman und Salimah, die noch bei dem bratenden Ochsen gestanden hatten, warfen sich ins Gras. Suliman lag halb über seiner Geliebten, umklammerte ihre nackte Schulter und sagte immer wieder mit heiserer Stimme: »Ruhig! Ganz ruhig, meine Rose. Sie sehen uns nicht, wir liegen im Schatten. Ganz, ganz ruhig! Bewege dich nicht, mein Stern ...«

Auch Frank Herburg und Leila hatten sich hingeworfen. Sie lagen hinter der Gartenbar und erschraken, als noch jemand heranrobbte und sich fallen ließ - aber es war Harris Pernam.

»Wenn sie jetzt in die Flaschen über uns schießen«, sagte Pernam kaltblütig, »liegen wir im schärfsten Cocktail, der je gebraut wurde. Frank, was soll das? Was halten Sie davon?«

»Ich weiß es wirklich nicht ...«

Er dachte immerfort an Toc-Tocs seherische Worte: Verlaßt die Party vor dem Ballett ...

»Die schießen wirklich scharf«, sagte Pernam.

»Dazu sind sie ja gekommen. Köpfe runter ...«

Eine neue Serie von scharf bellenden Schüssen zerriß die Luft.

Irgendwo brüllten ein paar Verwundete, Damen schrien, die Herren rannten jetzt mit hocherhobenen Händen in eine Ecke der Terrasse - anscheinend hatte jemand gewunken, und alle folgten.

In aller Augen stand Todesangst. In eine Ecke - alle zusammen - das konnte heißen: Jetzt schießt man in den Haufen und trifft alle ...

Aber dann war es, als sei alles nur eine plötzliche wilde Fantasia gewesen:

Die vermummten Reiter rannten zurück zu ihren Pferden, die schon Aufgesessenen jagten noch einen letzten Feuerstoß über die Terrasse - und dann sprengte die ganze Kavalkade durch den Park zurück und verschwand in der schwarzen Dunkelheit.

Zurück blieben ein zertrümmerter, zerschossener Kiesentisch mit einem Durcheinander von Speisen des kalten Büfetts und Porzellantrümmern, schreiende Damen, umhertaumelnde Herren und ein paar Körper, die sich nicht mehr regten. Auf den geschliffenen Marmorplatten der

Terrasse hatten sich mehrere Blutlachen ausgebreitet. Und zurück blieb der total verwüstete Park mit seinen herrlichen Anlagen.

Herburg, Leila und Harris erhoben sich hinter der Gartenbar, als die Gefahr vorbei war. »Jetzt einen dreistöckigen Whisky!« meinte Pernam trocken und griff nach einer Flasche. »Sulimans Partys werden mir zu aufregend. Ich fahre mit Luisa nach Hause ... Himmel - wo ist denn Luisa?«

Er warf die Flasche weg und rannte über die Terrasse. Die Gruppe der in die Ecke getriebenen Herren löste sich auf. In aller Augen stand noch das Entsetzen geschrieben, viele hatten gefürchtet, liquidiert zu werden.

Im Palast schrien noch immer die Damen.

Suliman, die ohnmächtig gewordene Salimah auf den Armen, schwankte aus dem Garten heran. Er beobachtete, wie sich Frank Herburg über einige Körper beugte, jemanden zu suchen schien und dann ins Haus rannte. Leila griff an Dr. Pernams weißes Smokinghemd und riß es über der Brust auf. Sie fetzte ein Stück ab und schob es einem Niedergeschossenen in die Schußwunde.

»Wo ist Luisa?« brüllte Pernam immer wieder.

Er stürzte ebenfalls ins Haus, um unter den Damen zu suchen. Einer älteren Dame, die mit weit aufgerissenem Mund hysterische Schreie ausstieß, stülpte er einfach sein Jackett über den Kopf. Sie verstummte.

»Luisa! Wo sind Sie, Luisa?«

Nach zehn Minuten stand fest, was allen unbegreiflich war: Es hatte neun Tote gegeben: drei Gäste und sechs Diener Sulimans.

Von den Reitern schienen alle überlebt zu haben, oder sie hatten ihre Toten oder Verwundeten mitgenommen - jedenfalls war niemand mehr zu finden.

Die Gartenfront des Palastes war von Kugeln durchsiebt.

Man fand dann auch, wie die Reiter hereingekommen waren. Sie hatten ein Tor am äußersten Ende des Parks, wo die Wasserreservoire lagen, aufgesprengt. Niemand hatte es bei der lauten Musik auf der Terrasse gehört ...

Und Dr. Luisa Alius war verschwunden.

Harris Pernam raste wie ein Irrer herum ... im Park, im Haus, vom Keller bis zum Flachdach - begleitet von vier Dienern mit Maschinenpistolen.

Luisa blieb verschwunden.

Es gab keine Spur, keine Augenzeugen, nur die Tatsache, daß sie als einzige - bis auf die Toten - ein Opfer des Überfalls geworden war.

Suliman sprach über drei Telefonleitungen mit Kairo. Er rief zuerst die Polizei an, dann das Militär, den ihm bekannten Innenminister und noch einige andere hohe Regierungsbeamte. Selbst den Chef des ägyptischen Geheimdienstes holte er aus dem Bett.

»Ich sage es Ihnen, Abdul - es war eine politische Aktion!« schrie Suliman, heiser vor Erregung. »Wen hat man erschossen? Drei Mitglieder der Volksdemokratischen Partei - führende Mitglieder! Und sechs meiner Diener - das war ein Kampf! Drei meiner Gäste sind ermordet! Auf meiner Party! Der ganze Überfall war eine politische Terrortat! Es war bestimmt ein Trupp der ›Befreiungsfront‹! Von Libyen unterstützt! Guerrilleros von Ghaddafi! Und die Ärztin Dr. Alius aus Kairo ist verschwunden! Was wollen Sie noch für Beweise? Die Giftexpertin der Universität! Klingelt es noch nicht in Ihrem Hirnkasten?«

Es dauerte lange, ehe wieder so etwas wie Ordnung in Sulimans Palast eingekehrt war. Die Toten hatte man weggeschafft - in einen abseits gelegenen Raum, das Billardzimmer. Die Damen beruhigten sich langsam, sie bekamen wieder Champagner, und man reichte parfümierte Tücher herum. Die Herren suchten ihren Schrecken mit harten Getränken, vornehmlich Gin und Whisky, zu betäuben.

Nach Hause konnte niemand fahren, denn aus Kairo war der Befehl gekommen, daß sich alle Gäste zum Verhör bereithalten mußten - an Ort und Stelle.

Die erste Militärmacht, die eintraf, war der junge Leutnant und seine zehn Mann aus dem Barackenlager von Sakkara. Sie kamen in Jeeps herangebraust und umstellten das Haus. Das war zwar völlig sinnlos, denn die Vermummten kamen bestimmt nicht noch einmal zurück, aber was sollen Soldaten machen, wenn sie zu spät kommen? Man verlangt trotzdem Aktionen von ihnen, und absperren ist immer gut ... es demonstriert Autorität ... den Staat.

Dr. Harris Pernam benahm sich wie ein Amokläufer, der nichts zum Töten findet. Seitdem feststand, daß Luisa spurlos verschwunden war, nervte er alle Gäste mit der dauernden Behauptung, sie müßten doch wenigstens etwas von ihr gesehen haben ... »Natürlich nicht! Gar nicht!« brüllte er dann plötzlich los. »Sie standen ja alle in der Terrassenecke und hatten Mühe, ihre Ärsche zusammenzukneifen, um nicht vor Angst in die Hosen zu machen! Keiner hat etwas gesehen? Gibt es das denn? Wo stand oder saß Luisa zuletzt, ehe die Kerle kamen?«

Wenigstens das wußte man ziemlich genau.

Aber es konnte weder Pernam noch Herburg beruhigen - im Gegenteil! Als der Überfall begann, hatte Dr. Alius bei zwei Herren gestanden, die dann erschossen worden waren! Das war keine sehr trostreiche Feststellung.

»Sie haben sie mitgenommen!« sagte Suliman dumpf und sprach damit aus, was man bisher nur gedacht hatte.

»Aber warum denn? Was hat Luisa mit Ihrem Parteikram zu tun?«

»Ich werde nie mehr eine Party geben«, stöhnte Suliman und machte einen total zerbrochenen Eindruck.

»Ich scheiße auf Ihre Partys!« schrie Pernam erregt. »Ich begreife nicht, warum man eine deutsche Ärztin entführt, wenn es doch um ägyptische Interessen geht.«

»Sie haben recht, Harris ... Wer kann das begreifen?«

Drei der anwesenden Herren waren Ärzte. Sie kümmerten sich nun um die Damen und vor allem um Salimah, die aus ihrer Ohnmacht erwacht war. Als sie hörte, daß ihr Suliman alles überlebt hatte, fiel sie vor Glück von neuem in Bewußtlosigkeit.

In einer Ecke der großen Alabasterhalle saßen Leila und Frank in tiefen Seidensesseln. Ein Arzt kam aus dem Billardzimmer, wo er die Erschossenen untersucht und festgestellt hatte, daß die unbekannten Reiter gute Schützen gewesen waren: perfekte Kopfschüsse oder Schüsse genau ins Herz - es war erstaunlich.

»Erinnere dich doch bitte genau, Leila, was Toc-Toc zu dir gesagt hat«, sagte Herburg. Er balancierte auf seinem Knie ein großes Glas mit Cognac. »Erinnere dich bitte an jedes Wort ...«

»Er hat genau das gesagt, was ich dir wiedererzählte ...«

»Und als du dann doch zur Party gegangen bist?«

»Allah wird bei dir sein ... aber paß auf Mr. Frank auf ...«

»Aha! Und weiter?«

»Weiter nichts.«

Professor Mitchener humpelte an seinem Stock durch die Halle und wischte sich den Schweiß von der Stirn. »Es ist furchtbar«, stöhnte er. »Ich kriege doch den alten Knacker nicht in die Wirklichkeit zurück, diesen Indien-Oberst. Jetzt ist Abdullah bei ihm und versucht es. Der Kerl rennt herum und will eine genaue militärische Lagebesprechung abhalten! Er brüllt jeden an, eine abschließende Bewertung und Analyse der Attacke sei notwendig! Das Verhalten des Gegners lasse Rückschlüsse zu auf den bevorstehenden Sturm auf Numjaipur. Es ist fürchterlich! Diese alten Kolonialoffiziere sollte man nicht mehr auf Partys gehen lassen. Ich war auch einer - aber bin ich deswegen ein Verrückter geworden?«

»Es reicht, Professor ...«, sagte Herburg mit schwachem Lächeln.

»Danke!« Mitchener lehnte sich gegen eine der geschnitzten Alabastersäulen. »Und Pernam? Wer kennt den wieder? Er verlangt eine neue Besetzung Ägyptens durch britische Streitkräfte - mindestens durch eine UNO-Truppe.« Er suchte sich einen Sessel und ließ sich ächzend hineinfallen. »Was halten Sie von Dr. Alius' Verschwinden, Frank?«

»Ich finde es höchst merkwürdig.«

»Na, das ist aber mehr als tiefgestapelt ...«

»Ich hätte mich nicht gewundert, wenn man mich mitgenommen oder erschossen hätte.«

»Sie, Frank? Nun spinnen Sie auch ...«

»Denken Sie doch einmal nach, Professor! Ich habe zwei Warnungen bekommen - nur ich! Sonst keiner von uns! Und als ich die Warnungen bekam, wußte niemand, daß es überhaupt eine Luisa Alius gibt. Und nun nehmen sie gerade die mit ... Wo ist da eine Logik?«

»Suliman glaubt sie zu sehen: politische Motive! Vielleicht kennt Dr. Alius geheime Giftkampfstoffe, die man sich zunutze machen will ...«

»Ja, bestimmt kennt sie solche Gifte.«

»Na also! Motive genug! Sie, Frank, graben nur fünftausendjährige Mumien aus ...«

»Und wurde dennoch bedroht!«

»Fanatiker gibt es überall. Wo haben Sie denn während des Überfalls gesteckt?«

»Ich bin mit Leila und Pernam hinter der Bar in Deckung gegangen.«

»Bravo! Sie finden auch immer die richtigen Stellen!« Mitchener räusperte sich. »Ich lag unter dem kalten Büfett, unter der Tischdecke. Über mir stand der Hummersalat, und ich dachte, wenn sie jetzt da reinschießen und der Hummer tropft auf mich ... dann werde ich wütend. Ich mag doch keinen Hummer!« Mitchener seufzte. Sein Galgenhumor war wirklich unüberbietbar. »Frank, was machen wir jetzt ohne Luisa? Wollen Sie allein in die Grabanlage hinunter? In diese Giftschluchten?«

»Ja.« Herburgs Hände, die auf seinen Knien lagen, ballten sich zu Fäusten. Sein Cognacglas hatte er abgestellt. »Jetzt erst recht!« Er dachte von neuem an Toc-Tocs Visionen. »Mir kommt im übrigen dieser Überfall sehr spanisch - oder besser - ägyptisch vor! Es geht hier nicht um Parteiengezänk, Professor ... Es geht um das Grab des Menesptah!«

»Das beweisen Sie erst einmal, Frank! Neun Erschossene, die mit dem Grab überhaupt nichts zu tun haben! Luisa, ja, die ist verschwunden. Aber Sie leben noch ...«

»Das wundert mich selbst. Da steckt aber Methode drin. Professor, wir werden in der verdammten Grabanlage mehr finden als nur den großen goldenen Frosch, mit dem unser. Kind-König gespielt haben soll! Morgen steige ich wieder ein ...«

»Und ich gehe mit!« Leila hatte ihre schmalen Hände auf Herburgs Fäuste gelegt. »Auch ich kann einen Schutzanzug und eine Gasmaske tragen. Und Farbproben von den Wänden zu kratzen - auch das wird mir gelingen! Ich lasse dich jetzt keinen Schritt mehr allein, Frank. Wie es Toc-Toc gesagt hat: ›Allah wird bei dir sein ... aber paß auf Mr. Frank auf!‹«

Sie hielt seine Hände umklammert und sah ihn lächelnd an. In ihren schönen Augen glänzte es wie Gold. »Es ist Allahs Wille, daß ich immer bei dir bin. Wenn du das Grab entdecken mußt, so gehöre ich dazu ... oder du findest es nie! Morgen steigen wir wieder hinunter!«

Aber bis zum Morgen war es noch weit ...

Der junge Leutnant und seine zehn Mann starke »Streitmacht« ließen niemanden hinaus, als sei hier ein ganz gewöhnlicher Mord passiert und der Täter noch im Haus. Dabei war es doch ein politischer Überfall ...

Selbst Professor Mitchener wurde daran gehindert, Verbindung mit der Außenwelt aufzunehmen. Das Telefon durfte er zwar benutzen, aber da saß immer noch Suliman ibn Hussein und rief alles an, was Rang und Namen hatte. Er brüllte und verbreitete die Nachricht von der Katastrophe in seinem Haus in alle Gegenden.

Der Erfolg der Sulimanschen Telefonate zeigte sich schneller, als man es im Orient gewöhnt war.

Zunächst rückte ein Polizeiaufgebot aus Gizeh an, das sonst dort zur Bewachung der Pyramiden abkommandiert war.

Dann landeten am Nil, vor der langen Parkmauer Sulimans, vier Hubschrauber aus Kairo mit einem Zug Fallschirmjäger, einigen Offizieren und zwei hohen Beamten aus dem Innen- und Justizministerium.

Die hohen Herren sahen recht verschlafen und mißmutig aus - man hatte sie aus den Betten geholt, vielleicht aus den weichen Armen ihrer Frauen, was allein schon Allahs Zorn erregen mußte.

Aber da Suliman ibn Hussein einflußreiche Freunde bis in die Ministerien hatte und man in Kairo munkelte, er sei sogar ein Vertrauter des Staatspräsidenten - was natürlich kein Mensch beweisen konnte -, wurde in dieser kurzen Zeit mobil gemacht, was nur möglich war. Auch ein Militärarzt war mitgeflogen. Er brachte die Nachricht mit, daß in wenigen Minuten der Polizeichef von Kairo höchstpersönlich einfliegen werde - zusammen mit den Herren des politischen Kommissariats. In Kairo sei man über den Vorfall entsetzt ...

»So? Man ist entsetzt?« schrie Suliman unbeherrscht. »Ist das alles? Was tut die Regierung, um ehrbare Bürger vor solchen Fanatikern zu schützen? Vor solchen Irren? Sie schließt die Augen, die gute Regierung, und überläßt es Allah, wie alles läuft! Diese Zeiten sind vorbei, meine Herren! Gegen Gewalt hilft nur Gewalt!«

Man mußte es Suliman lassen: Er war außer sich. In seinem zerrissenen, verschmutzten weißen Smoking rannte er herum, beruhigte die Damen, diskutierte mit den männlichen Gästen und entschuldigte sich in aller Form bei Professor Mitchener.

Aber was hatte das alles für einen Sinn? Dr. Luisa Alius war verschwunden, und man wußte nicht einmal, ob die Rebellen sie mitgenommen hatten, oder ob sie in panischer Furcht geflüchtet war und nun irgendwo zwischen Nil und Wüste umherirrte und sich immer mehr verlief.

»Sie muß einen furchtbaren Schock erlitten haben!« verkündete Suliman erschüttert. »Anders ist es doch nicht erklärbar. Was wollen die Rebellen mit dieser Frau? Mit einer Toxikologin? Es ist doch Wahnsinn!«

»Genau das haben wir auch festgestellt!«

Dr. Frank Herburg, der mit den anderen noch immer in der Alabasterhalle saß, hatte es endlich erreicht, daß sich Harris Pernam nicht mehr wie ein Verrückter benahm und alle Gäste beschimpfte, weil sie angstzitternd die Arme hochgehoben hatten, in die Terrassenecke gekrochen waren und deshalb nichts gesehen hatten.

Es dauerte lange, bis Dr. Pernam begriff, daß er selbst ja nicht anders gehandelt hatte, indem er sich hinter der Gartenbar zu Boden geworfen hatte, statt sich um Luisa zu kümmern.

Nun hockte er herum, war ein Häufchen selbstanklagenden Elends und trank Unmengen von Whisky, ohne betrunken zu werden - was Herburg hoffte. Er hört aus allen Gesprächen heraus, daß Luisa nie wieder auftauchen würde - Ägypten, das geheimnisvolle Land, würde sie wohl verschlungen haben. In Pernam begann ein ungeheurer Haß auf dieses Ägypten zu wachsen - wegen der paar Extremisten.

»Ich frage mich, was wollen die Rebellen mit Dr. Alius?« fuhr Herburg fort. »Das ist doch die erste Frage. Luisa ist bestimmt nicht der Typ, der sich in einen Schock noch mehr hineinsteigert und jetzt in der Wüste umherirrt. Nie! Ich habe wenige Frauen kenngelernt, die soviel Mut haben wie Luisa Alius. So ein Überfall wirft diese Frau doch nicht um ...«

Suliman nickte mehrmals zur Bestätigung. Er sank in einen seiner Seidensessel und riß sich das Smokinghemd über der Brust auf. »Dann geben Sie mir eine andere Erklärung, Frank! Dr. Alius ist weg ... Das allein ist doch die Tatsache ... alles andere sind nur Vermutungen, Deutungen, von mir aus eine Flucht vor der Wahrheit ...«

»Und was ist die Wahrheit?« Harris Pernam fragte es dumpf.

»Daß man Luisa - vielleicht - als Geisel benutzt ...«

Nun war es ausgesprochen. Das Wort stand drohend im Raum.

Nach einer Weile sagte Dr. Herburg: »Eine deutsche Ärztin als Erpressungsmittel für politische Ziele? Das ist absurd! Wenn man Sie mitgenommen hätte, Suliman ...«

»Ich lag hinter dem Ochsen am Spieß ...«

»Ein herrliches Versteck!« rief Professor Mitchener sarkastisch. »Die Rebellen schienen keinen Appetit auf ein saftiges Steak zu haben!«

»Ich warf mich da hin, wo ich gerade stand - zusammen mit Salimah. Wir wollten gerade inspizieren, wie weit der Ochse gebraten war ...« Suliman stand auf.

Der Militärarzt kam aus dem Billardzimmer. Er konnte auch nicht mehr feststellen: Die neun Personen waren tot.

Im großen Salon tagte eine Konferenz der hohen Herren, die sich gerade darauf geeinigt hatten, einen Krisenstab zu bilden.

Beamte der politischen Polizei untersuchten das Kampffeld und sammelten Patronenhülsen und Blindgängerprojektile auf. Der inzwischen in einem Hubschrauber gelandete Polizeipräsident sprach Suliman sein Beileid aus, was dieser mit einem bösen Knurren zur Kenntnis nahm.

Die Fallschirmjäger waren schon wieder in der Luft. Sie flogen in zwei Hubschraubern tief über das Land und leuchteten alles mit starken Scheinwerfern ab, um Spuren der Reiterschar zu entdecken. Jetzt noch mit Jeeps zu suchen, wäre vergeudete Zeit - mit einem Hubschrauber dagegen holt man alles ein, was auf der Erde flüchten will. Aber auch diese Aktion war leider umsonst.

Die kleine Funkzentrale, die man in Sulimans Eßzimmer aufgebaut hatte und die mit allen Soldaten und Polizisten zu Lande und in der Luft in Verbindung stand, meldete stereotyp: »Keine Spuren! Die Reiter sind anscheinend geradewegs in die Wüste geritten. Hier verlieren sich alle Spuren im harten Geröll. Das Gelände wird sehr unübersichtlich. Man vermutet, daß sich die Rebellen in den Dschebel Quatrani abgesetzt haben.«

»Auch das noch!« stöhnte der Vertreter des Innenministeriums, der gleichzeitig der Vertreter des Chefs der Geheimpolizei war. Trotz Sulimans dringendem Anruf war dieser selbst im Bett geblieben und hatte seinen Vertreter beauftragt. Bei Spurensicherungen und Vernehmungen brauchte man den Chef der Geheimpolizei nicht - seine Aufgaben waren größerer Natur.

»Der Dschebel Quatrani! Völlig aussichtslos! Dort gibt es Wüstenberge und Schluchten und Tausende von Verstecken in Höhlen! Da kann sich eine ganze Armee verschanzen, ohne daß jemand etwas davon merkt!«

»Wir werden systematisch suchen!« schrie der Polizeipräsident. »Mit Hilfe von Armee und Luftwaffe muß es doch gelingen, ein paar Rebellen ...«

»Im Dschebel Quatrani? Nie! Die Reiterschar hat sich längst in verschiedene Richtungen aufgelöst! Wollen Sie jeden Reiter festnehmen lassen, der in diesem Gebiet auf einem Pferd sitzt? Das ist ja die Taktik dieser räudigen Hunde, Allah verfluche sie: Sie greifen als Masse an, lösen sich dann auf und verschwinden einzeln im Land! Morgen früh gehen sie wieder friedlich hinter ihrem Pflug her oder bewässern ihre Felder, backen Lehmziegel und reparieren ihre Stalldächer. Wie wollen Sie diesen Leuten beweisen, daß sie heute nacht unterwegs waren? Ja, wenn jemand einen von ihnen erkannt hätte ... dann! Dann würden wir über diesen einen die ganze Bande aufrollen, denn der Bursche würde singen - das garantiere ich Ihnen! Aber kennen wir einen? Nein! Wer hat sonst noch vernünftige Vorschläge?«

Keiner hatte welche - das war zu erwarten bei der völlig aussichtslosen Lage. Von der Funkzentrale kamen weitere Berichte: Keine Spuren! Die Hubschrauber, die wirklich schon den Dschebel Quatrani überflogen, meldeten Ruhe, schläfende Oasen, tiefsten Frieden ...

Nach zwei Stunden geheimer Konferenz, bei der nichts herauskam, versammelten sich alle auf der Terrasse: die Gäste, Suliman ibn Hussein, der Polizeipräsident, die Offiziere, die hohen Beamten aus Kairo.

Der Vertreter des Innenministeriums ergriff das Wort. »So, wie die Dinge jetzt liegen«, sagte er mit trockener Stimme - er konnte nicht verbergen, daß er sehr aufgeregt war -, »sind die Rebellen in die Wüste entkommen und haben sich dort zerstreut. Wir sind der festen Ansicht, daß es ein politischer Akt war ... ein reiner Terrorakt an einem unserer angesehensten Bürger, um Regierung und Bevölkerung zu beunruhigen. Wir rechnen damit, daß derartige Überfälle jetzt häufiger passieren werden, um die innere Ruhe Ägyptens zu stören. Man will den Staat desavouieren, weil er der Terrortaktik der Rebellen nichts entgegenzustellen hat - im Augenblick wenigstens nicht. So tauchen die Terroristen plötzlich auf und sind ebenso plötzlich verschwunden. Ehe die Staatsmacht eingreifen kann, liegen sie längst wieder in ihren Betten.«

»Das ist doch alles Unsinn!« sagte Dr. Pernam laut. Professor Mitchener stieß ihn an, aber Pernam war nicht zu bremsen. »Was interessieren uns Ägyptens innenpolitische Probleme? Dr. Luisa Alius, eine Ärztin, ist verschwunden - das allein ist wichtig!«

»Das bereitet uns Sorgen genug ...«

»Sie werden staunen - mir auch!« schrie Dr. Pernam.

»Wenn Dr. Alius wirklich als Geisel entführt worden ist, dann hören wir bald von ihr.« Der Beamte aus dem Justizministerium schaltete sich ein. »Wir alle wissen doch, wie leicht es ist, eine Geisel im Dschebel Quatrani zu verstekken. Ein Gebiet von einhundert Kilometer Länge und dreißig Kilometer Breite ... ein Labyrinth gigantischen Ausmaßes! Das kann man nie durchkämmen.«

»Außerdem lohnt es sich nicht, einen Riesenaufwand zu treiben, nur um einen einzigen Menschen, dazu noch eine Ausländerin, zu suchen«, sagte Dr. Pernam sarkastisch. »Warum reden wir hier herum? Warum belügen Sie uns mit freundlichem Lächeln? Sie haben Dr. Luisa Alius bereits abgeschrieben.«

»Aber nein! Wir nehmen die Sache sogar sehr ernst. Dr. Alius hat Kenntnis von Giften, die geruch- und geschmacklos sind und mit denen man - um nur ein Beispiel zu nennen - das Trinkwasser verseuchen könnte. Hunderttausende von Menschen könnten getötet werden ... Wenn die Rebellen Dr. Alius zwingen, solch ein Gift zu verraten, erleben wir eine Katastrophe nie gesehenen Ausmaßes! Ist Ihnen das klar?«

»Dr. Alius wird so etwas nie preisgeben.«

»Kennen Sie die arabischen Methoden der ›Befragung‹?«

»Sie wird lieber sterben.«

»Sie ist eine Frau! Keine Frau hält das aus, was man mit ihr machen wird! Wenn die härtesten Männer an solchen Verhören zerbrechen, wie soll Luisa Alius die überstehen?«

Der Beamte des Justizministeriums blickte sehr ernst in die Runde. »Meine Herren, die Lage ist ernster, als wir alle ahnen! Hören wir von Dr. Alius nichts mehr als Geisel im Austausch gegen Forderungen, dann hat man sie wegen ihres toxikologischen Wissens entfuhrt! Wissen Sie, was das heißt? Wir können alle nur innerlich zittern und Allah anflehen, daß er uns beisteht.«

»Das ist natürlich eine Möglichkeit«, sagte Dr. Pernam spöttisch. »Allah muß ja den Dschebel Quatrani genau kennen! O Himmel, Sie gehen mir alle auf die Nerven, meine Herren! Ich, will weg! Geben Sie den Befehl, mich aus dem Haus zu lassen!« Er wandte sich ab und lief von der Terrasse ins Haus.

Frank Herburg folgte ihm und erreichte Pernam noch an der großen Eingangstür. Hier standen Fallschirmjäger mit Maschinenpistolen. Ein Funkgerät zirpte - anscheinend gab man Befehl, den verrückten Engländer passieren zu lassen.

»Wo wollen Sie hin?« fragte Herburg und hielt den Kameraden am Ärmel fest.

»In unsere Gräberstadt. Und dort lade ich den Jeep voll und brause los.«

»Zum Dschebel Quatrani?«

»Genau! Einer allein, glaube ich, findet Luisa eher als eine ganze Armee. Ich habe genug Geld gespart, um jeden zu bestechen, der etwas gehört oder gesehen hat.«

»Aber das ist doch Wahnsinn, Harris! Wo wollen Sie denn mit der Suche anfangen?«

»Hier - vor diesem Haus!«

»Das haben schon über fünfzig Fallschirmjäger und Polizisten getan!«

»Das waren fünfzig zuviel! Frank, ich muß wissen, wo Luisa ist. Ich werde sie finden, das verspreche ich Ihnen. Und wenn ich hundert Jahre alt werde - also von heute ab dreiundsechzig Jahre suchen muß! Ich bekomme es heraus ...«

»Das werden Sie nicht durchhalten ...«

»Frank! Was würden Sie tun, wenn man Leila entführt ...?«

»Hauen Sie ab«, entgegnete Herburg heiser. »Aber wenn Sie nicht völlig übergeschnappt sind, Harris, warten Sie bis morgen. Warten Sie den Tag ab!«

»Ihre Theorie, daß alles nur wegen des Grabes des Menesptah geschehen ist ... Ich weiß! Aber ... worauf soll ich denn warten?«

»Auf die Reaktion, die erfolgt - die erfolgen muß, wenn ich morgen wieder in das Grab hinabsteige. So, als sei nichts geschehen ...«

»Und Sie wollen wirklich Leila mitnehmen?«

»Selbstverständlich nicht.«

»Wenn wirklich an diesem gottverfluchten Grab etwas Besonderes ist, dann sind Sie der nächste auf der Liste, Frank!«

»Darauf warte ich jede Sekunde.«

»Heldentum für ein Mumiengrab! Ist das nicht eigentlich der Gipfel der Dummheit? Warum schütten wir das verfluchte Loch nicht wieder zu, wenn wir dadurch Luisa und Sie und wer weiß wen noch retten können? Ist dieser Kind-König das alles wert? Ist es denn so wichtig zu beweisen, daß die kleine Lücke zwischen der dritten und vierten Dynastie von einem kleinen Jungen ausgefüllt wurde? Ich spiele da nicht mehr mit, Frank!«

»Es geht jetzt nicht mehr um Menesptah allein, Harris, sondern um das andere Geheimnis, das über diesem Grab liegt. Ein Geheimnis, dessen Schleier wir nicht lüften sollen!«

»Und das wäre?«

»Eben darum klettere ich morgen wieder hinunter! Ich laufe nicht weg, wenn man mich ergreift - ich schlage zurück! Und vor allem: Ich will wissen, was hinter all diesen Vorgängen steckt!«

7

Bis zum Morgen blieben Militär und Polizei, die hohen Beamten der Ministerien und die Gäste Sulimans noch in der weißen Villa am Nil. Das Frühstück fiel sehr stumm aus ... Niemand hatte so recht Appetit auf kalten Braten, Honigbrote, Melonen oder geeiste Feigen.

Und auch bei Tageslicht war die Lage nicht klarer: Der Park war verwüstet, im gekühlten Keller lagen neun Tote, Dr. Alius blieb verschwunden.

Im Kairoer Rundfunk und in den Morgenblättern erschienen die ersten Berichte - offiziell herausgegeben vom Polizeipräsidium und Innenministerium. Die Motive des grausamen Überfalls stellte man als geklärt hin: Terroristen - von Libyen bezahlt - waren dabei, durch anscheinend sinnlose Aktionen die Bevölkerung Ägyptens zu verunsichern.

Schon nach der ersten Funkmeldung intervenierte der libysche Botschafter im ägyptischen Außenministerium.

Und Gemal Mohammed ibn Djelfa rief in Sulimans Villa an. »Also, was Sie da inszeniert haben, das ist das tollste Ding, das ich je gehört habe! Das übersteigt ja alle Grenzen! Ich habe ja einiges befürchtet, als Sie mir eine Aktion ankündigten - aber an so etwas wagen ja nicht einmal unsere klassischen Märchenerzähler zu denken! Ein Überfall, den man den Terroristen in die Schuhe schiebt ... O Allah! Grandios!«

»Sie müssen zugeben, Gemal«, antwortete Suliman mit kaum unterdrücktem Stolz in der Stimme, »daß es eine geniale Idee war.« Er saß allein in seinem Arbeitszimmer, fast lautlos summte die Klimaanlage.

»Ich sagte es ja - grandios!«

»So habe ich zwei Dinge auf einmal erledigt, Gemal: Für unser Wohl habe ich Dr. Luisa Alius in der Hand und werde sie gegen Dr. Herburg ausspielen ... und alles zum Wohle Ägyptens, unseres geliebten Vaterlandes! Außerdem habe ich die Beziehungen zu Libyen verschlechtert und der Politik wieder etwas Schwung gegeben ...«

»Sie sind der größte Sauhund, den ich kenne, Suliman!« Man hörte Gemal durch das Telefon keuchen. Er frühstückte gerade, und jede Anstrengung, auch das Essen, beeinträchtigte bei seinem Gewicht die Atmung. »Warum haben Sie nicht Dr. Herburg entführen lassen, sondern diese Ärztin? Ich nehme Ihnen die Antwort ab: weil sie eine schöne Frau ist! Stimmt's?«

»Sie ist wirklich eine wunderbare Frau, Gemal!«

»Wußt' ich's doch! Aber ich warne Sie, Suliman! Wenn Salimah erfährt, daß Sie für eine Europäerin ein Bett reserviert haben ...«

»Salimah wird Luisa nie zu Gesicht bekommen.«

»Wo haben Sie sie denn versteckt?«

»Hier - in meinem Haus.«

»Sie Vollidiot!« Gemal keuchte stärker. »Haben Sie's so nötig?«

»Es gibt in meinem Haus Winkel, die außer mir noch nie jemand betreten hat, nie betreten wird und davon auch nie Kenntnis erlangen wird!«

»Auch Salimah nicht? Eine mißtrauische Frau verfolgt Sie bis in die Hölle, Suliman! Ich wiederhole es: Wenn etwas schiefgeht, breche ich Ihnen das Genick.«

»Warum nur drohen Sie mir immer, Gemal?« Sulimans Stimme wurde sehr hochmütig. »Wenn jemand ein Interesse daran hat, daß an dem Grab nicht mehr gearbeitet wird, dann bin ich es! Sie sitzen doch nur in Kairo wie eine fette Kröte und streichen das Geld ein.«

»Was wären Sie ohne mich?« fragte Gemal ruhig. »Sie könnten sich allenfalls als nächtlicher Betreuer von ausländischen Touristinnen verkaufen... Ohne mich und meine Organisation müßten Sie Ihre Füße statt in parfümiertem Wasser im Nil waschen ...«

Es war nicht gut, so etwas zu hören, aber Suliman wußte, daß Gemal Mohammed die Macht hatte, so zu sprechen. Es gab immer, gerade in den Geschäften, die Suliman aufgezogen hatte, Männer im Hintergrund, an denen man nicht vorbeikam, weil sie heimlich den Markt kontrollierten.

Gemal war einer von ihnen. Was er sagte, mußte geschluckt werden ... auch wenn das stolze Herz dabei schmerzhaft zuckte.

»Und wie geht es nun weiter?« fragte Gemal. Man hörte, wie er in ein Brötchen biß. Es knackte laut im Telefon.

Suliman blickte auf einen Springbrunnen im Innenhof, der merkwürdigerweise noch funktionierte. Allah, schicke ihm einen Gehirnschlag, dachte er. Erledige endlich diese fette Sau! - Aber ... was würde das nützen? Es würde ein neuer Gemal Mohammed auftauchen und die Kontrolle an sich ziehen ... »Die Arbeiten am Grab werden eingestellt.«

»Sind Sie sicher, Suliman?«

»Ganz sicher. Ich habe mit den Vertretern des Innen- und Justizministeriums gesprochen - sie sind sogar noch hier. Allein aus Sicherheitsgründen und zum Schutz des Archäologenteams von Professor Mitchener werden alle Grabungen verboten. Man will den Rebellen nicht noch mehr Geiseln in die Hand geben. Gut, nicht wahr?«

»Abwarten! sage ich.«

»Ihr Mißtrauen ist geradezu beleidigend, Gemal. Wenn von Regierungsseite die Grabungen unterbunden werden, wer sollte es da noch wagen, in Sakkara weiterzubuddeln?«

»Ist dieses Verbot schon fest beschlossen?«

»Es wird heute im Lauf des Tages noch in einzelnen Gremien diskutiert und dann ausgesprochen werden. In einer halben Stunde fliegen die Herren nach Kairo zurück. Das Militär bleibt noch hier, aber das stört mich nicht. Im Gegenteil! Was ist sicherer, als unter Militär- und Polizeischutz zu arbeiten? Stellen Sie sich das nur vor, Gemal: Die ägyptische Armee und die ägyptische Polizei beschützen unsere Arbeit ...« Er lachte.

»Pervers! Himmelhochjauchzend pervers!« brachte Gemal keuchend hervor. Er zerstückelte eine Melone und tauchte die Stücke in dicken Himbeersirup. »Aber lassen Sie uns trotzdem vorsichtig sein, Suliman! Stellen Sie die Lieferungen für einige Wochen ein, bis sich die ganze Aufregung gelegt hat.«

»Ich werde in zwei Tagen neue Ladungen bekommen, Gemal. Ich muß sie umsetzen und bezahlen.«

»Einlagern, sage ich! Wenn Sie Geld brauchen, rufen Sie mich an! Was kostet die neue Sendung?«

»Eins-komma-sieben Millionen ägyptische Pfund!«

»Bei Allah - das macht einen Gewinn von ...«

»Von rund zweiundzwanzig Millionen Pfund, Gemal«, erwiderte Suliman trocken. »Sie sehen, nicht nur Sie haben ein Interesse daran, daß die Gruppe Professor Mitchener so schnell wie möglich Sakkara verläßt. Und das wird sie.«

»Und die schöne Luisa?«

»Es gibt Menschen«, sagte Suliman ganz ruhig, »die verschwinden plötzlich und tauchen nie wieder auf. Die Welt ist immer noch voller Geheimnisse.«

Um die Mittagszeit erinnerte nur noch der verwüstete Park daran, daß in der Nacht bei Suliman ibn Hussein etwas Außergewöhnliches passiert war. Die Leichen waren nach Kairo abtransportiert worden. Die Trümmer des kalten Büfetts, und was sonst auf der Terrasse verwüstet worden war, waren verschwunden, und die Gäste waren abgefahren.

Die Beamten und die Sonderbeauftragten hatte man in die Totenstadt Sakkara verlegt. Nur noch zwei Polizisten saßen gelangweilt im Palast Sulimans herum, um den Hausherrn zu beschützen.

Gemal rief noch einmal an, nachdem in den Mittagsnachrichten die Namen der Toten durchgegeben worden waren. Die Diener Sulimans interessierten ihn weniger - aber die Namen der erschossenen Gäste beschäftigten ihn sehr.

»Sie Heuchler!« eröffnete Gemal Mohammed ibn Djelfa das Gespräch. »Sie haben drei Dinge auf einmal erledigt! Sie haben Luisa, Sie haben in die Politik eingegriffen, und Sie haben drei Ihnen recht unliebsame Männer erschießen lassen!«

»Sie wußten zuviel«, antwortete Suliman ruhig. »Die Gelegenheit war günstig, und es geschah ja auch in Ihrem Interesse.«

»Zugegeben! Aber die Branche wundert sich, warum bei diesem Überfall auf Ihr Haus gerade diese drei auf der Strecke blieben ...«

»Zufall ...«

»Das verbreite ich jetzt auch pausenlos. Reiner Zufall! Aber - wer glaubt's?«

»Ist das wichtig? Wir werden die Anteile der drei Toten über Banken aufkaufen.«

»Ist schon eingeleitet, Suliman.«

»Wie gut, daß wir uns wieder ohne Beschimpfungen verstehen«, sagte Suliman spöttisch. »Gemal, aber diesmal geht das Geschäft mit den Anteilen fünfzig zu fünfzig!!«

Wortlos legte Gemal Mohammed den Hörer auf.

Suliman hatte sich gerade vorgenommen, der schönen Luisa einen Besuch abzustatten, als sich sein Vertrauensmann aus Sakkara meldete.

Was er am Telefon sagte, war kaum zu glauben. »Der deutsche Doktor macht sich wieder bereit, in das Grab zu steigen«, rief er aufgeregt. »Und Leila begleitet ihn diesmal! Hier ist die Hölle los, Herr. Professor Mitchener hat es verboten, Dr. Abdullah ibn Hedscha will seine Tochter verstoßen, wenn sie mit in das Grab geht, und Dr. Herburg töten. Dr. Pernam steht mit einer MP vor dem Grabeingang und hält damit Abdullah und Mitchener zurück, und das herumstehende Militär kann nichts tun, weil es keinerlei Befehle aus Kairo hat. Das Lager ist in zwei Teile gespalten, aber der Teil, der für Weiterarbeiten ist, ist größer. An der Spitze dieser größeren Gruppe steht ein Fellache, den sie alle Toc-Toc nennen.«

Gemals Ahnung! Suliman starrte gegen die Wand und dachte nach.

Was dieser Herburg jetzt tat, war nicht mehr zu verhindern. Die Kommission, die in Kairo die Einstellung der Grabungen beschließen sollte, tagte noch und konnte sich nicht einigen. Eigene massive Maßnahmen waren in so kurzer Zeit nicht möglich; gegen das Gift, das Mitchener vertrieben hatte, war Herburg jetzt geschützt.

Es blieb nur noch die Hoffnung, daß sich die beiden Eindringlinge in dem Labyrinth, das vorfünftausend Jahren der berühmte Imhotep angelegt hatte, verirrten und die vermauerte Tür nicht fanden, die zur inneren Grabkammer führte. Theoretisch war das zwar in der kurzen Zeit, die Herburg an diesem Tag noch blieb, nicht möglich ... aber Zufälle haben schon andere Katastrophen ausgelöst.

»Es ist gut«, antwortete Suliman ruhig, »laß sie einsteigen. Paß auf, höre alles und berichte.« Er legte den Hörer zurück und drückte beide Hände flach auf sein Gesicht. Er war müde und wie ausgelaugt ... und dieser Herburg hatte noch die Kraft, in die unterirdische Totenstadt einzusteigen.

Abermals dachte Suliman nach. Er war ehrlich genug, sich eigene Fehler auch einzugestehen. Und ein verdammter Fehler war es gewesen, als zehntes Opfer des Überfalls nicht Frank Herburg auf der Terrasse liegen zu sehen. Luisa und Frank ... dieses Gespann war die Gefahr!

Nicht die Ärztin allein mit ihren Gegengiften ... Und nun kam noch Harris Pernam hinzu, den Suliman bisher nur als whiskyfesten Schwätzer und als Party-Frauenhelden angesehen hatte.

Er seufzte, legte den Kopf weit zurück und schloß die Augen. Laß das Glück bei mir sein, Allah, dachte er. Zugegeben – ich bin ein elender Bursche ... aber es sind doch Ungläubige! Hilf nicht den Ungläubigen,

Allah! Hilf Du dem, der an Dich glaubt - auch wenn er ein verfluchter Gauner ist!

Vor der Grabanlage hatte sich die Lage weiter zugespitzt.

Unten, an dem nun völlig freigelegten Eingang, standen Dr. Herburg und Leila in ihren Plastikschutzanzügen, die Gasmasken vor der Brust, den Kopf mit einer enganliegenden Plastikhaube bedeckt. Toc-Toc wickelte ihnen die Nylonseile um den Leib und befestigte sie - die einzig sichere Verbindung zur Außenwelt, wenn sich die Forscher in dem Labyrinth der Gänge, Stollen und Kammern verirren sollten.

An den Gürteln, vor der Brust und auf dem Rücken hingen alle Geräte, die man brauchte, um in der Tiefe der Grabanlage weiterzukommen: Hammer und Meißel, für jeden zwei Flaschen mit reinem Sauerstoff, Beutel für Boden- und Wandproben, größere Plastiksäcke für Fundstücke wie Urnen, Schüsseln, Trinkgefäße oder Schrifttafeln, das Kehlkopfmikrofon, ein Radargerät zum Aufspüren von versteckten oder vermauerten Hohlräumen, ein Gaswarngerät, Spaten mit kurzem Stiel und ein zweites Paar Plastikhandschuhe, falls die ersten zerrissen ...

Auf dem Hügel standen Professor Mitchener und Dr. Abdullah und starrten in den Lauf der Maschinenpistole, die ihnen Dr. Pernam entgegenhielt. Seit einer Stunde schrie man sich an - und jeder hatte eigentlich mit seinen Argumenten recht, das war das Verrückteste.

Bevor Dr. Herburg in das Grab einsteigen konnte, hatte er einen verzweifelten Kampf mit Leila ausgefochten. Getreu Toc-Tocs Warnung, Frank nie mehr allein zu lassen, war sie immer um ihn. Wie er es sich gedacht hatte, nämlich mit Dr. Pernams Hilfe in das Grab zu steigen, war völlig unmöglich.

»Wenn du es trotzdem heimlich tust«, sagte sie am Schluß einer langen Debatte mit ganz ruhiger Stimme, »werde ich es machen wie Kleopatra: Ich lege meine Hände in einen Korb mit Giftschlangen ... Was willst du also: mich mitnehmen oder mich töten?«

Er hatte keine andere Wahl gehabt, als sie mitzunehmen. Dann mußte er sich Dr. Abdullahs Drohung anhören, ihn umzubringen, wenn Leila etwas zustoßen sollte.

»Einigen wir uns doch so«, rief Herburg gerade hinauf, während er seine Schutzkleidung fest verschloß, »jeder bringt jeden um! Und der

Übriggebliebene tötet sich selbst! Die Welt wird aufjubeln! Endlich wieder Stoff für viele Illustriertenserien und für noch mehr gelehrte Bücher! Der Fluch der Pharaonen erfüllt sich in schrecklichster Weise auf ganz moderne Art! Wenn Sie bisher nichts unsterblich gemacht hat, Professor, ein solcher Massentod reicht für alle Zeiten! Wer fängt an? Abdullah, erschießen Sie mich? Dann legt Pernam Sie um. Professor Mitchener, Sie müssen dann Pernam oder Toc-Toc töten. Bleibt Pernam übrig, sind Sie dran, Mitchener. Dann könnte noch Mr. Polski jemanden erschießen ... Himmel, ist das ein kompliziertes Spielchen! Da ist Schach leichter. Wer wird übrigbleiben?«

Er band seinen Gürtel mit den Geräten um und griff sich an die Stirn. »Merkt denn keiner«, schrie er, »wie idiotisch wir alle sind? Wir benehmen uns wie Hirnlose und wollen Gelehrte sein! Wirkt denn tatsächlich schon ein zerstörerischer Virus aus dem Pharaonengrab? Professor Mitchener, wovor haben Sie eigentlich Angst?«

»Daß Ihre Sturheit, doch in die Grabanlage zu steigen, unsere Luisa Alius vielleicht das Leben kostet«, rief der Professor hinunter zum Grabeingang. »Ich verzichte auf meinen Menesptah, hören Sie, Frank? Ich will ihn nicht mehr ... Ich weiß jetzt, daß es ihn gibt, das genügt mir! Ich will ihn gar nicht als Mumie sehen! Ist das eine klare Meinung, Frank?«

Und für Luisa tue ich es ja, dachte Herburg und vermied es, Leila anzusehen. Sie wurde gerade von Toc-Toc fertig angekleidet.

In dem Plastikanzug, unter der Plastikkappe, sah sie fast wie Luisa aus – bis auf die schwarzen, vor Erregung glühenden Augen.

Das ist es ja, dachte Herburg verzweifelt weiter, was ich nicht sagen kann. Ich liebe Leila und werde sie heiraten, wenn wir hier alles lebend überstehen, aber diese Luisa ... Ich bin auch verrückt nach ihr. Und es wird immer schlimmer, je mehr ich mich dagegen wehre! Ich weiß, daß sie heute genauso handeln würde wie ich, wenn ich in der vergangenen Nacht entführt worden wäre. Sie stände jetzt auch hier, bereit, in das Grab zu steigen, um ganz bewußt die unbekannten Mächte zu provozieren, die verhindern wollen, daß wir die Grabkammer entdecken. Verhindern – warum? Das war zu klären, das mußte geklärt werden.

Nicht einen Augenblick würde Luisa zögern - nicht eine Minute würde sie verlieren ...

»Weil ich Sie liebe ...«

Das hatte sie, in Leilas Gegenwart, ganz offen gesagt. Welch ein Felsen an Mut! Und ich habe den Kopf eingezogen und habe mich in billigen Sarkasmus geflüchtet. Was ich jetzt tue, das ist eine Art von Wiedergutmachung. Und daß ich Leila mitnehme, ist eine Schufterei, auch wenn sie mich dazu erpreßt hat. Sie ist glücklich, bei mir zu sein... und ich steige in das Grab, weil ich Luisa anbete ... Frank Herburg, rede dich nicht damit heraus, daß du ein Mann bist und damit schwach vor weiblicher Schönheit ... Du bist ein schuftiger Elendshaufen, weiter nichts ...

»Fertig!« sagte jetzt Toc-Toc. »Sir, die Leinen sind fest geknotet. Es kann nichts passieren.«

Frank sah Leila an. Sie lächelten sich zu, in ihrer Kunststoffverpackung sahen sie aus wie Wesen von einem anderen Stern. Wenn sie gleich die Gasmaken überstülpten, konnten sie sich nur noch über die umgeschnallten Kehlkopfmikrofone unterhalten.

»Angst?« fragte Frank Herburg.

Sie schüttelte tapfer den Kopf. »Nicht eine Spur. Du bist ja bei mir.«

»Ich gehe voraus. Halte dich immer dicht hinter mir. Und atme gleichmäßig, ganz ruhig, nie zu hastig, auch wenn du Dinge erblicken solltest, die dich erschrecken! Immer Ruhe. Da unten liegen Hunderte von Ibismumien und Pavianleichen. Wir müssen durch sie hindurch in den zweiten Querstollen.«

»Ich habe keine Angst!« sagte Leila und griff nach dem starken Handscheinwerfer, den ihr Toc-Toc reichte. »Genau soviel Mut wie die deutsche Ärztin habe ich ... noch mehr, Frank, denn ich kann mit dir sterben. Könnte sie das auch?« Leila fragte es ganz ruhig, aber er spürte den zerstörerischen Haß, der hinter diesen Worten steckte.

»Gehst du nur deshalb mit? Um mir das zu beweisen?« fragte er.

In dieser Sekunde war er bereit, alles abzubrechen und sich der Meinung der anderen anzuschließen, daß die Mumie eines Kind-Königs keine weiteren Menschenopfer wert sei.

»Nein! Ich liebe dich.«

Herburg drehte sich weg und tappte in seinen Gummistiefeln zum Grabeingang. Die gleichen Worte hatte er von Luisa gehört, bevor sie zusammen in die Tiefe gestiegen waren ...

Er hörte, wie Leila ihm folgte.

Pernam schrie: »Abdullah, bleiben Sie stehen! Sie können nichts mehr ändern!«

Frank Herburg stülpte sich die Gasmaske über, kontrollierte den festen Sitz und stieg dann entschlossen in den schrägen, breiten Gang der Grabanlage ein. Die Scheinwerfer leuchteten an dunklen Löchern vorbei, von denen neue Gänge abzweigen.

Ein zweiter Lichtstrahl zuckte an ihm vorbei, Leila war also dicht hinter ihm. Zum erstenmal in ihrem Leben sah sie in die Reste eines Lebens hinein, das einst der Mittelpunkt der menschlichen Kultur gewesen war.

Er ging weiter, bis zu den Gefäßen mit den Pavianmumien, und zeigte auf den Eingang zu einem Seitenstollen.

»Ich stehe jetzt vor dem zweiten Querstollen links«, sprach Herburg nach einer Weile ins Mikrofon. Draußen hatte Dr. Pernam eine Übertragungsanlage gebaut, so daß alle über Lautsprecher mithören konnten, was im Innern des Grabes geschah.

»Ich leuchte in den Gang hinein«, fuhr Herburg fort. »Er ist enger und niedriger als der Hauptgang und fast waagerecht. Soweit ich sehen kann, sind Nischen in die Wand geschlagen, in denen Schüsseln und Näpfe aus Alabaster und grünlichem Schiefer stehen. Die Nischen sind ausgemalt - wieder bäuerliche Szenen und Nilfischer. Die Malerei ist noch sehr gut erhalten. Ich gehe weiter durch diesen Gang ...«

Nach einer Pause, in der kein Wort gesprochen wurde, hörten alle: »Hier ist jetzt eine Seitenkammer mit ... schätzungsweise hundert Vasen, großen Vasen ... voller Vogelmumien ...«

»Das Gift ...«, stammelte Dr. Abdullah. »Alles ist doch vergiftet. O Allah, hilf meiner Tochter!«

Er saß oben auf einem großen Stein und betete.

Professor Mitchener starrte die beiden Nylonseile an, die durch Toc-Tocs Hände glitten - Stück um Stück.

Mr. Polski, der Assistent, saß mit seltsam bleichem Gesicht unter einem Sonnensegel und nahm auf Tonband alles auf, was in dem Grab gesprochen wurde.

»Ich schwenke ab ...«, ertönte jetzt Herburgs gepreßte Stimme. Der veränderte Stimmklang lag an dem Kehlkopfmikrofon. »Der Quergang endet bekanntlich vor einer Scheintür, mit der ich mich nicht aufhalte. Aber von der Kammer führt ein neues, verzweigtes System ins Unbekannte. Die ganze Anlage ist genial. Sie kann nur von Imhotep stammen! Ich vermute, daß er drei Labyrinthsysteme übereinander gebaut hat, ein Drei-Etagen-Grab also! Das bedeutet eine Neuentdeckung, Professor! So etwas hat es in der dritten Dynastie bisher nicht gegeben! Das ist sensationell! Um das alles zu erforschen, brauchen wir Monate! Ich taste mich jetzt auf gut Glück in dem neuen dritten Quergang vorwärts. Er endet an einer Treppe, die hinunterführt ... gewissermaßen zur zweiten Etage. An dieser Treppe steht ein steinerner Wächter, fast lebensgroß. Er zeigt auf uns mit ausgestrecktem Arm, als wolle er mich zurückweisen. Ich gehe weiter ...«

In diesem Augenblick ertönte aus der Tiefe des Grabes ein heller Schrei.

Dr. Abdullah sprang auf und krallte sich die Hände in die Haare. Der Professor, Mr. Polski und sogar Harris Pernam bekamen fahle Gesichter.

»Leila!« schrie Abdullah verzweifelt. »Leila, mein Augenlicht, was ist mit dir?«

»Was ist los, Frank?« schrie auch Pernam in das Gegenmikrofon.

Toc-Toc, der die Nylonseile festhielt, stemmte plötzlich seine Beine gegen Steine. Der Zug an den Seilen wurde so stark, daß er sie kaum noch halten konnte.

Zwei Arbeiter liefen herbei und halfen ihm, die Seile festzuhalten.

»Melde dich, Frank! Was ist passiert? Leila - Frank - sagt doch ein Wort ...«

Aber aus dem Grab kam keine Antwort mehr.

Herburgs Stimme bei dem »Ich gehe weiter ...« hatte begeistert geklungen, soweit man das nach dem Klang des Kehlkopfmikrofons beurteilen konnte. Die Entdeckung eines Drei-Etagen-Grabes aus der dritten Dynastie war wirklich eine Sensation ohnegleichen.

Professor Mitchener mußte sich auf einen zusammenklappbaren Feldstuhl setzen - die Erregung war ihm in die noch geschwächten Beine gefahren.

In der Grabanlage hatte Herburg vor der lebensgroßen mächtigen Statue mit der warnend ausgestreckten Hand gestanden, und Leilas Scheinwerfer tauchte die Figur in helles Licht.

Die beiden erkannten, daß es eine aus Stein gehauene Figur war, die ein strenges Gesicht, breite Schultern, einen dicken Hals und enganliegende Haare zeigte. Der Oberkörper der Statue war nackt, um die Hüften war ein Tuch geschlungen. Die Farbe, mit der die Figur bemalt worden war, hatte in der Tiefe des Grabes fünftausend Jahre überdauert - sie leuchtete noch so klar und stark, als sei sie am Tag vorher aufgetragen worden.

Langsam war Dr. Frank Herburg auf den Wächter zugegangen und hatte ihn, während er ins Mikrofon sprach, näher betrachtet. Dann schabte er Proben von der Farbe des Hüfttuches und der Handfläche ab und verschloß sie in den Plastikbeutel. Lächelnd blickte er sich dann nach Leila um, zeigte mit dem Daumen auf die Figur und griff nach der ausgestreckten Hand.

Vor ihm führte eine Treppe tiefer in das Grab hinunter. Herburg leuchtete über die Stufen, ließ den Lichtschein weitergleiten und sah am Ende der Treppe einen neuen Gang, der nach beiden Seiten abzweigte. Er ahnte, daß dort unten die gleiche Anlage sein würde wie hier oben: Gänge, Scheintüren, Querstollen, Kammern mit Tiermumien, weitere Treppen.

Du warst wirklich ein Genie, Imhotep! dachte Herburg. Aber ich bleibe dir auf der Spur! Du hast deinen Kind-König gut versteckt, doch ich werde ihn finden! Mit Labyrinthen und Giften und verwinkelten Anlagen schütztest du ihn - wie konntest du ahnen, daß einmal eine Zeit und Menschen kommen, die davor nicht zurückschrecken?

Er nickte Leila noch einmal zu, trat ein paar Schritte zurück und fotografierte die steinerne Figur. Dann ging er die Treppe hinunter.

Bis zur dritten Stufe war er gekommen, da geschah das, wovor der stumme Wächter gewarnt hatte.

Die Stufe brach unter Herburg zusammen wie eine Falltür.

Der Tritt bestand nur aus einer hauchdünnen Steinplatte, die unter dem Gewicht eines Menschen zusammenbrechen mußte.

Der Sturz kam so plötzlich und unerwartet, daß Herburg nicht mehr reagieren konnte. Er hörte nur noch Leilas Aufschrei - mit den Armen wollte er vorschnellen und sich mit den Händen irgendwo festhalten -, da hing er schon an dem Nylonseil in der Luft, pendelte hilflos einmal hin und zurück und schlug dann mit dem Kopf gegen die Wand. Er wollte noch etwas rufen, aber bevor er in Bewußtlosigkeit sank, war es ihm, als quelle sein Atem wie eine kompakte Masse auf und fülle seine ganze Mundhöhle aus. Jeder Ton erstickte ...

Verzweifelt rannte nun Leila vorwärts, erreichte die Treppe, kniete auf der zweiten Stufe und riß an dem Seil.

Sie hörte draußen Pernam rufen und ihren Vater schreien, sie vernahm das entsetzte »Meldet euch doch, meldet euch!« und plötzlich war ihr, als sei sie nicht mehr allein. Sie fuhr herum und starrte den stummen Wächter an.

Er hatte sich gedreht, sein warnend ausgestreckter Arm war nun über ihr, die bemalten Augen schienen sie anzustarren. Sie wollte noch einmal rufen und zog an dem Seil, an dem Frank über einem dunklen Abgrund hing. Sie zerrte auch an ihrem Nylonseil, das straff gespannt war, weil Toc-Toc sich draußen mit aller Kraft dagegen stemmte, und dann sah sie, wie der steinerne Wächter schwankte und sich mit seinem zentnerschweren Gewicht auf sie werfen und sie zermalmen wollte.

Sie duckte sich wie eine Katze auf die Treppenstufe, drückte sich flach auf den Tritt und verlor die Besinnung, als die Figur krachend zerbarst. Sie fühlte nur noch eines: Er hat mich nicht zermalmt; was auf mich fällt, sind nur Trümmerstücke. Er ist über mich hinweggestürzt und an der Felswand zerschellt.

Ein Stein traf sie am Kopf und löschte ihre Gedanken aus.

Toc-Toc war es mit Hilfe der beiden Arbeiter gelungen, das eine Nylonseil um einen dicken Stein zu schlingen. Das zweite Seil bewegte sich nicht mehr. Wenn er daran zog, straffte es sich zwar, aber wenn er nachließ, fiel es schlaff auf die Erde.

Harris Pernam schrie nach dem dritten Schutzanzug, nach Gasmaske, Pistole und Handscheinwerfer. Aber die Ersatzgeräte lagen weit entfernt in den Baracken der Forschungsgruppe, und einen Schutzanzug zu holen, bedeutete, wertvolle Minuten zu verlieren. Nur eine Gasmaske war vorhanden. Dr. Pernam erinnerte sich genau an das, was Dr. Alius gesagt hatte: »In dieser Grabanlage werden wir drei verschiedene Giftarten antreffen: ein Atmungsgift, ein Gift, das sich erst nach der Berührung mit Sauerstoff entwickelt, und ein Kontaktgift. Man kann einen solchen Grabschutz als vollendet bezeichnen ...«

Dr. Abdullah ibn Hedscha mußte von einigen Männern festgehalten werden. Er wollte, so wie er war, in das Grab laufen und seine Tochter Leila herausholen.

Professor Mitchener hockte auf seinem Klappstuhl, in Minuten um Jahre gealtert, und beobachtete Pernam, der sich die Gasmaske um den Hals hängte. »Harris, so können Sie nie und nimmer hinunter!« sagte er tonlos.

»Wie denn sonst?« schrie Pernam zurück. »Die Maske muß genügen!« Er riß einen starken Scheinwerfer an sich, lud die Pistole durch und streifte einfache Gummihandschuhe über, die er immer trug, wenn er die Trümmerstücke analysierte.

Dann faßte er das straffe Nylonseil und ging in das Grab hinein. An der Tür stülpte er sich die Gasmaske über. Der Scheinwerfer leuchtete und erhellte den schräg abfallenden, breiten Gang. Die weißen Seile wiesen Pernam den Weg, den zweiten Quergang ... dann endlos an Mumiengefäßen entlang ... durch eine hohe leere Kammer ... hinein in einen neuen Gang.

Harris Pernam begann zu laufen. Er kümmerte sich nicht darum, daß das verkehrt war, denn unter einer Gasmaske hastiger zu atmen ist eine Qual. Er war ein alter Krieger und kannte das von militärischen Übungen her, bei denen er Dauerläufe mit der Gasmaske durchgestanden hatte, an deren Ende man auf die Erde fiel wie eine tote Fliege.

Dann sah er im schwankenden Strahl seines Scheinwerfers die von Herburg geschilderte Treppe, er sah den über der ersten Stufe liegenden, zerschellten Wächter, und er sah das Loch, das einmal die dritte Stufe gewesen war und in dem nun das eine Seil verschwand.

Pernam kletterte über die Trümmer der Figur und zog Leila unter einem Steinhaufen hervor. Er riß an dem Seil, das sie um den Leib trug - für Toc-Toc draußen das Zeichen, das Seil langsam einzuziehen.

Pernam legte die Bewußtlose über seine Schulter, kletterte über den zertrümmerten Wächter hinweg in den Gang und tappte den Weg zurück. Sein Atem rasselte unter der Maske, das Gesicht war schweißüberströmt, aber er konnte nicht stehenbleiben. Toc-Toc zog immer weiter und zwang ihn dadurch, weiterzugehen. Er stieß gegen die Wände der Gänge, gegen die Wandmalereien und dachte nicht mehr an Luisas Warnung vor den Kontaktgiften, die schon bei der Berührung gefährlich werden konnten.

Wo mochte Frank Herburg stecken? dachte er immerfort. Hängt er ohnmächtig über der unbekannten Tiefe, oder hat ihn der Sturz getötet? Und wenn er dabei seine Maske verloren hat? Es geht um Sekunden, Harris ... weiter ... weiter ...

Dann taumelte er aus dem Grab. Abdullah zog sich gerade den herbeigeholten dritten Schutzanzug an und stürzte auf seine Tochter zu. Wieder mußten ihn die Arbeiter zurückhalten, und Professor Mitchener brüllte gleichzeitig: »Abdullah! Denken Sie an das Gift!«

Dr. Pernam riß sich die Gasmaske vom Gesicht und atmete tief durch. So heiß diese Luft auch war ... es war die köstlichste Luft, die er je eingeatmet hatte.

»Sie lebt!« keuchte Pernam. »Aber Frank - Frank hängt höchstwahrscheinlich über einem Abgrund, Er scheint eingebrochen zu sein ... Abdullah, Sie schaffen das nicht allein! Ich gehe wieder mit Ihnen. Nur ein paar Atemzüge noch. Diese Luft ist herrlich ...«

Eine halbe Stunde später trug man Dr. Frank Herburg aus der Grabanlage und brachte ihn in einem Jeep in einen abgeschirmten Teil des Laborzeltes, das Dr. Alius als »Isolierkammer« eingerichtet hatte. Hier wurden die Schutzanzüge ausgezogen und mit einem Entgiftungsmittel besprüht. Dann legte man Frank Herburg auf ein Bett, und Pernam gab ihm herzstärkende Spritzen.

»Frank hat bei dem Sturz einen bösen Schlag abbekommen«, sagte er zu Mitchener. »Sehen Sie sich die rechte Schläfe an. Ein Hämatom! Er muß mit dem Kopf gegen eine Felskante geschlagen sein.«

Professor Mitchener saß neben Herburgs Bett und sah Dr. Pernam verstört an. Er sagte, und es war, als spräche er in einen weiten Raum: »Ich breche die Expedition ab!«

»Das sagen Sie dauernd, Professor, aber Frank wird es nicht akzeptieren.«

»Auch jetzt nicht?«

»Ich fürchte, jetzt gerade nicht. Und ... ich auch nicht!«

»Seid ihr denn alle verrückt geworden? Pernam, Sie können jetzt schon den Tod in sich tragen. Das wissen Sie doch?«

»Ich warte ab und werde mich kritisch beobachten. Spätestens morgen müßten sich Hautveränderungen zeigen, wenn ich mit Kontaktgiften in Berührung gekommen hin.«

»Und dann, Harris?«

»Ab nach Kairo ins Toxikologische Institut! Mein Gott, ja ... ich weiß. Die Spätschäden! Aber das Grab des Menesptah ist nun mal kein Grab wie die anderen ägyptischen Gräber, Professor! Das ist jetzt sicher. Und Luisas Verschwinden ist keine politische Terrortat, sondern hängt mit diesem Grab zusammen! Die Giftentdeckungen von Dr. Luisa Alius machten es uns erst möglich, weiter vorzudringen. Und das soll verhindert werden ...«

»So hat es Imhotep gewollt ...«

»Gut, Imhotep ... aber hier spielen andere auch noch geheimnisvolle Rollen.« Pernam beugte sich über Herburg und hörte auf seinen Atem. Er war sehr flach und rasselte leise.

»Ich überlege«, meinte Pernam, »ob wir Herburg mit dem Hubschrauber nach Kairo ins Hospital bringen lassen sollen.«

»Auf jeden Fall ...«

Die Tür flog auf. Abdullah kam in den Raum. Er sah zufrieden aus und setzte sich in einen der Korbsessel. »Leila ist aufgewacht. Sie ist gesund bis auf ein paar Kratzer im Nacken und eine Beule am Hinterkopf. Ich habe ihren Kopf mit nassen Tüchern umwickelt. Der Sanitäter der Militärtruppe und unser Mr. Polski sind bei ihr, sonst würde sie aus dem

Fenster springen, um zu Frank zu kommen. Türen abzuschließen hat bei ihr keinen Sinn.« Er blickte den immer noch bewußtlosen Frank an und fragte: »Wie geht es ihm?«

»Gut!« antwortete Pernam lakonisch.

»Das nennt er gut!« rief Professor Mitchener und zeigte auf die blutunterlaufene Schläfe.

»Wir wissen jetzt aber aus Leilas Bericht, wie alles geschehen ist.« Dr. Abdullah lehnte sich zurück. »Frank Herburg hat die Warnung des stummen Wächters mißachtet und ist die Treppe hinuntergestiegen. Die dritte Stufe war eine Art Fallgrube, und prompt ist er hineingestürzt. Leila, das dumme Mädchen, natürlich gleich hinterher, um ihn wieder hochzuziehen. Dabei hat sich ihr Nylonseil, ohne daß sie es merkte, an der Figur festgehakt. Als sie sich nun über den Abgrund beugte, hat sie die Figur umgeworfen. Wie das möglich war, werden wir anhand der Bruchstücke noch untersuchen müssen. Ich frage euch, wie kann ein Mädchen wie Leila einen solchen Steinkoloß umstürzen? Dieser Wächter muß in der Verteilung seines Gleichgewichtes so konstruiert worden sein, daß er schon bei der geringsten Verlagerung umkippte. Ein neuer Trick unseres weisen Imhotep? Zum Glück sah Leila die Figur rechtzeitig fallen und warf sich lang auf die zweite Stufe. So bekam sie nur ein paar Trümmer ab. Bis vorhin, bis ich ihr alles zu erklären versuchte, hat das Mädchen geglaubt, die Steinfigur habe plötzlich gelebt!«

Pernam legte einen mit Alkohol getränkten Lappen auf Herburgs Schläfe. »Ihn hat's härter erwischt«, sagte er dabei. »Aber er hat das in einer Stunde vergessen ...«

»Ich sage Ihnen: Er muß nach Kairo!« Professor Mitchener blickte Dr. Abdullah hilfesuchend an. »Können Sie in seinen Schädel hineingucken, Pernam? Frank kann einen Schläfenbeinbruch haben, eine Quetschung der Arterie zum Gehirn, innere Verletzungen und sonstige Blutungen ... Abdullah, helfen Sie mir doch. Harris ist seit Luisas Verschwinden doch nicht mehr zurechnungsfähig! Er und Frank wollen dieses verfluchte Grab nicht aufgeben!«

»Jetzt erst recht nicht«, wiederholte Pernam verstockt. »Und wenn ich allein weitermache ...«

Frank Herburg rührte sich leicht. Er zog etwas die Knie an und drehte den Kopf zur anderen Seite.

»So ist es richtig, mein Junge!« rief Pernam froh und beugte sich über Herburg. »Frank! Kommen Sie zurück, Frank! Es ist alles okay!«

»Leila ...«, kam es über Herburgs Lippen. Es war kaum zu hören, aber jeder verstand es. Dann öffneten sich langsam seine Augen, und er starrte Pernam in das grinsende Gesicht. »Harris ...«

»Bleib liegen, Junge! Ganz ruhig.« Pernam drückte Herburg in das Kissen zurück, als dieser den Kopf heben wollte. »Nur noch keine Kraftakte! Es ist alles in Ordnung. Leila lebt und liegt nebenan. Sie haben eine dicke Schläfe, als habe einer mit dem Hammer draufgehauen. K.o. für eine Stunde - nichts weiter!«

»Die dritte Stufe war eine Falle ...«

»Das wissen wir alles schon. Ich habe Sie ja rausgeholt.«

»Harris?« Herburg wollte wieder hoch, aber Pernam drückte ihn zurück aufs Bett. »Sie sind einfach so ins Grab?«

»Na ja ...«

»Rindvieh!«

Pernam war weit davon entfernt, beleidigt zu sein. »Ich sehe es jetzt ja ein«, sagte er mit breitem Grinsen, »ich hätte Sie hängen lassen sollen.«

»Es ist ein Schacht, dessen Grund ich mit dem Scheinwerfer nicht erfassen konnte.«

»Wie schön! Außerdem wäre Leila bald von dem steinernen Wächter erschlagen worden.«

»Mein Gott!« Jetzt schnellte Herburg doch hoch; er erkannte auch Professor Mitchener und Dr. Abdullah neben seinem Lager. »Was ist mit Leila? Ihr sagt mir nicht die Wahrheit!« schrie er plötzlich los. »Abdullah, warum sitzen Sie hier und nicht bei Ihrer Tochter? Ich will Leila sehen ... sofort! Ihr belügt mich alle ...«

»Wie er sie liebt!« sagte Dr. Pernam ruhig. Er faßte den Liegenden unter die Schultern, zog ihn vom Bett hoch und stellte ihn auf die Beine. Herburg schwankte wie ein Betrunkener und hielt sich an Pernam fest. »Los! Gehen Sie hinüber! Besichtigen Sie Ihre Leila!«

»Sie sind ein brutaler Bursche, Harris«, sagte Mitchener und half mit, den torkelnden Herburg zu stützen. »Frank, setzen Sie sich wieder. Leila geht es wirklich gut ... Mein Ehrenwort!«

»Danke.« Herburg setzte sich in den Korbsessel, in dem Mitchener bisher gesessen hatte, schloß die Augen und atmete schwer. Jetzt kamen die Schmerzen. Sein Kopf, von der rechten Schläfe aus, schien zu zerspringen. »Morgen machen wir weiter!« sagte er heiser.

»In dem Grab ist kein Nervengift«, sagte der Professor, »sondern ein Gift für Idiotie! Frank, Sie haben selbst gesagt, das sei eine völlig ungewöhnliche, neue Grabanlage in drei Etagen, die untereinander verbunden sind ...«

»Ja.«

»Um das alles zu erforschen, reicht unsere Ausrüstung nicht aus! Wollen Sie überflüssigerweise in neue Tiefen stürzen - über neue Falltüren oder stufenlose Treppen?«

»Wir können innerhalb von drei Tagen aus Kairo alles herbeiholen, was wir brauchen.«

»Gut.« Mitchener hob hilflos die Schultern. »Warten wir ab, was in drei Tagen alles geschehen wird. Vor allem, ob wir Nachricht von Dr. Alius bekommen. Das scheint mir jetzt viel wichtiger zu sein als diese ... Kindermumie!«

Herburg versuchte es noch einmal, aufzustehen. Es ging ein wenig besser als vorhin, er konnte sich ohne Unterstützung auf Pernam zubewegen und schwankte auch nicht mehr so stark. Aber die wahnsinnigen Schmerzen in seinem Kopf ließen nicht nach. Er verschwieg sie, weil er wußte, daß man ihn dann mit Gewalt von neuem auf das Bett legen würde. »Gehen wir zu Leila«, sagte er mit mühsam fester Stimme. »Sie hat sich ungeheuer tapfer benommen.«

»Wenn Leila etwas zugestoßen wäre ... Frank, mich hätte niemand daran hindern können, Ihr Seil zu kappen!« sagte Dr. Abdullah dumpf.

»Ich weiß.« Dr. Herburg ging langsam zur Tür. Jeder Schritt war wie ein Paukenschlag in seinem Kopf. »Sie können es später immer noch tun ...»

8

Dr. Luisa Alius hatte sich nicht wehren können, als zwei der Reiter sie ergriffen, sie zwischen ihre Pferde zerrten, einer sie zu sich hinaufzog und ihr die Hand auf den Mund drückte.

Es geschah alles so schnell, daß ihre erste instinktive Gegenwehr erst einsetzte, als der Reiter bereits durch den weiten Park Sulimans galoppierte und durch das aufgebrochene hintere Tor das Grundstück verließ. Vom Palast her hörte sie noch Schüsse, Schreien, Kreischen und Brüllen.

Der Reiter hielt sein Pferd an und nahm seine Hand von Luisas Mund. »Bitte, wehren Sie sich nicht!« sagte er in geschultem Englisch. »Ich habe den Auftrag, Ihnen nicht weh zu tun - und ich müßte es, sollten Sie unvernünftig sein. Es ist sicherlich klüger, die nächsten Tage abzuwarten.«

»Wer sind Sie?« fragte Luisa.

Der Reiter trabte an und schlug einen großen Bogen um Sulimans Villa. Während auf und vor der Terrasse noch das Chaos herrschte, kehrte er auf der anderen Parkseite zu der Villa zurück.

»Was wollen Sie von mir? Ich bin eine völlig unwichtige Person.«

»Ich habe nur meinen Auftrag. Bitte, schweigen Sie jetzt.« Er hatte Luisa vor sich gesetzt, zwischen Sattel und Pferdehals. »Sitzen Sie so bequem?«

»Das kann man nicht gerade behaupten ...«

»Es ist gleich vorbei!«

»Wir reiten ja zum Haus zurück?«

Der Reiter schwieg. Eine niedrige Pforte in der Gartenmauer stand offen, er blieb stehen, sprang ab und half Luisa vom Pferd.

»Bitte, da hinein«, sagte er dann höflich. »Und versuchen Sie nicht, wegzulaufen ... Ich bin garantiert schneller als Sie!«

Luisa betrat einen völlig anderen Teil des Parks und stand vor einem der vielen Anbauten, aus denen die große Wohnanlage Sulimans bestand.

Der Reiter ging voraus, öffnete eine Tür und machte eine einladende Handbewegung.

Wie überall in den Gemächern Sulimans war auch dieser Gebäudetrakt luxuriös eingerichtet. Für einen Europäer war alles ein aus Marmor, Mosaikkacheln, Seide und Brokat geformtes Märchen ...

Der Reiter führte Luisa durch einen Säulengang und drückte eine Tür auf. Ein großer Raum mit eingebauten Schränken, einem riesigen Prunkbett, dicken Teppichen auf geschliffenem Marmorboden und einem angrenzenden Badeteil mit einer Badewanne, die schon mehr einem Pool glich, empfing sie. Das einzige, was nicht vorhanden war, waren Fenster. Durch eine Zwischendecke waren die Lichtquellen verdeckt - eine milde Helligkeit, weich und schmeichelnd, erfüllte die Räume.

»Ihr Zimmer, Miß ...«, sagte der Reiter höflich.

»Was soll dieser hundsgemeine und im höchsten Maße idiotische Trick?« fragte Luisa, die langsam wieder zu sich kam. »Hat Suliman es nötig, auf diese Art ...«

»Bitte, fragen Sie mich nicht. Ich habe nur einen Befehl ausgeführt.«

Der höfliche Reiter ging zu einem der Wandschränke und klappte eine Tür herunter. Eine mit allen nur denkbaren Getränken gefüllte Bar kam zum Vorschein. »Was darf ich Ihnen servieren, Miß?«

»Zum Teufel ... einen doppelten Cognac!« rief Luisa. Sie setzte sich auf das Bett und sah zu, wie der Reiter, ein großer starker Mann in der Tracht der Beduinen, Cognac in einen Schwenker goß und ihr brachte.

»Ich nehme an, Sie sehen Ihren Herrn bald. Sagen Sie ihm als Einführung: Der Aufwand war umsonst! Ich werde nicht von Männern geraubt, sondern ich raube Männer! Das ist ein kleiner, aber feiner Unterschied.«

»Ich werde es ausrichten, Miß!« Er sah zu, wie Luisa den Schwenker nahm und das Getränk mit einem Zug hinunterkippte. Er wartete die Wirkung ab.

Sie stellte sich in Sekundenschnelle ein.

Dr. Luisa Alius fiel nach hinten auf das breite, mit blaßblauer Seide bezogene Bett und sank in einen totenähnlichen Betäubungsschlaf ...

Als sie erwachte, war es hell um sie, und sie brauchte eine Weile, um sich darüber klar zu werden, daß dies kein Tageslicht, sondern eine künstliche Sonne unter ihrer Zimmerdecke war. Und dann hatte sie doch noch einen Reiter gesehen, der ihr den doppelten Cognac servierte ...

Mit einem Satz sprang sie vom Bett und blieb dann wie angewurzelt stehen. Aus einem der prunkvollen, reich mit Schnitzerei verzierten Sessel der Sitzgruppe lächelte ihr Suliman ibn Hussein entgegen.

»Sie sind in allem ein Phänomen, Luisa«, sagte er mit ruhiger Stimme. »Sofort da und in voller Aktion! Sie sind nicht nur schön und klug, mutig und leidenschaftlich - Sie sind auch hart im Nehmen! Eine Frau, von der man träumt ... eine Frau, die es eigentlich in dieser Vollendung nicht mehr gibt ...«

»Wie lange war ich betäubt?« fragte Luisa.

Auf dem Tisch war alles für eine Teestunde serviert: Tee in einer goldenen Kanne, Gebäck, Sahne und Zucker. Ein riesiger Strauß dunkelroter Rosen schmückte das Gedeck.

»Genau neunzehn Stunden ...« Suliman zeigte auf einen der Damastsessel. »Ein Tee wird Ihnen gut tun, Dr. Alius. Oder darf ich Sie Luisa nennen?«

»Seit wann fragen Sie, was Sie dürfen?« Sie setzte sich und kam ihm zuvor, indem sie sich und Suliman die Teeschalen füllte. Dabei lächelte sie ihn mit jener fraulichen Bosheit an, die jeden Mann warnen müßte.

»Da Sie mittrinken, nehme ich an, daß kein neues Mittelchen in dem Tee ist.«

»Vielleicht ein Aphrodisiakum?«

»Haben Sie das nötig, Suliman?«

Luisa griff nach dem herrlich frischen Gebäck und verzehrte mit Genuß ein Stück mit Honig gefüllten Blätterteig. Suliman goß sich Sahne in den Tee.

»Es hat neun Tote gegeben!« sagte er dabei ohne besonderen Ausdruck. »Das nur zur Illustration!«

»Was wollen Sie denn damit illustrieren?«

»Daß wir uns arrangieren müssen, liebe Luisa. Der Überfall galt nicht nur der Eroberung einer der schönsten Frauen, die ich je gesehen habe, sondern hatte auch noch andere Gründe, die für uns beide in dieser Situation nicht von Bedeutung sind.«

»Von welcher Situation sprechen Sie?«

»Ich liebe Sie, Luisa.«

»Ich Sie nicht, Suliman. Sollen wir jetzt darüber diskutieren, wer sich durchsetzen wird? Ich weiß, es hat neun Tote gegeben. Das heißt, daß Sie für bestimmte Ziele über Leichen gehen. Eines dieser Ziele bin anscheinend ich - oder besser mein Körper. Sie bekommen ihn nicht. Was nun? Wollen Sie mich vergewaltigen? Ich garantiere Ihnen einen Kampf auf Leben und Tod, Suliman!«

»Ich weiß: Ich werde nicht von Männern geraubt, sondern ich raube Männer ...«

»So ist es. Ihr Reiter hat es Ihnen ausgerichtet, wie ich höre.«

»Natürlich! Ein himmlischer Satz! Nur - was muß ich tun, um von Ihnen geraubt zu werden?«

»Sterben, sich einbalsamieren lassen und in fünftausend Jahren als Mumie wieder auftauchen! Dann wären Sie von Interesse. Jetzt nicht!«

»Sie sind eine herrliche Frau, Luisa.«

»Ihr Tee ist vorzüglich!« Sie goß sich noch einmal nach und knabberte dann an einem Gebäckstückchen, das mit einer Scheibe kandierter Orangen belegt war. »Sie sehen, Suliman, es gibt Probleme, die man nicht mit neun Toten und einem goldenen Käfig wie diesem hier lösen kann. Als Mann sind Sie für mich völlig uninteressant.«

»Das war mir klar.«

Suliman lehnte sich zurück und blickte an die Decke. »Die Lage ist verworren. Harris Pernam liebt Sie, aber Sie lieben Dr. Herburg, der wiederum Leila liebt. Bleiben wir ein wenig bei Frank Herburg. Ich kann ihn jederzeit erledigen.«

Luisa ließ das Gebäck fallen und starrte Suliman an. Kein Erschrecken war in ihrem Gesicht, nur gespannte Gegenwehr. Ihr schöner Mund wurde zu einem schmalen Strich. »Sie glauben wirklich, ich lasse mich über den Umweg Frank Herburg von Ihnen erpressen? Machen Sie sich nicht lächerlich!«

»Herburg ist vor einer halben Stunde wieder in das Grab eingestiegen.«

»Das ist nicht wahr!« Luisa sah ihn entgeistert an. Sie umfaßte ihre Teeschale mit beiden Händen, um nicht zu zeigen, daß sie zu zittern begannen.

»Wie kann ich Ihnen beweisen, daß ich nicht lüge?« Suliman schlug die Beine übereinander. »Es wäre töricht zu sagen: mein Ehrenwort!«

»Ja, töricht und saudumm«, entgegnete Luisa heiser. »Aber komisch – ich glaube diesem Ehrenwort! Wie kann er nur allein in diese Grabanlage steigen – nach den Erfahrungen der letzten Stunden und Tage?«

»Er ist ja nicht allein. Leila ist bei ihm.«

»Das ist noch größerer Wahnsinn!«

»Also: Sie werden vom Militär gesucht, Luisa. Harris Pernam hat sich wie ein Irrer aufgeführt. Danach aber muß es zu einer Absprache zwischen ihm und Herburg gekommen sein, denn Pernam ist jetzt mit von der Partie und hält mit einer MP jeden fern, der das Unternehmen stören könnte. Überall nur sinnloses Heldentum! Darüber wollte ich mit Ihnen auch sprechen, Luisa. Wenn Frank Herburg so weitermacht, ist er unter Garantie bald ein toter Mann.«

»Er wird weitermachen! Sie kennen ihn doch auch gut genug. Ich begreife nur nicht, warum er gerade jetzt ...«

»Sie haben erwartet, daß er Sie überall sucht, nicht wahr? Daß er durch die Wüste reitet und immerzu brüllt: ›Luisa! Luisa! ‹«

»Jetzt werden Sie kindisch, Suliman.«

»Gut. Kehren wir zur Realität zurück.«

»Die Realität bin ich.«

»Auch! Aber nicht Sie allein ...«

»Haben Sie noch eine Frau geklaut?«

»Luisa!«

»Ich kann nicht anders, ich muß lachen, Suliman!« Sie legte die Hände in den Schoß. »Wie sind Sie nur auf die Idee gekommen, mir Angst einjagen zu wollen? Mich zu etwas zwingen zu wollen?«

»Ich kann Sie zwingen ...«

»Ihre Geliebte zu werden? Ausgeschlossen!«

»Wenn ich Ihnen verspreche, Herburg leben zu lassen?«

»Sonst würden Sie ihn töten ...?«

»Mit Sicherheit.«

»Suliman, führen wir doch hier keine Verdi-Oper auf! Sie haben mit diesem Überfall einen großen Fehler begangen und wissen nun nicht, wie Sie aus dem eigenen Netz wieder herauskommen sollen! Wollen wir das

Drama einmal durchspielen? Also: Ich werde Ihre Geliebte, wenn auch gezwungenermaßen. Sie lassen Frank Herburg in Ruhe. Was geschieht? Er sucht weiter in der Grabanlage. Ich bin für die Außenwelt für immer verschwunden. Und so muß es ja auch bleiben, denn Sie können mich niemals wieder freilassen, weil Sie wissen, daß ich dann dafür sorge, daß Sie eingesperrt werden. Also: meine Freilassung wäre Ihr Untergang! Was sollen also die ganzen Versprechungen? Ob ich Ihre Geliebte werde oder nicht, Sie sind in der unangenehmen Lage, mich entweder umzubringen oder als Dauergast zu behalten. Ich bin dreißig Jahre alt ... meine Lebenserwartung beträgt siebzig ... warum nicht? Dann müssen Sie mich vierzig Jahre lang verstecken! Mein armer Suliman ...« Sie lachte, aber es klang wie verrostet.

Suliman sah sie aus zusammengekniffenen Augen an und bewunderte sie maßlos. Ihr Mut, ihre Kaltschnäuzigkeit, mit der sie über die furchtbarsten Schicksale plaudern konnte, faszinierten ihn. Wen diese Frau liebt, dachte er, der kann die Welt erobern! »Sie denken zu logisch, Luisa«, antwortete er. »Das gesamte Projekt Menesptah wird in spätestens drei Tagen von der Regierung in Kairo verboten werden. Da nützt auch Harris Pernam mit seiner MP nichts! Diese drei Tage mag Herburg noch in dem Grab herumkriechen ... Ich werde dafür sorgen, daß er von einer Überraschung in die andere stolpert. Sollte das Projekt von der Regierung nicht gestoppt werden, so sind Sie mein Druckmittel.«

»Sie wollen also Herburg erpressen? Mit mir ... Suliman, was soll das alles?«

»Ein Abkommen! Herburg steigt vierzehn Tage nicht in das Grab ein, Sie sind vierzehn Tage lang meine Geliebte, dann sind Sie frei und können sich Herburg oder Pernam, oder wer Ihnen sonst gefällt, an den Hals werfen. In vierzehn Tagen habe ich alles erledigt, was zu erledigen ist.«

»Das heißt ... Dann sind Sie weg, und ich kann durch Ihren leerstehenden Palast wandern ...«

»So ähnlich.«

Suliman pflückte eine Rose aus dem Strauß in der Kristallvase und roch an ihr. Dann warf er sie lässig Luisa in den Schoß. »Daran ist vieles unlogisch, ich weiß es - aber nur für den, der die Hintergründe nicht kennt. Sie brauchen sie nicht zu kennen! Ihre Aufgabe ist es, Herburgs

Leben zu retten, indem Sie meine Geliebte werden und mir vierzehn Tage Ihres Lebens schenken ...«

»Mehr nicht?« Luisa lächelte sarkastisch. »Suliman, was ist mit der Grabanlage los?«

»Sie gehört nach den vierzehn Tagen Ihnen, Herburg und dem ganzen Team! Mit der Mumie des Kind-Königs Menesptah. Professor Mitchener hat nämlich recht: Es gibt ihn wirklich! Er liegt in einem goldenen Sarg, umgeben von seinen goldenen Fröschen! Weil er so gern mit Fröschen spielte ... Wenn sich die Tür dieses Gemachs wieder für Sie öffnet, Luisa, dann liegt draußen auf einem Tisch der genaue Plan der gesamten Grabanlage! Wer den Weg kennt, für den ist es ein Kinderspiel, den Saal der goldenen Frösche zu erreichen. Wer diesen Weg erst suchen muß, der findet ihn erst nach Monaten oder nie. - Ist das ein Angebot?«

»Sie kennen also dieses Grab ...«

»Wie mein eigenes Haus.« Suliman lachte verhalten. »Ihr Gegenangebot, Luisa?«

»Keines! Töten Sie mich, töten Sie Frank ...«

»Also doch eine Verdi-Oper! Wir wollten doch nicht ...«

»Warum haben Sie meine Betäubung nicht ausgenutzt? Warum haben Sie sich nicht genommen, was Sie wollten?«

»Einen schlafenden, schlaffen, willenlosen Körper? Luisa ... ich will das Feuer in Ihren Augen brennen sehen, wenn ich bei Ihnen bin!« Er sah sie an und atmete schneller. »Luisa, wollen Sie Frank sterben lassen?«

»Ja!« antwortete sie klar.

»So wenig bedeutet er Ihnen?«

»So viel bedeuten wir uns beide!« Sie sprang auf und ging in dem großen Raum hin und her. Federnd, jeden Muskel gespannt ...

Suliman verfolgte sie mit gierigen Blicken.

»Und das alles, obgleich wir nie zueinander finden werden!«

»Und wenn ich Ihnen dazu verhelfe?«

»Sie?« Luisa blieb stehen und betrachtete Suliman wie einen ihrer Kolben, in denen sie die Gifte destillierte. »Jetzt werden Sie völlig verrückt!«

»Ich reduziere ... Zehn Tage!«

»Nicht eine Sekunde! Suliman, wollen Sie um meinen Körper feilschen wie im Basar? Ich verabscheue Sie! Das hat Ihnen noch keine Frau gesagt, ich weiß es. Wo Sie bisher auftauchten, da fielen die Weiber auf den Rücken wie vom Baum geschüttelte Käfer! Der schöne reiche Suliman ist da! Der Mann mit dem Engelsgesicht! Der braune Körper, an dem jeder Muskel spielen kann ... und diese schwarzen Locken! Wenn er geht, so ist es wie das Schreiten eines Panthers! Oh, welch ein Mann! - Für mich sind Sie eine Seifenblase, weiter nichts! Soll ich Ihnen die chemische Formel für Seife nennen?«

»Ich sehe, Sie nehmen mich nicht ernst, Luisa!« entgegnete Suliman dumpf. »Ich werde Ihnen beweisen müssen, was man mit Frank Herburg tun kann.«

Plötzlich stand Entsetzen in Luisas Augen. Sie wollte es nicht, aber sie hatte zuviel Kraft verbraucht, um Suliman mit ihrer Überlegenheit zu bluffen. Es war ihr völlig klar, welche Macht dieser Mann besaß. Er konnte vor ihren Augen Frank töten lassen, und sie wußte, daß sie sich auch dann nicht opfern konnte ...

Bevor sie antworten konnte, sprang die Tür auf.

Mit einem Satz war Suliman aus dem Sessel aufgesprungen, aber die Pistole, die plötzlich in seiner Hand lag, war wirkungslos gegen das, was nun geschah.

Mit aufgelösten Haaren, das lange seidene Gesellschaftskleid am Ärmel zerrissen, einen blutigen Dolch in der Hand, stand Salimah vor Luisa und duckte sich wie eine Raubkatze vor dem Sprung.

Luisa wich bis zur Wand zurück ... Vor Suliman hatte sie keine Angst gehabt, aber diese Frau war im Zustand des Hasses und der verratenen Liebe eine akute Gefahr.

»Ich habe es gewußt!« keuchte sie. »Ich habe es gewußt! Er hat dich aufgefressen mit seinen Blicken! Nur daß du ihm neun Leichen wert bist - das habe ich nicht gewußt. Es war so gut gespielt ... so gut, ich habe alles geglaubt!« Sie wirbelte herum und starrte auf die Pistole in Sulimans Hand. »Schieß doch! Schieß! Ich habe immer alles geglaubt, was du mir gesagt hast ... aber dann sah ich Achmed mit dem goldenen Teeservice davonschleichen. Ich ging ihm nach, und nun habe ich entdeckt, daß sich eine Wand öffnen läßt und man in einen anderen Teil des Hauses gelangen kann.«

Sie schleuderte den blutigen Dolch Suliman gegen die Brust und wischte sich die Hände an ihrem Kleid ab. »Ich mußte Achmed töten - Er wollte sich mir in den Weg stellen. Es ist sein eigener Dolch - sieh ihn dir an! Als er mich festhielt, habe ich mein Kleid geöffnet, und er durfte meine Brüste berühren ... Während er das tat, habe ich ihm den Dolch aus dem Gürtel gerissen und zugestochen! Gib den Weg frei ... Gib den Weg frei!«

Sie wirbelte zu Luisa herum und lachte schrill. »Was hat er dir versprochen?« schrie sie. »Wie teuer bist du ihm? Nicht ein ägyptisches Pfund, du blonde Hure! Nicht du bist wichtig für ihn, sondern allein das Grab ...«

»Halt den Mund, Salimah!« rief Suliman dazwischen. »Bei Allah, ich erschieße dich!«

»Ich warte darauf!« Sie warf den Kopf zurück - eine wilde unfaßbare Schönheit, die sich selbst zerstören mußte. »Das Grab allein ist es!« rief sie. »Es hat noch einen geheimen Eingang! Es ist ein Lager - ein Lager für Tonnen voll Rauschgift!«

Aber Suliman schoß nicht ...

Es war unverstandlich, daß er Salimah aussprechen ließ. Er steckte sogar die Pistole in die Rocktasche zurück und bückte sich, um den blutigen Dolch aufzuheben.

Es war eine jener leicht gebogenen Waffen, wie sie die Leibwächter stolz im Gürtel tragen, mit einer besonders schön gearbeiteten Scheide, die mit Goldfäden bestickt und mit bunten Halbedelsteinen verziert war. Der Handgriff mit dem dicken Knauf war vergoldet, mit uralten Arabesken ziseliert.

Ein Prachtstück von einem Dolch, auf den Achmed so stolz gewesen war ...

Suliman betrachtete die Waffe und legte sie dann auf den kleinen Tisch, neben das goldene Teeservice und die roten Rosen. Daß er kein Wort dabei sprach, hatte eine stärkere Wirkung, als wenn er sich auf Salimah gestürzt, sie gewürgt, zu Boden gerissen und mit eisiger Grausamkeit mißhandelt hätte.

»Nun wissen Sie es, Luisa!« sagte er und setzte sich wieder in den Sessel. Er schlug die Beine übereinander und benahm sich ganz so, als gehöre das alles zu einer gemütlichen Teestunde. »Es stimmt alles: In dem Grab, das wirklich vom sagenhaften Imhotep genial angelegt wurde, lagern zur Zeit Haschisch und Kokain im Wert von fast zwei Millionen Pfund. Der Verkaufswert beträgt ein Vielfaches. Der Handel mit dem Stoff zum Träumen ist die Grundlage meines Reichtums, und auch andere, sehr angesehene Geschäftsleute Ägyptens partizipieren davon!«

»Gemal Mohammed!« schrie Salimah. »Und Fuad und Belarcham und Trinolopoulos ... und ...«

»Auch diese.« Suliman lächelt schwach zu Luisa hin. Sie stand noch immer an der seidenbespannten Wand, bereit, der völlig aufgelösten Salimah auszuweichen, wenn sie sich doch noch in rasender Eifersucht auf sie stürzen würde. »Ein großes Geschäft, Luisa ...«

»Und eines der gemeinsten Geschäfte! Wieviel tausend Menschen sind daran schon zu Grunde gegangen?«

»Das kann mich nicht interessieren. Ich kaufe und verkaufe ... Sagen Sie nur nicht, das sei nicht legitim!«

»Sie verkaufen Elend, Wahnsinn, Tod!«

»Und was verkauft ein Rüstungskonzern, wenn er Waffen liefert?« Suliman hob beide Hände und winkte ab. »Ich weiß! Ich kenne Ihre Antwort, Luisa! Diese Heuchelei von der Vaterlandsverteidigung! Wer liefert die Waffen für die Guerrilleros in Angola und Mozambique, wer für die Überfälle in Rhodesien und Südafrika? Woher haben die Rebellen im Tschad oder sonstwo auf der Welt ihre Waffen? Wer fragt danach? Im Gegenteil! Die Kirchen sammeln sogar Geld und schicken es nach Afrika - zur Unterstützung der Selbständigkeit, zum Aufbau ... Und keiner regt sich darüber auf! Ist das nicht der absolute Gipfel der Heuchelei?« Er lächelte und betrachtete dabei Salimah, als sähe er sie zum erstenmal.

Sie war bis in die Mitte des großen Raumes zurückgewichen und kämmte jetzt mit gespreizten Fingern ihr langes Haar. Sie warf es nach hinten und starrte dabei Suliman an. In ihren großen schwarzen Augen war keine Wildheit mehr - die Raserei war verglüht ... Was jetzt blieb, war Angst. Nackte Angst.

Sulimans Gelassenheit war für sie mehr als ein Warnsignal; daß er so ruhig über die ungeheuerlichsten Dinge sprach, bedeutete nichts anderes, als daß in diesem Raum nur einer überleben würde.

»Bleib stehen!« sagte er jetzt zu Salimah, die versuchte, mit kleinen Schritten zur Tür zu kommen. »Warum willst du fort? Hast du mich nicht gesucht? Denke an die Worte Mohammeds, des Propheten: ›Ein Weib ist da für den Diwan, für die Kinder und das Haus. Was aber ein Mann tut, das ist nicht ihre Sache.‹ - Du hast keine Kinder, den Diwan hast du bespuckt, und das Haus hast du verraten.«

»Reden Sie nicht so geschwollen, Suliman!« sagte Luisa und stieß sich von der Wand ab. »In welchem Jahrhundert leben wir denn?«

»Die Worte des Propheten sind zeitlos ...«

»Er will uns töten!« sagte Salimah leise. »Merken Sie das denn nicht? Er will uns töten. Für ihn sind wir schon tot ...«

»Haben Sie Angst davor, Salimah?« Luisa ging zu dem Tisch und setzte sich Suliman gegenüber. »Ich habe ihm gerade erklärt, wie sinnlos es ist, mich einschüchtern zu wollen ... Da stürmten Sie herein! Im übrigen ist er zu feige, um zu töten.«

»Sind neun Männer nichts?« stammelte Salimah. Sie kannte Suliman besser ... in seinem Blick las sie das Urteil.

»Er hat sie nicht selbst erschossen. Erschießen lassen ist etwas anderes, als selbst zu töten.«

»Sie halten mich also für einen Feigling?« fragte Suliman unbewegt.

»Ja, Sie sind einfach zu glatt ...«

»Muß man, um zu töten, eckig sein?« Er griff nach Achmeds Dolch. Mit einem Aufschrei warf sich Salimah herum und stürzte zur Tür.

Aber Suliman war schneller. Aus dem Handgelenk heraus schleuderte er den Dolch. Die Klinge mit dem schweren Goldknauf erreichte Salimah, als sie die Türklinke anfaßte. Sie bohrte sich in ihren Rücken und drang von hinten in das Herz - zielgenau.

Sie warf die Arme hoch, sank dann in sich zusammen und fiel aufs Gesicht. Das letzte Zucken, das durch ihren Körper lief, spürte sie schon nicht mehr.

Suliman stand auf und zog seine Jacke gerade.

Wie festgenagelt saß Luisa in ihrem Sessel.

»Sie haben es so gewollt, Luisa!« sagte er und verbeugte sich höflich. »Mich zu verraten, ist tödlich. Mich einen Feigling zu nennen, ist mehr als das. Wo ist Ihr ausgeprägter weiblicher Instinkt geblieben, Luisa?«

»Und jetzt bin ich dran ...«, sagte Luisa tonlos.

»Notgedrungen. Sie wissen zuviel. Sie haben mir Unlogik vorgeworfen... das ist denn doch wohl logisch, nicht wahr?«

»Erwarten Sie, daß ich jetzt schreie, um mein Leben bettele, mich ausziehe und mich Ihnen anbiete?«

»Das würde mich enttäuschen.« Er ging zur Tür, stieg über den lang hingestreckten Körper Salimahs hinweg und stieß die Tür auf. »Ich lasse Sie jetzt in der Betrachtung Ihrer so leidenschaftlichen Schwester allein, Luisa«, sagte er, schon in dem vom Sonnenlicht durchfluteten Säulengang stehend. Man hörte das Plätschern eines Springbrunnens und das Zwitschern von Vögeln. »Nach einer angemessenen Zeit komme ich zurück. Ich möchte doch wenigstens einmal in Ihren schönen Augen die Angst sehen ...«

Die Tür fiel zu, ein Schlüssel drehte sich im Schloß.

Luisa war allein mit der Toten und mit der Gewißheit, soeben zum letztenmal das Sonnenlicht gesehen zu haben.

9

Frank Herburgs Verletzungen waren nicht so ernsthaft, daß ein Transport nach Kairo notwendig geworden wäre. Der recht tüchtige Sanitäter der Armee untersuchte ihn, und wenn er auch kein Arzt war, so konnte er doch feststellen, daß Professor Mitcheners Vermutung über die Verletzungsmöglichkeiten übertrieben war. Es war kein Schläfenbeinbruch und auch keine Arterienquetschung - es war ein schlichter Bluterguß und eine massive Beule. Das war alles, was der Sanitäter feststellte. Er verordnete kalte Umschläge und versicherte, daß Frank in ein paar Tagen alles vergessen habe.

»Ich hätte Sie gern weit weg gesehen, Frank«, sagte Mitchener ehrlich, als sie - diesmal in Leilas Zimmer - um einen runden Tisch saßen und zu nächtlicher Stunde ihren Tee tranken. »Ich frage mich nämlich seit einiger Zeit, wer hier eigentlich der Leiter der Ausgrabungen ist.«

»Sie doch wohl«, antwortete Pernam mit seiner nie versagenden Schnodderigkeit, »aber - Sie haben ja die Grabungen eingestellt. Was Frank und ich jetzt noch tun, sind Privatsachen.«

»Mit der Ausrüstung meiner Expedition!«

»Möchten Sie gern eine Leihgebühr, Professor? Wieviel? Auf welches Londoner Konto?«

»Man sollte mit Ihnen nicht mehr reden, Harris.«

Mitchener wandte sich Herburg zu. »Wie ich Sie kenne, klettern Sie morgen wieder in das Grab.«

»Natürlich! Harris und ich ...»

»Und ich?« fragte Leila.

Sie hatte im Nacken noch ein großes Pflaster kleben. Über die Schrammen, die ihr der gestürzte Steinwächter beigebracht hatte, war man geteilter Meinung gewesen. Der Sanitäter hatte eine Heilsalbe daraufgeschmiert und dann ein Pflaster darübergeklebt.

Aber Dr. Abdullah ibn Hedscha wollte darauf bestehen, seine Tochter in das Toxikologische Institut von Kairo zu überführen. Die Demonstration, die Dr. Alius mit den im Grab vorgefundenen Giften veranstaltet hatte, ließ doch keinen Zweifel zu: Imhotep, der Erbauer der Grabanlage, hatte überall den lautlosen Tod verstreut. Warum sollte gerade diese wichtige Statue des Wächters frei von Giften sein?

Aber Leila hatte sich geweigert, ebenso wie sich Dr. Pernam geweigert hatte, gleich mitzufliegen. Auch er hatte eine Menge von Abschürfungen am ganzen Körper, die man zunächst mit einem antibakteriellen Puder besprüht hatte. Dann waren alle hinübergegangen in Luisas Laborzelt und hatten die vielen Fläschchen und Dosen betrachtet, die sie ausgepackt, aber noch nicht geordnet und markiert hatte.

»Darunter sind bestimmt eine Menge Gegengifte«, hatte Professor Mitchener gesagt. »Oder man kann sie mit ihnen herstellen. Aber wer außer Luisa kennt sich da aus? Ich hoffe doch, daß morgen aus Kairo ein neuer Toxikologe kommt, um Luisas Arbeit zu übernehmen.«

Leila und Pernam schienen Glück gehabt zu haben. Man saß bis zum Morgengrauen zusammen, ohne daß sich irgendeine Wirkung eines eventuell in die Wunden geratenen Kontaktgiftes einstellte. Die Schrammen brannten und juckten lediglich - aber das war natürlich.

Die Nachrichten, die man im Radio hörte, überschlugen sich förmlich.

Libyen klagte Ägypten wegen des Überfalls der gemeinen Lüge an. Reporter riefen nach Pressefreiheit, denn seit dem Attentat auf Sulimans Palast hatte man auch Sakkara hermetisch von der Umwelt abgeschlossen. Die Zufahrtsstraßen wurden von der Polizei kontrolliert. Militärstreifen mit Hunden griffen jeden auf, der sich abseits der Wege in die Totenstadt schleichen wollte.

Ein Bataillon Infanterie und ein Zug Fallschirmjäger standen bereit, um in einer Großaktion den Dschebel Quatrani zu durchkämmen.

Die Bewohner der am nächsten nach Sakkara zu liegenden Oasen beteuerten immer wieder, keine Reiter gesehen zu haben. Die Nacht, sagten sie, sei still gewesen, und man sei froh, daß man seine Ruhe habe ...

In einem Kommentar wurde näher auf das Leben von Dr. Luisa Alius eingegangen. Der Radiosprecher nannte sie die beste Expertin für Toxikologie, die es gegenwärtig in Ägypten gäbe.

Eines stand aber schon felsenfest: Einer eventuellen Erpressung der Rebellen würde man nie nachgeben!

»Sie schreiben sie schon ab, diese Hunde!« sagte Pernam dumpf und drehte den Ton ab, als die ersten fröhlichen Weisen - Musik bis zum frühen Morgen - ertönten. Er stand auf, ging zum Fenster und blickte hinaus auf das riesige Gräberfeld. Die ersten Strahlen der Morgensonne vergoldeten die oberste Plattform der Stufenpyramide des Djoser.

»Wer kann sich damit abfinden, daß es Luisa einfach nicht mehr gibt? Sie, Professor?«

»Welch dämliche Frage, Harris! Aber was soll man tun? Diese Hilflosigkeit ist schrecklich, ich gebe es zu ... Doch wenn Militär und Polizei nichts erreichen, wie sollen wir armseligen Grabwühler da eine Chance haben? So schwer es uns fällt: Wir müssen mit den Tatsachen rechnen ...«

Am nächsten Morgen erschien Suliman im Lager der Archäologen. Er kam in einem schweren Cadillac mit Chauffeur und stieg vor den

Baracken aus, als stelle er sich für eine Modeaufnahme zur Verfügung. Sein weißer, auf Figur geschnittener Anzug unterstrich die Bräune seines Gesichts. Die schwarzen Locken glänzten in der Frühsonne. Man konnte verstehen, daß die Frauen wie hypnotisiert von ihm waren ...

»Was höre ich da?« rief er, als Professor Mitchener ihn an der Tür seiner Baracke begrüßte. »Es hat einen Unfall gegeben? Unser lieber Dr. Herburg und seine Leila? Reißen die Katastrophen denn hier nie ab? Furchtbar! Steht es schlimm um sie, Professor?«

»Das wissen wir noch nicht«, sagte Mitchener zurückhaltend. Dann führte er Suliman in den Raum einer Baracke und zeigte auf zwei Betten.

Herburg und Leila lagen mit dick bandagierten Köpfen in den Betten, und neben ihnen hockten Dr. Abdullah und Dr. Pernam und fühlten den Puls der Kranken.

Harris legte sogar den Finger auf die Lippen, als der Besucher eintrat.

Suliman blickte interessiert auf die beiden reglosen Gestalten und ging auf Zehenspitzen zu einem Sessel. »Wie konnte das passieren?« fragte er leise.

»Dr. Herburg ist abgestürzt.«

»Abgestürzt? Mußte er denn klettern?«

»In der Grabanlage brach eine Treppenstufe zusammen, darunter war ein tiefer Schacht. Eine raffinierte Falle unseres guten Imhotep! Als Leila helfen wollte, riß sie mit ihrem Nylonseil eine steinerne Wächterfigur um. Zum Glück prallte diese schräg gegen eine Wand, so daß Leila nur unter einigen Trümmern begraben wurde.«

Der Wächter im zweiten Gang und die Treppe zur zweiten Etage, dachte Suliman. Sie forschen in der falschen Richtung ... Wenn sie dort weitersuchen - und das werden sie, um den Schacht zu erforschen -, haben wir Zeit genug, die Ware wegzuholen. Ich brauche eine Woche Zeit - und was danach kommt, kümmert mich nicht mehr. Dann werde ich eine Weile in Urlaub fahren, nach Beirut vielleicht, um dort einen neuen Kontaktmann einzuarbeiten.

»Leila und Dr. Herburg werden sicherlich noch nach Kairo geflogen, nicht wahr?« fragte Suliman flüsternd.

»Nein.« Professor Mitchener schüttelte traurig den Kopf. »Sie sind leider noch nicht transportfähig ...«

Suliman bemerkte, wie sich Dr. Abdullah über seine Tochter beugte und ihr den Schweiß von der Stirn tupfte.

Dr. Pernam kümmerte sich immer mehr um Dr. Herburg. Jetzt griff er in einen verchromten Kasten und zog eine Spritze auf ...

Allah! Das Glück ist auf meiner Seite, dachte Suliman zufrieden. Von dieser Seite droht keine Gefahr mehr! Es bleibt nur noch Luisa ... Sie so einfach zu töten, widerstrebte ihm, aber sie leben zu lassen, war nach dem, was sie wußte, unmöglich ...

»Haben Sie etwas Neues gehört?« flüsterte der Professor.

Suliman sah ihn mit großen erstaunten Kinderaugen an. »Neues? In welcher Richtung?«

»Dr. Luisa Alius ...«

»Nur, was man im Radio sagt. Das haben Sie sicherlich auch gehört.«

»Ja.«

»Ich möchte Ihnen ein Angebot machen«, sagte Suliman plötzlich. »Mir fällt gerade ein: Ich werde einen gutgefederten Range Rover schikken und Leila und Dr. Herburg zu mir ins Haus holen.« Er machte eine weite Handbewegung. »Es ist doch schrecklich, hier liegen zu müssen. Ich habe klimatisierte Räume und kann die beste Betreuung anbieten, bis ein Spezialist aus Kairo kommt - denn es wird doch einer kommen, nicht wahr? Ich habe bei mir alle Möglichkeiten; sie sind bei mir aufgehoben wie in der besten Klinik.« Er blickte fragend Professor Mitchener an.

Dr. Pernam hatte sich tief über Herburg gebeugt, und so hörte Suliman nicht, wie Herburg flüsterte: »Zusagen! Sofort zusagen! Das ist die große Chance ...«

»Nun, was halten Sie davon, Professor?« fragte Suliman.

Bevor Mitchener antworten konnte, hatte Pernam sich aufgerichtet. Er legte die Spritze zur Seite ... es hatte so ausgesehen, als habe er sie gerade aus Herburgs Arm gezogen. Alle spielten ihre Rollen vorzüglich ...

»Das ist eine fabelhafte Idee, Suliman!« rief Pernam.

Mitchener erstarrte. Er sah Pernam geradezu entsetzt an. »Bei Ihnen sind die Verletzten wirklich in den besten Händen, Suliman. Nur dürfen Sie keinesfalls Salimah zur Pflege von Dr. Herburg abstellen.«

Suliman lächelte zurückhaltend wie über einen schwachen Witz. »Salimah ist heute morgen auf mein Boot im Nil umgezogen«, sagte er beinahe heiter. »Sie kann eine Weile das Haus nicht ertragen. Die Erinnerung ... die Toten, die Aufregungen, die Verhöre ... sie ist vollkommen mit den Nerven fertig.«

»Das kann man verstehen.« Pernam erhob sich und trug den Spritzenkasten weg. »Wann könnten Sie Frank und Leila abholen lassen?«

»Ich fahre sofort zurück und organisiere alles. Ich denke, in einer Stunde kann der Transport steigen!« Er sprang aus dem Sessel auf und blickte noch einmal hinüber zu dem reglosen Herburg. »Wie schwer sind denn die Verletzungen?«

»Das weiß man noch nicht genau.«

Dr. Pernam hatte sich vor Professor Mitchener gestellt und trat ihm jetzt bedeutungsvoll auf die Zehen. Der Professor verzog das Gesicht, aber er verstand.

»Der Armeesanitäter vermutet bei beiden innere Verletzungen. Sehen Sie, wie blaß Herburg ist, Suliman? Kaum noch eine Durchblutung der Schleimhäute. Das könnte auf einen Milzriß hinweisen ...« Er seufzte schwer. »Könnte man denn zur Not bei Ihnen auch operieren? Wenn wir Frank nicht mehr nach Kairo bringen können, müßte bei Ihnen eine Notoperation stattfinden.«

»Ich werde für alles sorgen.« Suliman verließ, abermals auf Zehenspitzen, den Raum.

Professor Mitchener begleitete ihn und wartete, bis Suliman in den Wagen gestiegen war, der Chauffeur die Türen geschlossen hatte und der schwere Cadillac in einer Staubwolke davonbrauste. Dann lief der Professor zurück in die Baracke.

Herburg und Leila saßen vergnügt auf den Kanten ihrer Betten und lachten Mitchener entgegen.

»Das hat geklappt!« rief Herburg. »Ich hatte nur Angst, Professor, daß Sie ablehnen würden, als Suliman das tolle Angebot machte.«

»Ja, darauf war ich nicht gefaßt.« Der Professor sank in einen Sessel. »Und ihr wollt euch tatsächlich als Schwerverletzte zu ihm schaffen lassen?«

»Glauben Sie, daß Suliman uns aus heißer Freundschaft bei sich haben möchte?« fragte Herburg. »Ich habe ihn beobachtet: Als er uns so hilflos liegen sah, war er geradezu erleichtert.«

»Was habt ihr nur mit diesem Suliman?« fragte Dr. Abdullah. »Er ist ein reicher Playboy, handelt mit landwirtschaftlichen Produkten und soll auch seine Hände im Chinaimport haben. Er ist ein Geschäftspartner von Gemal Mohammed ibn Djelfa, und das ist ja nun die beste Empfehlung, die einer in Kairo haben kann. Außerdem hat man ihm bei dem Überfall sechs Diener getötet.«

»Abdullah, muß ich gerade Ihnen sagen, wieviel ein Fellachenleben in Ihrem Land wert ist?«

»Wir leben in einer anderen Zeit, Frank. Bei uns sind die Menschenrechte genauso unantastbar wie bei Ihnen! Ebensogut könnte ich sagen: Blicken Sie nach Amerika! Dem Inbegriff eines Landes der Freiheit! Und was ist da ein Menschenleben wert, wenn ein Gangsterboß mit dem Finger schnippt?«

»Genau das wollte ich von Ihnen hören, Abdullah!«

»Suliman ibn Hussein ein Gangster? Da muß ich wirklich lachen, Frank. Suliman gehört zu dem kleinen Kreis von Personen, der von Staatsmännern empfangen wird.«

»Es ist bekannt, daß auch Al Capone mit Senatoren speiste und mit Gouverneuren Golf spielte ...«

»Aber ein Vergleich mit Suliman ist wirklich absurd, Frank.«

»Gut, wir werden es sehen. In einer Stunde jedenfalls wird man mich als Halbtoten in das schöne, weiße Marmorschloß am Nil fahren. In den Brustbandagen werde ich eine Pistole und mehrere Magazine verstecken ...«

»Ich kann einen kleinen Sender mitnehmen«, ergänzte Leila. Sie stockte und fuhr dann leiser fort: »Ich kann ihn gut zwischen meinen Brüsten verstecken ...«

»Das bezweifelt niemand.« Herburg nickte Abdullah zu. Man verstand sich ohne Worte. »Dein Vater wird dich jetzt bandagieren, damit alles echt aussieht.« Er stand von der Bettkante auf, gab Leila einen Kuß und ging zur Tür. »Freunde«, rief er, »ich fühle mich viel kräftiger als früher!«

Er winkte Leila noch einmal zu und ging dann rasch hinüber in sein Zimmer. Pernam und Mitchener folgten ihm. Erst in Herburgs Zimmer sprachen sie wieder.

»Was auch kommt«, sagte Herburg, »Harris steigt wieder ins Grab. Und wenn er nur in einen Quergang geht und sich dort hinsetzt, das Seil immer mehr zu sich zieht und so den Eindruck erweckt, er käme gut im Grab voran. Wir müssen Suliman noch unsicherer machen! In einer Stunde hat er mich ausgeschaltet, glaubt er. Ich bin sehr gespannt, wie er reagiert, wenn er merkt, daß die Forschungen trotzdem weitergehen. Wenn Suliman hinter allem steckt, dann muß er erneut zuschlagen!«

»Aber warum? Warum denn nur?« rief Mitchener. »Frank, was erwarten Sie denn in diesem Grab zu finden?«

»Das weiß ich noch nicht. Das heißt: Menesptah werden wir finden, früher oder später ...«

»Ich pfeife allmählich darauf!«

»Warum haben Sie plötzlich diese Angst, Professor?«

»Ja ... warum?« Mitchener humpelte zu einer Flasche Bier, die auf Herburgs großem Reisekoffer stand. Das Bier war warm, aber Mitchener trank es trotzdem. Eine wüstentrockene Kehle ist schlimmer als schales Bier. »Ich habe immer den Kopf geschüttelt über die abenteuerlichen Berichte meiner Kollegen. ›Der Fluch der Pharaonen‹ ... ›Geheimnisvolle Tode‹ ... für alles gab es doch ganz simple Erklärungen! Verdammt, nun fühle ich, daß ich sechzig Jahre alt werden mußte, um zu begreifen, daß an diesen Geschichten etwas dran ist. Sie müssen doch zugeben: Was bisher an und in dieser Grabanlage geschehen ist, kann man doch nicht mehr als normal bezeichnen!«

»Aber es hat auch mit den Pharaonen sehr wenig zu tun.«

»Das behaupten Sie, Frank! Luisa zum Beispiel denkt da ganz anders! Was sie schon an Giften herausgeholt hat ... Wissen Sie - ahnen Sie, was da noch in den Tiefen auf uns lauert? Diese Treppenfalle war nur ein Beispiel ...«

»Ich werde daraus lernen«, sagte Dr. Pernam. »Ich werde jeden Schritt einen Meter im voraus abtasten.«

»Und dann fällt Ihnen plötzlich von oben was auf den Kopf!«

Frank Herburg blickte auf seine Uhr. »Es wird Zeit«, stellte er fest. »Ich muß umwickelt werden. Harris, wo ist Ihre Pistole?«

»Hier.« Pernam lief nach nebenan und kam gleich zurück. Er gab Herburg eine kleine Pistole und drei gefüllte Magazine. »Das sind dreißig Schuß. Genug?«

»Im Notfall brauche ich nur einen.« Herburg legte sich aufs Bett und zog sich aus. »Nun wickelt mich mal schön ein, aber so, daß ich jederzeit an das Bandagenende herankommen kann.« Er legte die Pistole und die Magazine auf seinen Bauch und nickte Pernam zu. »Ob Abdullah es bei Leila geschafft hat?«

Wie auf ein Stichwort ging die Tür auf, und Dr. ibn Hedscha kam herein. Er sah sehr blaß aus und sah wortlos zu, wie Herburg von Pernam bandagiert wurde.

»Es ist alles in Ordnung«, sagte Dr. Abdullah auf Herburgs fragenden Blick.

»Hat Leila getobt?«

»Bei Allah, fragen Sie mich nicht danach.« Abdullah wischte sich über das Gesicht. »Als sie merkte, was wir mit ihr vorhaben, wurde es ein regelrechter Kampf. Stellen Sie sich vor: Ein Vater fesselt seine Tochter mit Mullbinden, und die Tochter schreit ihm die wüstesten Beschimpfungen entgegen. Wie ein Fisch ist sie immer wieder hochgeschnellt, aber sie hatte die Arme schon fest am Körper gewickelt ... und so konnte sie nichts mehr tun als schreien und sich mit dem Leib wehren. Dann lag sie ganz still. Ich wickelte die letzte Binde um sie, da sagte sie ganz ruhig zu mir: ›Wenn Frank nicht wiederkommt, hast du keine Tochter mehr!‹ – Und das einem liebenden Vater! Es zerreißt einem das Herz!«

»Und was tut sie jetzt?« fragte Herburg.

»Sie kann nichts mehr tun. Damit sie keinen Alarm schlägt, habe ich ihr ein Mulltuch vor den Mund gebunden. Es war schrecklich. Der Vater foltert seine Tochter! Und ich habe es doch nur getan, damit Leila nicht mit Ihnen noch einmal in tödliche Gefahr kommt. Aus Liebe habe ich es getan ... Ich frage nur, wie soll es weitergehen? Wir können sie doch nicht tagelang gefesselt halten ...«

»Das ist es!« Mitchener reichte Pernam die Bandagen zu, mit denen dieser Herburg umwickelte. »Sobald sie befreit ist, wird sie zu Suliman rennen! Was wir hier tun, ist der reine Blödsinn!«

»Ich brauche drei, vier Tage Zeit, mehr nicht«, sagte Herburg.

»Wenn ich das höre! Vier Tage!« rief Dr. Abdullah. »Ich kann Leila doch nicht vier Tage eingewickelt lassen!«

»Dann sperren Sie sie ein, erfinden Sie irgend etwas, daß sie nicht weglaufen kann. In diesen vier Tagen muß etwas geschehen, wenn ich in Sulimans Haus liege und Harris weiter ins Grab hinabsteigt. Es muß doch möglich sein, Leila vier Tage lang im Lager festzuhalten!«

»Sie kennen doch meine Tochter, Frank!«

Dr. Abdullah dachte in diesem Augenblick, daß er eigentlich als Vater sehr wenig von seiner Tochter wußte. Als sie begonnen hatte, Frank Herburg zu lieben, da erst bemerkte er mit Staunen, daß sie ganz anders war, als er sie immer gesehen hatte. Mein Töchterchen, hatte er immer gesagt, mein Augenlicht ... mein strahlender Stern ... Und es war selbstverständlich, daß sie ein gutes gehorsames Kind war und nach dem Tod der Mutter ihren Vater umsorgte.

Plötzlich war das alles anders. Die Liebe zu einem anderen Mann hatte Leila verwandelt. Alles Kindliche war von ihr abgefallen, sie war erwachsen, hatte einen eigenen Willen und warf sich dem Leben entgegen, wie ein Schwimmer sich ins Wasser stürzt. Bei Allah, sie ist ja schon zweiundzwanzig Jahre alt, hatte Abdullah damals gedacht. Das hast du nie beachtet, vielleicht nie wahrhaben wollen wie alle Väter von Töchtern, die sich vor dem Erwachsenwerden ihrer Lieblinge furchten. Zweiundzwanzig Jahre ... Da sind andere Frauen schon Mütter! Aber er hatte Leila immer noch als Kind angesehen.

»Wie wollen Sie Leila davon überzeugen, daß es notwendig ist, Sie jetzt allein zu lassen, Frank?« fragte Abdullah, seine Gedanken beiseite schiebend. »Um zu Ihnen zu gelangen, würde sie Barackenwände aufbrechen, die Baracken anzünden, Löcher in die Dächer schlagen, sich wie ein Maulwurf durch die Erde wühlen ... Ich frage mich immer wieder: Was haben Sie nur mit meiner Tochter gemacht?«

»Ich liebe sie und sie mich, das ist alles, Abdullah. Das genügt, um eine Welt in Stücke zu schlagen!«

Frank Herburg lag langgestreckt auf dem Bett, in Bandagen eingewickelt wie eine Mumie, aber mit freien Armen. Über der Brust klammerte Dr. Pernam gerade das Ende der Binde mit Spezialklammern fest. Die Pistole und die Munition auf dem Bauch konnte wirklich niemand ahnen.

Jetzt stützte Mitchener Herburg etwas ab, damit Pernam den Kopf neu bandagieren konnte.

Dann fragte Herburg den verzweifelten Vater: »Hätten Sie denn nicht auch alles für Ihre Frau getan, Dr. Abdullah?«

»Alles! Sie sah Leila ähnlich. Sie war siebzehn, als wir heirateten. Das vergesse ich immer - Sie haben recht!« Abdullah ging zum Fenster und blickte hinaus.

Ein weißer Range Rover fuhr langsam auf das Lager zu.

»Sie kommen!«

»Ist Suliman dabei?«

»Nein. Aber er versteht etwas von bühnenreifen Auftritten: Im Wagen sitzen zwei Männer in weißen Mänteln und weißen Kappen. Wie ein echter Krankentransport!«

»Sie werden einen schweren Fall zu transportieren haben!« Herburg lachte. »Pech hat Suliman nur, wenn wirklich ein Arzt aus Kairo kommt.«

»Wir haben keinen angefordert«, meinte der Professor.

»Da ist eine Lücke in unserer Logik!« sagte Pernam und beendete den Kopfverband. Herburg war transportbereit. »Er rechnet mit einem Arzt, weil er ja die Verletzungen ernst nimmt ... und trotzdem holt er Frank in sein Haus! Was hat er nun davon, wenn dieser Arzt immer um ihn herum ist?«

»Sie laden zwei Tragen aus«, berichtete Abdullah am Fenster. »Ich gehe schon mal hinaus und sage ihnen, daß wir nur eine brauchen.«

Frank Herburg legte sich zurück, und Dr. Pernam deckte ihn mit einem Leinentuch zu. Der Eindruck war vollkommen: ein Schwerverletzter, der nur noch von seinen Bandagen zusammengehalten wurde.

»Sehen Sie leidender aus!« sagte Pernam fröhlich und tätschelte Herburgs Wangen. »Ziehen Sie die Lippen ein, machen Sie gefälligst ein spitzes Gesicht ...«

»Ich bin Archäologe und kein Staatsschauspieler ...«

Herburg versuchte alles, um leidend auszusehen. Er schloß die Augen und zog die Wangen etwas ein.

»Sehr gut!« hörte er Pernam sagen. »Der eindrucksvollste Sterbende, den ich je gesehen habe!«

Das Ganze war einfach ein verflucht makabrer Scherz ... Sie spürten es alle, aber sie lachten doch darüber, etwas bedrückt allerdings und sehr gedämpft ...

Die beiden Männer, die Suliman geschickt hatte, waren vorsichtig und sehr stark. Sie legten Herburg ganz sacht auf die Leinentrage und verließen die Baracke.

Draußen am Fahrzeug stand Toc-Toc.

Er starrte die Trage mit Frank Herburg völlig entgeistert an und verstand die Welt nicht mehr. Er wollte etwas fragen, da boxte ihn Pernam kurz in den Bauch, und Toc-Toc schluckte seine Frage hinunter. Er half sogar jetzt mit, Dr. Herburg in den Wagen zu schieben, und senkte den Kopf, als die Hecktüren zuschlugen.

Die beiden Männer in den weißen Krankenhausmänteln setzten sich auf die Vordersitze und warteten.

»Fahren Sie ab!« sagte Mitchener heiser. »Wir haben uns schon verabschiedet.«

»Mein armer guter Doktor ...«, stammelte Toc-Toc.

»Hält's Maul!« flüsterte Dr. Pernam hinter ihm.

»Muß er sterben?«

»Bestimmt. Wie wir alle.«

»Bald?«

»Wenn er Glück hat – in vierzig Jahren ...«

»Aber er ist doch ...»

Toc-Toc starrte dem Fahrzeug nach, das ganz langsam anfuhr und kaum Staub aufwirbelte. Vorsichtig rollte es über die Straße.

Pernam zog Toc-Toc mit sich fort. »Kannst du schweigen?« fragte er den Fellachen.

»Wie diese Steine, Mr. Pernam.«

»Ich auch! Sind wir uns einig?«

»Ja ...«, sagte Toc-Toc. »Ich verstehe zwar nichts ...«

»Das ist gut so, Toc-Toc. Das ist sehr gut!« Pernam blickte auf seine Uhr, während der Range Rover auf die Straße zum Nil abbog. »In zwei Stunden steige ich in das Grab. Laß alles vorbereiten ...«

Der Krankentransport rollte langsam am Nil entlang. Die Straße war recht belebt ... Lastwagen, Privatwagen, Omnibusse mit Touristen, Radfahrer und sogar eine Polizeistreife auf Motorrädern.

Es war die breite Hauptstraße von Kairo nach Assuan, die jeder Ägyptenbesucher kennt und schon einmal entlanggefahren ist. Der Stolz Ägyptens ...

Trotzdem geschah an diesem Vormittag auf ihr etwas Ungeheuerliches, etwas, was eigentlich ganz undenkbar war:

Zwei Kilometer hinter Sakkara überholten zwei Motorradfahrer den Range Rover, setzten sich rechts und links von ihm und feuerten plötzlich aus Maschinenpistolen von ihren Sätteln auf die beiden weißgekleideten Fahrer.

Der schwere Range Rover schleuderte, der rechte Motorradfahrer enterte den Wagen, riß die Tür auf, drehte den Zündschlüssel herum und lenkte den Wagen an den Straßenrand.

Dort kam er zum Stehen; der zweite Mann riß die linke Tür auf, zerrte den Toten heraus und warf ihn einfach auf die Straße. Der rechte Mann kippte den zweiten Fahrer von seinem Sitz und ließ ihn hinausfallen. Dann schlugen sie die Türen zu und rasten mit dem Range Rover davon.

Das alles geschah so schnell, daß die Fahrer von zwei vorbeifahrenden Lastwagen, ein Omnibus mit schwedischen Touristen und der Marmeladenvertreter Mohammed ibn Hassan in seinem alten Ford sich erst darüber klar wurden, was sie gesehen hatten, als der Range Rover schon quer über die Straße abgebogen und im Hinterland verschwunden war.

Mohammed ibn Hassan setzte zurück und bremste bei den beiden Toten in den blutbefleckten weißen Krankenhausmänteln.

Plötzlich barst die Straße von Fahrzeugen, alles bremste und starrte auf die beiden Erschossenen. Der Verkehr brach zusammen.

Als endlich von weitem das Heulen der Polizeisirene ertönte und sich drei Polizisten auf Motorrädern durch die massive Mauer der Schaulustigen zwängten, war der Range Rover schon längst in der Weite des Landes verschwunden.

Auf Nebenwegen fuhr er sehr schnell durch die fruchtbare Nilniederung, schlug einen Bogen und kehrte über holprige Pfade nach Sakkara zurück. Dort blieb er eine Stunde lang im Schatten kleinerer Felsen stehen und rollte dann wieder in das Niltal hinein.

Das wäre es also, dachte Frank Herburg, immer noch auf der Trage festgeschnallt und ohne Bewegung. Es läuft alles anders, als ich gedacht habe. Mein Kompliment, Suliman ... ich bin in die Falle getappt wie ein blinder Bär ...

10

Ein anderes alarmierendes Ereignis löste in Kairo Großalarm aus.

Die Polizei war schon durch den dreisten Überfall auf der Nilstraße fassungslos, da entdeckte Toc-Toc zwei Stunden nach dem Abtransport Dr. Herburgs - in Sakkara wußte man noch nichts von den dramatischen Minuten am Nil - neben dem freigelegten Grab »Horus Aha« die Leiche Salimahs.

Es war reiner Zufall.

In dieser Gegend hatte Toc-Toc an sich nichts zu suchen, die Grabanlage des Menesptah lag viel weiter südlich. Aber einer der Fremdenführer, Hassan ibn Golimar, der sonst die Touristen, die aus den Reisebussen ausgespuckt werden, in der Totenstadt herumführte und mit leiernder Stimme in schlechtem Englisch die einzelnen Ausgrabungen erklärte und sich mit kichernden Ladys fotografieren ließ, hatte Langeweile. Sakkara war abgesperrt, die Touristen fuhren weiter zu anderen Zeugnissen ägyptischer Geschichte. So hatte Hassan, der den ganzen Tag mit bitterer Miene herumlief, sich mit seinem Freund Toc-Toc verabredet, um mit ihm ein Glas süßer Limonade zu trinken.

Toc-Toc kam in dem alten VW der Expedition und hielt vor der Hütte, die sich Hassan neben dem Grab gebaut hatte - mit Erlaubnis der Altertümer-Inspektion, die in einem großen Steinhaus etabliert war und dafür zu sorgen hatte, daß es in der Totenstadt nicht allzu lebendig wurde. Diese Beamten waren nach den letzten Ereignissen aufgescheucht worden und hatten gleichfalls Polizeischutz angefordert. Die kleine Militärtruppe mit ihrem jungen Leutnant wäre hilflos unterlegen gewesen, wenn die Reiter noch einmal wie der Wüstensturm heranbrausen würden.

Hassan war nicht in seiner Hütte.

Toc-Toc wunderte sich darüber nicht, er kannte Hassans Lieblingsplatz: ein schattiger Torbogen an dem Grab »Horus Aha«, von dem aus man hinüberblicken konnte zu der berühmten langen Sphinxallee, neben der Stufenpyramide des Djoser - dem Prunkstück von Sakkara.

Hassan war auch wirklich an seinem Lieblingsplatz ... Er lag zusammengekrümmt im Schatten, bewußtlos, mit einer klaffenden Kopfwunde, aus der nur noch wenig Blut rann. Sand, mit Blut vermischt, hatte die Wunde zum Teil verkrustet.

Toc-Toc zögerte nicht lange. Er wuchtete den Freund auf seine Schulter und humpelte mit ihm zu der kleinen Hütte zurück. Dort tauchte er Hassans Kopf kurzerhand in einen Eimer mit Wasser und drückte dann ein Hemd Hassans gegen die nun wieder stärker blutende Wunde.

Hassan erwachte aus seiner Ohnmacht, starrte mit wildem Blick um sich, erkannte seinen Freund und sagte schwach: »Der Teufel soll die Kerle holen! Sie haben mich niedergeschlagen, Mahdi ibn Kebir. Nichtsahnend sitze ich da, höre nichts und da ...«

»Wer?« fragte Toc-Toc.

»Weiß ich es? Von hinten kamen sie, die Feiglinge. Ein Schlag - und weg war ich! O Allah, mein Kopf! Und es blutet ...« Er streckte sich, drückte sein fast durchblutetes Hemd gegen seinen Kopf und blickte Toc-Toc flehend an. Dieser war zur Tür gegangen.

»Wohin?« rief Hassan und stöhnte. »Holst du Hilfe?«

»Sofort! Ich rufe den Sanitäter des Militärs!«

Aber Toc-Toc fuhr nicht gleich zurück ins Lager, sondern kehrte zum Grab »Horus Aha« zurück. Er untersuchte die Stelle, wo man Hassan niedergeschlagen hatte, nochmals genau und entdeckte die Spuren von zwei Männern, die um das Grab herumführten.

Er sah nur leichte Eindrücke im Sand, kaum sichtbar, Schritte von Männern in leichten - in arabischen - Schuhen!

Der alte Fellachen-Instinkt erwachte in Toc-Toc.

Er ging den Spuren nach und stand kurz darauf stumm und mit hochgezogenen Schultern vor einem weißen Stoffbündel, unter dem sich deutlich die Konturen eines Menschen abzeichneten.

Ganz vorsichtig löste Toc-Toc die Schnur, mit der das Bündel umschnürt war, und deckte das Verhüllte auf. Als erstes blickte er in Salimahs Gesicht ...

Ihre Augen waren noch offen und hatten den Ausdruck maßlosen Erstaunens. Ein Kopf, wie aus braunem poliertem Marmor gehauen ... Das lange schwarze Haar umgab die Figur wie ein zweites Kleid.

Langsam deckte Toc-Toc die Tote wieder zu und kehrte zu Hassans Hütte zurück. »Komm!« sagte er. »Steh auf! Wir fahren!«

»Wo bleibt der Sanitäter?« jammerte Hassan, setzte sich auf seine Schlafmatte und drückte das nun völlig durchblutete Hemd gegen seinen Schädel. »Ich kann nicht laufen ... so viel Blut ...«

Toc-Toc zog ihn hoch, stützte ihn, brachte ihn in den alten VW und raste dann wie ein Irrer quer durch die Totenstadt zum Barackenlager zurück.

Der Wagen hüpfte über Steine und krachte in Löcher, und jedesmal stieß Hassan einen Schrei aus und brüllte: »Willst du mich töten, Mahdi ibn Kebir? Deinen besten Freund töten? Mein Kopf zerplatzt! O Allah! Womit habe ich das verdient?«

Zwei Stunden später war Sakkara wieder einmal Mittelpunkt einer großen Aufregung. Diesmal waren nicht nur der Polizeipräsident von Kairo und ein General mittels Hubschrauber erschienen ... auch ein kleiner eleganter Mann stieg aus und wurde von allen mit größter Ehrfurcht behandelt: der Chef der ägyptischen Geheimpolizei höchstpersönlich war in Sakkara gelandet.

Militär und Polizei hatten die Gräberstadt besetzt, der Autoverkehr nach den Dörfern Sakkara und Abusir wurde umgeleitet, das gesamte Gebiet vom Rasthaus in der Nähe der Mastaba des Ti bis zum Weg nach Dahschûr war durch Truppen abgeriegelt. Sie hatten sich, als sei man mitten im Krieg, in langer Schützenlinie verteilt.

Salimah hatte man im Laborzelt auf einen Tisch gelegt. Der mitgekommene Polizeiarzt bescheinigte den Tod, den niemand bezweifeln konnte, und erklärte, Salimah sei durch einen Dolchstoß in den Rücken genau ins Herz getroffen worden - ein meisterhafter Treffer!

Professor Mitchener, Dr. Abdullah, Dr. Pernam, Mr. Polski, Toc-Toc und die Herren aus Kairo sahen mit leichtem Schaudern zu, wie der Arzt über Salimahs wunderschönen Körper das weiße Laken zog. Für die Untersuchung hatte man sie entkleiden müssen, und so hatten alle nun diesen herrlichen Körper sehen können.

Der Polizeipräsident blickte kurz den Chef der Geheimpolizei an. Dieser nickte unmerklich und starrte dann die Plane des Zeltes an.

»Meine Herren«, sagte der Präsident und räusperte sich nach dieser Einleitung, »die schrecklichen Ereignisse der letzten Stunden machen es nötig, auch Ihnen, den Herren vom Grabungsteam, Klarheit zu verschaffen. Innerhalb von zwei Tagen haben wir in diesem Gebiet um Sakkara zwölf Tote und zwei Entführungen. Es hat den Anschein, daß eine bestens ausgerüstete und geführte Terrorgruppe drauf und dran ist, die innere Sicherheit Ägyptens zu bedrohen und durch Greueltaten verschiedener Art das ägyptische Volk in Panik zu versetzen.«

»Moment, bitte!« unterbrach ihn Dr. Pernam. Er hatte rasch nachgerechnet und sagte: »Wieso zwölf Tote und zwei Entführungen? Uns sind nur zehn Tote und eine Entführung bekannt ...«

»Das gerade wollten wir Ihnen erklären!« fuhr der Chef der Geheimpolizei fort. »Vor etwa vier Stunden ist auf der Hauptstraße nach Assuan folgendes passiert: Ein anscheinend zu einem Krankentransporter umgebauter Range Rover wurde von zwei Motorradfahrern überfallen ...«

»Frank!« stotterte Harris Pernam entsetzt. »Mein Gott, Herburg ...«

»Die beiden Fahrer, die weiße Klinikmäntel trugen, wurden erschossen, aus dem Wagen geworfen und das Auto selbst entführt. Die Gangster ließen lediglich ihre Motorräder zurück, sie waren in Kairo geliehen worden! Wir wissen nicht genau, wer in dem entführten Wagen als Kranker lag, aber wir rechnen doch ...«

»Meine Herren«, sagte Professor Mitchener dumpf. »Es war unser Dr. Herburg. Frank Herburg lag in dem Range Rover.«

»Bei Allah!«

Der Geheimpolizeichef, der Herburg bei einer der Suliman'schen Partys kennengelernt hatte, stützte sich schwer auf den Tisch. Neben ihm lag unter dem Leinentuch die ermordete Salimah.

»Was war denn mit Dr. Herburg passiert?«

»Er ist gestern bei Forschungsarbeiten in der Grabanlage abgestürzt, und Suliman war so freundlich, ihn abholen zu lassen, damit er in seinem Haus bessere Pflege hätte. Wir waren ihm sehr dankbar dafür ...«, erklärte Mitchener mit belegter Stimme.

»Das gibt ja ein ganz anderes Motiv!« Der Chef der Geheimpolizei lehnte sich an die andere Seite des Tisches. »Überlegen wir einmal: Der Überfall auf Sulimans Party - neun Tote und die Entführung von Dr. Alius. Die erstochene Salimah ist Sulimans Braut. Auf der Hauptstraße wird ein Auto überfallen - abermals zwei Tote, und Dr. Herburg, der zu Suliman gebracht werden sollte, wird entführt! Was folgern Sie daraus? Das ist keine politische Aktion mehr, sondern ein privater Krieg gegen Suliman! Und ein Kampf gegen Sie, meine Herren! Gegen Ihre Ausgrabungen ...«

»Fanatiker also?« fragte Dr. Abdullah zögernd. Allah, wie soll ich das Leila beibringen, dachte er dabei. Wie wird sie reagieren? Abdullah gab sich selbst die Antwort: sie wird entfesselt sein und toben - bis zur Selbstvernichtung. Man darf sie, wenn sie die Wahrheit erfährt, nicht eine Minute lang allein lassen.

»Ich wage noch keine Prognosen ...« Der Chef der Geheimpolizei warf einen Blick auf Salimahs verhüllten Körper. »Unsere Gegner verfügen anscheinend über eine eigene kleine Streitmacht. Entweder haben sie selbst Geld genug - oder sie werden finanziert. Eines aber wird ganz klar: Da steckt Libyen nicht dahinter! Das ist eine innerägyptische Angelegenheit - aber von unabsehbaren Auswirkungen! Zunächst müssen wir recherchieren, warum sich alles gegen Suliman ibn Hussein richtet. Warum die Aktion gegen Sie und Ihr Team stattfindet, Professor Mitchener, ist mir klar. Irgendeine übertrieben nationale Vereinigung oder Organisation will nicht, daß Sie den Pharao Menesptah aus seinem fünftausendjährigen Schlaf reißen.«

Der Geheimpolizeichef hob die Schultern und blickte die Herren der Reihe nach an. »Es tut mir leid, Professor, aber um weitere Bluttaten zu verhindern, bin ich im Auftrag des Innenministeriums befugt, Ihnen jede weitere Arbeit am Grab des Menesptah zu untersagen.«

»Wie herrlich!« rief Pernam. »Dr. Herburg und Dr. Alius werden entführt, es gibt zwölf Tote ... und wir werden bestraft!«

»Es geht um Ihre eigene Sicherheit, Mr. Pernam.«

»Es sollte jetzt doch wohl mehr darum gehen, die Entführten wieder herbeizuschaffen.«

»Die Polizei ist pausenlos im Einsatz!« erwiderte der Polizeipräsident. »Rund um Sakkara werden Hunderte von Fellachen verhört. Irgendeine Spur wird sich finden lassen, irgend jemand muß etwas gesehen haben! Vor allem dieser Range Rover gibt uns Hoffnung. Ein solcher Wagen fällt in dieser Gegend auf. Man muß ihn irgendwo gesehen haben ...« Er warf wieder einen raschen Blick auf die tote Salimah und wischte sich über die Augen. »Wir werden jetzt zu Suliman ibn Hussein fahren müssen, um ihm zu erklären, daß er seine Braut verloren hat.«

»Zu uns sagte er, Salimah sei auf sein Boot im Nil umgezogen, um sich von den Schrecken der letzten Tage zu erholen.«

»Und auf dem Weg dorthin muß man sie aufgegriffen und erdolcht haben ...«

»Glauben Sie, daß sie allein gefahren ist? Ohne Begleitung?«

»Ich habe Salimah gut gekannt«, sagte der Polizeipräsident mit rostiger Stimme. »Sie war eine moderne Frau. Es ist ohne weiteres denkbar, daß sie allein in ihrem Wagen zum Nil gefahren ist, dahin, wo die Jacht ankert.«

»Und ihr Wagen?«

Harris Pernam dachte an Frank und hatte plötzlich das merkwürdige Gefühl, das Herburg schon von Anfang an gehabt hatte: Es paßt nichts auf den ersten Blick zueinander, aber doch ist alles irgendwie logisch. Herburg und Luisa sind jetzt beide entführt – vielleicht beisammen ... ein Faustpfand gegen das verdammte Grab ...

»Ihr Wagen muß doch irgendwo stehen ...«

»Und wenn die Täter ihn mitgenommen haben? Wie den Range Rover?«

»Fahren wir zu Suliman!« sagte Pernam laut. »Er hat noch keine Ahnung?«

»Nein! Sein Haus wird von der Armee aus einer gewissen Entfernung beobachtet. Es ist sozusagen hermetisch abgeriegelt. Störungen von außen sind ausgeschlossen ...«

Ein schwaches Summen und das Aufleuchten einer roten Lampe am Funktelefon unterbrachen das Gespräch. Ein Polizeisergeant brachte den Apparat in das Laborzelt zu den Versammelten.

Der Polizeipräsident hob ab, hörte einen Augenblick stumm zu und sagte dann: »Es ist gut, Sephir. Bringen Sie alles zum Haus Sulimans.« Er legte den Hörer auf. »Hauptmann Sephir meldet gerade, daß man beide Wagen gefunden hat, Salimahs Auto und den als Krankenwagen hergerichteten Range Rover. Der eine stand am Nil, kurz vor dem Bootssteg zur Jacht Sulimans, den Rover fand man unter einem großen Ölbaum, mitten im Plantagengebiet. Natürlich waren beide leer ...«

»Natürlich!« Dr. Pernams Stimme klang sarkastisch. »Man darf also annehmen, daß wieder einmal alle Spuren verwischt sind ...«

»Es wird schwerer und schwerer«, erwiderte der Chef der Geheimpolizei vorsichtig. »Unsere Gegner reagieren anders, als wir vorausberechnet haben ...«

»Diese phänomenale Erkenntnis ist mir auch schon gekommen! Sie reagieren so, als ständen sie mitten unter uns und besprächen mit uns jeden ihrer Schritte, ohne daß wir es merken!«

Dann blickte Dr. Pernam Dr. Abdullah an. »Wer sagt es nun Leila?«

»Wer ist Leila?« fragte der Geheimdienstchef.

»Frank Herburgs Verlobte - meine Tochter«, antwortete Abdullah. »Sie liegt in ihrem Zimmer, auch in dem Grab verletzt ...«

»Eine wahre Häufung der Katastrophen! Meine Herren, Sie sehen doch hoffentlich ein, daß es in unser aller Interesse liegt, die Arbeiten am Grab einzustellen. Vorerst wenigstens ...«

Es kam genauso, wie Suliman es gewollt hatte.

Zeit! Zeit, um die Millionenwerte seines Rauschgiftdepots in Sicherheit zu bringen ...

Mit Binden umwickelt, zur Untätigkeit verurteilt, lag Leila auf ihrem Bett, als Dr. Abdullah eintrat.

Der Blick, mit dem sie ihren Vater begrüßte, war so voller Wildheit und blanker Wut, daß er sich zunächst einen Stuhl an das Bett zog. Er setzte sich, legte die Hände in den Schoß und schwieg.

Er hatte eine halbe Stunde Zeit. Im Laborzelt legte man gerade Salimah in einen Sarg, den der Hubschrauber aus Kairo mitgebracht hatte. Es war ein einfacher Sarg, aus verzinktem Blech - eine flache längliche Wanne mit einem Deckel. Die Polizei kann ja nicht mit geschnitzten, schweren Holzsärgen umherziehen ...

Abdullah beugte sich endlich vor und nahm seiner Tochter das Mulltuch vom Mund.

Sie holte tief Atem und sagte dann mit seltsam sanfter Stimme: »Das vergesse ich dir nie! Ich weiß jetzt, daß man auch seinen Vater hassen kann!«

»Leila ... mein Stern ...«, begann Abdullah wehmütig. »Es ... es war doch auch Franks Wunsch...«

»Wo ist er? Wo habt ihr ihn hingebracht? Ihr belügt mich alle! Du, Harris, der Professor, Toc-Toc ... Er ist schlimmer verletzt, als ihr geglaubt habt, nicht wahr? Ist es gefahrlich? O Allah, lebt er noch? Antworte doch! Ihr müßt es mir doch einmal sagen ...«

»Darum bin ich hier, Leila.«

Abdullah überlegte, ob er seine Tochter erst von den Bandagen befreien sollte, ehe er die letzten Ereignisse schilderte. Er entschloß sich nach kurzer Überlegung, sie zunächst eingewickelt zu lassen. Er beugte sich über sie.

»Geh weg!« rief sie da. Ihr Gesicht war gespannt, die Backenmuskeln waren unter der Haut sichtbar. »Ich könnte in Versuchung kommen, dich anzuspucken!«

»Leila! Das sagst du deinem Vater?«

»Ich habe keinen Vater mehr! Ich kenne nur einen widerlichen Menschen, der mich unter Lügen fesseln ließ. Der mich von meinem Frank getrennt hat ...«

»Um Frank geht es ja ...«, sagte Abdullah bedrückt.

Die schwarzen Augen glühten. Ein Zucken lief über Leilas Gesicht und zitterte noch lange in den Lippen nach.

»Er ist also tot ...«, sagte sie nach einer langen Pause leise.

»Nein! Wir wissen es nicht ...«

Sie starrte ihn an. Das verstand sie nicht. »Ihr wißt es nicht? Man weiß doch, ob ein Mensch ...«

»Er ist verschwunden, mein Stern!«

»Verschwunden ...?«

»Suliman ließ ihn abholen, wie verabredet. Frank wollte nicht, daß du ihn begleitest. Und auf dem Weg zu Suliman ist der Krankenwagen überfallen und entführt worden ...«

»Nein ...«, stammelte sie leise. Und dann lauter, immer lauter, bis es zu einem Schrei wurde, kam dieses entsetzliche: »Nein ... nein ... nein!« über ihre Lippen.

»Polizei und Militär suchen fieberhaft. Alles ist abgesperrt. Es gibt keine Möglichkeit, dieses Gebiet zu verlassen. Wer auch immer dahintersteckt ... Frank muß irgendwo in der Nähe sein! Alle haben die große Hoffnung, daß er noch lebt. Wenn man ihn hätte töten wollen, dann hätte man sich doch die ganze Entführung sparen können! Die beiden Fahrer des Wagens wurden kaltblütig erschossen ... Frank aber ist verschwunden. Niemand zweifelt daran, daß er lebt ...«

»Schneide die Binden durch ...«, sagte Leila leise.

»Ich habe Angst.« Abdullah sah seine Tochter flehend an. »Leila, mein Augenlicht, ich habe Angst, daß ich dich verliere ...«

»Mit jedem Atemzug, den ich hier gefesselt bin, verlierst du mich mehr! Binde mich los ... bitte ... Vater ...«

»Sag es noch einmal ... dieses eine Wort ...«

»Vater ...«

»Was wirst du tun, mein Herz?«

»Jedenfalls nicht herumsitzen und auf ein Wunder warten!«

»Wir sind alle in Gefahr! Salimah ...« Abdullah schluckte und starrte an Leila vorbei auf die Barackenwand. »Salimah ist tot. Hinterrücks erstochen, als sie zu Sulimans Jacht fahren wollte. - Leila, wir haben keine Ahnung, wer hier tötet ... und warum! Aber eines weiß ich ... sie werden auch dich töten ...»

»Wo wäre da ein Sinn, Vater?«

»Hat Salimahs Tod einen Sinn?« Er griff in die Tasche, holte ein scharfes Klappmesser heraus und zerschnitt die Mullbinden.

Von der Umschnürung befreit, dehnte sich Leila und strampelte die Bindenreste von sich. Aber sie sprang nicht sofort auf, wie es ihr Vater befürchtet hatte, sondern blieb auf dem Bett liegen. »Wie lange ist das alles her?« fragte sie zögernd und starrte die Decke an.

»Knapp fünf Stunden. Salimah wird gerade in einen Sarg gelegt und zu Suliman gebracht ...«

»Ich werde Salimah begleiten«, sagte Leila ruhig. Dann richtete sie sich auf und setzte sich auf das Bett.

Wie schön sie ist, dachte Abdullah. Die Beine einer Gazelle, der Körper wie der eines Engels und ein Gesicht ... die Summe von Jahrtausenden ägyptischer Frauenschönheit ... Meine Tochter ...

Dann sah er wieder den nackten Körper Salimahs vor sich, ebenso wunderbar und makellos schön, aber mit einem furchtbaren tödlichen Stich im Rücken. Der Mörder, der hier umging, kümmerte sich nicht um Frauenschönheit ...

»Wir fahren alle mit, Leila. Der Professor, Pernam, Mr. Polski ... aus Kairo sind der Polizeipräsident und der Chef des Geheimdienstes gekommen. Es wird noch irgend etwas geschehen - wir warten alle darauf! Man entführt niemanden, ohne ihn als Geisel zu benutzen. So warten wir auf eine Nachricht ... Sie wird vieles klären, vor allem endlich das Motiv aller Grausamkeiten ...«

Leila erhob sich von ihrem Bett und ging mit unsicheren Schritten zum Fenster. Die Wunden in ihrem Nacken juckten unter dem breiten Pflaster, aber es zeigten sich keine Reaktionen auf ein etwaiges Kontaktgift.

Auf dem Platz vor den Baracken standen Fahrzeuge.

Aus dem Laborzelt trugen gerade vier Männer den Zinksarg und schoben ihn in einen Kleinbus. Professor Mitchener und Dr. Pernam redeten eifrig auf einen kleinen eleganten Herrn ein, der nur ab und zu den Kopf schüttelte.

»Das ist der Geheimdienstchef«, flüsterte Abdullah seiner Tochter zu. »Er hat jegliche Weiterarbeit am Grab verboten und ist auch dagegen, daß alle zu Suliman fahren.«

»Er wird mich nicht aufhalten können, und wenn er der Staatspräsident selber wäre! Salimah war meine Freundin ...« Sie ging zurück zu ihrem Bett und zog sich an: eine Jeansbluse, eine weiße Jeanshose und halbhohe weiche Lederstiefel. Um die langen schwarzen Haare band sie ein schwarzes Tuch. »Weiß es Suliman schon?«

»Nein! Er wird außer sich sein. Es wird furchtbar werden! Er hat Salimah sehr geliebt ...«

»Ja, wenn er in seinem Palast war. Aber Salimah hat viel geweint, wenn Suliman nach Europa fuhr. Sie wußte, was er mit den anderen Frauen machte ...«

»Aber er kam immer zu ihr zurück.«

»Wie ein Hund in seine Hütte, wenn es regnet, ja. Gehen wir, Vater ...«

Sie traten in die glühende Sonne hinaus und gingen hinüber zu dem kleinen Bus, der von drei Militärjeeps begleitet werden sollte.

Der elegante Geheimdienstchef starrte Leila unverhohlen an. Abdullah stellte seine Tochter vor.

»Welch ein Wunder an Schönheit!« sagte der Geheimdienstchef in fast resignierendem Ton und gab Leila die Hand. »Sollen wir den Mördern das nächste Opfer frei Haus liefern? Sie bleiben hier, meine Gnädigste.«

»Sie haben Angst?« fragte Leila kalt zurück. »O Allah, Sie haben Angst und sind von Polizei und Militär umgeben! Wie leicht ist es, Männer aus der Fassung zu bringen.« Sie ließ ihn stehen und ging zu dem Bus mit dem Sarg. Einem Polizeioffizier, der sich ihr in den Weg stellte, rief sie zu: »Wer mich anfaßt, verbrennt sich! Versuchen Sie es lieber nicht!«

Sie ging um den erstarrten Offizier herum, öffnete die hintere Tür des Kleinbusses und kletterte hinein. Sie setzte sich still neben dem Zinksarg auf eine Kiste und warf die Tür wieder ins Schloß.

»So ist meine Tochter! Nun sehen Sie es selbst ...«, sagte Dr. Abdullah zu dem Geheimdienstchef.

»Und darauf sind Sie auch noch stolz, was?«

»Versuchen Sie, sie aus dem Wagen zu holen ...«

»Ich würde es auf diese Kraftprobe ankommen lassen!«

»Tun Sie es ...«

Der Chef der Geheimdienste blickte durch die schmale Scheibe des Kleinbusses und erkannte Leilas schwarze, funkelnde Augen. Ihr Blick ließ keinen Zweifel an dem, was geschehen würde, wenn man sie aus dem Bus holen wollte.

»Fahren wir!« sagte der Geheimdienstchef seufzend. »Was waren das für herrliche Zeiten, als unsere Frauen noch tief verschleiert umherliefen und den Worten des Mannes gehorchten!«

11

Nach der einstündigen Pause stellte Frank Herburg fest, daß der Range Rover durch fruchtbares Land fuhr und dann durch ein Tor in einer Mauer auf einen schmaleren Privatweg einbog.

Vor einem Bauernhaus blieben sie stehen. Die beiden Männer, die den Wagen gekapert hatten, öffneten die Haustür und trugen Herburg schnell in die Hütte. Sie schien unbewohnt zu sein. Der einzige große Raum war kahl, ohne Möbel, die Fenster mit Säcken verhangen. Der weiße Anstrich der Lehmwände bröckelte ab.

Die Männer setzten die Trage mit Herburg ab und verließen wortlos die Hütte. Frank hörte den Motor anspringen, der Range Rover entfernte sich.

Was würde weiter geschehen? Da stimmt doch etwas nicht, dachte Herburg. Sie erschießen zwei Männer, nur um mich in einer unbewohnten Hütte abzustellen? Irgendwo ist hier eine Falle.

Er wartete noch ein paar Minuten, hob dann mühsam den Kopf und blickte sich, so gut es ging, um.

Es stimmte: die Hütte schien schon lange unbewohnt. Das Dach mußte schadhaft sein, denn große braune Flecken an der rissigen Decke zeigten, daß es durchregnete.

Frank stützte sich mit beiden Händen ab und wartete, daß sich jemand melden würde.

Aber niemand kam.

Das Gehör aufs äußerste gespannt, begann dann Herburg, sich von seinen Bandagen zu befreien. Er wickelte alles auf und war froh, an die Pistole heranzukommen. Er steckte sie in den Gürtel seiner Hose, verstaute die Magazine in der Hosentasche und wollte gerade zu einem der verhangenen Fenster gehen, als die Tür aufsprang.

Mit einem Satz warf er sich herum und riß die Pistole aus dem Gürtel.

Elegant wie immer, in einem schneeweißen Tennisanzug, das lockige schwarze Haar wie einen Helm tragend, trat Suliman in die Hütte. Die Tür hinter sich warf er mit einem Tritt zu.

Frank Herburg, der bis zur Wand zurückgewichen war, lächelte in einer Art von Galgenhumor. »Sie haben mir ein klimatisiertes Krankenzimmer versprochen, Suliman«, sagte er. »Ich kenne Ihre Vorliebe für ausgefallene Eleganz, das hier aber entspricht nicht Ihrem Stil!«

»Und ich hatte einen Schwerverletzten erwartet, Dr. Herburg!« Suliman winkte ab. »Wir haben uns nichts vorzuwerfen ... wir haben beide gut gespielt und hatten beide eine Menge Tricks bereit. – Übrigens, wollen Sie mich erschießen?«

»Das kommt darauf an.«

»Worauf?«

»In Ihrem Auftrag hat man meine beiden Krankenträger erschossen ...«

»Sie trugen nur weiße Mäntel. Es waren meine Diener.«

»Verzeihung, das wußte ich nicht. Das ändert vieles! Diener sind ja keine Menschen. Wie konnte ich das vergessen ...«

»Ist Sarkasmus alles, was Sie zu bieten haben? Hoffen Sie nicht zu sehr auf Ihre Pistole. Sie mögen mich umlegen können ... gewonnen hätten Sie damit nichts. Draußen stehen fünf Mann, drei davon sind nubische Neger ...«

»Muskelberge! Ich kenne die Nubier.«

»Sie würden sich freuen, Sie, einen Weißen, in Einzelteile zerlegen zu können, wenn mir etwas passiert. Und erst eine weiße Frau ... Jeder meiner Nubier ist fähig, sie fünfmal hintereinander zu vergewaltigen. Macht fünfzehnmal ... danach wird man sie abtransportieren lassen müssen ...«

»Luisa ist bei Ihnen?« fragte Herburg. Er steckte die Pistole zurück in den Hosenbund. Sulimans plastische Darstellung hatte ihn überzeugt. Er selbst hätte sich vielleicht noch den Weg freischießen können, aber

Luisa wäre dann rettungslos verloren gewesen. »Ich habe es beinahe geahnt ...«

»Wenn dem so ist, dann haben Sie sich aber wie ein Narr benommen!«

»Nein! Ich war nur schneller als Sie, Suliman! Bevor Sie uns mit Luisa erpressen konnten, war ich schon wieder in der Grabanlage des Menesptah. Das sollte Sie nervös machen ...«

»Beinahe wäre es Ihnen gelungen.«

Suliman warf Herburg eine Zigarette und sein goldenes Feuerzeug zu. Herburg rauchte die Zigarette an und warf das Feuerzeug zurück.

»Es hätte geklappt, wenn nicht der dumme Unfall dazwischengekommen wäre. Unsere Aktivität bei den Grabungen hätte Sie trotz der Entführung Luisas gezwungen, sich direkt mit mir zu befassen. Darauf war ich vorbereitet, doch da trete ich auf diese dämliche hohle Treppenstufe. Nun kamen Sie ins Lager und boten dem armen Schwerverletzten Ihre Gastfreundschaft an. Ein guter Gedanke! Nicht nur mich hätten Sie gehabt, sondern auch noch Leila ... Ganz offiziell, ohne jeglichen Zwang! Wie müssen Sie gejubelt haben, als Sie von unserem Unfall hörten ...«

»Ganz recht! Das habe ich. Ich habe Allah gedankt.«

»Steht Ihr Allah auch Gangstern und Mördern bei?«

»Wollen wir hier philosophieren, Frank? Nicht doch! Sie begleiten mich nun in mein Haus und werden in einem Nebenflügel ein Zimmer beziehen, das - wie Sie es auszudrücken beliebten - meiner Vorliebe für ›ausgefallene Eleganz‹ entspricht. Sie werden sich nicht beklagen können ... höchstens über die Kürze, diesen Luxus zu genießen. Wir müssen uns morgen leider trennen ...«

»Endgültig?«

»Für immer.«

Plötzlich klang Sulimans bisher so verbindliche Stimme eisig. Das freundliche Lächeln auf seinem Gesicht war erfroren.

»Warum diese Umwege, Suliman?« fragte Frank Herburg und schüttelte den Kopf. »Warum elf Tote, wenn nur zwei nötig gewesen wären: Luisa und ich? Ich gebe zu, die Inszenierung des Reiterüberfalls war filmreif, aber ...«

»Sie irren, Frank, es sind zwölf Tote.«

Herburg zog den Kopf zwischen die Schultern. »Sie wollen doch damit nicht sagen, daß Luisa ...«

»Nein, nein. Salimah ...«

»Mein Gott! Dazu waren Sie fähig?«

»Eine Zwangslage, Frank! Ich ahnte selbst nicht, wieviel Salimah wußte. Als sie schließlich noch so dumm war, es vor Luisa herauszuschreien, blieb mir keine andere Wahl. Die Dummheit eifersüchtiger Frauen ist wirklich immer wieder verblüffend. Was hat sie nun damit erreicht? Sie selbst ist tot - und hat auch noch gleichzeitig das Todesurteil über Luisa gesprochen ... wenn es mir nicht gelingt, in den nächsten fünf Tagen - so lange brauche ich - zu räumen. Vom sechsten Tag an bin ich weg. Die Welt ist groß, Frank, und man hat seine Freunde ...«

»Was heißt das: zu räumen?«

»Das Grab, Frank. Sie haben mich durch Ihre Graberei in eine verzweifelte Lage gebracht, und Sie wissen, Verzweiflung erzeugt die tollsten Reaktionen. Sie haben meine Warnungen mißachtet ...«

»Ach, die Liebesbriefe mit dem Fluch der Pharaonen! Suliman, Sie hätten sich doch denken können, daß wir darüber lachen! Auch, wenn sich hinterher durch Dr. Alius' Untersuchungen ergeben hat, daß der gute Imhotep die Grabanlage mit teuflischen Giften geradezu vollgepumpt hat! Die mannigfachen Unfälle und Spätschäden meiner verehrten Kollegen in der ersten Hälfte dieses Jahrhunderts und noch davor bekommen durch die moderne Toxikologie ihre ganz nüchterne Erklärung. Ja, damit also konnten Sie mich nicht von dem Grab fernhalten. Auch als unser Professor vergiftet wurde, aber noch rechtzeitig in Behandlung kam ...«

»Halt! Das war nicht Imhoteps Verdienst!« Suliman rauchte seine zweite Zigarette an. »Das Gift kam von mir! Ich will es Ihnen anvertrauen, Frank, denn Sie können keinen Gebrauch mehr davon machen. In Ihrer Gräberkolonne ist ein von mir bezahlter Mann. Er hatte, nachdem Sie den Eingang entdeckten, in der Nacht eine kleine Giftflasche an die zugemauerte Tür montiert. Als Mitchener dann ein größeres Loch reißen ließ, zerplatzte das Fläschchen, und Ihr Professor atmete das geruchlose Gas ein. Bei Allah! Ich wollte ihn nicht töten! Die Giftmenge war so berechnet, daß er nicht sterben würde. Aber was taten Sie? Anstatt diese massive Warnung ernst zu nehmen, kletterten Sie mit Dr. Alius doch in das Grab! Sie und die Doktorin in den Spezialanzügen ... das war für mich die akute Gefahr! Ich mußte handeln. Dr. Herburg, Sie haben mich dazu gezwungen ...«

»Ungemein logisch! Den Tod von zwölf Menschen habe also dann ich verschuldet?«

»Das kann man so sagen, ja. Sie und Ihre verdammte deutsche Sturheit! Alles wäre nicht passiert, wenn Sie vor dem Grab und den Warnungen kapituliert hätten! Und jetzt haben Sie sich noch selbst zum Opfer gemacht - und Luisa Alius! Nummer dreizehn und vierzehn!«

»Wo ist Luisa?« fragte Herburg heiser, und sein Hals verkrampfte sich.

»Bereits in einer der vielen Nebenkammern des Grabes!«

»Sie Teufel! Aber Sie haben mir immer noch nicht gesagt, warum.«

»Wären Sie von dem Eingang aus, den Sie entdeckt haben, zur Hauptgrabkammer mit dem Sarkophag des Menesptah vorgestoßen, so hätten Sie mein Lager entdecken müssen. Was für ein Lager? Nun ... Haschisch und Kokain im Wert von etlichen Millionen Pfund! Ich wäre über Nacht zum armen Mann geworden ...«

»Es gibt also noch einen anderen Weg in die Grabanlage? Einen giftfreien Gang?«

»Natürlich! Weiter zum Nil hin! Imhotep hat einen unterirdischen Gang graben lassen von etwa dreihundert Metern Länge. Er endet außerhalb der Gräber der dritten Dynastie in einem Gebiet, das mit Dornengestrüpp bewachsen ist und das bisher niemand untersuchte, weil es dort kein Grab geben kann! Ich weiß, das ist archäologisch eine neue Sensation, so wie die Entdeckung des Drei-Etagen-Grabes des Menesptah. Ich habe die Gangöffnung einmal durch Zufall entdeckt ... durch meinen Jagdhund, der ein Kaninchen verfolgte und plötzlich verschwand - mitten in dem Dornengestrüpp! Es gab für mich kein besseres und risikoloseres Versteck als dieses!« Suliman warf die Zigarette zu Boden und trat sie aus. »Sehen Sie jetzt ein, daß bei diesen Werten vierzehn Tote durchaus berechtigt sind?«

»Ihre Überzeugungsgabe ist umwerfend, Suliman. Wer sollte das nicht einsehen?«

»Ihren Spott sparen Sie sich für die kommende Nacht auf, und nun ... kommen Sie!«

»In Ihr Haus? Mit Freuden!«

Frank Herburg stieß sich von der Wand ab und ging zur Tür. »Wie wollen Sie nur diese Menge Rauschgift unbemerkt wegbringen?«

»Alles wird sich, wenn man erst Salimah gefunden haben wird, auf mein Haus konzentrieren. Schließlich habe ich acht Diener, drei liebe Gäste und meine Braut verloren - von den Entführern mal ganz abgesehen. Also: eine ganz deutlich auf mich gezielte Aktion! An das Grab wird in den nächsten Tagen kein Mensch mehr denken. Ich sagte es ja schon! Ich brauche fünf Tage Ruhe und Ablenkung, dann ist alles weg!«

Herburg stieß die Tür auf und trat ins Freie.

Die Hütte lag innerhalb des großen Parks von Sulimans Besitz und hatte früher einmal einem seiner Gärtner gehört. Wie Suliman es gesagt hatte: vor der verfallenen Hütte warteten fünf düster dreinblickende Männer, darunter drei riesige Nubier.

Suliman winkte, und die Männer gingen hinter Herburg und Suliman her. Sie achteten darauf, daß der Weiße keine plötzlichen Dummheiten machte.

Das Zimmer war wirklich ein Traum von orientalischer Pracht, aber - wie Luisas Zimmer - ohne Fenster.

»Ein Überbleibsel von dem früheren Hausbesitzer«, erklärte Suliman plaudernd. »Übrigens ein fetter, häßlicher, aber sehr reicher Mensch, der gern schöne Frauen um sich hatte. Er ließ diesen Trakt anbauen und nannte die Räume schlicht ›Wartezimmer‹. Hier ließ er die Frauen, die ihm gefielen, warten. Sie sollten in der Pracht und in dem Bewußtsein, daß sie gefangen waren, weich werden. Im Notfall pflegte er sie dann noch zu vergewaltigen. Die Wände sind absolut schalldicht. Bis zum Abend, Herburg ...« Damit verschwand er.

Frank Herburg sah sich um, ging dann zu den eingebauten Schränken mit den herrlich geschnitzten Türen.

Hinter einer öffnete sich eine gefüllte Bar mit Spiegelwänden und indirekter Beleuchtung.

»Suliman, Sie sind immer wieder ein Teufel mit Kultur!« sagte Herburg leise vor sich hin. Er wählte einen zehn Jahre alten französischen Cognac und goß sich ein großes Ballonglas halb voll. »Sie gestatten? Aber wenn Sie denken, Suliman, ich besaufe mich jetzt vor Angst, dann haben Sie sich geirrt ...«

Später saß er stumm in einem Sessel und las an seiner Armbanduhr ab, wie die Zeit verrann.

Um zehn Uhr abends sprang die Tür auf, und zwei der riesigen Nubier nickten ihm zu. »Mitkommen!«

Er stand auf und war selbst erstaunt, wie ruhig er war. Dieser Suliman mußte sich ja verdammt sicher fühlen: Er hatte ihm sogar die Pistole gelassen. Er hatte sie gar nicht mehr erwähnt ...

Die Nubier führten Herburg eine Treppe hinunter in eine Art von Keller und von dort einen schmalen Gang entlang.

Man konnte nur hintereinander gehen ... ein Nubier vorweg, einer hinter Herburg. Jetzt wäre es möglich, dachte dieser. Zuerst den hinter mir, dann blitzschnell herum und nach vorn geschossen.

Aber er tat es nicht.

Was gewinne ich dabei? dachte er. Das hier ist ein riesiger Fuchsbau, aus dem es für mich kein Entrinnen gibt ...

Nach einer endlos scheinenden Wanderung durch den schmalen Gang stiegen sie außerhalb des mit der hohen Mauer umgebenen Grundstücks Sulimans an die Erdoberfläche. Eine Falltür, mit Gras bewachsen, klappte hoch.

Über Frank Herburg breitete sich der herrlichste Sternenhimmel. Links von ihm spiegelte sich der Mond im träge dahinfließenden Nil.

Es war das Letzte an Schönheit, was Herburg sah. Ein Schlag auf den Hinterkopf betäubte ihn augenblicklich. Die Besinnung setzte so abrupt aus, als habe man einen Lichtschalter ausgeknipst.

Als er erwachte, lag er auf Felsenboden auf einem alten Teppich. Es roch muffig und faul, und eine Stimme neben ihm sagte: »Wenn Sie betäubt sind, sehen Sie aus wie ein großer Junge, der schläft. Willkommen, Frank!«

»Luisa ...«

Herburg drehte den Kopf. Der Nacken, der Schädel, alle Knochen taten ihm weh.

Sie saß neben ihm auf der Erde und tauchte ein Taschentuch in eine flache Schüssel mit Wasser. Sie hatte seinen Kopf mit kalten Kompressen gekühlt.

In der Grabkammer brannten zwei zitternde Propangaslampen.

»Luisa, immer wenn wir uns allein treffen, schlafe ich. Damals am Nil ... und heute auch ...«

»Sie haben Humor, Frank«, sagte Luisa und legte ihm das nasse Taschentuch von neuem auf die Stirn. »Suliman hat übrigens ausgerechnet, daß wir bei sparsamer Atmung für zwei Wochen Luft haben. Deshalb: nicht so plötzlich aufspringen!« Sie drückte ihn sanft auf den alten Teppich zurück. »Panik bringt nichts ein. Ja, es stimmt: Suliman hat uns einmauern lassen. Der Vergleich mit dem Liebespaar Aida und Radames liegt nahe ...«

Das nasse kalte Tuch auf seiner Stirn tat gut. Frank Herburg schloß noch einmal die Augen und atmete tief durch. Lebendig eingemauert, dachte er. Für zwei Wochen Luft ... dann beginnt das Ersticken. Hervorragend ausgedacht, Suliman! So kann man zwei Menschen spurlos verschwinden lassen.

Er setzte sich langsam auf, fing das von seiner Stirn fallende Taschentuch auf und tastete seinen Kopf ab.

»Es ist nichts gebrochen«, meinte Luisa. »Ich habe Sie untersucht, als die beiden Nubier mit Ihnen erschienen. Nur eine Beule mehr.« Sie beugte sich vor und drehte die beiden Propangaslampen niedriger. Sie drosselte das Licht so weit, bis sie in einer diffusen Dämmerung saßen, um sich die Felsenkammer mit einem verschwommenen Wandgemälde, das einen Fischer am Nil darstellte. Auch zu seinen Füßen hockte ein großer goldener Frosch ... »Wir müssen mit dem Gas sparen. Ich glaube nicht, daß die Flaschen vierzehn Tage lang reichen ...«

Frank Herburg stand auf. Seine Beine waren noch wie knochenlos, er stützte sich auf Luisas Schulter und versuchte vorsichtig einige Schritte. Er kam bis zu der gegenüberliegenden Wand und lehnte sich dort an den kalten Felsen. »Ich habe gar keine Erfahrung ...«, sagte er, schwer atmend. »Ist Ersticken ein schrecklicher Tod?«

»Wenn man erdrosselt wird, ja. In unserem Fall kaum ...«

»Wieso?«

»Wenn sich der Sauerstoff immer mehr umwandelt in Stickstoff und Kohlendioxyd, verwandelt sich auch der Sauerstoffgehalt des Blutes und reichert sich mit dieser Umwandlung an. Das erzeugt aber keine Atemkrämpfe, sondern führt zuerst zu einer ausgesprochenen Euphorie und dann zur Apathie. Man schläft ein ... vergiftet durch die chemische Arbeit des eigenen Körpers! Denken Sie nur an die vielen Selbstmorde mit Autoabgasen ... das ist das Gleiche, nur in hochkonzentrierter Form!«

Frank sah Luisa lange an.

Seine Augen hatten sich an die fahle Dämmerung gewöhnt, er konnte wieder Einzelheiten erkennen. Luisa war auf dem Teppich sitzen geblieben, sie stützte ihren rechten Ellenbogen auf einen viereckigen Lederkoffer.

»Was haben Sie denn da Schönes mitgebracht?« fragte Herburg.

»Sie werden staunen! Suliman ist sogar noch ein reizender Gastgeber, wenn er tötet. Das war einmal Salimahs großer Schminkkoffer.«

»Salimah ist tot.«

»Ich weiß es. Er hat sie sogar in meiner Gegenwart umgebracht. Suliman hat eine meisterhafte Fähigkeit, mit dem Dolch zu werfen.«

»Ich bewundere Sie, Luisa«, sagte Herburg leise. »Jede andere Frau in Ihrer Lage würde hysterisch werden vor Angst ...«

»Ja, ich war auch nahe dran, Frank. Als sie mich allein in das Grab schafften und hier einschlossen, habe ich gedacht: das kannst du nicht mehr unterdrücken. Jetzt mußt du schreien! Toben! Um Gnade winseln ...! Ich habe es nicht getan. Erst als ich wieder allein war, habe ich das Gesicht gegen den Felsen gepreßt und in den Stein hineingejammert ... aber nur ein paar Minuten. Das kostet Kraft, habe ich mir dann gesagt, und kostet Sauerstoff! Vielleicht ist alles nur ein grausamer Trick von Suliman, um Zeit zu gewinnen oder mich in sein Bett zu zwingen. Morgen oder übermorgen holt er mich wieder ab ... Diese Hoffnung in der Verzweiflung! Dann brachten die Nubier Sie und mauerten uns ein. Da wußte ich: Es ist endgültig!«

Sie klopfte auf den ledernen Schminkkoffer Salimahs. »Sie wollten wissen, was da drin ist ...«

»Ja ...«, sagte Frank.

»Zwei Flaschen Whisky, eine Flasche Gin, vier Flaschen Mineralwasser, Kekse, Schokolade, Zwieback ... unsere Henkersmahlzeit.«

»Für jeden zwei Flaschen Wasser? Pro Woche eine Flasche?«

»Sie vergessen Whisky und Gin.«

»Wir könnten doch alles abkürzen und uns zu Tode saufen ...«

»Sehr unsicher! Jeder eine Flasche Whisky und eine halbe Flasche Gin ... das halten wir noch aus, Frank. Wir sollten anders disponieren. Wenn wir merken, daß wir müde werden, wenn sich also unser Blut mit Kohlendioxyd anreichert und die Euphoriephase vorbei ist, dann sollten wir uns alkoholisieren. Dann wird es wie ein erlösendes Narkotikum wirken.«

»Luisa, Sie haben Angst vor dem Sterben?«

»Jetzt nicht mehr. Du bist ja hier.«

Zum erstenmal sagte sie Du.

Aber sie hatte es nicht gesagt, um die Wirkung auf ihn zu beobachten, sondern weil es ihr einfach zu dumm war, gemeinsam sterben zu müssen und durch das Sie voneinander distanziert zu sein.

»Ich kann dir herzlich wenig helfen.«

Herburg stieß sich von der Wand ab, hob eine Leuchte hoch und drehte sie heller. Er schritt vorsichtig die ziemlich große Grabkammer ab und blieb dann erstaunt vor einem vielleicht einen Meter hohen Felsdurchbruch stehen. Als er hineinleuchtete, konnte er einen Gang erkennen, der sich im Dunkel verlor.

»Irgendeiner der Gänge, die sich im Labyrinth verlieren, Frank!« sagte Luisa. »Daß man ihn nicht zugemauert hat, beweist, daß es dort keinen Ausgang gibt!«

»Aber Luft ...«

«Fünftausend Jahre alt ...« Luisa kam zu ihm und kniete sich neben Herburg vor den niedrigen Durchbruch. »Und Imhoteps Giftfallen ...«

»Vielleicht ist das ein schönerer Tod als Ersticken?«

»Auf gar keinen Fall.«

»Ich werde durch den Gang kriechen und nachsehen, wo er mündet.«

»Das wirst du nicht tun«, sagte sie. »Du kennst die Tücken dieser Grabanlage. Dann bin ich wieder allein, und ich werde schreien vor Angst, bis ich zerplatze.«

Er drehte die Leuchte wieder herunter und zog Luisa zu sich hoch.

Sie umarmte ihn und kreuzte ihre Arme hinter seinem Nacken. Ihre Lippen waren dicht vor ihm, und er sah, daß sie in den Winkeln zitterten.

»Wir müssen etwas tun«, sagte Frank gepreßt. »Luisa, wir können doch nicht auf dem Boden sitzen und warten, bis wir sterben ...«

»Wir könnten uns lieben ...«, sagte sie leise, und eine unendliche Verzweiflung schwang in ihrer Stimme mit. »Endlich könnten wir uns lieben ...«

Dann brach es aus ihr heraus.

Sie weinte, klammerte sich an ihn und drückte ihr Gesicht gegen seine Brust. Die Angst hatte sie besiegt.

Frank Herburg hielt sie umfaßt, streichelte ihr Haar, ihre zuckenden Schultern und ihren Rücken. Ein paar Minuten nur dauerte dieser Ausbruch, dann hob sie den Kopf und wischte mit dem Handrücken die Tränen aus ihren Augen. »Es ist schon vorbei, Frank«, sagte sie tapfer. »Ich bin eben doch nur eine Frau ...«

12

Sulimans Beobachter, die auf dem flachen Dach die ganze Gegend überblicken konnten, meldeten ihm die Ankunft einer Autokolonne, aus Polizei und Militär bestehend. In schneller Fahrt kam sie näher und brauste durch das breite Tor in den weiten Empfangshof mit dem Marmorbrunnen. Aus vier großen, übereinander liegenden Schalen plätscherte das Wasser in das weite Becken.

Im Nu war der Innenhof mit Uniformierten angefüllt. Sie schwärmten nach allen Seiten aus und bezogen, wie im Krieg, wenn man eine Stellung erobert hat, Sicherungsposten.

Der Chef des Geheimdienstes, der Polizeipräsident von Kairo, der General, der den gesamten Militäreinsatz bis zur libyschen Grenze leitete, standen zusammen mit den Herren der Forschungsgruppe, Professor Mitchener, den Doktoren Abdullah und Pernam, Mr. Polski. Sie warteten schweigend, bis der Kleinbus mit dem Zinksarg und Leila vor das Haus rollte.

Suliman, immer noch in seiner schneeweißen Tenniskleidung, lief durch die große Eingangshalle und erschien zwischen den arabischen Säulen, die das Vordach trugen. Einige bewaffnete Diener begleiteten ihn.

Als er den Polizeipräsidenten und die anderen Herren erkannte, blieb er stehen und winkte seine Diener zurück. Dann kam er allein die drei Stufen des Eingangs hinunter und nahm fassungslos die militärische Besetzung seines Hauses zur Kenntnis. »Sie sind mir immer willkommen!« rief er, vom schnellen Gehen etwas heftiger atmend. »Mein Haus ist Ihr Haus! Bei Allah, was ist passiert? Warum diese Militärmacht? Und Sie sind auch da, Abdul ibn Khadar?« Er streckte impulsiv dem Chef der Geheimpolizei beide Hände entgegen.

Abdul nahm sie und schüttelte sie, wie es unter Freunden üblich ist.

»Auf offener Straße erschießt man meine Leute und entführt meinen Gast! Ich kann das nicht verstehen. Warum alles auf mein Haupt? Ich habe keine Feinde, ich war zu jedermann freundlich und hilfreich ... und man mordet und mordet ...«

Abdul ibn Khadar warf einen schnellen Blick auf den Polizeipräsidenten, dann seufzte er und übernahm es, Suliman zu unterrichten. Der Bus stand etwas abseits, und gerade jetzt öffnete sich die hintere Tür. Leila stieg heraus, und Suliman erblickte den flachen häßlichen Zinksarg.

»Man ... man hat Dr. Herburg gefunden?« stammelte er schließlich. Er spielte seine Rolle vorzüglich und zeigte echtes Entsetzen. »Wo? Was hat man mit ihm gemacht ...?«

Vier Soldaten hoben den Sarg aus dem Wagen und trugen ihn auf den Schultern heran. Leila folgte ihnen. Sie hatte das Kopftuch abgenommen, ihre langen schwarzen Haare umwehten sie wie ein Schleiermantel.

»Können wir ins Haus gehen, Suliman?« fragte der Geheimdienstchef.

»Mit dem Sarg?«

»Ja ...«

»Bitte.« Er trat zur Seite, und die Soldaten marschierten an ihm vorbei in die prunkvolle Halle.

Die anderen folgten, als letzte Suliman und Leila. Sie starrte ihn wortlos an, mit Blicken, die in ihm brennen mußten ... aber er hielt ihnen stand und strich sich mit bebenden Händen über sein gelocktes Haar.
»Was ... soll ich Ihnen sagen, Leila?« stotterte er. »Es ist furchtbar, es ist entsetzlich ... andere Worte gibt es nicht.«

Sie warf den Kopf in den Nacken, ließ ihn stehen und betrat auch das Haus.

Suliman mußte insgeheim lächeln. Wenn sie wüßte, dachte er, daß dreißig Meter links von ihr, in dem dunklen Anbau, der von außen etwas verfallen aussieht, Frank Herburg wartet!

Gerade in diesem Augenblick nimmt er wohl Tee und Sandwiches zu sich. Und wenn sie gar wüßte, daß er heute nacht noch mit Luisa eingemauert wird ... Ein verhindertes Liebespaar - im Tod dennoch miteinander verkuppelt ... Innerlich ausgesprochen fröhlich, aber nach außen hin sehr bedrückt, folgte er den anderen in die Halle.

Der häßliche Sarg stand vor einer der Alabastersäulen. Ein Sergeant war dabei, die Halteklammern des Deckels zu lösen.

Jetzt kommt mein großer Auftritt, dachte Suliman.

Genau dosiert muß die Reihenfolge sein: Entsetzen, Schmerz, Trauer und Rache!

Er trat neben den Chef der Geheimpolizei und starrte den Sarg an.

»Ich muß Sie jetzt um große Stärke bitten, Suliman«, sagte Abdul ibn Khadar bitter.

»Der Anblick eines Toten erschüttert mich immer ...«, antwortete Suliman mit halber Stimme.

Gut, dachte er. Das war gut. Dieses leise Tremolo ... Da schwingt schon eine Ahnung mit ...

»Glauben Sie uns, daß wir alles tun werden, um diesen Terror zu brechen.« Ibn Khadar räusperte sich. »Sie haben Salimah allein zu Ihrer Jacht fahren lassen...«

»Salimah? Ja, natürlich. Der kurze Weg.« Er starrte um sich. »Aber wieso denn Salimah? Was ist mit ihr? Nein ...« Ein langgezogenes Nein, mit dem Ton in die Höhe gehend. Gut so, dachte er. Und jetzt eine große Ungläubigkeit ... »Das ... das ist doch ... nicht wahr ...«

Abdul ibn Khadar winkte. Die Soldaten nahmen langsam den Sargdeckel weg.

In der engen Zinkwanne lag Salimah, in dem weißen Kleid, das schwarze Haar offen. Das wunderschöne Gesicht hob sich etwas spitz von der weißen Unterlage ab, die Harris Pernam noch rasch in den Sarg gebreitet hatte, bevor man Salimah hineinlegte. Es war ein großes Frotteehandtuch ...

Suliman selbst erschrak vor dieser überirdischen Schönheit der Toten und brauchte deshalb kein Erschrecken zu spielen. Sein Herz krampfte sich wirklich zusammen, ein Ring wie aus Eisen legte sich plötzlich darum und machte das Atmen zur Qual. Ich habe sie wirklich sehr geliebt, dachte er. Vielleicht war sie überhaupt die einzige Frau auf dieser Welt, bei der ich mehr empfand als männliche Befriedigung. Warum nur mußte sie mir drohen?

Er konnte, was geschehen war, nicht mehr verbergen - auch vor sich selbst nicht. Er hatte die Wahl gehabt zwischen seinen Millionen und Salimah; und als er den Dolch nach ihr warf, da hatte er nur an das Riesenvermögen im Grab des Menesptah gedacht.

Nun stand er steif, hoch aufgerichtet, wie erfroren vor dem Sarg und blickte Salimah an.

Um ihn herum schwieg alles und senkte die Köpfe. Es gibt eine Trauer ohne Worte und Tränen. Es ist die stärkste Form der Trauer - die völlige Erstarrung ...

Suliman zeigte seine Trauer in drei Stufen: zuerst das Schweigen, dann der Zusammenbruch, zuletzt die Verzweiflung ...

Die zweite Stufe kam plötzlich: Er fiel krachend auf beide Knie, warf sich über die Tote und küßte ihre schmalen gefalteten Hände. Die Eiseskälte, die er schon an seinen Lippen spürte, und der bereits etwas süßliche Geruch, der aus dem Körper strömte, störten ihn nicht. Er schluchzte auf und stieß mit den Schultern nach hinten, als ibn Khadar ihn tröstend berühren und wegziehen wollte.

Und dann kam der Fluch.

Suliman warf ebenso plötzlich, wie er in die Knie gefallen war, den Kopf nach hinten und riß beide Arme hoch. »Allah! Höre mich!« schrie er hell. »Gib mir die Kraft und lasse mich so lange leben, bis ich diesen

Tod gesühnt habe! Verfluche die Mörder, segne meinen Haß ... O Allah, ich flehe dich an ...«

Dann ließ er es zu, daß der Geheimdienstchef und der Polizeipräsident ihn vom Sarg wegzogen und in einen Nebenraum führten.

Dort sank er auf einen seidenen Diwan, schlug beide Hände vor das Gesicht und schluchzte wie ein kleines Kind.

Durch die Finger beobachtete er dabei genau seine Umgebung. Es ist mir fabelhaft gelungen, dachte er dabei. Man wird nie auf die Wahrheit kommen ... Und ich werde Salimah ein Grabmal bauen wie einer Königin ...

»Was sagen Sie nun?« flüsterte Pernam hinter Leilas Rücken. Die Soldaten hatten den Deckel wieder über den Sarg gelegt. »Das war doch ehrliche Erschütterung. Er muß tatsächlich unbekannte mächtige Feinde haben. Und in den Sog dieser Feindschaft sind wir hineingeraten ...«

»Man müßte sein Haus durchsuchen ...«

»Wer würde jetzt dazu den Auftrag geben? Nach diesem Schmerz? Der Geheimdienstchef ist erschüttert, der Polizeichef ist erschüttert, der General ist erschüttert, jeder ist erschüttert über soviel tödliche Feindschaft ringum. Suliman ist zur ganz großen tragischen Figur geworden. Ich schätze, wir werden auch umdenken müssen, Leila.«

»Sie, Harris!« Sie drehte sich langsam um und blickte durch die Halle hinaus ins Freie, auf den Kaskadenbrunnen und die im Wind sich wiegenden schlanken Palmen. »Ich spüre, daß Frank lebt. Verstehen Sie das? Ich fühle es mit jedem Nerv! Frank lebt ...«

Professor Mitchener kam zu ihnen herüber. Er war sichtlich beeindruckt von Sulimans Trauer und Schmerz. »Das war es ja nun wohl ...«, sagte er sehr bitter. »Nun dürfte es endgültig feststehen: die Arbeiten am Grab werden eingestellt.«

»Solange Frank verschwunden ist, suche ich weiter!« sagte Dr. Pernam fest. »Derjenige, der ein Interesse daran hat, daß wir nicht weiter ins Grab vorstoßen, wird noch nervöser werden als bisher!«

»Und es gibt noch mehr Tote, Harris.«

»Man kapituliert also vor diesem Terror? Auch eine Art, Ruhe zu schaffen. Den Kopf vorbeugen, damit man ihn besser abschlagen kann!

Warum kommt keiner auf die Idee, die Grabungen unter Militärschutz fortzusetzen? Jetzt erst recht!«

»Sagen Sie das mal dem Chef der Geheimpolizei.«

»Der ist dafür doch überhaupt nicht zuständig!«

»Er scheint aber in unserem speziellen Fall beauftragt zu sein, alle Maßnahmen zu koordinieren. Und Abdul ibn Khadar hat gesagt: Schluß! Ich nehme an, er wird das Grab bewachen lassen, damit wir nicht wieder hinabsteigen...«

»Und Luisa und Frank bleiben verschwunden!«

»Ich fürchte ...« Mitchener warf einen Seitenblick auf Leila. Ihr schmales schönes Gesicht war wie gemeißelt.

»Ich wage es nicht auszusprechen, Harris«, flüsterte der Professor.

An diesem Abend - man war zum Lager zurückgekehrt - war aus Kairo ein prunkvoller Sarg gekommen, und Salimah lag wie eine Königin aufgebahrt in der Bibliothek von Sulimans Palast - fast unsichtbar unter einem Meer von Blumen.

Leila aber ging hinüber zu den Arbeiterbaracken und ließ Toc-Toc herausrufen. »Ich brauche dich, Mahdi ibn Kebir«, sagte sie. »Ich weiß, daß du in die Vergangenheit blicken kannst. Hilf mir, den Doktor zu suchen ...«

»Ich habe es schon versucht, Miss Leila.« Toc-Toc machte ein trauriges Gesicht. »Es ist zu nah. Wäre es vor tausend Jahren passiert ...«

»Versuche es noch einmal! Bitte, Mahdi ...«

»Es ist wie eine Wand vor mir. Ich komme nicht hindurch ...«

»Der Doktor lebt! Ich fühle es. Noch lebt er ...«

»Es geht nicht.« Toc-Toc preßte die Fäuste gegeneinander. »Ich habe Allah angefleht ... er schickt mir keine Kraft.«

»Dann muß der Doktor sterben«, sagte Leila.

Ihre Stimme hatte gezittert. Sie drehte sich um und ging langsam, den Kopf tief gesenkt, davon.

Toc-Toc blickte ihr nach, bis sie hinter dem Laborzelt verschwunden war. Dann wandte er sich ab und sah hinüber zu der Stufenpyramide. Der Mondschein lag wieder wie eine bleierne Haube über der oberen Plattform.

»Allah!« sagte Toc-Toc leise und kreuzte die Arme vor seiner Brust. »Allah, laß mich nicht allein ...»

Dr. Abdullah hatte hinter dem Zelt auf seine Tochter gewartet. Er war ihr nachgeschlichen, um sofort einzugreifen, wenn sie auf eigene Faust irgend etwas Tollkühnes unternehmen würde. Jetzt blieb sie stehen und sah ihren Vater aus großen traurigen Augen an. »Wenn er nicht wiederkommt, sterbe ich«, sagte sie leise.

Dr. Abdullah zog fröstelnd die Schultern hoch. Er wußte, daß ein Mensch aus Trauer sterben kann. Er hatte es ein paarmal erlebt ... in Ägypten, in Arabien und in Indien: das rätselhafte Auslöschen eines Menschen, der nicht mehr leben will. Sie hatten sich in stille Ecken gesetzt, an den Nil oder an den Ganges, hatten mit leeren Blicken in eine unbekannte Weite gestarrt und waren so, unmerklich und schmerzlos, hinübergeglitten ins große Vergessen.

»Was sagt Toc-Toc?« fragte er.

»Er kann nicht helfen ...« Sie lehnte sich an ihren Vater, barg das Gesicht an seiner Schulter und weinte.

Niemand hielt Toc-Toc auf, als er gegen Mitternacht langsam zum Grab des Menesptah humpelte und sich dort neben dem Eingang niedersetzte. Da man den gesamten Bezirk abgesperrt hatte und Militärstreifen mit Hunden rund um Sakkara patrouillierten, hielt man es nicht für nötig, das Grab gesondert zu bewachen.

Das war ein Fehler, der es Suliman gestattete, zuerst Luisa und später Dr. Herburg in die Grabkammer zu schaffen. Nach zwei, drei Tagen ohne besondere Vorkommnisse würde die Aufmerksamkeit sowieso nachlassen und die Truppen vielleicht reduziert werden ...

Das würde dann das Zeichen zum Beginn des Abtransportes der Haschischsäcke und Kokainbüchsen zum Nil sein, zur Verladung auf eine alte, unauffällige arabische Dhau, einen breiten flachen Kahn mit großen Segeln.

Die Dhau war das Fotoobjekt von Hunderttausenden von Touristen, ein Überbleibsel aus vergangenen romantischen Zeiten. Als der Nil noch die Haupthandelsstraße Ägyptens war und es keinen Suezkanal gab. Kein Polizeiboot würde diese alten Dhaus kontrollieren - sie waren Museumsstücke wie Pharaonenmumien im Altägyptischen Institut.

Sorgfältig breitete Toc-Toc seinen kleinen Gebetsteppich auf dem Geröllboden aus, zog seine Sandalen aus, wetzte die Füße an einem großen Stein ab, was - in Ermangelung von Wasser - als Waschung anerkannt wurde, und ließ sich dann, auf einem Bein kniend, auf den Erdboden nieder.

Er starrte hinüber zu dem im Mondlicht gewaltig emporstrebenden Pyramidenbau des Djoser, verneigte sich nach Osten und blieb, die Stirn auf den Gebetsteppich gedrückt, in dieser gekrümmten Lage sitzen - die Hände flach auf dem Boden.

Es war, als sei er so versteinert worden. Nichts an ihm bewegte sich, kein Muskel, kein Zucken der Haut, nicht einmal das Atmen war noch sichtbar. Die Augen hatte er geschlossen, der Mund aber stand halb offen ... ein erstarrter Körper, den die Seele verlassen zu haben schien.

Es war niemand da, der die Zeit maß.

Aber nach ungefähr einer Stunde regte sich Toc-Toc wieder, richtete sich auf, verneigte sich nach Osten, erhob sich, rollte seinen Gebetsteppich zusammen und ging langsam zurück zu seinem Quartier.

Dort legte er sich auf sein zusammenklappbares Feldbett und schlief sofort ein.

Man hat nie erfahren, wie es möglich sein konnte, daß Suliman ibn Hussein am nächsten Tag so unvorsichtig war, allein in seinem Sportwagen zu den Pyramiden von Gizeh zu fahren.

Sein Sekretär wußte nur, daß er einen Anruf erhalten hatte und daraufhin sehr schnell losgefahren war. Wohin - das habe er nicht gesagt; nur eben, es sei sehr dringend ...

Die Nebenstraße, über die Suliman nach Gizeh fuhr, zog sich durch karges, wüstenhaftes Land. Ein paar grüne Flecken aus Palmen und Ölbäumen dort, wo ein kleiner Brunnen war, hellten die trostlose Landschaft kaum auf. Hier gab es keine Fellachensiedlungen mehr. Der Boden war über Jahrtausende hinweg ausgelaugt worden, die Erosion hatte das Land zerstört.

In dieser Einsamkeit, auf halbem Weg zwischen seinem Haus und Gizeh, mußte Suliman bremsen. Ein alter VW versperrte ihm den Weg. Er stand quer über die Straße, mit dem linken Hinterrad in einem tiefen Schlagloch.

Suliman stieg aus und blickte in den Wagen hinein. Ein fluchender Mann in einer dreckigen Djellabah startete den Motor, gab Gas und wühlte das Hinterrad nur noch tiefer in das Loch.

Suliman riß die Tür des Wagens auf und lachte. »Das schaffst du nie!« rief er. »Warte, ich ziehe dich raus!«

Es waren die letzten Worte, die Suliman in der nächsten halben Stunde sagte.

Der Fremde drehte sich nämlich zu ihm um, und während er etwas - in der Sonne blitzend - durch die heiße Luft fliegen sah, erkannte Suliman in dem Fahrer Mahdi ibn Kebir, genannt Toc-Toc.

Der Schlag war hart. Mit einem dumpfen Ächzen fiel Suliman in die Knie, seine Stirn krachte gegen das Türblech des Wagens, dann rollte er zur Seite in den Straßenstaub.

Als er erwachte, konnte er sich nicht rühren. Und so schnell, wie er das merkte, so schnell überfiel ihn die Erkenntnis des Grauens. Er stand nämlich aufrecht in einem Loch, das man wieder bis zu seinem Hals zugeschüttet hatte. Als er den Mund zum erstenmal aufriß, staubte der Wüstensand in seine Mundhöhle und klebte wie Brei an seinem Gaumen fest.

Unter einer Gruppe von Palmen sah er den alten VW und daneben seinen eleganten Sportwagen stehen. Er versuchte, sich zu rühren, wollte strampeln oder die Arme nach oben stoßen ... es war unmöglich!

Man hatte ihn in den Wüstensand eingegraben, unter der prallen glühenden Sonne, und nur sein Kopf ragte aus der Erde heraus wie ein zweifarbiger, runder Stein.

»Allah grüße dich!« sagte eine Stimme hinter ihm. »Du bist ein schwächlicher Mensch, nach einem Schlag so lange zu schlafen.«

Suliman schluckte. Maßloses Entsetzen stieg erneut in ihm hoch. »Bist du verrückt, Toc-Toc ...?« stammelte er. »Was soll das?«

»Toc-Toc dürfen mich nur meine Freunde nennen.«

Mahdi ibn Kebir saß hinter Sulimans Kopf, neben sich vier lederne Eimer mit Wasser. »Du bist mein Freund nicht.«

»Du hast mich niedergeschlagen ...«

»Mit einem verchromten Schraubenschlüssel! So einfach war das. Und dann habe ich dich in das vorbereitete Loch gestellt und rings um dich zugeschüttet. Versuche nicht, den Kopf nach hinten zu drehen! Es gelingt dir nicht. Ich sitze hinter dir und habe vier Eimer Wasser bei mir. Wir können uns lange unterhalten. Der Mann in Gizeh, der dir Informationen geben wollte, wartet nicht mehr.«

»Das warst du?«

»Die einfachsten Fallen sind immer noch die besten, Suliman.«

»Was willst du nun?«

Suliman schluckte krampfhaft. Der staubige Sand drang bei jedem öffnen in den Mund ein und verklebte ihm die Kehle. Er spürte die stechende Glut der Sonne auf seinem Kopf und wußte genau, was Toc-Toc mit ihm machen wollte ...

Eine alte arabische Art, auch den Verschwiegensten zum Sprechen zu bringen: Grabe ihn bis zum Kopf in die Wüste ein und überschütte ihn mit Wasser, bis ihm der Schädel platzt ...

»Bei Allah, was habe ich dir getan? Laß uns miteinander reden ...«

»Wo ist Dr. Herburg?«

Suliman schwieg. Das ist doch nicht möglich, dachte er. Er kann es nicht wissen, nicht einmal ahnen. Keiner meiner Diener würde mich verraten. »Er ... er ist entführt worden!« sagte er laut.

Toc-Toc nahm den ersten Eimer und kippte etwas Wasser über den im Wüstensand steckenden Kopf.

Suliman riß den Mund auf und trank gierig das Wasser, das ihm über das Gesicht in den aufgerissenen Mund lief. Wie herrlich, wie köstlich frisch! Er spülte den Sand in seiner Mundhöhle hinunter und konnte wieder etwas freier atmen. Aber gleichzeitig sprang ihn die Angst an.

Er versuchte, den Kopf langsam zu drehen, um einen Blick auf Toc-Toc zu erhäschen, aber der saß genau hinter ihm, in einem toten Blickwinkel, und blieb unerreichbar.

»Wenn vier Eimer zu wenig sind ... ich kann mehr Wasser holen!« verkündete Toc-Toc ganz ruhig. »Und wir haben Zeit, Suliman. Es gibt weder im Himmel noch in der Hölle Uhren. - Wo ist mein Doktor?«

»Ich weiß es nicht!« schrie Suliman. »Du Verrückter! Grabe mich aus. Ich will diese Stunde vergessen, wenn du mich herausholst.«

»Wo ist mein Doktor?«

»Ich schenke dir tausend Pfund ...«

Ein neuer Guß überschwemmte seinen Kopf.

Suliman schloß die Augen. Die Angst wurde zur Panik. Er spürte nun schon, wie das Wasser in der glühenden Sonne auf seinem Kopf verdunstete, wie sich die Kopfhaut unter den Haaren zu blähen schien, wie eine Blase, die größer und größer wird und schließlich zerplatzt.

Toc-Toc schwieg. In seine Djellabah gehüllt, die Kapuze über den Kopf gezogen, hockte er hinter Sulimans Kopf im Sand wie ein Riesengeier. Ab und zu erneuerte er den Wasserguß und wartete.

Suliman rang nach Luft. Sein Kopf quoll auf, seine Lippen wurden borkig, zerrissen dann, in den Augenwinkeln brannte der sandige Staub, durch das Wasser zu heißen Klumpen verbacken.

»Zehntausend Pfund!« keuchte Suliman jetzt heiser. »Toc-Toc, du bist ein reicher Mann!«

»Toc-Toc dürfen mich nur meine Freunde nennen. Du bist nicht ...« Der nächste Wasserguß.

»Zwanzigtausend Pfund, Mahdi ibn Kebir!«

»Wo ist mein Doktor?«

Suliman schwieg verbissen, als der nächste Wasserguß kam.

Wie ein gieriges Tier stürzte sich die Sonne auf das Naß und saugte es auf.

Suliman stöhnte. Vor seinen Augen entstand ein Flimmern, die Palmengruppe mit den beiden Autos begann sich zu drehen. Und plötzlich schrie er ...

Mit zurückgeworfenem Kopf brüllte er seine Angst, seine Panik, seine Todesahnung heraus ... Es waren keine menschlichen Laute mehr, die er ausstieß.

Toc-Toc beendete das Gebrüll mit einem Wasserschwall. »Der dritte Eimer«, sagte er danach ruhig. »Der vierte ist noch voll. Aber ich kann Wasser holen, soviel ich will. Heute, morgen, übermorgen ... wir haben so viel Zeit ...«

»Mörder!« brüllte Suliman. »Mörder!«

»Wer mordet hier? Ich frage dich, aber du gibst keine Antwort. Habe ich zwölf Menschen umgebracht oder du? Habe ich Dr. Herburg und die Ärztin entführt oder du?«

»Ich habe nichts getan! Gar nichts!« schrie Suliman.

»Dann lügt Allah. Ich habe mit Allah in der letzten Nacht gesprochen. Er hat mir alles erzählt. Zweifelst du daran, daß Allah alles auf Erden sieht?«

Ein neuer Wasserguß.

Sulimans Kopf quoll auf und wurde von der glühenden Hitze umklammert. Nun begann er zu weinen. »Hunderttausend Pfund!« heulte er. »Mahdi ibn Kebir ... hunderttausend Pfund ...«

»Du willst mir meinen Doktor abkaufen? Suliman, hältst du mich für so minderwertig?« Toc-Toc tippte Suliman an den Kopf. Es war, als schlüge ein Hammer auf ihn ein. Die Nerven glühten ...

»Wo ist mein Doktor?«

»Frage Allah ...«, wimmerte Suliman.

»Allah sagt, er sei bei dir.«

Wieder das Wasser. Wieder die fressende Sonne ...

Die Adern an den Schläfen schwollen an, das Blut jagte durch den Kopf, jeder Herzschlag Sulimans wurde zu einem heißen Stoß, der den Körper auseinanderzuhämmern schien.

»Ich weiß es nicht«, weinte der Gefolterte. »Ich weiß es wirklich nicht ...«

»Wir haben Zeit zu überlegen.« Er hörte, wie Toc-Toc hinter ihm aufstand.

»Bleib hier!« brüllte jetzt Suliman los.

»Ich muß neues Wasser holen.«

Suliman stieß unmenschliche Laute aus, sein Kopf zuckte hin und her, aus den aufgesprungenen Lippen lief Blut ... Wenn er den Kopf herumschleuderte, sah er schon die roten Tropfen im Wüstensand.

Toc-Toc ließ sich Zeit. Er humpelte gemütlich zum Brunnen und füllte zwei Ledereimer mit Wasser. Dann schleppte er sie zurück zu Suliman. Diesmal kam er von vorn.

Suliman starrte ihn an; Es waren schon die Augen eines Wahnsinnigen. Das verzerrte, aufgedunsene Gesicht glich einem Kürbis, in den man Augen, Mund und Nase geschnitten hatte. Es war nicht mehr Suliman ...

»Wo ist mein Doktor?« wiederholte Toc-Toc seine stereotype Frage. Er hockte sich neben dem Kopf in den Sand und beugte sich vor. »Sag schnell, wo er ist! Bevor ich mit dem neuen Eimer beginne ...«

Wie von weit her, wie aus einer feurigen Glut, hörte Suliman die Worte. Sein Gaumen war zugeschwollen, sein Herz schien durch die Brust springen zu wollen, sein Kopf war ein dicker Ballon, gefüllt mit heißem Gas ...

»Bei meinen Schätzen ... im Grab!« sagte jetzt Suliman heiser, kaum noch hörbar.

»Welchen Schätzen?« Toc-Toc horchte auf.

»Bei meinen Millionen ... dem Rauschgift ...« Und plötzlich zerbrach etwas in ihm, sein Kopf kippte nach hinten, seine irren Augen starrten direkt in die Sonne und konnten schon nicht mehr geblendet werden. »Im Grab!« schrie er. Und dann kreischte er immer weiter, und der Kopf begann zu hüpfen, als tanze er über den Wüstensand: »Im Grab! Im Grab! Im Grab! Im Grab ...«

Toc-Toc zog die Schultern hoch und umklammerte den Kopf des wahnsinnig gewordenen Suliman. »Wo - im Grab?« schrie er den aufgequollenen Schädel an. »Wo? Wo ist der Eingang? Suliman ...«

Aber den erreichte kein Laut mehr. In seinem Kopf waren die Adern explodiert, und das wie toll schlagende Herz zerbarst. Er schrie noch einmal ganz hell auf, dann kippte das Gesicht endgültig nach vorn, und das Kinn bohrte sich in den weichen Sand.

Suliman war tot.

Toc-Toc goß beide Eimer Wasser über ihn, mußte aber einsehen, daß er damit das Leben nicht zurückholen konnte. Er holte seine Schaufel, türmte einen Sandhaufen über den Toten und belegte ihn mit dicken Steinen, damit die Hyänen oder die Schakale ihn nicht auskratzten.

Im Grab, dachte Toc-Toc. Er hat meinen Doktor eingemauert. Bei Allah, welch ein Unmensch! Ich habe keine Reue, daß ich ihn umgebracht habe.

Er ging, so rasch er konnte, zu dem alten VW zurück, startete und fuhr in einer hohen Staubwolke in Richtung Sakkara davon.

13

»Das ist nicht möglich!« sagte Abdul ibn Khadar. Der Chef der Geheimpolizei saß zusammen mit dem Polizeipräsidenten im Barackenraum Professor Mitcheners und schüttelte immer wieder den Kopf. »Das ist völlig unglaubhaft!«

In Ägypten gab es seit gestern kein anderes Gesprächsthema mehr als die Vorgänge in und um Sakkara. Der dreiste Überfall auf der Nilstraße, die Entführung des Archäologen Dr. Herburg, der Mord an Salimah, der schönen Geliebten Suliman ibn Husseins, das Schweigen um das Verschwinden der Toxikologin Dr. Alius ... Und nun kam noch dieses hinzu! Ibn Khadar konnte es nicht glauben.

Denn Leila stand in dem Raum und rief immer wieder: »Man hat ihn im Grab eingemauert! Harris, so helfen Sie uns doch! Auch Dr. Alius wird dort sein ...«

»Wir verlangen, daß sofort eine großangelegte Suchaktion in der gesamten Grabanlage beginnt!« Dr. Harris Pernam hieb plötzlich mit der Faust auf den Tisch. »Mr. ibn Khadar, ich mache Sie persönlich dafür verantwortlich, wenn Dr. Alius und Dr. Herburg zu spät entdeckt werden!«

»Woher will sie denn das wissen?« rief der Geheimdienstchef zurück und zeigte mit ausgestrecktem Arm auf Leila. »Solange sie uns nicht sagen kann, woher ihr Wissen stammt, wird keine Schaufel angerührt.«

»Es ist doch ganz gleichgültig, woher ich es weiß!« Leila war der Verzweiflung nahe. »Ich weiß es ...«

»Wenn Sie so sicher sind, dann frage ich Sie, Miss Leila: Wer ist Ihr Informant? Denn hinter diesem Informanten verbergen sich die Mörder!«

Verzweifelt drehte sich Leila um. Sie sah ihren Vater an, dann Toc-Toc, der an der Barackenwand stand und den Kopf gesenkt hielt.

»Ich ... ich habe es gesehen ...«, sagte jetzt Toc-Toc langsam und laut, so daß alle ihn verstanden. Er hob den Kopf.

»Gesehen?« brüllte der aufgebrachte Khadar. »Du warst dabei, du Schuft?«

»Nein!«

Professor Mitchener war einen Schritt vorgetreten und hatte sich vor Toc-Toc gestellt, der zu zittern begann. »Nein! Mahdi ibn Kebir hat die göttliche Gabe, Vergangenes zu sehen und noch einmal zu erleben. Er kann im Trancezustand Jahrtausende überbrücken. Er hat auch, als wir schon alle Hoffnung aufgegeben hatten, das Grab des Menesptah im Trancezustand gesehen. Nach seinen Angaben haben wir es gefunden! Wenn das kein Beweis ist ...«

»Bei Allah!« Der Chef des Geheimdienstes wischte sich das schwitzende Gesicht ab. »So etwas gibt es doch nicht ...«

»Ich flehe Sie an: Glauben Sie ihm ...«, rief Leila verzweifelt. »Jede Minute ist wertvoll ...«

»Gut ... versuchen wir es!«

Abdul ibn Khadar beugte sich über den Plan, den Dr. Pernam nach den Oberflächenvermessungen von der Grabanlage angelegt hatte. Was sich unter diesem großen Bezirk im Innern der Erde verbarg, konnte man nur ahnen. »Was sagten Sie, Professor? Um dieses Grab zu erforschen, braucht man Monate? Ja, glauben Sie denn, daß die vermeintlich Eingemauerten für Monate Luft haben? Nahrung?«

»Wir werden an zehn Stellen gleichzeitig graben!« rief Dr. Pernam. »Wir werden die Gänge und Wände aufreißen ohne Rücksicht auf fünftausend Jahre Kultur! Mich interessieren keine Wandgemälde und kein Kind-König mit seinen goldenen Fröschen! Es geht um zwei Menschen! Herr Präsident, wir reißen das Grab auseinander, bis wir sie gefunden haben!«

Bereits eine halbe Stunde später fraßen sich vier Bagger rund um das Grab in den Geröllboden.

Der Polizeipräsident hatte aus Kairo einen Krankenwagen angefordert, dazu zwei Ärzte und alle Geräte für vielleicht notwendig werdende Wiederbelebungsmaßnahmen.

Nach einer Stunde landete auch ein Rettungshubschrauber; und von Sakkara, dem nächsten Dorf, wo an einer Straße gearbeitet wurde, konnten noch zwei Raupenbagger abgezogen und in die Totenstadt beordert werden.

Es zeigte sich, daß die Maße des Grabes, die Toc-Toc bei seiner Wanderung in die Vergangenheit gesehen hatte, ziemlich genau waren. Wo die Bagger den Boden aufhoben, stießen sie nach drei Metern, an anderen Stellen erst nach sieben oder gar zehn Metern, auf festen Fels oder - an der Hangseite - auf die aus groben Felssteinen zusammengefügte Mauer.

Von Toc-Toc rasch zusätzlich angeworbene Fellachen, Militär und Polizei gruben sich in die Tiefe. Hubschrauber, die jetzt einschwebten, brachten weitere Experten für altägyptische Gräberkunde mit, an der Spitze den Leiter der Forschungsstelle für Ausgrabungen, Dr. Ibrahim Aschar.

Als die Herren aus Kairo über Sakkara schwebten, sah es unter ihnen aus, als sei ein kleines Ameisenheer damit beschäftigt, sich in den Boden einzugraben.

Dr. Pernam und Mr. Polski drangen mittlerweile über den bisher freigelegten Haupteingang von neuem in das Innere der Grabanlage vor. Sie hatten die Schutzanzüge von Frank und Luisa übergezogen, die Gasmasken vor dem Gesicht und die langen Nylonseile um den Leib geschlungen. Mit allen Geräten, vor die Brust gebundenen Scheinwerferlampen, auf dem Rücken zwei Flaschen mit Sauerstoff geschnallt, tappten sie nun den bereits bekannten breiten Gang entlang ...

Sie tasteten sich vorbei an den Ibis- und Pavianmumien und blieben endlich vor der gefährlichen Treppe stehen, in die Herburg eingebrochen war.

Dann machten sie sich daran, die Trümmer des steinernen Wächters wegzuräumen, wobei die leeren Augen des gewaltigen Kopfes Pernam geradezu hypnotisierend anstarrten.

Dann nahm Pernam einen Stein und ließ ihn in die Tiefe fallen, die sich unter der eingebrochenen dritten Treppenstufe auftat. Er zählte, bis er das Klicken des Aufschlages hörte. »Gute fünfzehn Meter«, sagte er zu Mr. Polski, der zum erstenmal in seinem Leben in einem Pharaonengrab war.

Dieser nickte betroffen. »Einen solchen Sturz würde kein Mensch überleben. Und wer weiß, was ihn da unten erwartet!«

»Toc-Toc ... Ich brauche fünfzehn Meter Seil!« rief Dr. Pernam durch das Mikrofon nach draußen.

Im Kopfhörer erklang Toc-Tocs Antwort: »Genug da, Sir! Langsam oder schnell?«

»Langsam! Über die Winde. Ich lasse mich in den Treppenschacht hinunter.«

»Wir haben im ganzen noch dreißig Meter, Sir.«

»Das muß reichen. Auf Kommando läßt du ganz langsam nach, Toc-Toc ...«

»Verstanden, Sir.«

Pernam untersuchte das Nylonseil. Mit einem dicken Karabinerhaken war es an seinem Gürtel befestigt. Damit der Gürtel nicht verrutschte, war er vorn und hinten mit Lederbändern gesichert, die sich Pernam um die Oberschenkel geschlungen hatte. Wenn er nun in der Luft schwebte, saß er praktisch in seinen Ledergurten. Die einzige Gefahr war, daß er nach der Seite umkippen konnte, sobald er das Hauptseil losließ oder sich von keiner Wand abstoßen konnte.

»Sie lassen das Seil auch noch durch Ihre Hände laufen«, sagte Pernam zu Mr. Polski. »Wenn ich halt rufe, so versuchen Sie, mich festzuhalten, bevor die Winde reagieren kann.«

»Sie sind schwerer als ich, Harris!« Mr. Polski zeigte auf sich. »Lassen Sie mich in den Schacht hinunter.«

»Unmöglich! Ihnen fehlt die Erfahrung ... Verzeihen Sie, Mr. Polski, aber das hier ist eine Angelegenheit, die nichts mehr mit Forschung zu tun hat.«

»Ich verstehe, Harris.«

Vorsichtig trat Dr. Pernam an den Rand der eingebrochenen Treppenstufe, kniete sich hin und ließ sich dann langsam über die Kante in die Tiefe gleiten.

Mr. Polski hielt das Seil mit beiden Händen fest umklammert und stemmte sich mit aller Kraft gegen den einsetzenden Zug.

»Toc-Toc ... langsam nachlassen!« rief Pernam in das Mikrofon. »Los!«

Das Nylonseil lief über die Winde. Der Motor ratterte.

Professor Mitchener, Dr. Abdullah und Leila standen daneben und hörten über den Lautsprecher mit, was Pernam aus dem Inneren der Grabanlage berichtete. Da man die Mikrofone zusammengeschaltet hatte, hörten sie auch das Keuchen Mr. Polskis, der das Nylonseil durch seine Hände gleiten ließ.

Harris Pernam hing jetzt frei in der Luft über einem Abgrund von fünfzehn bis zwanzig Metern. Sein Brustscheinwerfer erfaßte die Wände, während er sich an dem Seil im Kreis drehte.

»Es ist hier wie in einer großen Tropfsteinhöhle«, erklärte Dr. Pernam ruhig. »Nur die Stalaktiten und Stalagmiten fehlen. Die Wände sind unbehauen, es ist keine künstliche, sondern eine natürliche Höhlenhalle, um die anscheinend Imhotep das Grab herumgebaut hat. Langsam Seil nachlassen! Langsam! Wieviel Meter haben wir?«

»Genug, Sir!« rief Toc-Toc.

»In der Höhlenwand sind große Löcher ... mannshoch! Sie zweigen nach allen Seiten ab. Ich vermute, daß es die Enden von Gängen aus anderen Etagen sind ... oder eben Einstiege in neue Stollen.«

»Ein ungeheurer Fuchsbau!« sagte Professor Mitchener draußen und wagte nicht, Leila dabei anzusehen. »Ein Labyrinth, wie wir es noch nie entdeckt haben. Gänge, Gänge, und davon abgehend Kammern und Gewölbe, und das über drei Etagen verteilt ... und keine Ahnung über den Zustand der einzelnen Stollen!«

»Und irgendwo hat man Frank eingemauert ...«, sagte Leila leise.

»Ja. Irgendwo! Das ist es ja. Wenn wir systematisch suchen ...«

»Dauert es Monate, ja, ich weiß.«

»Was Pernam vorschlug, ist undurchführbar. Wir können nicht einfach die ganze Grabanlage aufsprengen! Das wäre mit Sicherheit auch das Ende von Frank und Luisa!«

Dr. Abdullah erklärte: »Es gibt in jeder Grabanlage, und wenn sie noch so gut erhalten ist, einzelne Teile, die verwittert sind und zusammenfallen, wenn man sie nur berührt. Durch Sickerwasser oder sonstige Einflüsse unbekannter Art werden auch Grabkammern morsch. Wir haben das oft genug erlebt, Leila. Es kann sein, daß man die beiden – oder auch jeden allein – in solche Kammern eingemauert hat. Sie stürzen bei der geringsten Erschütterung ein. Suliman war ein Satan ... das wissen wir jetzt!«

»Wir müssen Herburg finden«, sagte Leila und blickte über das Gräberfeld, aber ihre Augen schienen in unendliche Weiten zu blicken. »Er darf nicht sterben ... so nicht!« Sie wandte sich ab und wollte gehen, aber ihr Vater hielt sie am Arm fest.

»Wo willst du hin?«

»Ins Lager. Ich lege mich hin. Ich bin müde. Ich habe die ganze Nacht geweint ...«

Das stimmte. Dr. Abdullah nickte, aber als Leila einige Meter weit gegangen war, schickte er ihr einen Arbeiter nach. »Melde mir alles, was sie tut!« sagte er zu dem Mann. »Laß sie nicht aus den Augen! Ich drehe dir den Hals um, wenn irgend etwas mit ihr geschieht ...«

Der Arbeiter nickte, warf seine Hacke weg und schlich hinter Leila her zum Barackenlager.

Dr. Harris Pernam hatte unterdessen die Tiefe von fünfzehn Metern erreicht und pendelte noch immer im freien Raum.

Unter sich, im Licht seines Scheinwerfers, erkannte er den Grund der Höhle - noch drei Meter entfernt. Er war buckelig, rissig, mit vielen spitzen Steinzacken. Ein zerklüfteter Boden, auf dem - im Lauf der Jahrhunderte mumifiziert und zusammengeschrumpft - fünf tote Menschen lagen. Tote mit kleinen, wie zu Leder gewordenen Köpfen. Zusammengekrümmt lagen sie da, anscheinend aus einem der Ganglöcher in eine unbekannte Tiefe gestürzt ... Ihre Kleidung war noch recht gut erhalten. Sie stellten, wie Pernam schon bei oberflächlicher Betrachtung sachverständig feststellte, einen Querschnitt durch mehrere Jahrtausende dar. »Ich schwebe über fünf ausgetrockneten Toten!« rief er durch das Mikrofon die sensationelle Meldung.

Auf der Erde zuckte Professor Mitchener wie elektrisiert von seinem Klappstuhl.

»Der eine könnte, der Kleidung nach, viertausend Jahre alt sein; der jüngste könnte aus Cäsars Zeiten stammen. Ganz klarer Befund: Grabräuber, die alle in Imhoteps Falle gestürzt sind. Und das beweist, daß seit Jahrtausenden immer wieder nach dem Pharao gesucht worden ist! Aber mit Beginn unserer Zeitrechnung scheint hier Ruhe eingetreten zu sein. Bitte, Seil nachlassen! Ganz langsam! Der Höhlenboden ist wie ein Nagelbrett ...«

»Phantastisch!« rief Professor Mitchener und war kaum zu halten. »O wie phantastisch! Man sollte zwanzig Jahre jünger sein ... dann hielte mich jetzt keiner mehr hier oben fest!«

Stück um Stück wurde Pernam nun herabgelassen. Als er den spitzigen Höhlenboden berührte, rief er: »Stop!« Und dann: »Noch vier Meter Seil nachlassen!«

»Wir haben dann nur noch drei Meter, Sir!« krächzte Toc-Tocs Stimme im Kopfhörer.

»Das reicht. Damit komme ich an jede Wand heran! Alles nachlassen, Toc-Toc!«

»Verstanden, Sir.«

Pernam wartete, bis das ganze Nylontau neben ihm aufgerollt lag. »Wie steht's bei Ihnen, Mr. Polski?« fragte er.

»Alles okay, Harris!« Mr. Polski lachte kurz. »Meine Handflächen glühen, ich könnte Spiegeleier darauf braten.«

Harris Pernam lachte aus der Tiefe. »Brennen Sie mir nur nicht das Nylontau durch! - Ich gehe jetzt an den Wänden der Höhle entlang, rundherum klopfe ich sie ab, ob nicht irgendwo eine versteckte oder zugemauerte Tür ist.« Er leuchtete mit dem Brustscheinwerfer Stück für Stück der Höhle ab und nickte. Oben, in der Decke sah er das Loch, durch das er eingestiegen war. Mr. Polskis Lampe warf einen schwachen Schein nach unten.

Mit einem Stahlhammer und dem elektronischen Anzeigegerät, mit denen schon Dr. Herburg einen Eingang entdeckt hatte, tastete Pernam die Wände der riesigen Gruft ab. Überall war nur massiver Fels.

Die eigentliche Grabanlage schien doch erst in neun Meter Höhe zu beginnen, von oben gerechnet die unterste Etage. Dort mündeten rundherum sieben Gänge in den Abgrund. Sieben Straßen in einen möglichen Tod ...

Draußen hörte man deutlich im Lautsprecher das Kling-kling-kling des Stahlhammers gegen die Felswände. Gespannt hörten alle zu und achteten nicht auf den Militärhubschrauber, der vom Landeplatz bei den Baracken aufstieg, zum Nil hinüberflog und dann Kurs auf Kairo nahm.

Der Arbeiter, den Dr. Abdullah zur Bewachung Leilas mitgeschickt hatte, sorgte für eine Unterbrechung. Mit fuchtelnden Armen rannte er durch die Grabruinen und sprang dann neben Dr. Abdullah den Abhang hinunter zum Grabeingang, wo alle standen.

»Ich habe es nicht verhindern können!« schrie der aufgeregte Mann und zeigte auf den Himmel, wo der Hubschrauber gerade zum Nil abdrehte. »Ich konnte sie nicht festhalten. Es ging alles so schnell. Sie sah, daß der Hubschrauber starten wollte, rannte zu ihm hin - und der Offizier zog sie hinein. Da ... das sind sie ...«

Dr. Abdullah stand wie erstarrt und blickte in den Himmel. Es war sinnlos, den armen Mann zu bestrafen - wer Leila kannte, der wußte, daß niemand ihren Willen brechen konnte. Sie hatte blitzschnell reagiert und gehandelt, als sie den startbereiten Hubschrauber gesehen hatte. Abdullah bezweifelte, daß es ihm selbst gelungen wäre, seine Tochter zurückzuhalten. »Ich werde den Militärflugplatz anrufen!« sagte er, und seine Stimme klang müde und resignierend.

Professor Mitchener nickte nur.

»Vielleicht kann man sie dort festhalten? Bei Allah - was will sie nun wieder in Kairo? Wer kann ihr in Kairo helfen, wenn wir hier nicht weiterkommen?«

14

Sie hatten die Lampen gelöscht, um Luft und Gas zu sparen, und saßen nun schon seit Stunden im Dunkeln. Sie hörten nur ihren Atem, ab und zu das Scharren von Schuhsohlen oder das Rascheln von Stoff, wenn sie sich bewegten.

Luisa hatte sich auf den alten Teppich gelegt und lauschte auf jedes Geräusch.

Ein paar kleine, phosphoreszierende Punkte tanzten manchmal durch die völlige Dunkelheit: die Leuchtziffern von Herburgs Armbanduhr.

»Schläfst du?« fragte er plötzlich.

Seine Stimme war leise; wenn Luisa wirklich schlief, würde sie davon nicht geweckt werden.

»Nein. Ich sehe den Glühwürmchen an deinem Handgelenk zu ...«

»Die Uhr!«

Ein leichtes Scharren und Rascheln war zu hören, und dann legte sich Herburgs Hand auf ihre Stirn.

Es war ein Zufall, aber sie war glücklich, daß er nach ihr getastet hatte. Sie zog die Hand an sich und küßte ihre Innenfläche.

»Wenn deine Uhr richtig geht, sitzen wir jetzt schon neunzehn Stunden hier.«

»Die Luft ist noch gut.«

»Zwei Wochen lang ...«

»Zwei unendliche Wochen ... vierzehn gemeinsame Tage und Nächte ... in denen so viel geschehen kann, in denen man sich soviel sagen kann ...« Luisa zog an seiner Hand, er rutschte näher und legte sich neben sie. »Du bist so unruhig, Frank ...«

»Ich kann nicht herumliegen und nichts tun! Du hast dich damit abgefunden, daß so unser Ende aussieht?«

»Ja, ich denke ... ja!«

»Ich nicht! Mein Gott, hast du denn keine Angst?«

»Die kommt sicherlich später ... in vierzehn Tagen, wenn ich merken sollte, daß aus meinem Blut Kohlensäure wird ... Aber jetzt? Nein!«

»Ich werde versuchen, durch diesen niedrigen Gang zu kriechen.«

»Und dann irgendwo abstürzen und mich allein lassen! Dann werde ich allerdings vor Angst wahnsinnig!«

Er wollte wieder aufspringen, aber sie fühlte es vorher an seiner Muskelanspannung und schlang rasch die Arme um ihn.

»Ich habe mir alles genau überlegt, Luisa«, sagte er. Seine Stimme klang gepreßt.

»Ich liebe dich ...«, sagte sie, ohne auf seine Überlegungen einzugehen.

»Ich werde alles, was wir entbehren können, in Streifen schneiden und diese aneinanderknoten: Oberhemd, Unterhemd, deine Bluse, den Teppich, auf dem wir liegen ... Das ergibt einige Meter Seil ...«

»Frank, ich liebe dich ...«

»Wenn ich dann noch eine Lampe vor mir herschiebe, kann es gar keine Überraschungen geben ...«

»Als ich im Camp landete, damals, bei euch, und mit dir von dem Hubschrauber zu Mitcheners Baracke lief, da schon habe ich mich ... da schon gleich habe ich mich in dich verliebt. Vom ersten Augenblick an...« Sie rückte näher an ihn heran und legte ein Bein über seine Hüften. »Dann sah ich Leila. Da wußte ich plötzlich, daß neben ihr keine andere Frau eine Chance hat. Sie ist wie ein Urbild der Schönheit, wie ein Bild aus Ägyptens grauer Vorzeit ...« Sie strich über sein Haar und tastete langsam sein Gesicht ab. Sehr liebevoll fragte sie dann: »Du denkst viel an sie?«

»Wir sollten versuchen, aus dieser gottverdammten Kammer wegzukommen!« wich Herburg aus. »Wir müssen in das Grab hinein! Wohin – das ist gleichgültig – nur weiter! Ob wir hier in der ersten, der zweiten oder dritten Etage sind, ist ohne Belang. Nur vordringen müssen wir! Je weiter wir in das Grab vordringen, um so größer ist die Chance, gefunden zu werden!«

»Wer soll uns finden?«

»Es ist ein großes Glück, daß Harris Pernam so ein sturer Bursche ist. Er wird genau das tun, was ich ihm gesagt habe: Was auch passiert – weitergraben! In die Grabanlage eindringen und sich durch nichts aufhalten lassen! Unser Gegner wird immer nervöser. Hätte ich nur damals schon gewußt, daß es Suliman ist ...«

»Ich werde nie vergessen, wie er Salimah den Dolch in den Rücken warf. Aus dem Handgelenk ... fast spielerisch leicht! Und welche Kraft steckte dahinter! Die Klinge muß das Herz glatt durchschnitten haben.«

»Und Suliman wird nervös und nervöser werden, wenn Pernam weitergräbt. So rasch kann er seine Rauschgiftmengen nicht abtransportieren. Er wird sich etwas einfallen lassen müssen, denn er kann ja schließlich nicht die ganze Expedition ausrotten! Darauf setze ich meinen letzten Funken Hoffnung für uns, Luisa! Harris kann uns irgendwo im Grab erreichen, wenn wir hier nicht sitzen bleiben und nichts tun als warten. Wir müssen ihm entgegenkommen!« Er hielt ihre Hand fest, mit der sie über seine Lippen strich. Dann drehte er sich auf den Rücken. »Weißt du, daß Harris dich sehr liebt?«

»Ja ... er hat es angedeutet ...«

»Als es uns allen klar wurde, daß du nach dem Überfall verschwunden warst, ist er bald verrückt geworden. Er wollte allein in den Dschebel Quatrani, weil man zuerst vermutete, libysche Rebellen hätten den Überfall ausgeführt. Dabei war es nur eine von Sulimans perfekten Inszenierungen! Ich habe Harris nur mit dem Argument zurückhalten können, daß ich sagte, der unbekannte Gegner würde sich dann wieder rühren, wenn wir weitergraben. Gegen den Widerstand des Professors sind wir dann von neuem in das Grab gestiegen ... Leila und ich. Da geschah das Unglück ...«

»Du liebst Leila?« fragte Luisa unvermittelt. »Sag bitte nicht: Ich weiß es nicht. Du weißt es genau ...«

»Und jetzt ... auch jetzt wird Pernam weitergraben. Allein oder mit Dr. Abdullah oder Mr. Polski ... Er wird weitergraben. Luisa, wir müssen in das Innere des Grabes!«

»Warum antwortest du nicht auf meine Frage?«

»Ja, gut, ich liebe Leila«, sagte er, und es klang etwas gequält. Er spürte den Druck ihres Beines auf seinem Leib und dachte: Und dich liebe ich auch. Oder will ich nur wissen, wie du dich benimmst, wenn du in den Armen eines Mannes liegst? Er wußte es jetzt: sie konnte unendlich zärtlich sein, und alle Überlegenheit, die sie sonst zur Schau trug, alle Emanzipation, alle Schlagfertigkeit, Superklugheit und die rauhe Schale, mit denen sie jeden Mann verblüfft und heillos an die Wand spielt, fielen von ihr ab wie eine zweite Haut, wenn man ihre Sehnsucht nach wirklicher, echter Liebe entdeckte.

Luisa dachte nach. »Wir haben noch dreihundertfünfunddreißig Stunden ... Stimmt das?«

Er blickte auf die flimmernden Leuchtziffern seiner Uhr. Ohne nachzurechnen, sagte er: »Ungefähr.«

»Ich möchte diese dreihundertfünfunddreißig Stunden glücklich sein. Ist das unverschämt, Frank? Bevor ich sterbe, möchte ich gern wissen, was das Glück ist. Das Glück, einen Mann zu lieben. Weißt du, daß ich das nie empfunden habe?«

»Du hast es mir erzählt.«

»Was habe ich nicht alles geredet ... geredet ...« Sie bewegte sich und legte sich langsam ganz über ihn. Ihr Gesicht ruhte auf seiner linken Schulter. »Glaubst du eigentlich alles, was eine Frau dir erzählt?«

»Dir habe ich es geglaubt.«

»Warum?«

»Weil du so absolut ehrlich aussiehst ...«

»Danke, Frank.« Sie rieb ihr Gesicht an seiner Schulter. »Ehrlich, sagtest du? Soll ich jetzt ganz ehrlich sein?«

»Natürlich.«

»Ohne Scham?«

»Kannst du das?«

»Ich kann es ... bei dir! Ich möchte die dreihundertfünfunddreißig Stunden, die uns bleiben, ganz mit dir zusammen sein ...« Ihre Hand lag plötzlich auf seinem Mund. »Sag jetzt nichts, Frank. Zerstöre mir diese Illusion nicht sofort ... Wir werden uns lieben wie Wahnsinnige, die sich ineinander verbeißen ... das kostet Luft, Frank ... Wir werden mit jedem Atemzug mehr verbrauchen, als wir dürfen ... Und so werden wir früher sterben ... die Qual des Wartens wird schneller vorbeigehen ...«

»Wir haben aber auch dreihundertfünfunddreißig Stunden Zeit«, erwiderte Herburg fest, »durch die Grabanlage zu kriechen. Und draußen haben sie dreihundertfünfunddreißig Stunden Zeit, uns zu suchen ...«

»Sie können doch gar nicht wissen, daß wir hier sind.«

»Pernam wird wie ein Wilder sein! Er wird Suliman herausfordern, etwas zu tun. Auch wenn er nicht wissen kann, daß Suliman sein Gegner ist ... er wartet auf eine Reaktion! Und sie wird kommen, Luisa! Je näher Pernam und sein Team an das Rauschgiftlager herankommen, um so kritischer wird es bei Suliman. Denn seine Rechnung geht nicht auf: Er braucht vier oder fünf Tage Zeit, um das Riesenlager zu räumen und wegzuschaffen ... und die hat er nicht!«

»Suliman hat uns hier hineingebracht, und kein Mensch hat uns gesehen! Er wird auch sein Rauschgift herausbringen – und niemand wird uns sehen!« Sie rollte sich von Herburgs Körper und legte sich neben ihn. »Verzeihung ...«, sagte sie leise.

»Wofür?«

»Es ist schon vorbei, Frank.« Ihre Hand tastete über seine Brust und blieb an seinem Hals liegen. Ganz leicht schabten ihre Fingernägel seine Haut. »Ein paar Minuten lang ganz dumm und nur Frau sein ... es war schön. Aber es ist schon vorbei.« Ihre Hand glitt an ihm herunter und fiel auf die Erde. »Wie willst du denn alles in Streifen schneiden? Hast du denn ein Messer bei dir?«

»Ja. Ein kleines Taschenmesser.«

»Das hat er dir gelassen?«

»Suliman war seiner Sache so sicher, daß er solche Kleinigkeiten übersehen konnte. Ich habe sogar stundenlang in seinem Haus gesessen – mit der Pistole im Hosenbund. So unverletzbar sieht sich dieser Kerl. Die Pistole ist weg, aber das kleine Taschenmesser hat man mir gelassen.«

»Du warst auch in dem Anbau?«

»Von innen ein Traum ...«

»Es kann sein, daß ich im Zimmer nebenan gesessen habe. Mein Gott, wenn wir das gewußt hätten!«

»Ich hätte uns den Weg freigeschossen«, sagte Herburg dumpf. »Ich hatte noch volle Magazine ...«

Sie tastete in der Dunkelheit, fand eine der Propangasflaschen und kramte dann in dem großen Schminkkoffer Salimahs. »Verdammt! Wo stecken die Streichhölzer? Suliman hat nämlich an alles gedacht, auch daran, daß wir Licht sparen würden und deswegen Streichhölzer brauchen. Da sind sie!«

Ein Ratschen, das dünne Flämmchen zischte auf ... Sekunden später brannte die Gaslampe und verbreitete fahlen Schein in der Felsenkammer.

Frank Herburg saß mit angezogenen Beinen auf dem Teppich und stützte sein Kinn auf die Knie.

»Woran denkst du?« fragte Luisa.

»Wir haben uns zwei Jahre zu spät kennengelernt.«

»Man kann sie nicht wegwischen, Frank. Es war dumm von mir ... das ... was ich gesagt habe ...«

»Es war wunderschön, Luisa.«

»Ich kann auch dumm sein, wie du siehst.« Sie blickten sich an und lächelten beide. »Ich werde dich immer lieben«, fuhr sie leise fort. »Wie einen fernen Stern, der ungreifbar ist. Klingt ganz schön romantisch und kindisch, was? O Gott, ich möchte noch einmal so richtig kindisch glücklich sein ...« Sie stand auf und zog ihre Bluse aus. Sie trug darunter nur noch den BH. Er umschloß ihre festen Brüste, die eigentlich keine Stütze brauchten. Der obere Teil war aus weißer Spitze - ziemlich durchsichtig. Frank mußte wegsehen.

Dann blickte Luisa an sich herunter und merkte erst jetzt, daß die Hose ihres Anzugs, den sie auf Sulimans Fest getragen hatte, an der Seite aufgerissen war. »Die Hose auch, Frank?«

»Was?« Er hob den Kopf.

»Ausziehen? Für die Streifen. Mir macht es nichts aus, nackt zu gehen. Ich schäme mich vor dir nicht ...«

»Ich glaube, das wird nicht nötig sein. Wir brauchen nur ein paar Meter.« Er stand auch auf, zog Hemd und Unterhemd aus und holte das Taschenmesser aus der Hosentasche.

Luisa sah ihn unverwandt an. Sein nackter Oberkörper erinnerte sie an den Nachmittag am Nil, wo sie eine ganze Zeit neben ihm gesessen hatte, während er nackt am Ufer lag und schlief.

Frank begann, das Unterhemd in Streifen zu schneiden. Die Stücke warf er Luisa zu. »Zusammenknoten!« sagte er. »Ich nehme an, ihr Mediziner könnt besonders feine Knoten machen!«

Sie nickte und begann, die Streifen aneinanderzuknoten. Damals, am Nil, dachte sie dabei. Wie hätte er wohl reagiert, wenn ich mich ebenfalls nackt neben ihn gelegt und ihn mit Streicheln geweckt hätte? Ich wollte es damals tun ... ich hatte die Hand schon ausgestreckt ... aber da kam der dämliche Augenblick der Scham. Ich hätte es damals tun sollen ...

»Da!« sagte Herburg plötzlich laut. Er stand steif und lauschend da, dann beugte er den Kopf vor. »Hast du nichts gehört?«

»Nein ...«

»Da war etwas ...«

»Was?«

»Ein Laut! Ein fremder Laut! Ein ganz neuer Laut - außer unseren Stimmen. So ... hell, vibrierend, als wenn jemand mit einem Stahlhammer gegen den Felsen schlägt. Du glaubst nicht, wie sich ein Ton im Erdinnern, gerade in Felsen, fortpflanzt.«

Sie drückte die Hemdenstreifen an ihren Mund und starrte ihn ungläubig an. »Wenn das wahr ist ...«, stammelte sie. »Wenn das wirklich wahr ist ...«

Dann schwiegen beide und strengten ihr Gehör an.

Aber der Laut wiederholte sich nicht.

Die Stelle, die den Ton weitergetragen hatte, war von Dr. Pernam nicht als Hohlraum erkannt worden. Er ging in der großen Höhlenfalle weiter und tastete mit seinem Stahlhammer die Wände ab ...

Nur zweiundzwanzig Meter trennten sie voneinander ... aber dazwischen lag das Wunderwerk von Imhoteps Labyrinthen.

Nach einer Stunde war Herburg soweit: Die Streifen hatten ein Seil von etwa zehn Metern ergeben, natürlich nur, um miteinander verbunden zu sein, keineswegs als Sicherheit vor einer neuen Falltür. Fiel Herburg unvermittelt herunter, dann würde das dünne Gewebe sofort zerreißen.

»Wir lassen die volle Länge zwischen uns, Luisa«, sagte er. »Ich krieche voraus mit beiden Lampen, und du folgst, sobald sich das Seil strafft. Du mußt den Schminkkoffer Salimahs vor dir herschieben, denn auf die Verpflegung können wir nicht verzichten.«

»Vielleicht werden wir uns doch noch besaufen, um das Sterben nicht zu merken«, sagte Luisa grob.

Er sah sie erstaunt an und nickte. »Vielleicht. Was ist mit dir?«

»Ich habe erkannt, daß ich ein Rindvieh bin ...« Sie winkte ab. »Frag nicht mehr, Frank. Es sind so Aufwallungen, wenn man sich erinnert!«

Frank wollte etwas erwidern, aber gleichzeitig riß es ihn herum, als habe man ihn in den Rücken geschlagen. »Da war es wieder! Kling!«

»Ich habe wieder nichts gehört ...«

»Ganz weit weg. Man spürt es mehr, als daß man es hört. Jedenfalls weiß ich eines: Im Grab wird gearbeitet, Luisa!« Und plötzlich schrie er, stürzte auf sie zu, riß sie an sich und küßte ihr zitterndes Gesicht. »Sie arbeiten! Sie arbeiten! Der gute alte Harris arbeitet! Ich wußte es, sie sind tiefer eingedrungen, viel tiefer als ich! Mein Gott, wenn uns das gelingt ... wenn wir ihnen entgegenkommen! Luisa, sie arbeiten ...«

»Ich habe doch nichts gehört«, stammelte sie. Und dann schluchzte sie auf, schlang die Arme um seinen Hals und küßte ihn mit einer wilden, verzweifelten Leidenschaft, wie er sie noch nie erlebt hatte. »Jetzt habe ich Angst«, schluchzte sie. »Angst, daß du einem Ton nachrennst, einem Ton, den es gar nicht gibt ...«

Zweiundzwanzig Meter von ihnen entfernt kroch Pernam durch die Höhle und hämmerte gegen die Felsenwand. »Keine Tür!« meldete er über das Mikrofon nach oben. »Rundherum massiver Fels. Nichts ist vermauert. So gut getarnte Türen kann es auch gar nicht geben. Es ist so, wie ich es vorhergesagt habe: Das Grablabyrinth ist um die Höhle herumgebaut worden. Ich habe noch eine Wand zu prüfen, dann könnt ihr mich hochziehen.« Er ging langsam weiter. Der Stahlhammer klang hell gegen die Felsen. Kling-kling-kling ...

Auf einer Seite, die den Schall nicht mehr zu Herburg und Luisa trug.

Frank Herburg kroch in den röhrenförmigen Gang hinein. Die beiden Gaslampen schob er, wie verabredet, vor sich her und blieb, als sich das Wäschestreifenseil spannte, liegen. Er blickte über die Schulter zurück. Der Gang war hoch genug, daß man auf Knien rutschen konnte, aber es war einfacher und ging auch schneller, wenn man vorwärts robbte.

Im fahlen Widerlicht der beiden Lampen tauchte Luisas Kopf am Stolleneingang auf. Sie schob den Koffer vor sich her und kam dann langsam näher gekrochen.

Herburg ließ sie bis auf vier Meter herankommen.

»Geht es nicht weiter?« fragte sie.

»Doch, mir fällt nur plötzlich etwas ein.«

»Und?«

»Wir kommen ja, wenn wir in das Grab kriechen, auch in die Giftküche des Imhotep hinein.«

»Ich weiß es«, sagte Luisa ruhig.

»Und ich denke an dein Experiment mit der kleinen Katze. Das Lähmungsgift für die Atemwege ...«

Sie nickte, und Frank sah, daß sie dabei traurig lächelte.

»Was macht es aus, ob wir nun an Sauerstoffmangel oder an Giftgas sterben?« fragte sie. »Die zweite Todesart geht wesentlich schneller.«

Er wandte sich wortlos ab und kroch weiter.

Als der Gang sich nach rechts und links verzweigte, entschloß er sich, nach rechts zu kriechen.

Nach nochmals sieben Metern wurde die Röhre höher, er konnte aufrecht stehen - wenn auch mit geneigtem Kopf. Hier war dumpfe, stickige Luft um sie ... Fünftausend Jahre lang konserviert. Das Atmen wurde schwerer, und in den Schläfen klopfte das Blut.

»Ich schätze, wir sind jetzt im Labyrinth«, sagte Herburg. »Sollten wir in der untersten Etage sein, so wird es lange dauern, bis wir nach oben kommen ...«

»Wir haben noch dreihundertvierunddreißig Stunden Zeit ...«

Luisa kam zu ihm und legte den Kopf an seine Schulter.

»Das war die Rechnung aus unserer Kammer!« Seine Stimme klang rauh. »Hier ist die Luft wesentlich schlechter. Rechnen wir nur noch die Hälfte ...«

Fast um die gleiche Zeit rief Harris Pernam in sein Mikrofon: »Ihr könnt mich jetzt raufziehen! Hier unten ist alles okay! Ganz langsam hochziehen ... und wenn ich halt rufe, sofort anhalten! Dann will ich nämlich versuchen, in einen der hier mündenden Ein- oder Ausgänge - wie man's nimmt - hineinzukriechen. Also - Winde los!«

Das Nylonseil straffte sich. Ganz langsam schwebte Dr. Pernam aus der Höhlenfalle nach oben.

15

Dr. Abdullah kam mit seinem verzweifelten Anruf bei der Militärbasis für Hubschrauber in Kairo zu spät.

Wie beim Militär üblich, meldeten sich erst einmal Stellen, die nicht zuständig waren. Abdullahs Gespräch wurde weitergereicht, von Zimmer zu Zimmer, bis er an einen Offizier geriet, der zuerst einmal ganz von vorn anfing. Er wollte wissen, wie er hieße, wie alt er sei und wo er wohne ...

»Ich will mich nicht freiwillig als Soldat melden!« schrie der außer sich geratene, unglückliche Vater. »Außerdem bin ich bereits Oberst der

Reserve. Was sind Sie? Oberleutnant? Nun hören Sie mir mal gut zu: In einem Hubschrauber, der gerade von Sakkara bei Ihnen angekommen sein muß, sitzt meine Tochter. Ich möchte, daß Sie sie festhalten, bis ich bei Ihnen bin.«

»Das ist völlig undenkbar ...»

»Was ist undenkbar?« brüllte Dr. Abdullah zurück. »Hier bei mir sitzt General Fuad el Hamran. Er wird Ihnen jetzt sagen, was undenkbar ist ...«

»Undenkbar ist«, sagte der Oberleutnant und blieb ganz ruhig, »daß eine Frau in einem Militärhubschrauber mitfliegt. Und das auch noch bei einem Einsatzflug! Unmöglich!«

»Sie kennen meine Tochter nicht. Sie hat es eben möglich gemacht!« Abdullah war nahe daran, sich die Haare zu raufen. »Sie muß gerade landen...«

»Dann muß ich Sie weitergeben an die Kommandostelle.«

»Und wer sind Sie?« brüllte Abdullah und schlug mit der Faust gegen die Barackenwand.

»Der Wachoffizier ...«, kam die ungerührte Stimme zurück. »Ich verbinde Sie weiter ...«

Wie gesagt - es war zu spät.

Als Dr. Abdullah ibn Hedscha endlich bei der Kommandostelle den richtigen Mann am Telefon hatte, war der Hubschrauber bereits gelandet. Man konnte ihm nur - nach nochmaliger längerer Rückfrage bei dem Bodenpersonal - mitteilen, daß tatsächlich eine Frau, eine Zivilistin, mitgekommen sei, daß diese aber die Flugbasis vor wenigen Minuten in einem Jeep mit zwei Offizieren verlassen habe.

Wohin? Ja, wie sollte man das wissen?

Müde legte Vater Abdullah auf. Er ließ sich in seinen Korbsessel fallen und starrte vor sich hin. Er war nicht abergläubisch, aber jetzt war auch er bereit zu glauben, daß alle, die ein Grab der Pharaonen auch nur von weitem ansahen, ihrem Unglück nicht mehr ausweichen konnten.

In der Mitte der Stadt Kairo setzten die beiden Offiziere Leila auf deren Wunsch ab. Sie bedankte sich artig und verschwand dann in dem breiten Strom von Passanten, der durch die Einkaufsstraße flutete.

An der nächsten Ecke nahm Leila ein Taxi und ließ sich in das Villenviertel von Kairo hinausbringen.

Die reichsten Ägypter hatten sich hier auf der Nilinsel Ghezira - in der Nähe der Tahrirgärten und des Andalusischen Gartens - die schönsten und prunkvollsten Häuser gebaut.

Hier wohnte auch Gemal Mohammed ibn Djelfa in einem kleinen Palast, umgeben von einem blühenden Garten und mit einem traumhaft schönen Blick auf das andere Nilufer mit dem Kuppelbau des Ägyptischen Museums.

Gemal Mohammed war zu Hause und erwartete Leila.

Er wußte nicht, wer sie war, aber wenn sie so schön wie ihre Stimme am Telefon war, dann rechnete sich Gemal eine große Freude für einen langen Tag und vielleicht auch noch für die Nacht aus. Die Unbekannte brachte eine gute Empfehlung mit, denn sie hatte am Telefon gesagt: »Mich schickt Suliman ibn Hussein zu Ihnen, Gemal Mohammed. Ich soll Ihnen einen Brief überbringen. Sicherlich ist es wichtig ...«

»Endlich!« hatte der dicke Gemal geantwortet. »Eine Nachricht meines Freundes Suliman! Wo steckt der Bursche überhaupt? Ich versuche seit Stunden vergeblich, ihn zu erreichen. Immer wieder heißt es, er sei nicht da! Ja, wo ist er denn?«

»In Gizeh.«

»Und was macht er da?«

»Vielleicht steht es in dem Brief? Er ist vertraulich. Können wir allein sein, Gemal Mohammed?«

Die Stimme hatte so fröhlich geklungen ... ein zwitscherndes Vögelchen, hatte Gemal gedacht.

»Suliman befahl mir, nur Ihnen allein den Brief zu übergeben!«

»Wir werden ganz unter uns sein, meine Süße!« hatte Gemal entzückt ausgerufen. »Wann können Sie bei mir sein?«

»In zwanzig Minuten ...«

Der dicke, eitle Gemal tat in diesen zwanzig Minuten alles, was zur Vorbereitung von schönen Stunden nötig war: er parfümierte sich, er ließ große Schalen mit frischem Obst auftragen, die besten Fruchtsäfte und gebackene Süßigkeiten bereitstellen, und dann befahl er seinen Dienern, ihn nicht mehr zu stören, bis er läuten würde.

Genau zwanzig Minuten später brachte ein devoter Diener Leila in das große Arbeitszimmer Gemal Mohammeds. Eine lautlose Klimaanlage verbreitete wohltuende Kühle.

Mit ungläubigen Augen erhob sich Gemal, als Leila den Raum betrat. So etwas schickt Suliman mir? dachte er. Soviel anbetungswürdige Schönheit? Er muß verrückt sein ... oder das, was die Dame bringt, ist ganz besonders unangenehm.

Es war eine Ahnung, die sich rasch bewahrheiten sollte.

Zunächst klang es wirklich so, als habe Leila eine wichtige Botschaft zu überbringen. Sie ließ, wenn auch mit Ekel in den Augen, zu, daß Gemal ihr schmatzend die Hände küßte und beim Heben des Kopfes unverhohlen auf ihre Brüste starrte, die sich durch ihre dünne Bluse deutlich abzeichneten. Er hielt ihre Hände noch fest und ließ seine Schweinsäuglein blitzen. »Einen besseren Briefträger hätte Suliman nicht finden können«, sagte er und ließ seinen schmierigen Blick immer wieder über ihren Körper gleiten. »Welch ein Glück für Sie, daß Salimah Sie nicht mehr kennengelernt hat ...«

»Salimah war meine beste Freundin«, entgegnete Leila ruhig.

Dann entzog sie Gemal die Hände und ging zu einem Diwan, auf den sie sich mit gespielter Koketterie setzte. Die langen Beine schlug sie so übereinander, daß Gemal bereits Atembeschwerden bekam.

»Welch eine Tragik, nicht wahr?« rief Gemal Mohammed theatralisch und schob einen Rolltisch mit einer riesigen Kristallschale voller Früchte vor den Diwan. »Diese Mordwelle um unseren Freund Suliman! Entsetzlich, nicht wahr? Irgend jemand will ihn vernichten und geht dabei buchstäblich über Leichen. Zwölf sind es schon, nicht wahr?«

Er blinzelte Leila an und setzte sich dann neben sie auf den Diwan. Sein enormes Gewicht drückte die Seite der Polster, auf der er saß, so tief hinunter, daß Leila das Gefühl hatte, sie würde dem Kerl gleich auf den Schoß rutschen.

»Nun, wo ist der Brief? Sie heißen Leila? Und weiter?«

»Ich bin die Tochter von Dr. Abdullah ibn Hedscha ...«

»Ibn Hedscha?« Gemal Mohammed suchte in seinem Gedächtnis. Er hatte den Namen schon einmal gehört, er war ihm nicht fremd, aber er wußte im Moment nicht, wo er ihn einordnen sollte.

»Ich weiß nicht, ob Sie meinen Vater kennen. Er ist Archäologe und vom Institut für Altertumsforschung mit der Beratung bei den Ausgrabungen von Sakkara beauftragt.«

Gemal starrte Leila an.

Sakkara! Das Wort elektrisierte ihn. Er wollte etwas fragen, er wollte vom Diwan aufspringen, als ihm wie ein Blitz die Erkenntnis ins Gehirn fuhr, daß Suliman niemals die Tochter eines Staatsbeamten als Briefträgerin in geheimen Rauschgiftangelegenheiten schicken könne ...

Der Diwan war für seinen massigen Körper zu tief, die Beine stemmten den schweren Leib nicht so schnell hoch, wie er es wollte ... und als er sich hinterrücks mit den Armen abstützen wollte, stand Leila schon vor ihm und hielt ihm eine Waffe entgegen, die er von seinen Beduinen genau kannte: Es war ein mittelgroßes, beidseitig geschliffenes Messer mit einem genau ausbalancierten Griff, der immer in der Waagerechten blieb, wenn man das Messer warf.

»Sie sind verrückt, Leila!« brachte Gemal, heiser vor Erregung, hervor. »Total verrückt. Ein Schrei, und meine Leute machen Gulasch aus Ihnen ...«

»Sie werden nicht mehr schreien können, Gemal!« sagte sie hart. »Ich habe bei einem Onkel in der Wüste gelernt, wie man dieses Messer blitzschnell wirft. Aus dem Handgelenk heraus - wollen Sie es sehen?«

Sie bewegte die rechte Hand, ließ sie vorschnellen, und Gemal hob beide Hände schutzsuchend vor seine breite Brust. Seine Mundwinkel hingen plötzlich herab, und die Augen quollen hervor wie bei einem Fisch, den man aufs Trockene geworfen hat.

»Ich weiß nicht, was Sie von mir wollen ...«, stammelte Gemal nun. »Sie kennen mich doch überhaupt nicht ...«

»Aber ich habe Suliman gut gekannt. Er war ein so reizender Gastgeber. Seine Abendpartys waren berühmt. Wir haben oft zusammen geplaudert, und da fiel auch Ihr Name, Gemal Mohammed. Als sein Freund, als sein Vertrauter ...«

»Ja, das bin ich ...«

»Und vor allem als sein Geschäftspartner ...«

»Das bin ich nur manchmal ...«

»Sie waren es, Gemal!«

Jetzt glotzte der dicke Mann Leila sprachlos an. In seine Augen trat die Angst. Er war nie ein Held gewesen - das hatte er auch nie von sich behauptet.

Sein Schlachtfeld war der Schreibtisch, seine Waffe das Telefon. Wenn einmal liquidiert werden mußte - und wann ließ sich das vermeiden? -, dann taten das die anderen. Die Kleinen, die man dafür bezahlte. Er kümmerte sich um größere Dinge: um die Millionengewinne, um die Freundschaft mit Ministern und anderen einflußreichen Leuten, um schöne Frauen, die es genug gab, wenn man in dieser Richtung nicht geizig war ... und schließlich um sein persönliches Wohlergehen, das ihm wohl am wichtigsten von allen Dingen schien. »Was soll das heißen - war?« fragte er erschrocken.

»Suliman ist tot.«

»Nein!«

Gemal spürte plötzlich, wie es ihm kalt über den Rücken lief. »Das sagen Sie, Leila, aber wie kann ich Ihnen das glauben?«

»Und er hat vor seinem Tod noch vieles gesagt, was Sie sehr interessieren dürfte, Gemal Mohammed. Wenn ich es Ihnen wiederhole, glauben Sie mir dann?«

»Vielleicht ...«

»Seit Jahren arbeiten Sie beide im Rauschgifthandel zusammen ...«

»Idiotie! Ich kann beweisen, daß ...« Gemal versuchte noch einmal aufzustehen. Wenn er stand, hatte er größere Chancen, Leila zu überwältigen. Auch konnte er dann besser weglaufen, um Hilfe schreien und seine Diener herbeirufen ...

»Bleiben Sie ruhig sitzen, Gemal!« sagte Leila mit eisiger Ruhe.

Das Wurfmesser wippte auf ihrer Handfläche. Er starrte es an und verzichtete vorerst darauf, noch weiter darüber zu sprechen.

So blieb er sitzen und wischte sich mit dem Handrücken über die Augen.

»Was können Sie beweisen, Gemal?« fuhr Leila fort. »Daß in der Grabanlage des Menesptah von Sakkara für einige Millionen Pfund Rauschgiftsäcke lagern, an deren Umsatz Sie maßgebend beteiligt sind?«

»Leila! Damit habe ich nichts zu tun!« Gemal Mohammed hatte sich verfärbt. Sie weiß alles, dachte er. Und sie kann es nur von ihm, von

Suliman, dem Verräter, wissen! Jetzt geht es um das nackte Leben. Auf Rauschgifthandel steht die Todesstrafe ... sie darf also dieses Haus nicht lebend verlassen ... Er griff nach einem dicken Apfel und hoffte, sie damit überlisten zu können. Er wollte ihr den Apfel ins Gesicht schleudern und die Sekunde der Verwirrung benutzen, um gellende Hilfeschreie auszustoßen.

Aber es war, als könne sie Gedanken lesen.

Sie beugte sich rasch vor, das Messer blitzte ... und aus Gemals Handfläche fiel der in zwei Teile auseinandergehauene Apfel zu Boden. Über Gemals Hand zog sich eine blutige Strieme. Träge sickerte dickes Blut hervor.

»Sie sind zu langsam, Gemal«, bemerkte Leila kalt. »Glauben Sie mir, daß ich Ihnen mit der gleichen Schnelligkeit ein Ohr oder die Nase abschlagen kann? Oder ein Auge oder die ganze linke Wange? Dann können Sie auch nach Ihren Dienern schreien - aber für den Rest Ihres Lebens sind Sie verstümmelt! Ist Suliman das wirklich wert?«

»Wie ist er gestorben?« fragte Gemal Mohammed und schluckte krampfhaft.

»Nach guter alter Beduinensitte: Man hat ihn bis zum Hals in die Wüste eingegraben und dann den Kopf mit Hilfe von sechs Eimern Wasser gefragt ...«

»O Allah!« seufzte Gemal und verdrehte die glotzenden Augen.

»Er schwieg vier Stunden lang ... dann wurde er verrückt und erzählte alles. Aber bevor er das Letzte verraten konnte, setzte leider sein Herz aus. Und darum bin ich hier, Gemal! Und ich schwöre Ihnen bei allem, was uns heilig ist: Wenn ich keine Antwort von Ihnen bekomme, dann leben Sie nicht länger! Mein eigenes Leben? Es ist nichts mehr wert, und es gilt mir nichts mehr, wenn Sie schweigen.«

»Das Letzte? Wieso das Letzte?« stammelte Gemal. Die Angst bewirkte, daß sein massiger Körper wie von Krämpfen geschüttelt wurde.

»In dem Grab befindet sich mein Verlobter, Dr. Herburg. Er ist Archäologe.«

»Ich denke ... sollte er nicht zu Gast bei Suliman sein?«

Leilas Oberkörper zuckte vor. Das Messer blitzte vor Gemals Augen. Er stieß einen hellen leisen Schrei aus und kippte auf dem Diwan zur Seite.

»Sie wußten es also?« zischte sie. »Sie wußten alles ...«

»Nur, was mir Suliman am Telefon erzählte. Von dem Grab war nie die Rede, ich schwöre es Ihnen ...«

»Er hat Dr. Herburg eingemauert ...«

»O Allah!«

»Aber er konnte nicht mehr sagen, wo der geheime Eingang ist. Sie aber kennen ihn, Gemal ...«

»Leila, ich ...«

»Wo?« Das Wurfmesser wippte auf ihrer Hand. »Gemal, ich flehe Sie an - hören Sie? Ich flehe! Wo ist der geheime Eingang zu der Grabanlage?«

»Ich ... ich war nur zweimal da. Und dann nachts. Wie soll ich es beschreiben? Es ist eine Dornenbuschgruppe, die kein Mensch beachtet. In dieser Buschgruppe ist der Einstieg ... ein Loch, mit einer Stahlplatte zugedeckt. Und auch die Stahlplatte ist mit dem Gestrüpp beklebt. Der Schacht geht dann senkrecht hinunter, in die Wand sind Steigeisen eingelassen, und er endet in einem Gang. Dieser nun führt leicht abfallend durch weitere Stahltüren in das Grab ...«

Gemal hatte abgehackt, aber doch sehr präzise gesprochen. Er schnaufte nun wie ein gehetztes Pferd. »Aber ... was nützt Ihnen das alles, Leila? Wer weiß denn, wo in diesem Labyrinth, in welcher Seitenkammer, in welchem Stollen Dr. Herburg eingemauert wurde? Und ... lebt er noch? Kann er überhaupt noch leben? Hat er soviel Luft? Wenn Suliman etwas machte, dann machte er es gründlich ...«

»Er opferte sogar seine Salimah ...«

»Ja, das habe ich ihm auch sehr übelgenommen.«

Gemal, inzwischen weich in den Knien, wagte es, sich wieder hinzusetzen.

Leila war zurückgewichen und sah ihn aus großen Augen an.

Sie hat jetzt die richtige Wurfentfernung, dachte Gemal erschrocken. Sie fixiert mich ... Sie nimmt Maß ... Sie zielt ... »Warum wollen Sie das tun?« stammelte er. »Ich ... ich habe Ihnen doch alles gesagt, was ich weiß, Leila ...«

»Stehen Sie auf, Gemal Mohammed!«

Der Dicke stemmte sich ächzend hoch und schwankte, als er auf seinen kurzen Säbelbeinen stand. »Ich kann Ihnen nicht mehr sagen, Leila«, greinte er. »So glauben Sie mir doch ...«

»Gehen Sie voraus ...«

»Wohin?«

»Durch Ihr Haus, auf die Straße ... Sie gehen vor mir her, und wenn Sie auch nur einen Laut von sich geben, so sitzt das Messer in Ihrem Rücken. So ist auch Salimah gestorben ...«

»O Allah! Sind Sie noch eine Frau? Und dann?« Gemal setzte sich in Bewegung. Wie eine vollgestopfte Puppe, die laufen muß, setzte er tapsend einen Schritt vor den anderen. »Sie liefern mich der Polizei aus?«

»Ich muß sofort zurück nach Sakkara.«

»Das heißt ...«

»Rechnen Sie, Gemal. Wieviel Zeit bleibt Ihnen noch?«

»Sie haben mich vernichtet, Leila. Auch wenn ich weiterlebe ... Ich habe kein Ägypten mehr! Ich kann nie mehr nach Kairo zurück ...«

»Sie werden etwas Geld in der Schweiz haben!«

Sie gingen weiter, durch die große Eingangshalle, die leer war, durch den großen Park, in dem sie auch allein waren. Dann gingen sie hinunter zu dem Tor, wo das Taxi wartete.

Die Diener nahmen Gemals Befehl wörtlich: Nicht stören, bevor ich rufe. Und Gemal rief nicht ... so merkwürdig das auch alles aussah. Die Diener blieben unsichtbar im Hintergrund.

»Was sind ein paar Millionen Pfund, wenn man Heimweh hat?«

Sie hatten das Tor zur Straße erreicht. Der Taxifahrer stieg aus und riß die hintere Wagentür auf.

Die Gefahr war vorbei ... für Gemal, auch für Leila. Sie standen sich nahe gegenüber und blickten sich eine kurze Zeit schweigend an.

»Wer hätte das gedacht«, sagte Gemal Mohammed endlich. »Ich zerbreche an einer Frau! Ich müßte Sie bewundern, Leila! Allah beschütze Sie!«

»Allah verfluche Sie!« antwortete Leila und hielt Gemal ihr Wurfmesser hin. »Nehmen Sie das als Andenken ...«

Er nahm das Messer von ihrer Handfläche und steckte es in seinen Gürtel. »Ich werde nur noch mit diesem Messer meine Äpfel schneiden«, sagte er heiser und ein wenig gerührt. »Und mir jedesmal dabei wünschen, Sie wiederzusehen, Leila ...« Er drehte sich rasch um und ging in seinen Park zurück.

Leila setzte sich in das Taxi und zog die Tür zu. »Nach Sakkara!« sagte sie.

»Wohin?« Der Fahrer sah sie ungläubig an.

»Nach Sakkara, der Totenstadt!« wiederholte Leila hell. »Und fliegen Sie! Fliegen Sie! Kein Polizist wird Ihnen etwas tun! Der Polizeipräsident persönlich wird Sie loben, weil Sie so schnell gefahren sind!«

»Na denn ...« Der Taxifahrer, ein dunkelhäutiger Südägypter, trat auf das Gaspedal. »Fliegen wir ...« Mit heulenden Reifen raste er die Straße entlang und bog bald in die breite Sharia al Giza ein, die große Straße in das weite Land am Nil.

Der Weg war mühsam, die Luft wurde immer stickiger - aber Frank Herburg wunderte sich, daß überhaupt soviel Luft in diesem Grab war. Daß die Wandmalereien, die man in anderen Gräbern und auch hier gefunden hatte, so gut erhalten waren, war ja nur dem völligen Luftabschluß zu verdanken!

Hier aber war es, als fließe durch unsichtbare Kanäle immer wieder Luft in die Tiefe der Erde, nicht viel, aber gut dosiert, eine kaum spürbare Zirkulation: ein klimatisiertes Grab, fünftausend Jahre alt!

Die Wände an den Gängen, die sie jetzt durchschritten, waren kahl. Keine Malerei, keine Mumiennischen, keine Ibisse oder Paviane, auch keine Götterhinweise ... nur nackter Fels war zu sehen, in mühsamer Tag- und Nachtarbeit von Sklaven aufgehauen, bis Gänge, Kammern, Treppen und Fallen entstanden ... drei Etagen übereinander!

Ein Wunderwerk des genialen Baumeisters, Arztes und Politikers Imhotep, das er für seinen kleinen Pharao Menesptah geschaffen hatte.

Herburg und Luisa liefen durch diesen Irrgarten, so schnell es ihnen möglich war. Sie wußten: Wir laufen gegen die Zeit an, nicht allein wegen des Sauerstoffes, sondern auch wegen des Gases. Wenn die Lampen ausgebrannt waren, gab es keine Bewegung mehr.

Dann war vollkommene Dunkelheit um sie, und sie konnten sich dann eigentlich nur noch in eine Nische setzen und auf den Tod warten.

Herburg hatte jetzt nur eine Lampe brennen, und auch diese war so weit heruntergedreht, daß der Schein gerade ausreichte, um zu sehen, wohin man trat. Einige Male mußten sie umkehren ... die Gänge endeten gegen einen Fels. Wenn sie dann zurückliefen, orientierten sie sich bei der Vielzahl der Querstollen nur an den dünnen roten Strichen, die Luisa mit ihrem Lippenstift an die Wände malte.

Auch das war eine Kavaliersgeste von Suliman gewesen: Lippenstift, Make-up und ein Fläschchen Rosenparfüm hatte er Luisa gelassen. Voller Hohn hatte er dabei gesagt: »Ich nehme an, daß Sie gern in Würde und Schönheit sterben möchten. Sie sollen sogar noch einen Spiegel dafür bekommen ...«

Ab und zu blieben die beiden stehen und lauschten.

Im Grab war es nicht still - es war vielmehr, als ob die Erde lebte. Ganz schwache Geräusche durchzogen den Boden und die Felswände. Ein Schaben und Scharren, ab und zu ein Zittern. Dann blickten sie sich wortlos an und umarmten sich.

»Die Erde atmet«, sagte Luisa einmal. »Das hat mir mal ein bekannter Geologe gesagt. Ich habe ihn damals ausgelacht. Aber es stimmt ... ich höre es jetzt.«

»Sie arbeiten!« Frank legte das Ohr gegen die Felswand des Ganges. Das Schaben war jetzt wieder ganz deutlich zu hören. »Sie graben an verschiedenen Stellen! Mit Baggern und Raupen, nehme ich an. Denn das sind keine natürlichen Erderschütterungen, Luisa!«

»Mein Gott, wenn das wahr wäre ...« Sie grub die Finger in seine Schultern. »Wenn wir weiterleben dürften ...«

»Ich hoffe, solange ich denken kann!«

Frank wandte sich wieder um, küßte sie auf die Stirn und sagte: »Vorwärts, Luisa! Noch haben wir Licht und Luft!«

Nach seiner Armbanduhr irrten sie jetzt drei Stunden durch die Grabanlage. Plötzlich standen sie vor einer Treppe, die nach oben führte.

Links und rechts der Stufen standen in den Mauernischen wieder die großen Gefäße mit den Pavianmumien.

Und dort, wo die Treppe in eine Art von Diele mündete - Herburg hatte die Lampe auf volle Stärke gedreht und leuchtete die Treppe hinauf -, war in die Stirnseite des Felsens ein großer Frosch gehauen worden. Goldfunkelnd schien er den beiden Eindringlingen entgegenspringen zu wollen ...

»Der goldene Frosch des Menesptah ...«, sagte Herburg schwer atmend. »Luisa, wir sind auf dem richtigen Weg! Wir kommen aus dem Labyrinth wieder in den eigentlichen Grabbezirk.«

Er musterte die Treppe mißtrauisch und dachte an seinen Absturz. Was ihn stutzig machte: Hier stand kein warnender Wächter, der mit erhobener Hand jeden Eindringling zurückhielt. Die Treppe war völlig kahl - bis auf die Pavianmumien.

»Du mußt notfalls den Schminkkoffer opfern«, sagte Herburg. »Ich brauche ihn zum Vortasten.«

»Ich nehme die Flaschen vorher heraus.«

Er nickte, beugte sich vor und klopfte mit der Faust die ersten drei Stufen ab.

Luisa stellte die kostbaren Wasservorräte an eine Wand und reichte dann den Koffer Salimahs an Frank weiter. »Soll ich auch noch eine Flasche Whisky herausnehmen?«

»Nein.« Dann kniete er auf der untersten Stufe und knallte den Koffer auf die vierte. Als sie hielt, auf die fünfte ... Auch die sechste Stufe war noch massiv, aber die siebte Treppenstufe brach unter dem Gewicht des Koffers zusammen.

»Es hätte mich auch sehr gewundert«, sagte Frank Herburg laut und zufrieden. Er zog den Koffer aus dem Loch und kroch die Treppe hinauf bis zu der tückischen Stufe. »Du hättest mich sehr enttäuscht, Imhotep! So ganz ohne Falle zu deinem kleinen Pharao ... das hätte nicht zu dir gepaßt!« Er warf nun den Koffer auf die achte Stufe und stellte fest, daß die wieder massiv war. Jetzt, wo er genauer hinsah, konnte er auch einen Unterschied in den Maßen der Stufen feststellen. Die siebte Stufe war ein wenig breiter ... genauso breit, daß ein Mensch bequem durchfallen konnte.

Frank setzte sich auf die sechste Stufe und schraubte die Lampe wieder herunter. »Das Grab ist in der zweiten Etage«, dozierte er. »Imhotep mochte noch so klug und raffiniert sein ... Er war ein Sohn seiner Zeit und als solcher an eine Harmonie von Zahlen und geometrischen Formen gebunden. Denken wir einmal wie er. Von oben führt eine Treppe mit den Königszeichen nach unten, von unten führt eine Treppe mit dem goldenen Frosch nach oben! In der Mitte treffen sie zusammen, das ist der allerheiligste Bezirk. Und hier ist der tote Pharao der Mittelpunkt - auch im Totenreich. Das ist Logik!«

Herburg blickte die Stufen hinauf zu dem an der Stirnwand golden glitzernden Frosch. Er zählte: noch zwölf Stufen. »Wenn wir diese Treppe hinter uns haben, Luisa, und noch leben, dann beginnt die eigentliche Totenwelt - voller Gefahren!«

»Die Gifte«, sagte Luisa gepreßt. »Kontaktgifte an den Wandgemälden, Nervengifte und geruchloses Gas.«

»Dann müßten wir jetzt schon tot sein!«

Er bückte sich über die eingebrochene Stufe und rutschte auf die übernächste hoch. Luisa blieb noch jenseits der tödlichen Falle. Zwischen ihnen hing schlaff das Seil aus der zerschnittenen Wäsche.

»Im Grab ist Sauerstoff. Das wissen wir jetzt. Und die Gifte wirken sofort bei Einwirkung von Sauerstoff. Im luftdichten Raum sind sie ungefährlich ...«

»Ja, das stimmt, Frank.« Sie starrte Herburg an. »Frank, wenn hier Luft ist, überall Luft ... dann heißt das ...«

»Daß unser kleiner König längst entdeckt worden ist, von einer anderen Seite aus, als wir gegraben haben, und daß der Giftschutz längst gewirkt hat und nun verflogen ist. Unser Eingang war noch unberührt ... aber aus einer anderen Richtung wurde anscheinend das Grab durchlüftet ...«

»Suliman?«

»Vielleicht. Wir werden sehen.«

Herburg tastete mit dem Koffer die nächsten Stufen ab, aber da sie alle die gleiche Breite hatten, mußten sie auch alle massiv sein. Aber sicher war das nicht ... bei Imhotep konnte man immer mit Überraschungen rechnen.

Langsam kroch Herburg die Treppe vollends hinauf. Auf der letzten Stufe drehte er die Lampe wieder heller und leuchtete in den Raum hinein, der sich vor ihm öffnete. »Phantastisch!« rief er, und seine Stimme klang irgendwie ergriffen.

»Was siehst du?« rief Luisa von unten.

»Bring die Flaschen mit und komm herauf! Den Koffer habe ich schon mit. Ein kleiner Saal voller Wandgemälde«, schilderte Herburg begeistert, während er den Raum ausleuchtete, »und an den Wänden reihenweise Schalen und Näpfe aus Alabaster, Dolerit, Serpentin, Aragonit, grünem Schiefer und sogar rotem Breschia aus Assiut! Die erste Vorratskammer des Grabes ist gefunden! Mein Gott, ist das schön! Komm herauf, Luisa, das mußt du sehen! Imhotep muß den Kleinen wie ein Vater geliebt haben. Die Hälfte der Wandgemälde besteht aus nackten, wunderhübschen Mädchen. Wenn Menesptah im Totenreich heranwächst, muß er doch Gespielinnen haben ...«

Vorsichtig kroch Luisa die Treppe hinauf.

Oben, in der Vorratskammer, war es merkwürdig kühl, aber die Luft war freier und nicht mehr so modrig - man konnte gut durchatmen.

Luisa tat es fröstelnd, ihre Brust sprengte fast ihren BH, dann lehnte sie sich an Herburg.

Am anderen Ende der Vorratskammer war ein Durchgang in den Felsen geschlagen - auch hier leuchtete über dem Eingang der goldene Frosch.

»Du hast ihn gefunden, Frank«, sagte Luisa leise und ergriffen. »Du hast Menesptah gefunden. Der Weg ist richtig ...«

»Wenn wir jemals hinkommen ...«

»Wir stehen doch in den Vorräumen, Frank ...«

»So leicht macht es uns Imhotep bestimmt nicht. Bis zu dem kleinen Pharao werden sich die Fallen häufen.«

Herburg ging zu dem Ausgang der großen Vorratskammer und leuchtete in einen anderen Raum hinein. Auch hier Vorratsbehälter, Ibismumien und an einem neuen Durchgang zwei lebensgroße Wächter, aus Assuangranit gehauen und dann bemalt.

»Aha! Es geht schon los!«

Herburg hob seine Lampe. Die Gesichter der beiden Wächter schienen Leben zu bekommmen - das Wechselspiel von Licht und Schatten verlieh ihnen eine sprechende Mimik.

Herburg wartete, bis Luisa hinter ihm war. Dann zeigte er auf die beiden Figuren: »Dahinter wartet bestimmt ein neuer Trick des weisen Imhotep. Immerhin war er so fair, den Besucher vorher zu warnen ...«

Dann sah er den merkwürdigen Streifen auf dem Felsboden und kniete nieder. Ein dünner Faden aus weißem Staub führte durch diese zweite Kammer und verschwand neben den Wächtern in der Dunkelheit.

»Mehl!« Herburg blickte hinauf zu Luisa. »Das wäre das erstemal, daß man in einem Grab der dritten Dynastie gemahlenes Korn als Totengabe findet. Körner gab es schon genug - aber Mehl ...?«

Luisa ging auch in die Hocke und tauchte den Zeigefinger in den weißen Staub. Dann tippte sie vorsichtig mit der Zungenspitze an ihre Fingerkuppe. Ihre Augen wurden sofort rund vor Freude über das Erkennen. »Das ist schlicht und einfach Koks, Frank«, sagte sie. Fast hätte sie es hinausgeschrien.

»Koks?« Er verstand sie noch nicht.

»Kokain, Frank!« Sie sprang hoch und umarmte ihn jubelnd. »Hier ist unser Suliman gewesen! Ein Kokainsäckchen muß beim Transport ein Loch bekommen haben. Jetzt brauchen wir nur der Spur nachzugehen und kommen an den anderen Eingang ... Wir sind gerettet, Frank! Gerettet!« Sie fiel ihm um den Hals, küßte ihn wie besessen und begann, in der Kammer herumzutanzen.

Herburg unterbrach ihren Freudentaumel nicht, aber er ahnte, daß Sulimans geheimer Einstieg in das Grab doch mehrfach gesichert sein würde ...

Er hob die Lampe vom Boden auf und ging weiter. Zwischen den beiden Wächtern, die recht finster dreinblickten, blieb er vorsichtig stehen und leuchtete in die nächste Kammer hinein.

Sie war ausgeräumt worden. Was dem toten Pharao einmal als Wegzehrung zum Totenreich dienen sollte, war weggeräumt. Dafür standen hier Kisten und Kartons, Leinensäcke und Blechbehälter, säuberlich aufeinandergestapelt. Ein süßlicher Geruch kam aus diesem Raum.

Rauschgift! Ein riesiges Lagerhaus des Todes.

»Ein paar Millionen Pfund nach englischer Währung«, sagte Frank leise. »Oder - wie sagte Suliman - sind runde zwanzig Millionen nicht ein paar Menschenleben wert?« Er lehnte sich an die Türnische und zog Luisa an sich. »Für diese Säckchen und Kartons mußten Sulimans Gäste, Sulimans Diener und sogar Salimah sterben. Und dafür sollten auch wir sterben. Für diesen Haufen von tödlichen Träumen ...«

Vorsichtig, tastend betraten sie den neuen Raum. Überall Wandgemälde ... Jagdszenen, Fischer am Nil, Ernte auf den Feldern, Schiffer auf dem großen Fluß, Rinder, die durchs Wasser getrieben werden, Männer auf dem Vogelfang, Bäuerinnen, die dem Pharao Opfergaben von den Feldern bringen ...

Zwei Menschen des zwanzigsten Jahrhunderts standen dem Bild des Pharaonen Menesptah, des Kind-Königs, gegenüber. Fünftausend Jahre lagen zwischen ihnen ...

Menesptah war ein schöner Junge mit dem schmalen aristokratischen Schädel aller Pharaonen. Er hockte auf einem viel zu großen Thron, der seine Kindheit noch unterstrich, und nahm mit einer gnädigen Bewegung seiner kleinen Hand die Opfergaben seiner Untertanen entgegen.

Ein anderes Gemälde zeigte ihn, wie er in einem Binsenboot durch einen Sumpf aus Papyros fährt. Ein schlanker, muskulöser Mann bewacht ihn. Imhotep ...?

Es zeigte sich, daß Suliman alle Fallen beseitigt hatte.

Betonflecken auf dem Boden bewiesen, daß die grausamen Trittfallen, die es zweifellos gegeben hatte, zugeschmiert worden waren. An einer Mauerseite entlang zog sich ein dicker Kunststoffschlauch, ab und zu unterbrochen durch ein eingeschobenes T-Stück, dessen Abgang offen blieb.

Hier war die einfache, aber so wirksame Belüftung des Grabes!

Herburg legte sich auf den Boden und drückte den Mund gegen eines der offenen T-Stücke aus Plastik. Frische Luft füllte seine Lungen, als er tief einatmete. Er drehte sich auf den Rücken und sah Luisa sehr bewegt an. »Wir werden weiterleben«, sagte er. »Ersticken können wir nicht mehr. Höchstens verhungern und verdursten ...«

»Das letzte ist am schlimmsten. Aber warum sollten wir? Der Weg ist doch vorgezeichnet. Nur dem Schlauch nach ...«

»Gut und schön; aber was wird sein, Luisa, wenn wir ohne Werkzeug vor einer zugemauerten Tür stehen oder vor drei hintereinander liegenden, festen Stahltüren? Wenn man uns nicht von draußen ausgräbt, werden wir uns die Köpfe blutig rennen können ...» Er stand auf und schraubte die Lampe wieder herunter. Das fahle Licht aber brachte auch die Bedrückung zurück, die Angst, doch noch für immer begraben zu sein ... »Gehen wir weiter!« sagte er rauh.

Er blickte sich um. Zwei Türen führten aus diesem Raum. Links verschwand die Entlüftungsleitung, rechts schimmerte über einem Türstock aus Alabaster wieder ein goldener Frosch. »Nach rechts, Luisa. Menesptah erwartet uns!«

»Aber nach links geht der Kunststoffschlauch.«

»Stahltüren kenne ich zur Genüge. Gib mir die zweite Lampe. Den Koffer kannst du hier stehenlassen. Hier wird ihn keiner wegnehmen.« Er lächelte schwach. »Oder willst du dich erst schön machen für den großen Pharao? Vielleicht wäre Menesptah einmal ein großer Liebhaber geworden ... Die vielen nackten Mädchen deuten darauf hin. Vielleicht möchtest du Make-up auflegen ...«

»Es scheint Ihnen wieder außerordentlich gut zu gehen, Dr. Herburg!« erwiderte Luisa. »Make-up gebrauche ich nur in Ausnahmefällen; ich liebe die Natur.«

»Am Nil, wenn andere schlafen ...«

»Frank, warum sagen Sie das jetzt?« fragte sie und war betroffen. Ihre Stimme bebte leicht.

»Weil Fräulein Doktor meinten, es ginge mir wieder zu gut.« Er lachte und zündete die zweite Lampe an. »Luisa, du bist die tapferste Frau, die ich mir denken kann.«

»Und du bist der sturste Kerl, der mir je unter die Finger gekommen ist. Ich liebe dich ...«

»Komm ... sagen wir es Menesptah ...« Er hob beide Lampen und ging voraus nach rechts.

Ein breiter und sehr hoher Gang nahm sie auf. Goldschimmernde Wandgemälde von besonderer Schönheit bedeckten seine Wände. Er war nur kurz, vielleicht fünf Meter lang ...

Und dann öffnete sich ihnen die letzte, die heilige Kammer. Hier waren die Wände aus purem Gold, verziert mit blitzenden Bergkristallen, mit Mustern aus Edelsteinen und bunten, geschliffenen und polierten Steinen aller Arten.

An der Rückwand, bewacht von einem Riesenfrosch aus reinem Gold, stand auf einem hohen Alabasterpodest der Sarkophag des Kind-Königs. Die aus Gold getriebenen Figuren des Sarges - sie stellten Szenen aus dem kurzen Leben des kleinen Pharao dar - warfen das Licht hundertfach und blendend zurück.

Die Decke des Grabgewölbes war blau gestrichen. Schimmernde Kristalle auch hier - sie stellten die Sterne dar.

Das hieß: »Die Erde, der Himmel, alles Leben zwischen den unsterblichen Göttern ist Dein, Menesptah!«

Imhotep mußte den Kleinen sehr geliebt haben ...

Fast ehrfürchtig blieben Herburg und Luisa Alius an der Tür stehen und bewunderten diese Pracht des ewigen Schlafes.

Der große goldene Frosch glotzte sie aus dick-verquollenen Augen an. Sein Rücken war ausgehöhlt, und in der Höhlung staken - zusammengerollt und von Bändern aus Schilffasern gehalten - zehn große Papyrusblätter.

Es war - und Dr. Herburg stockte der Atem, als er es erkannte - der aufgezeichnete Bericht Imhoteps vom Leben und Sterben eines Pharaonen, den noch niemand kannte. Der wertvollste altägyptische Fund seit Tut-ench-Amun! Ein authentischer Blick in das Leben vor fünftausend Jahren.

»Die Rollen«, flüsterte Luisa. »Man wird vielleicht die gesamte Geschichtsschreibung revidieren müssen.«

»Bestimmt!« Herburgs Blick glitt über die Wände, die Decke und besonders über den Sarkophag. »Suliman scheint die wertvollsten Edelsteine aus dem Sarg gebrochen zu haben.«

»An den Wänden fehlen auch welche ...«

»Und aus den Gefäßen!«

»Und aus den Augen des Frosches.«

»Aber er war zu sorglos.« Herburg legte plötzlich den Arm um Luisa und zog sie an sich. »Wir werden wieder ans Licht kommen ...«

»Trotz der Stahltüren?«

»Wir sprengen sie auf! Mit Dynamit!« Herburg nickte zu dem goldenen Sarg hin. Zwischen dem Podest und dem Frosch lagen einige Rollen, die Luisa als Papyrusblätter angesehen hatte.

»Erkennst du, was da liegt?«

Sie starrte die dünnen Rollen an und konnte nicht begreifen, was sie da sah. Es war einfach zu phantastisch ...

»Dynamitpatronen! Ein ganzes Bündel. Als Suliman vor Jahren mit der Erweiterung des Ganges zum Grabinneren fertig war, hat er wohl den Rest des Sprengstoffs einfach hier gelagert. Nur so ist das erklärbar, Luisa. Ich werde uns in die Freiheit sprengen!«

Er ließ sie los, lief zu dem Sarkophag und hob eine der länglichen Röhren mit dem Sprengstoff hoch. Jetzt erkannte auch Luisa die Zündschnüre, die aus der Rolle heraushingen.

»Du willst wirklich sprengen, Frank?«

»Ja.« Er zählte gerade die Stangen. Es waren zehn Stück. Genug, um aus dem Grab herauszukommen ... oder unter einstürzenden, morschen Wänden erschlagen zu werden. »Wenn uns das gelingt ...«

»Und wenn nicht?«

»Dann war es ein plötzliches Ende, besser vielleicht, als zu verhungern und zu verdursten.« Herburg bückte sich und drückte die zehn Dynamitstangen an seine Brust. »Und wenn auch der Weg nicht ganz frei wird ... man wird uns hören, und man wird wissen, daß wir hier unten leben! Die Explosionen müssen ihnen zumindest den Weg zeigen ...«

Er lachte, glücklich wie ein Junge, lief an Luisa vorbei, durch die Vorkammer und dann links hinein in den Gang, den Suliman für seinen Rauschgifttransport ausgebaut zu haben schien. Hier lief auch die Rohrleitung ...

Luisa, die Lampen in den Händen, lief ihm nach.

Was Herburg vermutet hatte, bestätigte sich in allen Einzelheiten. Nach knapp zehn Metern versperrte die erste massive Eisentür den Gang. Es war nicht die einzige, bis zum Tageslicht gab es noch weitere Türen ... aber das konnte Herburg noch nicht wissen.

»Ich nehme fürs erste zwei Stangen«, sagte er, »das ist zwar schon eine gehörige Portion, aber sicherer.« Dann kniete er vor der Stahltür und legte die Dynamitstangen auf den Boden. »Ich muß sie mit irgend etwas abdecken, damit sie nicht im Freien verpuffen. Normalerweise steckt man sie ja in Bohrlöcher, freiliegend beträgt die Sprengkraft nur ein Drittel. Wenn wir Steine hätten ...«

»Wir haben die Vasen, Schalen und Näpfe aus der Vorratskammer. Wenn wir damit das Dynamit abdecken ...«

»Nicht so gern ...« Der Archäologe in Herburg regte sich.

»Und wir haben die Säcke mit Haschisch und Kokain.«

»Das ist eine Idee! Ein Sandsackwall - aber aus Haschisch! Ein Schutzwall, der Millionen kostet. Wer kann sich den schon leisten?«

»Der Entdecker des Menesptah!«

Sie lachten; sie benahmen sich wie Kinder und rannten hin und her, schleppten die Säcke heran und bauten einen Wall vor die Dynamitpatronen.

Eine ungeheure Euphorie hatte sie gepackt: Freiheit! In ein paar Stunden sind wir frei! Frei! Wir sehen die Sonne wieder! Den weiten Himmel, den Nil, die Palmen! In ein paar Stunden sind wir neu geboren ...

Frank Herburg blickte auf seine Uhr. »Fünf Uhr nachmittags«, sagte er. »Meine erste Geburt war um drei Uhr morgens.«

»Ich bin genau um zwölf Uhr mittags auf die Welt gekommen. «

»Das werden wir alles vergessen, Luisa. Wir sind geboren kurz nach fünf Uhr am Nachmittag - in Sakkara - am Nil...« Er kontrollierte die Zündschnüre und rollte sie auf. Sie waren knapp einen Meter lang. Wenn er sie anzündete, mußte er wie ein Sprinter davonrennen, um in der Nebenkammer in Deckung zu gehen.

Herburg hob die Lampe und hielt die erste Zündschnur an die kleine Flamme. »Lauf!« rief er Luisa zu. »Und wenn du in der Kammer bist, so rufst du!«

Sie rannte los, und wenig später hörte er ihre helle Stimme.

»Fertig?«

»Fertig, Frank.«

Die Zündschnur zischte nun in der Flamme auf. Er ließ sie fallen, nahm die Lampe und hetzte durch den Gang davon. »Drück dich an die Wand!« rief er während des Rennens. »Und leg die Arme über den Kopf! Reiß den Mund auf ...« Er warf sich um die Ecke der Kammer und drückte sich beschützend neben Luisa auf den Boden. Noch zehn Sekunden, dachte er. Noch fünf ... Er küßte Luisas Nacken und preßte dann sein Gesicht gegen den Felsboden.

16

Bagger und Pionierraupen fraßen sich an das Grab heran.

An zehn Stellen wurde Imhoteps kunstvolles Werk zerstört. Man hob Decken ab, drückte Felsen ein und legte die ersten Gänge des obersten Labyrinthes frei. Fünftausend Jahre wurden eingerissen, aber sie waren dem Mitchener-Team nicht so wertvoll wie die beiden Menschenleben, die es zu retten galt.

Niemand hatte bemerkt, daß inzwischen Leila zurückgekommen war. Wer achtet schon auf ein Taxi, das zwischen den Gräbern hält, wenn alles gebannt auf die Bagger starrt, die sich mit ihren Stahlzähnen immer tiefer in den Boden fressen.

»Hier nicht!« schrie Leila durch den ohrenbetäubenden Lärm. Sie riß Pernam herum, der vor ihr stand und den unvollständigen Grundrißplan studierte.

Dr. Abdullah, der auf der anderen Seite des Grabes stand, sah Leila von weitem. Sein Herz schlug stärker. Sie ist zurück, dachte er glücklich. Sie ist wiedergekommen, mein Engel. Gelobt sei Allah!

Professor Mitchener, der am Haupteingang ausharrte, sah Leila auch und winkte ihr zu, zu ihm zu kommen.

»Nicht hier!« schrie Leila wieder. »Harris, ich kenne den richtigen Eingang!«

Dr. Pernam fiel der Plan aus den Händen. Der Wind trieb ihn ein paar Meter weg. »Was kennen Sie?«

»Ich weiß, wo Frank und Luisa sind! Dort drüben, in der Dornbuschgruppe, dort ist der Einstieg. Ein senkrechter Stollen mit Steigeisen.«

»Du lieber Himmel! Wer sagt das denn?«

»Fragen! Fragen! Kommen Sie doch endlich mit ...« Sie faßte nach seinem Arm, aber in diesem Augenblick spürten beide, wie unter ihnen die Erde leicht bebte. Einmal ... zweimal ... es war, als habe sich der Boden geschüttelt.

»Was war das?« stammelte Leila, als sie sah, wie sich Pernam verfärbte.

»Eine Sprengung! Unten im Grab!« Pernam wischte mit zitternder Hand über das staubbedeckte, schwitzende Gesicht. »Man hat sie in die Luft gejagt ...«

Die Wolke aus Steinstaub und Rauschgift hatte sich durch den Gang gepreßt und hüllte jetzt die beiden an der Wand Liegenden ein.

Herburg und Luisa hielten den Atem an, die Augen begannen zu brennen, in der Kehle entstand ein heißes Jucken, das zum Husten reizte.

Danach verteilte sich die Explosionswolke in die anderen Kammern. Herburg hob den Kopf und versuchte vorsichtig zu atmen. Er mußte wieder husten und zog Luisa auf die Knie. Sie hatte noch mit dem Gesicht gegen die Wand gelegen und nach Luft gerungen.

»Vorbei!« sagte Herburg und hustete von neuem. »Das hätten wir überlebt.«

Luisa lächelte verzerrt und nickte. Mit heiden Händen wischte sie sich den braungelben Staub aus dem Gesicht. »Das hat es noch nie gegeben, daß man sich mit Haschisch pudert ... Das haben wir allen Millionärsgattinnen voraus, Frank ...« Sie lehnte sich gegen die Wand und bückte sich dann, um die gerettete Flasche Whisky aus dem Schminkkoffer zu holen. Sie schraubte sie auf und hielt sie Herburg hin.

Er nickte und hustete wieder, als wollte er seine Lunge ausspucken. »Das ist gut!« keuchte er. »Das muß Luft geben!« Er setzte die Flasche an den Mund und trank einen langen Schluck. Der scharfe Alkohol brannte wirklich die Kehle sauber. Es war leichter, jetzt Luft zu holen. »Wunderbar, Luisa!«

Sie nahm ihm die Whiskyflasche ab, trank ebenfalls einen Schluck und begann nun auch zu husten. Die Tränen schössen ihr in die Augen. »Mein erster Whisky pur!«

»Dafür hast du aber einen guten Zug!«

»Ich wußte nicht, daß Suliman uns reinen Spiritus gegeben hat.« Sie schraubte die Flasche zu und stellte sie in den Koffer. »Und du meinst, die Tür sei nun offen?«

»Das werden wir gleich sehen.« Frank Herburg nahm die Lampe vom Boden und ging hinüber zu dem Stolleneingang. Er leuchtete hinein und konnte weit im Hintergrund einen Haufen Steine erkennen. Ein Gebilde, das zerfetzt und bizarr aussah, hing halb im Gang.

»Gewonnen!« schrie Herburg. »Die Tür ist offen! Die erste Schlacht haben wir gewonnen!« Er lief den Gang entlang, kletterte über die Steine und trat dann so lange gegen die halb ausgesprengte Stahltür, bis der Durchgang breit genug war.

Der Stollen setzte sich, wie er feststellen konnte, weiter fort und stieg dann sanft nach oben an. Er endete an einer kurzen Treppe.

Aber diese Treppe stammte, wie Herburg sofort erkannte, nicht aus der Zeit Imhoteps, sie war neu, aus Beton gegossen. Die Treppenstöße zeigten deutlich die Spuren der Schalhölzer. Am Ende dieser Treppe versperrte eine zweite Stahltür den weiteren Weg nach oben.

»Nummer zwei!« sagte Herburg. »Eines muß man diesem Suliman lassen: Was er tat, das tat er gründlich! Diese Tür scheint noch massiver zu sein. Ich werde vier Dynamitstangen nehmen müssen.«

Er leuchtete die Treppe und den Rahmen der Stahltür ab, als ihm plötzlich eine fabelhafte Idee kam. Links von der Tür, durch den Felsen durchgestemmt, lag doch das Kunststoffrohr der Luftleitung.

Hinter der ersten Tür hatte die Explosion es selbstverständlich zerstört, aber hier war es noch intakt. Herburg konnte es spüren: die Luft reinigte sich schnell. Aus den fünf Abluft- und Zuluftkanälen, die er zwischen den beiden Türen zählte, entwich die verbrauchte Luft und flutete frischer Sauerstoff in das Grab.

»Zwei Dynamitrollen in den Luftschlauch, Luisa!« sagte er. »Und zwar gleich neben der Tür! Das ist das beste Bohrloch, was man sich denken kann! Damit reißen wir die linke Gangwand auf und ...«

»Die Decke stürzt ein!«

»Kaum!« Er blickte nach oben und klopfte mit den Fäusten gegen die rundgeschlagene Decke. »Das ist massiver Felsen! Das Loch an der Seite wird nicht den ganzen Berg einstürzen lassen. Aber die Tür, diese verdammt dicke Stahltür, wird wegfliegen wie Seidenpapier.«

Er ging zurück, suchte einen flachen Stein, dessen Kante wie ein Faustkeil spitz zulief, und begann, das Rohr aus Hartplastik aufzuschlagen. Es ging leichter, als er gedacht hatte ... Nach einer Arbeit von knapp einer Viertelstunde hatte er ein so großes Loch in die Luftleitung gehämmert, daß er bequem zwei Dynamitstäbe hineinschieben konnte. Die Zündschnüre verknotete er miteinander.

Dann blickte er den Weg zurück und schätzte die Entfernung. Ihm war klar geworden, daß er die Strecke über die Trümmer der ersten Tür hinweg in die nächste Kammer nie schaffen würde, bevor das Dynamit explodierte.

Luisa schien seine Gedanken zu erraten. Sie sagte: »Das kannst du nicht schaffen, Frank! Ein Stolpern, ein Hängenbleiben an der ersten Stahltür ... nur eine Sekunde Verzögerung ... auf dieses Vabanquespiel lasse ich mich nicht ein.«

»Ja, die Zeit ist zu kurz und der Weg zu gefährlich.« Herburg schob noch eine dritte Stange Dynamit in die Luftleitung und verband deren Zündschnur mit den anderen. »Wir müssen die Zündung bis zur ersten Tür verlängern.«

»Das sind mindestens sieben Meter, Frank. Womit?«

»Mit unserer Leine aus Hemdenstreifen ... Verzeihung, Blusen- und Hemdenstreifen! Der Stoff ist pulvertrocken ... er müßte brennen, bis die Flamme auf die Zündschnüre überspringt. Natürlich kann die Flamme auch auf halber Strecke ausgehen ...«

»Was dann?«

»Dann muß ich eben nachschauen. Ich muß sie dort, wo sie erloschen ist, von neuem anzünden und wegrennen - und beten! Es gibt keine andere Möglichkeit.«

Herburg schwieg und lauschte angestrengt. Das Rumoren im Berg, das er für Baggergeräusche angesehen hatte, war verstummt. Warum sollten sie auch mit Gewalt das Grab aufbaggern, dachte er. Keiner weiß doch, daß Luisa und ich hier eingemauert wurden. Wenn Harris weiterarbeitet, dann mit der gebotenen Vorsicht der Archäologen. Für die da oben sind wir spurlos verschollen ... »Es war ein Irrtum«, sagte er heiser.

»Was?«

»Daß sie uns suchen. Alles ist still.«

»Ich habe auch nie daran geglaubt«, sagte Luisa leise.

Was die beiden nicht wissen konnten, war, daß Pernam gerade jetzt das Graben an den zehn verschiedenen Stellen abgeblasen hatte, dafür dirigierte er den größten Bagger zu dem Dornengestrüpp. Eine Raupe hatte schon das Gestrüpp weitgehend niedergewalzt und gesäubert. Als sie die Erddecke abschabten, kam die dicke Stahltür zum Vorschein.

»Es stimmt! Es stimmt!« schrie Leila und fiel ihrem Vater um den Hals. Sie war außer sich vor Freude, küßte Professor Mitchener und Harris Pernam, der mit hartem Gesicht von der Stahlplatte zurückkam.

»Hätten wir nur ein Schweißgerät hier ...«, sagte Pernam und atmete schwer. »Aber wir haben keins, und eines kommen lassen dauert einfach zu lange. Wir müssen versuchen, mit dem Bagger die Stahlplatte herauszureißen. Wenn das alles stimmt ... dann sind da unter uns irgendwo im Labyrinth Luisa und Frank ...« Er warf einen raschen Blick auf seine Armbanduhr.

Leila sollte es nicht sehen, aber sie bemerkte es doch. »Er lebt!« sagte sie laut. »Harris, ich weiß es ... er lebt!«

»Wir sollten darum beten, Leila. Wissen Sie, wieviel Stunden inzwischen vergangen sind?«

Der Bagger rollte heran. Es war ein Monstrum, das mit zwei Hieben den Stahldeckel herausreißen würde.

»Und was war die Explosion da unten? Wer ist noch mit ihnen im Grab? Verdammt, es muß noch einen anderen Ausgang geben!«

»Wir können doch den gesamten Komplex übersehen«, mischte sich Abdul ibn Khadar, der Geheimdienstchef aus Kairo, ein. »Hier kann kein Skarabäus unbemerkt mehr aus den Steinen krabbeln!«

»Es kann Gänge von mehreren hundert Metern geben. Wir haben schon die tollsten Überraschungen in den Grabanlagen erlebt.«

Professor Mitchener und die anderen Herren traten zurück. Der Bagger bezog seine Position vor der Stahlplatte.

»Hier, zum Beispiel!« Harris Pernam deutete mit ausgestrecktem Arm über die Totenstadt. »Dort drüben ist die Grabanlage des Menesptah. Und hier, wo keiner jemals einen Einstieg vermutet hätte, gut hundert Meter entfernt, gibt es plötzlich noch einen Stollen! Wer weiß, wo ein anderer hinführt ...« Er stampfte zornig auf den Geröllboden. »Wir alle haben doch die Explosion gehört ... Herburg und Dr. Alius sind nicht allein unter der Erde ...«

»Wir reden, reden, reden!« rief Leila verzweifelt. »Und keiner tut etwas! Für euch ist Frank schon tot, nicht wahr? Nur aussprechen will es keiner. Nehmt ihr Rücksicht auf mich? Warum wagt denn niemand, mich anzusehen? Ich sage euch: Er lebt! Aber ihr tötet ihn, indem ihr nur redet, redet ...«

Die Baggerbesatzung maß den Abstand vom Arm bis zur Stahlplatte.

Toc-Toc rannte herbei und fuchtelte mit den Armen in der heißen Luft. »Wir lassen die Greifer einfach fallen«, schlug er vor. »Zwei- oder dreimal, dann haben wir die Tür aufgedrückt und den Einstieg nicht zerstört.«

»Tut doch etwas!« rief Leila verzweifelt und ballte die Fäuste. »Bei Allah ... tut doch endlich etwas ...«

Frank Herburg hatte die Stoffstreifen an die Zündschnüre geknotet und das Seil ausgelegt. Es reichte tatsächlich bis hinter die zerfetzte Stahltür, weit genug, um in aller Ruhe das Feuer zu legen.

Luisa tränkte zwei Taschentücher mit einem Gemisch aus Whisky und Mineralwasser, um sie bei der Explosion Herburg und sich an den Mund zu drücken.

Frank Herburg hockte sich direkt hinter die Trümmer der ersten Tür und hielt das Ende des Stoffseils an die Gasflamme. Der Stoff nahm das Feuer sofort an. Gierig fraß sich die Flamme weiter ...

Diesmal ging Herburg ruhiger in die Grabkammer zurück. »Setzen wir uns zu unserem lieben Menesptah, Luisa«, schlug er vor. »Die Flamme brennt gut, aber wann sie bei den Zündschnüren ankommt, kann man schlecht errechnen. Wir müssen warten.« Er nahm Luisas kalte Hand und spürte, wie tief doch die Angst in ihr war. »Wir haben noch fünf Dynamitstangen«, sagte er wie tröstend. »Luisa, mach bitte jetzt nicht schlapp. Wir brechen alles durch - ich habe gar keine Sorge ...«

Er zog sie in die wunderbare goldene Grabkammer des kleinen Pharaos und setzte sich auf den Rand des offenen Rückens des großen Frosches; die Papyrusrollen wagte er nicht zu berühren. Durch die Luftzufuhr konnten sie zusammenfallen, wenn man sie anfaßte. Solange sie luftdicht abgeschlossen waren, hatten sie fünftausend Jahre überdauert. Jetzt mußten sie erst äußerst vorsichtig mit einem Feuchtigkeitsschutz und einem Konservierungsmittel eingesprüht werden, das die Biegsamkeit nicht beeinträchtigte.

Hoffentlich überleben wir die Explosion, dachte er. Drei Stangen Dynamit - gekoppelt in dem Schlauch -, das ist ein harter Brocken. Aber wir müssen jetzt aufs Ganze setzen ... wer weiß, wie es hinter dieser zweiten Tür aussieht! Es wäre ja zu lächerlich einfach, wenn dann nichts mehr käme als der freie Weg in die Sonne ...

Er blickte Luisa an. Sie lehnte an dem goldenen Sarkophag und betrachtete die Totenmaske des Menesptah, die in den Sargdeckel eingelassen war. Die Edelsteine in den Augenhöhlen und auf dem königlichen Stirnband waren herausgebrochen worden. An dem Goldsarg war Suliman anscheinend nicht interessiert gewesen; der war ihm sicher, nachdem er die Stahltüren einbetoniert hatte.

»Er muß ein hübscher Junge gewesen sein, euer Menesptah«, sagte Luisa. »Es hat damals wirklich schöne Menschen gegeben. Woran mag er so früh gestorben sein?«

»Imhotep hat es bestimmt auf diesen Papyrusrollen aufzeichnen lassen. In einigen Wochen werden wir es wissen ... wenn wir es entziffern können. Das ist Pernams Aufgabe. Er kann altägyptische Schriften lesen wie Apotheker unleserliche Rezepte. Harris ist überhaupt ein netter, kluger Bursche ...«

»Was zahlt er dir?« fragte sie leichthin.

»Wieso?«

»Als Heiratsvermittler.«

Er konnte nicht mehr antworten. Irgendwo in der Grabanlage erschütterte ein Schlag die Felsen. Der Schall pflanzte sich fort bis in die goldene Grabkammer des Menesptah.

Herburg riß den Kopf hoch, Luisa umklammerte die Kante des Sarkophags. »Was war das nun wieder?« stammelte sie.

»Du lieber Himmel, das klang wie ein harter Aufprall. Sie arbeiten also doch weiter ... Sie sind ganz in der Nähe ...«

Ein zweiter Schlag. Noch deutlicher, in den Felsen widerklingend, als schwinge das Gestein ...

»Sie kommen!« schrie Herburg. »Sie sind schon irgendwo über uns! Du lieber Himmel ... und unsere Lunte glimmt ... sie können mit in die Luft gehen, die da oben ...«

Luisa sah, wie er zögerte. Ihr Blick hielt ihn fest, als er sie anstarrte. »Nein!« sagte sie hart. »Nein, du gehst nicht und siehst nach, wie weit der Strick abgebrannt ist. Es ist zu spät, Frank ...«

»Wenn nun da oben Leila steht und zusieht ...«

»Sie hätte wenig davon, wenn du dich mittlerweile hier unten zerfetzen läßt ...«

»Drei Stangen ... und sie stehen über uns ...«

In diesem Moment erschütterte eine ungeheure Explosion die unterirdischen Labyrinthe.

Der Druck war so stark, daß Herburg und Luisa von der Explosionswelle gegen den Sarkophag geschleudert wurden und daß die als Sterne in die Himmelsdecke eingelassenen Kristalle auf sie regneten. Ein großer Bergkristall traf Luisa genau auf den Kopf

Sie spürte noch, wie ihre Kopfhaut platzte, wie das Blut warm und klebrig über ihr Gesicht floß, und sie konnte noch denken: Halb so schlimm, Frank! Kopfverletzungen bluten anfangs immer so stark, glaub es einer alten Ärztin ...

Dann verließ sie das Bewußtsein, und sie fiel neben Herburg hinter den großen Frosch.

Frank Herburg fing sie auf, starrte wie betäubt den blutenden Kopf an und begann dann zu schreien, sinnlos, hell zu schreien. Dann schleifte er die Bewußtlose in die Mitte der Grabkammer und drückte das im Blut unkenntlich gewordene Gesicht gegen seine Brust.

Die Greifer des großen Baggers krachten mit ihrem vollen Gewicht mitten auf die stählerne Platte. Ein heller, metallener Laut ließ die Umstehenden erschrecken.

Aber die Stahltür hielt.

Dort, wo sie im Rahmen einbetoniert war, zeigten sich die ersten Risse und bröckelte der Beton ab. Die Tür hing schon etwas durch, ein Beweis, daß unter ihr ein Hohlraum sein mußte: der Einstieg in das Grab!

Pernam und Leila standen sehr nahe an der Stahlplatte und warteten. »Noch einmal!« befahl Dr. Pernam und winkte dem Baggerfahrer mit beiden Armen zu. »Es ist richtig! Hier ist der Stollen! Noch einmal und gleich dabei zugreifen!«

Der Stahlarm hob sich. Der Greifer klappte auf, und mit weit auseinandergerissenen Zähnen krachte das tonnenschwere Maul erneut auf die Stahltür.

Diesmal knickte die Tür nach links ein, die Greifer nahmen sie zwischen sich und rissen sie nach oben aus allen Verankerungen.

Dann schwenkte der Baggerarm zur Seite. Vor Pernam und Leila gähnte ein Loch. Sie erkannten eine große Röhre aus Beton, mit Trittklammern an der Wand.

Mit einem Satz war Harris Pernam am Einstieg und schwang sich in die Röhre.

Fast gleichzeitig schrie Dr. Abdullah: »Zurück, Leila!«

Pernam blickte nach oben. Er war schon drei Meter tief eingestiegen, als sich Leila gleichfalls in den Einstieg gleiten ließ. »Bleiben Sie oben!« schrie auch er. »Leila, das ist Wahnsinn! Zurück!«

Er sah, wie vier Soldaten, die Abdullah herangewinkt hatte, sie aus der Betonröhre ziehen wollten. Sie wehrte sich verzweifelt, schlug um sich, biß und kratzte nach allen Seiten. »Allah verdamme euch!« rief sie hinauf. »Ihr wagt es, mich anzufassen?« Ihr rechtes Bein tastete sich tiefer zum nächsten Steigeisen, aber die Soldaten hatten sie unter die Achseln gepackt und zogen mit aller Kraft. Leilas um sich schlagende Faust ignorierten sie.

In diesem Augenblick brach die Erde von unten auf.

Eine dichte Wolke aus Steinen, Sand, Geröll und Staub zischte mit ohrenbetäubendem Krachen aus der Betonröhre wie ein heißer Geysir. Die Druckwelle erfaßte sofort Leila und trug sie aus dem Einstieg empor, als sei sie eine Feder. Sie wurde den Soldaten förmlich aus den Händen gerissen, taumelte dann, von unzähligen kleinen Steinen getroffen und blutig geschlagen wie von Schrapnellen, in der weißgrauen Wolke einen Meter zurück und fiel endlich, sich mit beiden Händen den Kopf umklammernd, neben der herausgerissenen Stahlplatte in das Geröll.

Dr. Abdullah, Toc-Toc und die Soldaten rannten zu ihr und trugen sie rennend aus der Gefahrenzone.

»Pernam ...«, sagte Professor Mitchener ergriffen. »Von Pernam sehen wir nichts mehr wieder ...«

Aber Mitchener irrte.

Harris Pernam war es gelungen - rein durch Zufall -, sich in einen Blindstollen zu quetschen, der auf halber Höhe der Betonröhre abzweigte.

Zunächst glaubte er, dieses sei der richtige Weg, kroch zwei Meter vorwärts und leuchtete den Gang ab. Dann erkannte er weiter hinten eine abschließende massive Steinwand und merkte, daß er falsch war.

Das aber rettete ihm das Leben.

Als er sich mühsam in dem engen Gang umdrehen wollte, preßte ihn die Explosion zu Boden. Einen Moment lang bekam er keine Luft mehr. Um ihn war ein Vakuum, und er hatte das Gefühl, sein Herz, seine Lungen und sein Gehirn würden platzen. Dann war dieses grauenhafte Gefühl vorbei; er hörte über sich die Menschen schreien und schluckte Wolken von Staub, die noch immer aus dem Loch quollen.

Das war dein letzter Streich, Suliman, dachte er voller Bitterkeit. Mich hast du jedenfalls nicht bekommen ... ich lebe! Gott, verzeihe es mir ... aber wenn Suliman jetzt hier wäre, ich könnte ihn ohne die geringste Reue umbringen.

Pernam kroch aus seinem niedrigen Seitengang, schwang sich in die Betonröhre und kletterte, von dichten Staubwolken umgeben, bis auf den Grund des Einstiegs.

Hier öffnete sich der richtige Gang ... mannshoch, leicht abfallend bis zu einer aus den Felsen gesprengten Stahltür. Ein Steinhaufen verdeckte die dahinterliegende Treppe.

So schnell Pernam konnte, rannte er vorwärts. Er zwängte sich gerade durch die zerfetzte Tür und wollte über die losgesprengten Steine klettern, als er den Schrei hörte.

Einen gellenden, unartikulierten Schrei aus der Tiefe des Grabes.

»Ich bin hier!« brüllte Pernam. »Luisa! Frank! Ich bin hier, ich komme!« Er stürzte mit einem Schwall von Steinen die Treppe hinunter, rappelte sich wieder hoch und rannte, den Scheinwerfer vor sich haltend, weiter.

Das Schreien dauerte an, kam aber näher. Trotz aller Qual, die die Stimme veränderte, erkannte Pernam, daß es Herburgs Stimme war. »Ich komme, Frank!« brüllte er von neuem und rannte besinnungslos weiter. »Frank ...«

Dann sah er im Licht des Scheinwerfers nur noch Gold.

Er sah die goldene Grabkammer des Menesptah, den glitzernden Sarkophag, den großen goldenen Frosch und davor auf dem Boden Herburg, wie er Luisas Kopf an sich drückte.

Das Blut lief über seine Hände, an seinem Anzug hinunter und bildete auf dem Boden schon eine Lache.

»Harris!« schrie Herburg. »Harris! Sie verblutet! Ich kann sie nicht mehr halten ...« Er stand auf, taumelte gegen den goldenen Frosch und sank wieder in die Knie.

Pernam konnte Luisa noch ergreifen, riß sie auf seine Arme und trug sie wie ein Kind zurück ins Leben.

17

Drei Tage dauerten die Untersuchungen in der Kairoer Universitätsklinik, bis sich die Ärzte sicher waren, daß Leila keine inneren Verletzungen lebensbedrohender Natur davongetragen hatte.

Kein Lungenriß, kein Milzriß, keine inneren Blutungen ... nur überall kleine blutige Wunden durch eine Unmenge spitziger Steine. Außerdem wurden Prellungen und Blutergüsse, verteilt über Leilas Körper, festgestellt.

Tag und Nacht saßen abwechselnd Dr. Herburg oder der Vater, Dr. Abdullah, neben ihrem Bett. Sie lag an Schläuchen und am Tropf angeschlossen in einem Sauerstoffzelt und dämmerte dahin.

»Das Schlimmste ist der Schock!« sagte Professor Ali Hussein ibn Assy, der Chef der Chirurgischen Abteilung. Der Internist und ein Neurologe hatten dasselbe gesagt.

»Wenn sie nur die Augen aufmachen und Dr. Herburg erkennen würde! Aber sie glaubt ganz einfach, er sei tot, und nun will sie auch nicht mehr leben! Solche seelischen Schocks können ohne weiteres zum Exitus führen. Wenn sie morgen nicht aufwacht, wird es kritisch...«

Dr. Abdullah löste Dr. Herburg an diesem Tag bei der Wache ab. »Luisa steht draußen«, sagte er, als er Herburgs Platz auf dem Stuhl neben dem Bett einnahm. »Sie darf nicht ins Zimmer.« Er sah Herburg nachdenklich an. »Willst du zurück nach Deutschland gehen?«

»Wer sagt das?«

»Ich dachte es mir.«

»Wenn Leila es will, bleibe ich in Ägypten.«

»Leila ...« Dr. Abdullah blickte seine Tochter an. Aus den Schläuchen tropften die Medikamente in die Venen. »Es liegt bei Allah, ob sie wieder einen Willen haben wird ...«

Luisa Alius stand an einem der großen Fenster und drehte sich um, als sie die Tür des Krankenzimmers leise klappen hörte. Ihr Kopf war noch verbunden. Es sah wie ein weißer Turban aus, den sie um ihre blonden Haare gewickelt hatte, und wirkte recht kleidsam.

»Luisa!« Frank Herburg ging rasch auf sie zu und ergriff ihre beiden Hände. »Wie geht es dir?«

»Gut! Und Leila?«

»Weniger gut. Der Schock ... Du mußt entschuldigen, Luisa, daß ich nicht mehr bei dir vorbeigesehen habe, aber seit drei Tagen sitze ich an Leilas Bett und warte, daß sie die Augen aufschlägt und mich erkennt. Professor Assy sagt, nur das könne sie noch retten. Sie muß sehen, daß ich lebe ...»

»Sie will sterben ...«

»Ja, weil sie glaubt, daß ich ...« Er schluckte krampfhaft.

Luisa nickte verstehend und entzog ihm langsam ihre Hände. »Du mußt auch gleich wieder zu ihr zurück.«

»Ihr Vater ist bei ihr.«

»Ihr Vater - aber nicht du! Dich muß sie sehen!« Luisa lehnte sich gegen die Fensterbank und blickte hinaus in den herrlichen Palmengarten der Klinik.

Im Schatten der großen breiten Blätter saßen die Patienten auf weißen Holzbänken, unterhielten sich oder spielten eines der alten ägyptischen Würfelspiele.

»Ich weiß jetzt, wem ich unser Leben verdanke, Frank. Ohne Leila hätten sie uns nie gefunden. Und wir waren am Ende - das mußt du doch zugeben.«

»Ich war wirklich am Ende, ja«, sagte Herburg leise. »Ich habe geglaubt, daß du verblutest. Als das Blut über meine Hände rann und rann ... ich konnte nur noch schreien.«

»Und plötzlich war Harris da und trug mich weg. Aber ohne Leila wäre auch das nicht möglich gewesen. Frank ...«

»Ja, Luisa?«

Sie sahen sich groß an. In ihren Blicken war Zuneigung und Abschied zugleich.

»Ich habe - bitte, sage nichts - in diesen Tagen klar erkannt, daß du zu Leila gehörst. Euch verbindet eine Liebe, die mir ... unsterblich erscheint.« Sie wandte sich erneut dem Fenster zu und blickte hinaus. Jetzt ganz fest bleiben, dachte sie. Ganz tapfer ...

»In einem Monat geht es zurück nach Deutschland«, sagte Luisa. »Ich habe darum gebeten, mich aus dem Vertrag mit der Universität von Kairo zu entlassen.«

»Und ... und wo willst du hingehen?«

»Nach München. Ich habe mit meinem alten Lehrer telefoniert. Man hat einen sehr interessanten, toxikologischen Forschungsauftrag für mich.«

»Wie schön, Luisa.«

»Ja, das sage ich auch. Wie schön! So etwas muß man ausnutzen. Und du ... du bleibst in Ägypten?«

»Wenn Leila es will ...«

»Natürlich. Wenn sie ... Ich wünsche dir viel, viel Glück ...«

»Jetzt schon?« Er faßte sie an den Schultern und drehte sie zu sich herum. »Du fliegst doch erst in vier Wochen ...«

»Ich nehme vorher noch meinen Urlaub. Ich fliege in vier Tagen nach Deutschland.«

»Und was ... was ist mit Pernam?«

»Harris begleitet mich ... zuerst in den Urlaub und ... auch später. Er ... er will sich vielleicht auch nach München versetzen lassen. Es gibt da verschiedene Möglichkeiten, beruflich, meine ich ...«

»Gratuliere, Luisa!« Er griff nach ihrer schlaffen Hand und küßte sie. Es durchfuhr sie wie ein Blitzschlag, aber sie biß die Zähne aufeinander und beherrschte sich meisterhaft.

»Harris ist ein schrecklich netter Kerl ...«

»Ja. Sehr nett.« Luisa blickte auf die große Uhr, die im Flur hing. »Ich glaube, du mußt zu Leila zurück. Wenn sie jetzt aufwacht und du bist nicht gleich da ... Sie wird ihrem Vater nicht glauben, daß du lebst. Ich täte es auch nicht ... Sie muß dich sehen ...« Sie zog ihre Hand wieder an sich und lächelte schwach. »Eine Frau liebt mit den Augen ... Merk dir das, du selbstsicherer großer Mann!« Sie gab sich einen endgültigen Ruck, ihre Halsmuskeln strafften sich. »Und jetzt endlich: Leb wohl, Frank!«

»Leb wohl, Luisa!«

Sie umarmten sich, aber keiner wagte es, den anderen noch einmal zu küssen. Sie wußten beide, daß es sinnlos war, ihrer beider Leben noch komplizierter zu machen.

»Wirst du ... uns ... in München mal besuchen?« fragte Luisa, als Frank sie losließ.

»Wenn ich nach München komme – aber sicher!«

»Mach's gut, Frank!« Sie wandte sich ab, zögerte aber doch noch einmal. »Und grüß Leila von mir – wenn sie es hören will. Sag ihr, ich hätte ihr für mein Leben den höchsten Preis bezahlt ...« Sie drehte sich rasch um und biß die Lippen zusammen, weil dieses elende Heulen in ihr hochstieg. Dann ging sie mit schnellen, weitausgreifenden Schritten den langen Flur hinunter. Erst im Lift begann sie zu weinen.

Herburg sah ihr nach und hob zaghaft die Hand. »Ich sage es ihr, Luisa ...«, murmelte er. »Leb wohl ...« Er sah ihr nach, bis sie um die Ecke verschwunden war, und stieß sich dann von der Wand ab. Langsam ging er zu Leilas Zimmer zurück und trat auf Zehenspitzen ein.

Dr. Abdullah winkte ihm aufgeregt mit beiden Armen zu. »Sie hat sich bewegt!« flüsterte er und weinte beinahe vor Glück. »Sie hat sich zum erstenmal bewegt. Sie hat den Kopf zu mir gedreht ...«

»Mein Gott!« stammelte Herburg. »Sie hat ja die Augen offen. Siehst du das denn nicht?« Er beugte sich vor.

Durch die Plastikhülle des Sauerstoffzeltes wirkte sein Gesicht unklar und etwas verzerrt. Aber Leila erkannte ihn sofort und lächelte ganz schwach in den Mundwinkeln. Dann bewegten sich ihre Lippen und formten ein Wort: »Frank ...«

Er nickte und umklammerte das Gestänge, über das man das Sauerstoffzelt gezogen hatte. »Leila!« sagte er laut. Sie mußte es hören. Er hatte so laut gesprochen, daß Abdullah zusammenzuckte. »Leila ... ich bin da ...«

Sie nickte leicht, und ihre großen schwarzen Augen strahlten. Sie hob die rechte Hand ein wenig und winkte ihm damit zu. »Ich liebe dich ...«, sagte sie. Niemand konnte es verstehen, aber Herburg las es von ihren Lippen ab.

»Es ist alles gut«, sagte er laut. »Mach, daß du bald aus dem Bett kommst! Wir wollen im Nil schwimmen und den Reihern zusehen, wie sie über dem Schilf schweben ...«

Sie nickte von neuem und spitzte die Lippen zu einem Kuß.

Neben Frank Herburg begann Abdullah leise zu schluchzen. »Sie wird weiterleben«, stammelte er. »Allah, ich danke dir. Sie wird weiterleben ...«

Über Leilas Gesicht zog der Schimmer eines großen inneren Glücks. Es war, als strahle ein neues Leben durch jede Pore, als breche aus ihr eine Kraft hervor, wie sie sie vorher nie besessen hatte.

Sie hob den Kopf, betrachtete die Schläuche und Glasflaschen, an denen sie hing, nahm auch mit vollem Bewußtsein das Sauerstoffzelt auf und drehte dann ihren Kopf wieder zu Herburg. »Sei nicht ungeduldig!« sagte sie mit klarer Stimme. »Es wäre alles anders, wenn du mich nicht in die Luft gesprengt hättest!«

»Es soll nie wieder vorkommen, Leila!« Herburg lachte. Dann griff er nach der Klingel und drückte sämtliche Rufknöpfe.

Kommt herbei, dachte er glücklich. Kommt alle herbei! Schwestern, Ärzte, Professoren und Pfleger - seht euch alle das an! Sie lebt! Und wie sie lebt! Sie lacht sogar ... Und wie unbegreiflich schön sie ist ...

Er klemmte sich neben Dr. Abdullah auf den Stuhl und legte den Arm auf des Vaters Schulter. »Morgen wissen wir mehr!« sagte er, als säße er wieder in der Baracke von Sakkara. »Morgen entrollen wir die ersten Papyrusblätter, und Harris Pernam wird uns vorlesen, wie der kleine Pharao, der Kind-König Menesptah, gelebt hat.«